ALINA FALKNER

GEFÄHRLICHES FLÜSTERN

Kriminalroman

BASTEI LÜBBE TASCHENBUCH

BASTEI LÜBBE TASCHENBUCH
Band 17262

MIX
Papier aus verantwortungsvollen Quellen
FSC® C083411

Dieser Titel ist auch als E-Book erschienen

Originalausgabe

Textredaktion: Sabine Biskup
Titelabbildung: © shutterstock/kuzma; © shutterstock/reinhold leitner; © shutterstock/sean pavone; © shutterstock/xpixel
Umschlaggestaltung: Kirstin Osenau
Satz: two-up, Düsseldorf
Gesetzt aus der Arno
Druck und Verarbeitung: CPI books GmbH, Leck – Germany
Printed in Germany
ISBN 978-3-404-17262-7

1 3 5 7 6 4 2

Sie finden uns im Internet unter www.luebbe.de
Bitte beachten Sie auch: www.lesejury.de

GEFÄHRLICHES FLÜSTERN

Prolog

»Eines Tages hat sie ein Kaninchen in der Badewanne geschlachtet.« Er blinzelt ins Scheinwerferlicht. »Es ging ihr nicht um den Braten, kochen konnte sie nicht. Es ging ihr um das Bild, das sie mit dem Blut zeichnen wollte. Ich hab ihr gesagt, dass das keine Kunst sei. Doch sie stand ungerührt vor mir, in weißer Unterwäsche, beschmiert mit Blut und ausgerüstet mit einer alten Spiegelreflex vom Flohmarkt. Ihr Atem ging schnell, sie strich sich eine Haarsträhne aus dem Gesicht, sodass auch ihre Wange blutverschmiert war, und sah mich sprachlos an. Die Fliesen hinter ihr waren ockerfarben, was wir erst später hassen gelernt haben. Als wir getrennt waren. In diesem Augenblick waren uns die Fliesen noch egal. Was nicht egal war, war die Sauerei in der Wanne. Sie hat das Tier erst ausbluten lassen und dann gehäutet. Aber ein totes Kaninchen ist noch kein Werk von Bedeutung, hab ich ihr gesagt. Es ist einfach keine Kunst, irgendjemanden abzuschlachten.« Seine Hand streicht über den blutroten Samtvorhang. Er lächelt ins Publikum. »Es ist erst Kunst, wenn es jemand ganz Besonderes ist.«

Vorhang auf.

Kapitel 1 **Kunstblut**

Mittwoch, 10. September
Abends. Sturmtheater

Hanne tätschelt ihrem Mann lächelnd das Knie. »Sei nicht so brummig, Matthias. Wir wollen doch einen schönen Abend haben.«

Er erhebt sich mit einem Seufzen von seinem Platz. »Einen schönen Abend hätte ich zu Hause gehabt. Es läuft Fußball.«

Sie runzelt die Stirn. »Deine Tochter hat uns die Karten geschenkt.«

»Ist auch deine Tochter. Und wenn ich mir dieses Geschenk so ansehe, muss ich meine Vaterschaft ernsthaft anzweifeln.«

Hanne verdreht die Augen, lächelt aber. »Dritte Reihe, Matthias. Die waren teuer. Und jetzt ist doch erst Mal Pause. Da gönnen wir uns einen Sekt, oder?«

»Ja, ja.«

Sie geht lachend durch die Sitzreihe hindurch, hinein ins Seitenfoyer und dann ins Hauptfoyer, wo sich die Bar befindet. Matthias folgt ihr schweigend. Hanne atmet tief den Duft des Theaters ein. Eigentlich sollten sie das viel öfter machen. Um sie herum klirren Gläser, gefüllt mit Sekt oder Wein, die anderen Besucher sind in angeregte Gespräche vertieft. Ein kultivierter Hauch liegt über allem, selbst den Laugenbretzeln. Sie dreht sich lächelnd zu ihrem Mann um. »Ich finde den Ferdinand ja nicht so gut besetzt, aber ansonsten ist es doch eine annehmbare Inszenierung.«

»Es gibt nicht mal Blut. Dabei haben die doch im Theater angeblich Kunstblut, das niemand von echtem unterscheiden kann.« Er schaut sich suchend um. »Du hattest was von Sekt gesagt, oder?«

Hanne stemmt die Hände in gespielter Entrüstung in die Hüften. »Kannst du nicht wenigstens so tun, als würdest du was vom Theater, Schiller oder *Kabale und Liebe* verstehen?«

»Wieso? Das machst du doch schon.«

»Dann hol uns wenigstens zwei Gläschen Sekt.«

»Ich hab keinen Geldbeutel dabei, Mäuschen«, sagt er nun ehrlich zerknirscht.

»Und ich hab meine Handtasche an der Garderobe abgegeben.« Kaum hat sie es gesagt, bereut sie ihre Worte schon. Denn Matthias' Mundwinkel sinken noch tiefer als vorhin im Zuschauerraum. »Ich hol sie ab«, sagt Hanne schnell und dreht sich um.

Die Absätze ihrer halbhohen Lederpumps klappern auf den Stufen hinunter ins Erdgeschoss. Wenig später schultert sie ihre Tasche, lächelt der uniformierten Garderobiere zu und eilt die Treppe wieder zurück nach oben. Nicht dass sie ihren Sekt nicht mehr austrinken können, bevor der zweite Teil beginnt. Eigentlich bräuchte Matthias sogar zwei Gläschen, damit es ein halbwegs vergnüglicher Abend wird.

Hanne stellt sich an der Bar an. Ihr Mann steht vor den großformatigen Portraits der Ensemblemitglieder und besieht sich eine junge Schauspielerin. Hanne schmunzelt. Alles, was die Stimmung oben hält, soll ihr recht sein. Sie beobachtet Matthias mit liebevollem Blick, rückt einen Schritt in der Schlange vor und kramt schon mal in ihrer Handtasche. Sie bekommt ihr Handy zu fassen, das hoffentlich ausgeschaltet ist. Sie überprüft es noch einmal und tut es beruhigt zurück. Aber wo war jetzt ihr Geldbeutel?

»Was darf's sein?«, fragt der junge Barkeeper.

»Zwei Sekt«, antwortet sie und lächelt ihn an, immer noch in ihrer Tasche kramend. »Ich finde mein …« Sie hält inne. Was war denn das? Ihre Hand hat etwas Feuchtes, Weiches zu fassen bekommen. Das hat sie doch nicht da reingetan … Das Ding rutscht ihr aus der Hand. Hanne greift es wieder. Es ist leicht und hat eine raue Oberfläche.

»Acht vierzig, bitte.«

Hanne hört den Barkeeper kaum und zieht ihre Hand aus der Tasche. Noch bevor sie ausmachen kann, was das Ding ist, sieht sie das Rot. Ihr Handballen ist verschmiert.

»Haben Sie sich verletzt?«, fragt der Barkeeper.

Sie schüttelt mechanisch den Kopf und öffnet die Hand. Darin liegt ein blutiger dunkelrosa Fleischfetzen.

»Ist das … eine Zunge?«, fragt irgendjemand hinter ihr.

Hanne schreit auf und wirft die Zunge von sich, sie klatscht zwischen den Sektgläsern auf den Marmortresen.

Und dann kreischt plötzlich noch jemand. Eine Seitentür wird aufgestoßen, und eine Frau kommt herausgestolpert. Sie trägt ein langes Kleid und eine gepuderte Perücke. Sie spielt eigentlich die Louise, aber jetzt schreit sie, fällt über ihr Kleid und übergibt sich vor aller Augen auf einen Barhocker.

Freitag, 12. September
Morgens. KKF II

Theresia Pfeffer starrt vor sich auf den Bildschirm und lauscht Boris Czorskis tippenden Fingern. Zehnfingerschreiben hat er garantiert nicht gelernt, das verrät ihr das laute Hacken. Pfeffer legt den Kopf auf ihre Rückenlehne und sieht hoch zu den Deckenfliesen. Alles Styropor.

Sie hat dem Computer einfach nichts zu sagen. Rita Seidel, Leiterin des KKF II und seit Neustem Pfeffers Vorgesetzte, hat ihr aufgetragen, die Verdienste der Canter-Gruppe zusammenzutragen. Das Team um den britischen Psychologen David Canter hat in den achtziger Jahren die Vorteile von statistischen Methoden für Täterprofilforschung aufgezeigt. Pfeffer soll nun die Stärken und Schwächen dieser Statistiken herausarbeiten und dem neu gegründeten KKF II einen Überblick verschaffen. Investigative Psychologie nennt Seidel das – ist aber eigentlich keine Investigation, sondern das Betrachten von Tabellen und Schemata.

Pfeffer gähnt. Czorski tippt. Doktor Rita Seidel kommt aus ihrem Büro, sie stemmt die Hände in die schmalen Hüften und grinst. »Ich hab ihn gefunden!«

»Heißt das, du brauchst den Canter-Vortrag nicht mehr?«

Seidel verdreht die Augen hinter ihrer kleinen runden John-Lennon-Brille. »Doch. Natürlich, Pfeffer. Das ist doch die Basis für alles. Canter *und* die Facetten-Theorie.«

»Die ist Dienstag fertig«, sagt Czorski tippend.

Pfeffer stöhnt. »Ich brauch länger.«

Seidel mustert sie einen Augenblick lang, dann fährt sie ungerührt fort. »Jedenfalls hab ich den idealen ersten Fall für unsere Forschung. Wenn wir uns fragen wollen, was das serielle Tötungsritual über die Psychologie des Täters aussagt …«

Eigentlich will ich mich das gar nicht fragen, denkt Pfeffer. Das BKA hat zwar Gelder für diese Forschungsprojektgruppe freigegeben, wodurch Pfeffer nun auf seiner Gehaltsliste steht, doch die Arbeit fürs BKA hatte sie sich anders vorgestellt.

»… dann nehmen wir uns am besten Heinz Gullnick vor«, endet Seidel.

»Serienmörder aus Bochum.« Czorskis Augen bleiben auf seinen Bildschirm geheftet, während er spricht. »Hat in den Achtzigern vier Jungen in einen stillgelegten Bergbaustollen gelockt, sie vergewaltigt und dann drei von ihnen erhängt.«

Pfeffer schnaubt. »Streber.«

»Das war quasi bei uns um die Ecke, und ich war so alt wie zwei der Opfer, als diese Sache ganz Bochum in Atem gehalten hat. Das hat nichts mit Streben zu tun.«

Pfeffer betrachtet ihn nachdenklich. Czorski ist Kriminalkommissar bei der Essener Mordkommission gewesen, ein Ermittler, der Verbrechen aufgeklärt und Täter gefasst hat. Es ist nicht lange her, da hätte sie alles dafür gegeben, das Leben zu führen, das er offenbar so leichten Herzens hinter sich gelassen hat.

»Pfeffer?« Seidels Stimme reißt sie aus ihren Überlegungen.

»Mhm?«

Seidel dreht sich um und winkt Pfeffer hinter sich her. »Kaffee.«

Die ausgetretenen Hosensäume von Seidels Jeans schleifen über die Holzdielen im Flur, Pfeffers Absätze klappern hinterher.

Unten im Coffeeshop fällt Sonne durch bodentiefe Fenster auf die kleinen, runden Tische. Draußen stehen ein paar Raucher, zufrieden dreinblickend in der Spätsommersonne, als hätten sie den besten September ihres Lebens.

»Hier.« Seidel reicht Pfeffer einen Milchkaffee, und sie setzen sich an einen Zweiertisch in der Ecke.

»Danke.« Pfeffer nippt an dem Schaum und wünscht sich, sie könnte Seidels Blick einfach wegwischen wie ihr Make-up am Abend. Aber Seidel mustert sie scharf, während sie ihren schwarzen Kaffee trinkt.

»Geht es dir gut, Theresia?«

»Klar.« Pfeffer ringt sich ein dünnes Lächeln ab und rührt in ihrem Becher. Diese Frage hat sie gefürchtet. Jetzt möchte sie doch lieber oben vor den Büchern über Canter und Täterprofilerstellung sitzen. Es gibt Dinge, die lassen sich nicht wegreden, davon ist sie überzeugt. Manchmal hilft nur schweigen. Egal, was die Psychologen dazu sagen.

»Es sieht so aus, als fehlt dir das Ermitteln mehr denn je«, hakt Seidel nach.

»Wieso? Ich war doch nie eine richtige Ermittlerin.«

»Stimmt. Du warst bloß eine überambitionierte Streifenpolizistin, die sich dreist in die Ermittlungen des Essener Morddezernats eingemischt hat. Und dann hast du auf eigene Faust einen Serienmörder gejagt, der – wie sich herausstellte – dein Liebhaber war.«

Pfeffer schluckt. Die Essener Stern-Morde. Ein Kapitel, das sie unbedingt vergessen will und es doch nicht kann. Tobias Damm, ihr damaliger Liebhaber, hatte drei Kommissaranwärter grausam ermordet – und es zuletzt auf Theresia selbst abgesehen. Pfeffer hält sich an der Tasse fest, damit ihre Finger nicht zittern. »Ich hab die Spur gefunden, die zu ihm geführt hat.«

Seidel zieht die Beine hoch und setzt sich auf ihre Unterschenkel. »Genau genommen warst du die Spur, die zu ihm geführt hat.«

»Ich hab ihn gestellt, ich hab ihn zu einem Geständnis gezwungen, ohne mich …« Sie verstummt, bevor ihre Stimme zu brechen droht.

»Ja, du hast es geschafft, ihn zu überführen. Und du hast deine Sitzungen mit dem Polizeitherapeuten abgebrochen. Damit bist du mit deinen dreiundzwanzig Jahren zwar die jüngste Analystin, die das BKA je gesehen hat, aber auch die labilste. Alle deine Kollegen hier spüren, wie sehr du das Ermitteln vermisst.«

»Ich bin labil?«

»Ja, am Rande einer Depression, du bist lustlos und niedergeschlagen, deine Ambitionen und dein Biss sind weg. In Essen warst du wie ein gespannter Flitzebogen, jetzt bist du depressiver Pudding.«

»Als bräuchte man Biss für Analysen, Seidel.«

»Es geht nicht nur um Analysen. Die Frage ist, ob du den Biss brauchst, um ein zufriedenes Leben zu führen.«

Pfeffer beugt sich vor, drückt den Zeigefinger auf die Tischplatte, bis er sich durchbiegt, und fixiert Seidel. »Hör auf, mich zu psychotherapieren! Wenn du mit Menschen könntest, wärst du bestimmt keine BKA-Analytikerin geworden. Du kannst ja nicht mal Chefin«, sagt sie scharf. »Du hockst in deinem Büro inmitten von Papierbergen, während Doktor Florian und Filond in ihrem Labor mit ballistischer Gelatine spielen und einen Antrag nach dem anderen für Schweine einreichen, die sie anästhesieren und beschießen dürfen. Die tanzen dir auf der Nase rum, und du kannst nichts dagegen tun, weil du dich in deiner Vorstellung von flachen Hierarchien verfangen hast.«

Seidel runzelt die Stirn. Dass das Labor zu einem Spielplatz verkommen ist, kann sie nicht leugnen. Doch das wird sie vor Pfeffer nicht eingestehen. »Wie gut ist es dann, dass ich dich habe. Du gehst ja mit gutem Beispiel glänzend voran.«

»Ich weiß überhaupt nicht, warum du mich ins Team geholt hast. Ich hab keine Ahnung von Analysen. Die Erforschung von rituellem Serienmord auf der Basis geschlossener Fälle? Wie soll ich dir dabei helfen?«

»Im Moment gar nicht.«

Pfeffer öffnet schon den Mund, um zu sagen, dass Seidel ihr dann doch bitte kündigen soll. Aber es kommt ihr nicht über die Lippen.

Seidel beugt sich näher zu ihr. »Die anderen haben unrecht. Du willst nicht lieber ermitteln; deine Spürnase ist nicht unterfordert, sondern gelähmt. Ich glaube, dass du deine Motivation verloren hast.«

»Was?«

»Du hast schon immer die Verbrecherjagd als deine Berufung angesehen. Doch Tobias Damm hat dir das genommen, dieses Selbstvertrauen. Du hast kein Ziel und keinen Lebenssinn mehr. Du musst das aufarbeiten, Pfeffer.«

Sie springt auf. »Du hast dich mit jedem Mordkommissar angelegt, mit dem du je zusammengearbeitet hast, und schlurfst durchs Leben wie eine ewige Studentin. Du sprichst nicht mit deiner Mutter. Dein großer Bruder ist der einzige Mensch, mit dem du überhaupt redest, und der nimmt dich nicht ernst. Vielleicht solltest du einiges aufarbeiten, Frau Doktor!«

Sie hat gebrüllt. Sie steht vor Wut zitternd in dem Coffeeshop und ragt vor ihrer zierlichen Chefin auf. Die anderen Besucher haben jedes Wort gehört, von allen Seiten spürt Pfeffer ihre Blicke auf sich. Die Barista hinter ihr, links im Raum die BKA-Beamten und vor ihr sitzend, Seidel. Alle starren sie an.

Seidel zieht langsam die Beine unter sich hervor und steht auf. Sie legt beruhigend eine Hand auf Pfeffers Arm, berührt kurz die Narben an ihrem Handgelenk.

»Es war nicht deine Schuld«, sagt sie und klingt bedauernd dabei. Dann dreht sie sich um und geht.

Pfeffer bleibt stehen. Die Blicke der anderen bleiben auf sie gerichtet, sie brennen in ihrem Rücken, in ihrem Gesicht, und sie brennen vor allem auf ihrem rechten Handgelenk. Die Narben dort werden sie immer an Tobias erinnern. Ihr Körper wird diesen Mann nie vergessen, die Küsse nicht, den Sex nicht und die Schmerzen nicht, als er sie folterte.

Ein leises Flüstern geht durch den Raum. Pfeffer wendet langsam den Kopf und sieht zwei Frauen tuscheln. Der Rest schweigt und starrt, während die beiden am Stehtisch ihre rotgesträhnten Köpfe zusammenstecken und über etwas reden, wovon sie nichts, aber auch gar nichts verstehen.

Ehe Pfeffer sich versieht, ist sie bei ihnen, packt eine am Kragen ihrer Jeansjacke und drückt sie gegen die Fensterscheibe. »Ja, ich habe mit einem Mörder geschlafen. Habt ihr Fragen dazu?«

Die Jeansfrau schluckt und sucht den Blick ihrer Kollegin im fliederfarbenen Shirt, die zu einer Salzsäule erstarrt ist.

»Ich war nicht verliebt in ihn, und ich bin ihm auf die Schliche gekommen! Ist das klar?« Pfeffer sieht von einer Frau zur anderen und wieder zurück. Sie geht noch näher an die Jeansfrau ran, sodass ihre Nasenspitzen sich fast berühren. »Aber der Sex war großartig«, flüstert sie, lässt die Jacke los und verlässt den Coffeeshop mit großen Schritten.

Sie stürmt hinauf in die Räume des KKF II und bleibt vor ihrem Schreibtisch abrupt stehen. Czorski tippt immer noch. In seinen Ohren stecken Ohrstöpsel, die zum iPad auf seinem Tisch führen. Er wippt leicht mit dem Kopf. Sein Hals ist lang, sein Rücken krumm. Hinter ihm befindet sich der Tresor, massiv und uneinnehmbar. Darin sind ihre Waffen, die von Czorski und von Pfeffer. Die anderen Teammitglieder dürfen keine Waffen führen.

Pfeffer betrachtet die Stahltür und stellt sich ihre Walther dahinter vor. Kalte Schweißtropfen stehen ihr auf der Stirn. Wenn sie die Waffe dort unten im Coffeeshop dabeigehabt hätte …

»Alles klar, Pfeffer?« Czorski hat sie bemerkt und betrachtet sie skeptisch.

Sie hätte wahrscheinlich nicht geschossen, aber sie hätte die Walther vielleicht gezogen und dieser ignoranten Tante unter die Nase gehalten. Einfach weil Pfeffer das kann, eine Waffe ziehen, und einfach damit die Kuh da unten wenigstens den Hauch von einer Ahnung bekäme, wie es ist, dem Tod ins Auge zu sehen.

»Pfeffer?«

Sie ignoriert Czorski und marschiert zu Seidel ins Büro. Ohne anzuklopfen. Seidel liegt auf dem Bauch vor ihrem Schreibtisch, hat den lockigen Kopf auf die Unterarme gestützt und liest sehr aufmerksam in alten, fast vergilbten Akten.

Pfeffer stemmt die Hände in die Hüften. »Ich hab mich geirrt«, verkündet sie. »Ich brauch eine Therapie.«

Instant-Messaging-App

H4BCA78V	Ich hab das Stück gesehen.
STHBPN49	Wer bist du?
	Hallo?
	Woher hast du meine Nummer?

H4BCA78V	Du hast sie mir gegeben. Ist lange her.
STHBPN49	Wie lange?
H4BCA78V	Weiß ich nicht genau. Die Fliesen im Bad waren jedenfalls Altrosa und nicht Ocker.
STHBPN49	Du?! Ich hab deine Nummer schon gelöscht.
H4BCA78V	Du hast meine Nummer gelöscht und stattdessen ein Theaterstück über mich geschrieben?
STHBPN49	Nicht ÜBER dich. Inspiriert von damals, von uns.
H4BCA78V	Der Text ist scheiße.
STHBPN49	Ich kann verstehen, wenn es dir etwas unangenehm ist.
H4BCA78V	Nein. Du verstehst es eben nicht. Du hast nie etwas verstanden.
STHBPN49	Klar, niemand versteht dich. Deine Küsse haben tagelang nach Kaninchenblut geschmeckt.
H4BCA78V	Das hast du dir eingebildet. Und es gibt Schlimmeres. Deine Küsse haben immer nach gar nichts geschmeckt.
STHBPN49	Siehst du, wenn du so was von dir gibst, Kaninchenblut trinkst und dich dabei fotografierst, dann darfst du dich nicht wundern, wenn jemand über dich schreibt.
H4BCA78V	Ich wundere mich eher darüber, dass du mich am Ende sterben lässt.
STHBPN49	Das ist nur Theater. Die Realität ist natürlich anders.
H4BCA78V	Natürlich.

Abends. Im Biergarten

»Entschuldige, Boris, tut mir total leid.« Ruben setzt sich zu Czorski, legt die Unterarme auf den Tisch und seufzt tief.

»Macht doch nichts«, sagt Czorski und legt die Speisekarte weg. »Es gibt Schlimmeres, als in einem Biergarten in Kreuzberg auf einen Kumpel zu warten.«

Ruben lacht und sucht mit dem Blick nach dem Kellner. Als er den Arm hebt, knarzt seine alte Lederjacke. Czorski könnte schwören, dass es die gleiche ist wie vor über zehn Jahren, als sie zusammen auf der Polizeischule in Bielefeld waren. Aber es ist natürlich nicht die gleiche Jacke. Ruben trägt heute etwas Neueres, der Schnitt ist modisch. Das glaubt Czorski zumindest zu erkennen.

»Also«, beginnt Ruben, nachdem er bestellt hat, »hast du dich schon eingelebt?«

»Mehr oder weniger. Das Schlafzimmer ist eingeräumt.«

»Ja, ich hab auch noch drei Umzugskisten in irgendeiner Ecke stehen. Dabei wohn ich schon vier Jahre in der Wohnung. Aber bei unserem Beruf ... Du kennst das ja.«

Czorski räuspert sich. »Ich mach ja jetzt was anderes.«

»Stimmt. Analyse und Täterprofilerstellung.«

»Forschung«, verbessert Czorski.

»Wie auch immer. Das ist hoffentlich eine Beförderung.«

»Na ja, wahrscheinlich schon.«

»Bist du denn nicht deshalb nach Berlin gekommen?«

»Doch, wegen des Jobs. Klar.«

Ruben lacht, dass seine grauen Augen aufblitzen. »Eben. Du bist nach der Ausbildung damals gleich in dein geliebtes Bochum zurückgekehrt, und jetzt plötzlich verlässt du den Pott? Das macht man doch nicht für die gleiche Stelle zu den gleichen Konditionen.«

»Eher nicht.« Czorski lächelt verhalten.

Ruben lehnt sich zurück, streckt sich und legt die Hände hinter den Kopf. Sein T-Shirt rutscht hoch, so dass man ein Stück Bauch und einen graden Streifen Haare zwischen Hosenbund und Nabel sehen kann. Der jungen Kellnerin, die gerade die Biere bringt, gefällt das offenbar. Wahrscheinlich hält niemand Ruben für Mitte dreißig. Scheiß Berufsjugendlicher, hätte Ortwein jetzt gesagt,

Czorskis ehemaliger Vorgesetzter bei der Essener Kripo, dessen Grundnahrungsmittel Kaffee und Nikotin waren, dem alles andere zuwider war, vor allem Menschen.

»Also, mir könnten sie wer weiß was anbieten. Ich setz mich nicht hintern Schreibtisch. Nicht in Vollzeit«, sagt Ruben und hebt seine Flasche. »Prost.«

Sie stoßen an.

»Wir haben heute übrigens eine Mordkommission für einen krassen Fall gebildet. Das musst du dir reinziehen.«

»Ach …«, beginnt Czorski, aber Ruben überhört ihn.

»Vorgestern Abend ist im Sturmtheater ein Schauspieler tot aufgefunden worden. Aber nicht an einem Stück.«

Czorski umklammert unter dem Tisch die Armlehnen seines Korbstuhls. »Ach wirklich?«

»Du hast doch bestimmt davon gelesen, oder?«

»Nein, ich …«

»Egal, es stehen eh nicht alle Details in der Zeitung. Pass auf: Eine Theaterbesucherin hat in der Pause ein Stück Zunge in ihrer Handtasche gefunden.«

Czorski verzieht das Gesicht.

»Sie wollte ihren Geldbeutel rausholen und hatte plötzlich eine Menschenzunge in der Hand! Steht total unter Schock, können wir wahrscheinlich erst Mitte nächster Woche befragen. Die Hauptdarstellerin fand den Kopf des Opfers in ihrer Garderobe. Nur dass dieser Kopf weder Zunge noch Ohren hatte. Bei ihr bin ich froh, wenn ich sie diesen Monat noch sprechen kann. Irgendjemand hat den armen Kerl in seine Einzelteile zerlegt und über das ganze Theater verteilt. Ich hab seit Jahren nicht mehr so viel Blut gesehen.«

Czorski lächelt dünn und zeigt dann mit dem Kinn hinter Ruben. »Die Frau da vorne sieht mich jetzt schon zum zweiten Mal an.«

Ruben wendet kurz den Kopf und hebt die Schultern. »Hübsch. Aber ich kann leider nicht an Frauen denken, wenn ich einen Mörder jage.«

»Du *jagst* Mörder?« Czorski lacht.

»Du weißt doch, wie ich das meine. Dieser Schauspieler ist grausam abgeschlachtet worden, der Täter muss schnellstmöglich gefunden werden.«

»Hat er noch gelebt, als ihm die Gliedmaßen abgetrennt wurden?«

»Nein, wahrscheinlich gab es vorher einen Kehlenschnitt. Die Gerichtsmedizin ist noch nicht ganz fertig. Aber ist trotzdem ekelhaft, oder?«

Ganz genau, denkt Czorski. Ekelhaft und gefährlich.

»Und? Kribbelt es dir da nicht in den Fingern, wenn du so was hörst?«

»Es kribbelt, wenn die Frau da hinten mich weiter so ansieht.«

Ruben schnaubt. »Frauen. Da kribbelt's bei mir wahrscheinlich erst wieder, wenn ich den Täter dingfest gemacht habe. Aber dann umso mehr.«

»Außer du bist dann tot, Ruben.«

»Was?« Ruben blinzelt irritiert. »Das sind harte Worte für diesen lauen Spätsommerabend.«

»Du hast doch von Menschenzungen in Handtaschen angefangen.«

»Nicht ich, Boris.« Rubens Augen leuchten nun wieder. »Ein geisteskranker Mörder hat damit angefangen. *Ich* muss dafür sorgen, dass es so nicht weitergeht.«

Czorski nickt und greift nach seiner Bierflasche. »Viel Spaß dabei.«

»Den werde ich haben.«

Kapitel 2 **Probe**

Mittwoch. 17. September
Morgens. Sturmtheater

Betty legt die Hand auf die Klinke und zieht die schwere Feuertür mit aller Kraft auf. Der Geruch von staubigem Stoff und Schweiß schlägt ihr entgegen.

Sie schaut über die im Raum verteilten Stühle hinweg zu dem flachen Podest. Dort liegt Jens Johannes Jost, blickt zur Decke und wirft einen Tennisball in die Höhe. Er fängt den Ball wieder auf und wendet den Kopf zur Seite, seine blonden Locken liegen auf den schwarzen Holzdielen. »Wo ist der Kaffee? Ich seh keine Kanne.«

Betty lässt ihre Tasche auf einen der Stühle fallen. »Ist Nikki noch nicht da?«

»Wer?«

»Unsere Regiehospitantin, Jens. Sie kocht jeden morgen Kaffee für uns.«

»Echt? Ich dachte, du machst das.«

Mit einem Seufzen geht Betty zu den schwarzen langen Moltonbahnen, die an den Wänden herunterhängen. Sie schiebt zwei Bahnen zur Seite und macht sich am Fenster zu schaffen. Es klemmt, sie drückt und zieht, bis es sich öffnen lässt. Das Fenster bietet zwar nur Ausblick auf eine Backsteinwand, aber für frische Luft reicht es.

»Ich bin müde«, sagt Jens, setzt sich auf und wirft den Tennisball quer durch die Probebühne gegen die Feuerschutztür, dass es knallt.

Betty zuckt zusammen und denkt: Wenn er wenigstens ein

guter Schauspieler wäre, man würde ihm seine Egozentrik glatt verzeihen. Doch sie verkneift sich den Kommentar, setzt sich auf einen Stuhl in der zweiten Reihe und holt ihr Textbuch hervor. »Ich koche keinen Kaffee. Ich bin Regieassistentin und dafür überqualifiziert.«

»Dann musst du Hospitantinnen auswählen, die die Kaffeemaschine bedienen können.«

»Kannst du den neuen Text?«, fragt Betty unbeeindruckt und blättert in ihrem Buch.

»Du meinst den, der jetzt nur noch halb so lang ist, nachdem unser Intendant, der große Carlos, meine Rolle weiter dezimiert hat?«

Betty verdreht die Augen, ohne aufzusehen. »Ja, den.«

»Kann ich. Nicht ohne Kaffee allerdings.«

Betty studiert weiter die Regieanweisungen und Textmarkierungen in ihrem Buch und zeigt auf die Tür. »Dieser Weg führt zur Kaffeemaschine. Koch ihn selbst.«

»Wo bleibt Nina denn?«

»Nikki.«

»Was?«

»Unsere Regiehospitantin heißt Nikki.«

»Mir egal, wie sie heißt. Sie soll Kaffee bringen.«

Betty schlägt das Textbuch zu und zieht ihr Handy hervor. Es ist zehn vor zehn. Um Punkt zehn beginnt die Probe. Sie wählt Nikkis Nummer und hält sich das Handy ans Ohr. Es tutet. Jens ist derweil aufgestanden und zum leeren Imbisstisch hinübergeschlendert, über dem ein Spiegel hängt. Er betrachtet sein Gesicht, fährt sich durch die Haare und gähnt. »Ich sehe schrecklich aus. So könnte ich glatt den Cyrano spielen.«

»Das hättest du wohl gern«, sagt Betty grinsend und legt auf. »Bei Nikki geht nur die Mailbox ran. Ob sie den Weg zur Probebühne nicht findet? Letzte Woche waren wir schließlich im Keller.« Sie sieht zur Feuertür, die sich einfach nicht öffnen will. Schon gar nicht für die heiß ersehnte blaue Thermoskanne. »Oder sie hat Angst.«

Jens beugt sich zum Tennisball hinunter, der zwischen dem Tisch und einer schwarzen Moltonbahn zum Liegen gekommen ist. Er hebt ihn auf und betrachtet ihn wie eine goldene Kugel. »Angst?«

»Na, wegen Arnos Tod, der gesperrten Hauptbühne, den gecancelten Vorstellungen. Was denkst du denn?«

»Das war ein Unfall.«

Betty reibt sich müde die Augen. »Wenigstens dürfen wir wieder probieren. Das lenkt ab.«

»Hoffentlich hat Nina das auch mitbekommen. Immerhin lag hier sechs Tage lang alles brach.«

»Nikki. Und ich hab ihr gestern eine SMS geschrieben, dass es wieder losgeht.«

»Auf mich hat Nikki immer den Eindruck gemacht, dass sie eher nichts mitbekommt«, sagt Jens.

Betty sieht wieder auf ihr Handy. Ihr hochgebundener Pferdeschwanz fällt zur Seite und kitzelt ihr den Hals. Im Grunde hat sie schon bei der dritten Probe gewusst, dass Nikki zu still und schüchtern für das Theater ist. So jemand geht hier unter. Aber bis jetzt hat sie wenigstens immer für Snacks und Heißgetränke während der Proben gesorgt.

»Kannst du denn noch schlafen?«, fragt Betty.

Jens lacht bitter auf. »Natürlich nicht! Ich hab gestern Abend spät noch mit Carlos telefoniert, das hat mich um die Nachtruhe gebracht. Was meinst du, warum ich vor dir hier war?«

Betty lehnt sich zurück, ihr Zopf fällt wieder zum Hinterkopf, sie verschränkt die Arme vor der Brust. »Du hast wirklich schlaflose Nächte, weil Carlos dich nicht für die Hauptrolle in Betracht zieht?«

»Es geht um seinen Ton, Betty. Und darum, dass er den Christian zu einer Karikatur zusammenschrumpft. Wie soll ich denn da etwas entwickeln und meine Rolle entfalten?« Er sieht sie halb wütend, halb ratlos an. Doch auch dabei ist er noch wunderschön.

Betty verkneift sich ein Lachen und greift wieder nach ihrem Handy. »Ich dachte, du liegst aus dem gleichen Grund wach wie wir alle. Nämlich, weil ein Kollege tot aufgefunden wurde und jedes neue Gerücht zu den Umständen noch grausamer und blutiger ist als das vorherige. Es heißt, er sei ... nicht an einem Stück gewesen.«

»Ja, auch das ist beunruhigend«, sagt Jens und sieht wieder in den Spiegel. »Macht mich fertig. Ein Grund mehr für Kaffee.« Er dreht sich wieder zu Betty. »Was, wenn ich dich dafür bezahlen würde?«

»Was?«

»Du könntest Coffeeshop spielen, ich würde dir horrende Summen für einen blöden Kaffee bezahlen.«

»Du bist wirklich *sehr* betroffen«, erwidert sie. »Und ich koche keinen Kaffee.« Sie will gerade noch mal auf Nikkis Namen tippen, als das Handy klingelt.

Jens hofft, dass das Warten nun ein Ende hat, aber Betty sieht nicht aus, als würde sie Nikkis Nummer auf ihrem Handy erkennen. Sie nimmt das Gespräch mit einem irritierten »Ja?« an.

Sie sagt eigentlich nicht viel, sondern lauscht und nickt – und wird blass. Noch blasser, als ihr geliebtes Schwarz sie eh macht. Betty trägt immer schwarze, enge Hosen und weiche, weite Rollkragenpullover, so wie die Regisseure in den Siebzigern. Dabei sind die Siebziger längst vorbei – und Betty ist noch lange keine Regisseurin.

»Ja, sie ist Praktikantin bei mir. Ich bin Regieassistentin im Sturmtheater ... Was? ... Aber ...?« Bettys Stimme zittert.

Die Kantine wäre natürlich auch eine Möglichkeit, denkt Jens.

Im Zweifel kann man sich den Kaffee auch dort holen, wenn sie partout nicht selbst welchen machen will. Aber dann lässt Betty das Handy langsam sinken und starrt ihn an.

»Was ist los?«, fragt Jens.

»Es … gab einen Vorfall.« Ihre Stimme ist tonlos. »Nikki wird nicht kommen.« Sie packt ihr Telefon in die Handtasche und räumt das Textbuch dazu. Es sind mechanische Bewegungen.

»Hatte sie einen Unfall?«

»Ich weiß es nicht genau. Das am Telefon war ein Polizist. Er hat mir keine Details genannt. Aber die Polizei kommt gleich, um uns Fragen zu stellen. Ich muss mit Carlos reden. Wahrscheinlich haben die ihn auch schon angerufen.«

»Wir müssen alle hierbleiben? Wegen eines Unfalls? Dann hat sie sich aber nicht den Arm gebrochen.«

Betty schüttelt den Kopf. »Nein«, flüstert sie. »Nikki ist tot.«

Mittags. Im KKF-II-Labor

Doktor Florian bemerkt sie erst, als sie direkt neben ihm steht. Sie nimmt ihm das Licht. Er lässt den Draht los, so dass beide Enden rechts und links vom Seifenblock baumeln, und richtet sich auf. Seidel legt ein Papier direkt vor ihren Bruder auf den Seifenblock.

»Hey!« Er reißt es herunter. »Das ist Beweismaterial.«

»Von was?«

»Von einer Schießübung. Du verfälschst das Ergebnis.«

Sie tippt auf das Papier in seiner Hand. »Und was ist das?«

»Ein Antrag auf Tierknochen«, antwortet er, ohne draufzusehen.

Seidel schwingt sich auf den Tisch mit dem Seifenblock und sieht ihren Bruder fragend an.

»Rita …«, beginnt er mahnend und schiebt den Seifenblock etwas von ihrem Hintern weg.

»Tierknochen, ja?«

Er legt das Papier auf den Schreibtisch an der Wand, setzt sich mit galanter Drehung auf den Hocker und überschlägt die Beine. »Wenn wir nicht mit einem anästhesierten Schwein arbeiten können, müssen wir unsere Surrogate auf andere Art so lebensecht wie möglich gestalten. Wenn man Tierknochen in die ballistische Gelatine einsetzt, dann simulieren wir den menschlichen Körper authentischer, denn …«

Seidel beugt sich zu ihm vor. »Willst du mich verarschen?«

Er schnalzt mit der Zunge. »Ich bitte dich, das ist nicht mein Stil.«

»Sondern? Sieben Stunden mit Seife spielen, eine ausgedehnte Mittagspause im Treptower Park und dann Drinks in Mitte, bei denen jeden zweiten Tag eine andere Frau auf deine BKA-Ballistiker-Masche reinfällt?«

Doktor Florian breitet die Arme aus. »Berlin ist herrlich.«

Sie zeigt auf das Papier hinter ihm. »Das unterschreib ich nicht.«

»Was? Warum?«

»Da kommst du selber drauf.«

»Es ist Macadamia!«, verkündet in dem Moment eine Stimme feierlich von der Tür. Seidel wendet den Kopf. Dort steht Harald Filond, der Gerichtsmediziner des KKF II, und hält in der einen Hand einen Kaffeebecher aus Pappe, die andere hängt geziert in der Luft. In dem weißen Laborkittel sieht er aus wie eine riesige Teekanne. Seidel schaut von dem Gerichtsmediziner zu ihrem Bruder und wieder zurück. Irgendwie wirkt Filond wie die dicke, ältere und tuntige Version von Doktor Florian. Nur eben ohne Vollbart. Waren die sich schon immer so ähnlich, oder ist das in den letzten Wochen passiert? Vielleicht sind sie wie ein altes Paar, das nach Jahrzehnten automatisch die gleiche Kleidung trägt.

Nur dass die beiden noch keine drei Wochen zusammenarbeiten.

Filond nimmt einen Schluck aus dem Becher. »Mhm«, macht er genießerisch. »Nicht zu fassen, dass ich fast drei Wochen gebraucht habe, um den besten Kaffeesirup da unten zu finden.« Er trippelt gut gelaunt zu seinem Schreibtisch.

»Meine kleine Schwester will den Antrag auf Tierknochen nicht unterschreiben.«

Filond bleibt stehen. »Nicht?«

Seidel bleibt stoisch mitten auf dem Tisch sitzen und dreht sich nur ein Stück zu Filond um. »Ihr kriegt kein Schwein, und ihr kriegt auch keine Tierknochen.«

»Ja, aber ...« Enttäuscht sinkt Filond auf seinen Drehhocker, der unter seinem fülligen Körper fast verschwindet.

»Woran arbeitest du gerade?«, fragt sie ihn.

»Doktor Florian hat mir Lektüre empfohlen.« Er trinkt noch einen Schluck Kaffee. »Ich lese über Kneubühls Messverfahren zur Voraussage der Zerstörung von menschlichem Gewebe durch unterschiedliche Schusswaffen. Wir kreisen gerade Dumdumgeschosse ein.«

»Dumdumgeschosse?«

Doktor Florian springt auf. »Wenn ich den Seifenblock fertig zerteilt habe«, beginnt er, beugt sich wieder über den Block und zieht den Draht weiter durch die Seife, »dann können wir wahrscheinlich einen sehr großen Krater sehen. Von außen sehen wir schon die Splitter des Geschosskörpers.«

»Der steckt noch drin«, ergänzt Filond. »Dum-Dum-Geschosse sind auf größtmögliche Gewebsverletzung hin entwickelt worden und geben sofort beim Eintritt die größtmögliche Energie ab.«

»Das weiß ich«, sagt Seidel. Sie rutscht vom Tisch und mustert ihren Bruder vorwurfsvoll. »Die Frage ist: Was hat das alles mit Heinz Gullnick zu tun?«

»Gullnick?«, fragt Filond.

Doktor Florian räuspert sich. »Ich dachte, wir sollen uns zuerst allgemein mit Wundballistik beschäftigen und Basisdaten gewinnen.«

»Das hast du so verstanden, weil du es so verstehen wolltest. Ich habe gesagt, ihr sollt euch allgemein einarbeiten, bis wir einen konkreten ersten Fall haben, anhand dessen wir Täter-, Opfer- und Tathergangsmuster herausarbeiten.«

»Äh.« Doktor Florian und Filond tauschen einen Blick.

»Stattdessen gewinnt ihr *Basisdaten* über eine Geschossart aus dem neunzehnten Jahrhundert?«

»Also, Rita, es ist nicht ausgeschlossen, dass ein perfider Serienmörder heute das Dumdumgeschoss gerade deshalb ...«

»*Das*«, sie hebt mahnend ihren dünnen Zeigefinger unter Doktor Florians Nase, »ist kein Argument! Und das weißt du selbst.« Sie richtet den Finger auf Filond. »Und du auch.«

Filond lächelt entschuldigend. »Ich fand Kneubühls Messverfahren eh nicht besonders erhellend.«

»Wie bitte?«, fragt Doktor Florian. »Er ist ein führender Gerichtsmediziner.«

Filond wischt mit der fleischigen Hand durch die Luft. »Kenne bessere.«

Seidel trommelt mit den Fingern auf dem Labortisch mit dem Seifenblock. »Ich dachte, *ihr* seid die besseren. Ich dachte, ihr könnt die Forschung vorantreiben. Aber stattdessen verschwendet ihr Patronen und Arbeitszeit für ein völlig veraltetes Geschoss, das mit unserem aktuellen Fall *nichts* zu tun hat.«

Filond lehnt sich an seinen Schreibtisch und verschränkt die Arme über seinem runden Bauch. »Autorität steht dir gut, Seidel. Ich finde es toll, dass du dich jetzt durchsetzen willst.«

Seidel schiebt ihre Brille mit einer zackigen Bewegung die Nase hoch. »Gullnick hat seine Opfer erhängt. Er hat in seinem

Leben keine Schusswaffe angerührt. Als jemand, der auf Schusswaffen spezialisiert ist, solltest besonders *du* dich mit Stricken und Strangulation auseinandersetzen. Und zwar seit der Sekunde, als ich dem Team verkündet habe, dass wir uns Gullnick und die Bergstollenjungen ansehen werden!«

»Also, Schwesterchen, du hast uns nicht direkt …«

»Am Arsch, Florian! Du hörst jetzt sofort mit den Scheißausreden auf, oder ich schmeiß dich raus und lass dich zurück nach Wiesbaden versetzen, wo es keine Mitte-Bars und keine einzige Singlefrau mehr gibt, die du mit deiner Gentleman-Ballistiker-Masche beeindrucken kannst.«

Doktor Florian schluckt. »Das machst du nicht …«

Seidel lacht. »Ich weiß, dass du wegen Berlin hier bist und nicht, weil dich die Herausforderung interessiert. Aber wenn du die nicht langsam annimmst, kannst du Berlin vergessen!«

»Gut gesagt«, säuselt Filond.

»Und du«, wieder hebt Seidel den Finger, »kümmerst dich jetzt darum, ob du Zugang zu den Gullnick-Opfern bekommst.«

»Den begrabenen Jungen?«

»Ja, genau denen. Was sagen die Akten? Was sagen die Leichen?«

»Was die Leichen *sagen?*« Filond lächelt unglücklich. »Die sind doch schon seit über fünfundzwanzig Jahren unter der Erde.«

Seidel verschränkt die Arme vor der Brust. »Theoretisch kann man die ausgraben, oder nicht?«

»Was? Also nach fünfundzwanzig Jahren …«

»Keine Ausreden mehr. Ihr habt hier Sezierbesteck und einen Kühlraum, Filond. Dachtest du wirklich, das sei alles nur für den Fall, dass irgendjemand euch irgendwann mal erlaubt, auf ein betäubtes Schwein zu schießen?«

»Äh.«

»Und wie verhält es sich mit einem Seil als Tatwaffe? Wann ist

Erwürgen und wann Erhängen mitsamt Genickbruch effizienter? Was sagen die Akten aus gerichtsmedizinischer Sicht, was auf ein Ritual schließen lässt? Macht endlich euren Job!«

Seidel sieht von einem zum anderen, dreht sich auf dem Absatz um und schreitet entschlossen zur Tür, die sie mit einem Knall hinter sich zuwirft.

Filond atmet vernehmlich aus und leert seinen Kaffeebecher. »Und du hast gesagt, dass wir hier im Labor unsere Ruhe haben werden.«

Doktor Florian runzelt die Stirn. »Nun, ich schätze, diese Zeiten sind vorbei, mein Freund.«

Nachts. Sturmtheater

Betty zieht ihre Jacke an und schultert ihre Tasche. Sie kommt ihr seltsam leicht vor, deshalb wirft sie noch einen Blick hinein. Das Textbuch fehlt. Genervt sieht sie sich im Raum um. Sie wollte zu Hause noch einmal alle Änderungen durchgehen und sauber eintragen, damit morgen auf der Probe keine Verwirrung darüber entsteht, wer was zu sagen hat. Sie hebt ein paar Blöcke und alte Textbücher vom Schreibtisch hoch. Es herrscht ein einziges Chaos. Wenn das ihr Schreibtisch oder ihr Büro wäre, würde sie sich besser zurechtfinden, aber es ist das Büro aller Regieassistenten im Haus, und es gibt keine festen Plätze, nur Unordnung.

Betty seufzt. Alles deutet darauf hin, dass sie das Textbuch auf der Probebühne liegen gelassen hat. Ausgerechnet diese Woche, wo sie die Bühne in der vierten Etage hatten. Hätte das nicht letzte Woche passieren können, als sie noch im Keller waren?

Sie schließt das Büro hinter sich und geht zum Treppenhaus. Vor der schweren Feuerschutztür im vierten Stock angekommen, legt sie die Hand auf die Klinke und zieht mit einem kräftigen Ruck. Die Tür erscheint ihr zu dieser Stunde noch schwerer als sonst, sie bekommt sie kaum einen Spalt auf, als sie plötzlich Stimmen hört.

»Du machst dich wirklich lächerlich«, sagt Intendant und Regisseur Carlos. Seine schnarrende Stimme erkennt Betty sofort. Und wie immer betont er das R etwas zu deutlich.

»Nein, *du* machst dich lächerlich. Irgendwann musst du doch auch mal gegen das Klischee besetzen«, antwortet Jens. »Wir sind schließlich das Sturmtheater!«

Betty beißt sich auf die Lippen. Soll sie einfach reingehen?

»Sag mir nicht, wie mein eigenes Theater heißt!«, brüllt Carlos jetzt. »Oder wie ich es zu führen oder wen ich zu besetzen habe. Ich besetze nach Talent!«

»Ich bin besser als das, was du mich spielen lässt.«

»Du bist noch zu schlecht für das, was ich dir überhaupt gebe. Ich habe heute einen kompletten Abend verschwendet. Wenn ich talentlose Selbstdarsteller ansehen wollte, würde ich Aufnahmeprüfungen an der Schauspielschule machen.«

»Wenn du wüsstest, was man mir schon alles bezahlt hat für meine Auftritte, welche Honorare ich hatte, dann ...«

»Wenn *du* wüsstest«, fährt Carlos laut dazwischen, »wie oft ich schon darüber nachgedacht hab, deinen Vertrag aufzulösen. Dann würdest du mich anbetteln, hier umsonst spielen zu dürfen. Aber deine Agentur hat dieses Haus ja geknebelt.«

Betty schluckt und lässt die Tür langsam wieder ins Schloss gleiten. Sie kann ihr Textbuch auch morgen vor der Probe überprüfen, dann wird sie halt etwas eher kommen.

Sie atmet tief durch und sieht in den Flur. Er ist dunkel und zugig. Als wären zwei Todesfälle nicht schon genug, jetzt streitet der Intendant sich auch noch mit seinen Schauspielern. Sie geht die Stufen hinunter, ihr Schritt wird immer schneller. Sie hat sich in diesem Theater einmal zu Hause gefühlt, doch das Gefühl ist verflogen.

»Wieder so spät geworden?«, fragt Willi in ihre Gedanken hinein.

Betty wendet überrascht den Kopf und sieht ihn an. Sie weiß kaum, wie sie bis zur Pförtnerloge gekommen ist. »Ja, ohne Hospitantin muss man alles selber machen. Und dann die Polizei, die den ganzen Tag im Haus war, und der exzentrische Regisseur, der auf seine Proben besteht …« Sie zieht ihre Jacke enger um sich.

»Mädel, du musst auf dich aufpassen«, sagt der gemütliche Nachtpförtner, während er kurz auf die Uhr guckt und eine Uhrzeit notiert.

»Aufpassen?«

Willi legt den Stift beiseite. »Laut meinen Aufzeichnungen bist du seit dreizehn Stunden im Haus. Oder hat Fred vergessen einzutragen, dass du nachmittags draußen warst?«

»Nein, ich war hier«, murmelt sie.

»Betty, das ist zu lang. Du musst deine Batterien doch auch mal auftanken. Oder glaubst du, Carlos macht dich zur Regisseurin, wenn du Burnout hast, bevor du dreißig bist?«

Sie lächelt dünn. »Nein, aber wenn er mich gar nicht erst bemerkt, krieg ich auch keine eigene Produktion.«

Willi lehnt sich zurück und wischt mit der Hand durch die Luft. »Deine Zeit wird kommen.«

»Nicht, wenn wir nicht probieren können. Ich wünschte wirklich, die Polizei würde hier nicht ständig aufkreuzen und alles lahmlegen.«

»Aber die müssen doch ermitteln.«

»Ja, natürlich. Aber können die das nicht nachmittags machen, wenn wir hier Pause haben? Dann könnten wir morgens und abends wie gewohnt loslegen.«

»Dann hätte aber keiner eine Pause, Betty. Dann würdet ihr

morgens und abends probieren und dazwischen mit der Polizei sprechen und kämt nie zur Ruhe.«

Sie lächelt ihn an. »Ach, Willi. Die Welt dreht sich heute eben schneller. Das heißt nicht, dass wir alle einen Herzinfarkt bekommen werden.«

»Ich sag nur, du sollst auf dich aufpassen.«

Sie winkt ihm und geht die drei Stufen zur Tür hoch. »Mach ich. Gute Nacht, Willi.«

»Gute Nacht.«

Donnerstag, 18. September
Morgens. Im KKF II

Czorski greift mit der rechten Hand unter seine Jeansjacke zum Leibriemen, zieht die Walther hervor und kniet sich vor den Tresor. Gähnend gibt er den Code ein und wartet auf das Piepsen. Die Tür springt auf, und Czorski legt die Pistole in sein Fach. Er will die Tür schließen, doch stutzt. In Pfeffers Fach liegt ihre für Linkshänder optimierte Walther. Dabei kommt sie doch immer erst um neun.

»Seidel!«, ruft er über die Schulter zum Büro seiner Chefin. »Ist Pfeffer schon da?«

»Körperlich oder geistig?«, kommt es zurück. »Letzteres müsste ich generell verneinen.«

»Ihre Waffe ist aber hier.«

»Du lässt deine doch meistens auch über Nacht hier im Tresor, oder nicht?«, ruft Seidel halb fragend, halb desinteressiert zurück. Dann raschelt Papier.

Czorski sieht zu dem Tresor und schließt die Tür. »Ja, *ich*«, sagt er leise, zieht seine Jeansjacke aus und hängt sie über den Stuhl. Der Platz von Pfeffer ist noch leer. Dass sie sich von ihrer geliebten

Waffe getrennt haben soll … Ausgerechnet jetzt, wo sie zu Hause einen Waffenschrank hat und die Pistole immer bei sich führen darf?

Czorskis Handy klingelt, und er schiebt seine Gedanken an Pfeffer und ihre Walther beiseite.

»Boris, ich brauche dich«, sagt Ruben unvermittelt. »Erinnerst du dich an die zerstückelte Leiche aus dem Sturmtheater?«

»Jaaah«, sagt Czorski gedehnt und setzt sich an den Schreibtisch. Er erinnert sich vor allem an die hübsche Brünette, die ihn an dem Abend im Biergarten zwei Mal angeschaut hat … und die er dann doch nicht angesprochen hat, weil er zu feige war.

»Es gibt eine zweite Leiche.«

»Im Sturmtheater?«

»Jein. Jemand *aus* dem Sturmtheater. Innerhalb von einer Woche haben wir zwei Leichen, die zu ein und demselben Schauspielhaus gehören. Das schreit doch nach Doppelmord ein und desselben Täters.«

Czorski presst die Zähne aufeinander. Was soll er denn darauf erwidern? Dass es nicht danach schreit, aber sehr wahrscheinlich ist? Dass er über so was gar nicht nachdenken will? Dass Heinz Gullnick in den letzten Tagen auch deshalb zu seinem Lieblingsmörder geworden ist, weil der schon gefasst wurde? Gullnick kann erforscht werden, ohne dass er noch Schaden anrichtet. Das ist die perfekte Ermittlerarbeit in Czorskis Augen.

»Aber wir tun uns mit der Ein-Täter-Theorie schwer, Boris. Die beiden Opfer kannten sich nicht und sind auch auf sehr unterschiedliche Art umgekommen. Das zweite Opfer ist heimlich, still und leise vergiftet worden. Könnte auch Selbstmord gewesen sein.«

»Ruben, ich …«

»Ja, ich weiß, du warst nicht direkt an der Erfassung des Stern-Mörders beteiligt. Aber du könntest mir trotzdem eine

Hilfe sein, auch wenn du Tobias Damm nicht auf die Schliche gekommen bist.«

»Na ja«, widerspricht Czorski, »ich war schon in der Mordkommission.«

»Ach ja?«

»Egal«, sagt Czorski seufzend. »Was ich eigentlich sagen wollte: Ich muss mich hier wirklich auf unsere Forschung konzentrieren. Was du da beschreibst, passt nicht in unser Profil. Wir arbeiten mit rituellen Serienmorden. Zwei so unterschiedliche Tatortbilder, wie du sie beschreibst, könnten vom gleichen Mörder sein, weisen aber noch nicht auf ein Ritual hin. Und zwei Tote sind noch keine Serie.«

»*Noch* nicht, Boris«, antwortet Ruben ernst. »Wir sind etwas ratlos, sonst würde ich dich nicht um Hilfe bitten. Ich hatte die Hoffnung, dass euer Team uns eventuell beratend zur Seite stehen kann.«

Gegen seinen Willen muss Czorski feststellen, dass es ihm gefällt, wie ihn der coole Großstadtcowboy um Hilfe bittet, wie er auf jemanden wie ihn angewiesen ist.

»Komm schon, Boris! Wir beide ermitteln gemeinsam, wie wir es uns vor fast fünfzehn Jahren ausgemalt haben. Wir folgen den Spuren, stellen den Mörder und …«

»… lassen uns erschießen«, schließt Czorski tonlos.

Ruben schweigt eine Weile. »Dein Forschungsschreibtisch ist keine Beförderung«, sagt er schließlich. »Und du bist auch nicht in Berlin, weil du Kreuzberg so toll findest. Du hast Angst, dass dir das passiert, was Ortwein passiert ist.«

Czorski denkt kurz über diese Worte nach, denkt an seinen alten Vorgesetzten, der in Essen vom Stern-Mörder erschossen wurde – der sich in die Schusslinie warf, um Seidel zu retten. »Kriminalkommissare leben gefährlich, Ruben«, sagt er schließlich mit heiserer Stimme. »Dieser Job ist kein Abenteuerspielplatz. Du kannst dir vormachen, dass es anders ist, und dich beinhart finden, bis du einem Mörder mal so nah kommst, dass es kein Spaß mehr ist.«

»Wenn man vom Pferd fällt, sollte man schnell wieder aufsteigen.«

»Ich hab jetzt ein anderes *Pferd*, wenn du so willst. Und wir sind keine Ermittlungsberater.«

»O.k.«, sagt Ruben knapp. »Da kann man nichts machen.«

Czorski verspricht noch ein Bier, das sie bald trinken werden, aber Ruben stimmt nur abwesend zu, bevor er auflegt.

Seidel schlurft an Czorski vorbei durch den Flur. Er hört, wie sie ans Labor der beiden Forensiker klopft und ihnen irgendwas von Seilproben zuruft, zu denen sie wirklich gerne bald einen Bewilligungsantrag auf ihrem Schreibtisch hätte. Das wäre nämlich mal einer, den sie herzlich gern unterschriebe.

Das Klappern von Absätzen kündigt Pfeffer an, und während Seidel da draußen noch schimpft, steht sie schon in der Bürotür. Der BKA-Ausweis baumelt an ihrem Blazer.

»Morgen«, sagt Pfeffer knapp und setzt sich an ihren Schreibtisch, mit einer Miene, als erwarte sie eine besonders unangenehme Arztbehandlung.

»Wer ist eigentlich auf die geniale Idee gekommen, dass ich mit meinem Bruder zusammenarbeiten soll?«, murmelt Seidel und stampft an Pfeffer und Czorski vorbei. »Als seine Vorgesetzte.« Sie lacht bitter und knallt die Tür hinter sich zu.

Czorski zuckt zusammen, Pfeffer nicht.

»Deine Zusammenfassung gestern hat mir gefallen«, sagt er freundlich.

Sie lächelt dünn. »Das freut mich. Aber ich war vor allem froh, dass es vorbei ist. Und dann hat Seidel mir schon etwas Neues aufgetragen.«

Er lacht. »Natürlich, oder wolltest du hier Däumchen drehen?«

»Ich weiß nicht, was ich will«, erwidert sie leise. »Aber ich weiß, dass ich die Kreis-Hypothese nicht auf einen Täter anwenden will, dessen Homebase bereits bekannt ist.«

»Homebase?«

Pfeffer blättert lustlos in ihren Büchern und Unterlagen. »Die Kreis-Hypothese ist eine Abstandshypothese, die einen Zusammenhang zwischen den Tatorten und der Basis des Täters herstellt. Es geht um die Abstände der Tatorte zueinander. Meistens ist die Basis des Täters sein Wohnort, und der von Gullnick ist bekannt.«

»Du sollst also einen Ort finden, den du schon kennst?«, fragt Czorski.

»Nein, einen Ort, den *ihr* kennt«, erwidert sie genervt. »Seidel hat mir nur die vier Entführungsorte zur Verfügung gestellt, die Gullnick nach seiner Verhaftung preisgegeben hat. Und ich soll jetzt Kreise ziehen.«

»Spannend. Ich hab mich nie groß mit den eigentlichen Tatorten beschäftigt.«

»Aber das ist doch alles sinnlos! Ich erarbeite etwas, das schon bekannt ist. Und damals haben die Ermittler im Dunkeln getappt. Wenn ein vierter Junge nicht entkommen wäre und die Beamten in den Stollen geführt hätte, wäre Gullnick heute noch frei. Ermittlungsstrategien versus Zufall.«

Czorski sieht den Jungen von damals vor seinem inneren Auge. Seit sie die Akten vorliegen haben und er das Gesicht dieses armen Burschen kennt, sieht er es ständig vor sich. Es hat fast etwas von einem Blick in den Spiegel und in seine Vergangenheit, denn Czorski weiß, er selbst hätte Gullnick damals ebenso über den Weg laufen können.

»Von wegen heiße Spur und gute Ermittlungsarbeit«, mault Pfeffer weiter und schiebt ihre Maus lustlos über den Schreibtisch. »Ein Elfjähriger hat den Beamten und sehr vielen kleinen

Bochumer Jungs den Arsch gerettet.« Sie hält inne. »Arsch gerettet. Ha-ha.«

Czorski runzelt die Stirn. »Das war geschmacklos.«

»Ja, tut mir leid. Ich ...«

Czorski betrachtet sie genauer, die glänzenden Haare, das junge Gesicht, auf dem sich Erfahrungen abzeichnen, die niemand in seinem Leben machen sollte. Pfeffer wirkt verbittert und verloren.

Sein Handy piepst. Er schaut drauf.

Spannende Ermittlungsarbeit und gefährliche Täter ... Überleg's dir. Ruben.

Czorski sieht noch einmal zu Pfeffer. Sie starrt unverändert in eine unbestimmte Ferne jenseits ihres Computers.

Abends. KKF II

Seidel klemmt sich den schwarzen Edding zwischen die Zähne und zieht das Whiteboard an der Wand entlang. Ein Rad verhakt sich genau in dem Augenblick in einem Papierstapel, als es an der Tür klopft.

»Hrrmpf.«

»War das ein *Herein?*«, fragt Czorski und steckt den Kopf durch die Tür.

Sie winkt ihn in ihr Büro und legt den Stift beiseite. Fluchend tritt sie gegen den verkanteten Papierstapel, bis das Rad des Boards wieder frei ist. Czorski schließt die Tür und räuspert sich.

»Probleme mit der Facetten-Theorie?«, fragt sie.

»Was?«

»Es ist wichtig, dass du die einmal an Gullnicks Fall durcharbeitest. Da Gullnick sowohl Vergewaltiger als auch Serienmörder war, können wir Canters Theorie mit ihm auf ein anderes Verbrechen erweitern: den rituellen Serienmord.«

»Ach so. Ja, ich denke schon, dass ich das hinkriege.«

Seidel nickt zufrieden und sucht den Boden ab. Sie hebt ein Papier vom Boden auf, steckt den Stift wieder zwischen die Zähne und zieht den Deckel ab, den sie auf den Boden ausspuckt. Mit quietschenden Geräuschen beginnt sie, ans Whiteboard zu kritzeln. Sie schreibt *Annäherung ans Opfer*.

»Deshalb bin ich allerdings nicht da«, setzt Czorski an.

»Weshalb dann?«, fragt Seidel und schreibt weiter. *Methode, das Opfer zu kontrollieren*.

»Wegen Pfeffer.«

»Pfeffer?«, fragt sie abwesend und kritzelt: *Reaktion des Täters auf Opferverhalten*.

»Ja, und wegen zwei Morden im Berliner Sturmtheater.«

Sie hält im Schreiben inne. *Art der–* steht vor ihr auf dem Board. Sie wendet langsam den Kopf. »Aktuelle Morde?«

»Ja. Ein Schauspieler ist in seine Einzelteile zerlegt worden, und jemand anders wurde vergiftet.«

»Und jetzt will Pfeffer ermitteln?«

Czorski lacht unglücklich auf. »Ich wünschte, es wär so.« Er setzt sich auf die Kante des grauen Sofas. Auf der Sitzfläche liegen Papierstapel. »Ein alter Kumpel von mir leitet die Mordkommission, von der sie nicht wissen, ob es besser zwei Kommissionen sein sollten ... Er hat nach Hilfe gefragt.«

»Aha«, sagt Seidel und betrachtet Czorski nachdenklich. »Du würdest lieber Hartz IV beantragen, als wieder in aktive Ermittlungen hineingezogen zu werden. Also frag ich mich, was das alles mit unserem Team zu tun hat. Oder mit Pfeffer.«

»Sie ist einfach nicht mehr sie selbst. Sie ist so lustlos, dass es mich mit runterzieht. Vielleicht können wir so ihren Spürsinn wieder wecken ...«

Seidel lacht leise und wendet sich ihrem Board zu. »Sie will aber gar nicht ermitteln. Da verstehst du sie falsch.« Sie schreibt *Art der*

Kommunikation mit dem Opfer zu Ende und blickt auf das Papier in ihrer Hand. Acht Verhaltensbereiche, die 33 Variablen von Täterverhalten kategorisieren. 33. Und in ihnen wurde der Aspekt des Rituals noch gar nicht bedacht.

»Vielleicht sind Ermittlungen nicht das, was Pfeffer *will*«, lenkt Czorski ein. »Aber es könnte das sein, was sie *braucht*. Es ginge ja nicht darum, aktiv in irgendwelche Spurensuchen einzusteigen.«

»Was sie braucht.« Seidel lacht bitter. »*Ich* brauche eure Forschungsarbeit. Pfeffer ist zwar nur Assistentin und als Analystin noch in der Ausbildung, aber unter ihr Zeugnis könnte ich nicht mal schreiben, dass sie sich stets bemüht hat.«

»Eben. Wir brauchen wieder ihren Biss.«

»Neeein«, sagt Seidel gedehnt. »Wir *brauchen* Durchhaltevermögen für präzise und langwierige Forschungsarbeit.« Sie hebt das Papier in ihrer Hand hoch. »Unser erster Täter ist vor fünfundzwanzig Jahren gefasst worden. Das heißt, wir haben alte Daten, die nur teilweise digitalisiert wurden.« Sie zeigt an die Tafel hinter sich. »Wir müssen Antworten auf all diese Fragen hier finden und außerdem«, sie liest von den Unterlagen in ihrer Hand ab, »sein Sexualverhalten und seine dem Angriff nachfolgenden Handlungen einkreisen.«

»Und das vor allem im Hinblick auf Ritualisierung.«

Seidel hebt die weiten, etwas zu langen Hosenbeine ihrer Jeans an und steigt über die Berge von alten Akten hinweg. »Heinz Gullnick ist wirklich sehr spannend und einfach ideal für uns.« Sie dreht sich suchend um sich selbst. »Rein statistisch gesehen sind die sexuelle und die kriminelle Verhaltensfacette innerhalb einer Tat selten gleich dominant. Heißt das auch, dass die kriminelle und die rituelle Facette sich unterscheiden? Oder ergänzen sie sich, oder sind sie gar nicht erst voneinander zu trennen? Hach, so viele Fragen …«

Czorski betrachtet sie nachdenklich. »Du brauchst ein Team,

Seidel. Du musst deine Leute auf Linie kriegen. Vielleicht hilft es, wenn wir mal als Team auftreten und uns wenigstens für die Außenwelt als Gruppe definieren. Manchmal sorgen solche Kleinigkeiten für ein Zusammengehörigkeitsgefühl.«

Sie sieht ihn zerstreut an.

»Ich bin wieder bei der Anfrage von meinem Kumpel.«

»Wirklich?« Sie scheint ehrlich erstaunt darüber, so als hätten sie das vor Wochen besprochen.

»Ja«, sagt Czorski weiter, »am Ende ist das Ziel unserer Arbeit doch, Täter schneller fassbar zu machen. Können wir wirklich einen bereits gefassten und unschädlich gemachten Mörder einem aktiven vorziehen?«

Seidel kaut auf ihrer Unterlippe.

»Es wäre nur *ein* Besuch bei der Mordkommission«, setzt Czorski nach. »Ein *kleiner* Beratungseinsatz. Immerhin läuft da draußen ein Täter rum, der Menschen das Leben nimmt und vielleicht noch nicht damit fertig ist.«

»Oder zwei.«

»Was?«

Seidel seufzt. Es ist zu spät. Sie hat angebissen. »Vielleicht laufen zwei Täter frei rum«, sagt sie.

Kapitel 3 **Ratschläge**

Freitag, 19. September

Instant-Messaging-App

H4BCA78V	Nach dem sogenannten Kaninchenprojekt hatten wir sehr schnell wieder Sex, noch am gleichen Tag. Nur in der Badewanne haben wir es nie wieder getan. Die anderen Frauen, die ich mitgenommen hab, hab ich hingegen nur noch in der Badewanne gevögelt. Prasselndes Wasser auf nackter Haut und das Bild von ihr in meinem Kopf. SIE, die gedacht hat, sie hätte hier echte Kunst vollbracht. Ich war selten so geil. Die anderen waren süße Mädels. Theaterwissenschaftsstudentinnen mit chinesischen Samtschuhen. Immer am jauchzen. SIE wusste davon nichts. Sie dachte, sie sei die Einzige. Aber das hat sie ja immer gedacht. Dass es keine andere Frau außer ihr gäbe. Keine fähige Regisseurin. Keine Künstlerin. Niemanden.
STHBPN49	Woher hast du das?
H4BCA78V	*online*
STHBPN49	Das hab ich aus dem Stück gestrichen! Diesen Text kennt nicht mal der Regisseur.
H4BCA78V	*online*
STHBPN49	Du kannst den Monolog gar nicht gelesen haben. Woher zum Teufel hast du das?!

»Arno Ulling«, sagt Ruben und tippt auf seinen Laptop. Das Bild eines Mannes Anfang vierzig wird an die Wand projiziert. »Dreiundvierzig Jahre alt, Schauspieler, festes Ensemblemitglied im Sturmtheater. Wurde selten in Hauptrollen besetzt, war ein respektierter Charakterdarsteller für die interessanten Nebenrollen. Er wurde am Donnerstagabend tot aufgefunden – und zwar in genau 43 Teilen. Gestorben ist er laut Rechtsmedizin an einem Kehlenschnitt, dann ist die Leiche zerteilt und über das ganze Theater verteilt worden. Der Täter hat einige Körperteile vom Rumpf abgerissen, und zwar mit einer Seilwinde, die unter der Bühne steht.«

»Hast du eigentlich schon einen Therapeuten für mich gefunden?«, fragt Pfeffer flüsternd.

Seidel dreht sich irritiert zu ihr um.

»Du hast gesagt, du empfiehlst mir jemanden«, beharrt sie.

Ruben räuspert sich und tippt wieder auf seinen Rechner. Bilder von Körperteilen und Blutlachen sind zu sehen. »Wir haben Ullings rechten Arm auf dem Herrenklo gefunden, einen Zeh im Keller, seine Ohren in der Garderobe der weiblichen Statisterie und so weiter.«

Filond legt den Kopf schief und schlürft Kaffee. Er verzieht das Gesicht und sieht sich suchend um. Dann erhebt er sich ächzend und beugt sich über den Konferenztisch. Sein Bauch berührt die Tischplatte, Knöpfe schrappen darüber, während er unter lautem Knistern zwei Zuckertütchen greift.

Ruben runzelt die Stirn, wechselt zum nächsten Bild und wird lauter. »Nikki Eifert. Zwanzig Jahre alt. Germanistikstudentin und Regiehospitantin im Sturmtheater. Das heißt, sie war unbezahlte Praktikantin, hat Kaffee gekocht, Requisiten sortiert und Ähnliches. Sie wurde Dienstagmorgen tot in ihrer Wohnung gefunden. Rizinvergiftung. So wie es aussieht, befand sich das Rizin in einer Flasche Fanta aus der Kantine des Theaters.«

Er tippt wieder. Neben dem Portrait der unscheinbaren, aschblonden Studentin erscheint jetzt ein zweites Bild. Es ist der Tatort. Nikki liegt auf dem Boden ihres Badezimmers, ausgemergelt, um sie herum Erbrochenes und Kot.

Doktor Florian hebt die Hand.

»Ja, bitte«, sagt Ruben.

»Was wurde denn gespielt?«, fragt Doktor Florian. Ruben runzelt erneut irritiert die Stirn. »Na, wenn eine Vorstellung gegeben wurde, haben die doch was gespielt.«

»Äh, ja, *Kabale und Liebe.*«

»Und woran hat die Praktikantin mitgearbeitet?«

Ruben blättert in seinen Notizen. »Cyrano von Bergerac.«

Doktor Florian lacht auf. »Boulevard!«

»Aber deshalb bringt man sich doch nicht um«, sagt Czorski.

»Du vielleicht nicht«, erwidert Doktor Florian.

»Niemand bringt sich selbst mit Rizin um«, hakt Filond ein. »Fieber, Übelkeit, Erbrechen, Durchfall, es dauert Stunden, bis man das Bewusstsein verliert, und dann endet man so. Das ist kein Gift für einen Selbstmord.«

»Außer man kennt sich nicht aus«, überlegt Ruben.

»Kann man eine Rizinvergiftung mit einer schweren Magen-Darm-Grippe verwechseln?«, fragt Czorski.

»Wenn die Dosis so hoch ist, dass man das Bewusstsein schnell verliert, dann vielleicht. Ach, ich hasse dumme Mörder«, sagt Filond. »Das schließt Selbstmörder mit ein.«

»Vielleicht das geringere Übel verglichen mit Cyrano de Bergerac«, überlegt Doktor Florian laut.

»Ja, danke für Ihre Einschätzung, Doktor Seidel«, sagt Ruben.

»Florian. Man nennt mich Doktor Florian.« Er lächelt.

»Wie auch immer. Wir haben zwei Tote. Einer von ihnen ist

definitiv durch Fremdeinwirkung umgekommen, die andere Tote vielleicht. Das Theater verbindet sie. Sonst kannten sie sich nicht. Ulling hatte ein paar Neider, eventuell auch Feinde. Da sind wir noch dran. Nikki Eifert hingegen ist eigentlich kaum jemandem aufgefallen.«

»Gab es einen Abschiedsbrief?«, fragt Czorski und setzt sich aufrecht hin. Filond schüttet das dritte Zuckertütchen in seinen Kaffee, Pfeffer starrt auf ihr stilles Wasser.

»Kein Abschiedsbrief. Und auch keine Anzeichen von Depressionen, weder aktuell noch in der Vergangenheit«, antwortet Ruben. »Bis jetzt gibt es keinen Hinweis auf eine Beziehung zwischen den beiden Opfern. Wenn es eine gab, muss die *sehr* heimlich gewesen sein. Eiferts Familie konnte allerdings noch nicht befragt werden. Heute Abend bin ich im Theater und befrage die Kollegen.«

»Willst du mit ins Theater morgen? *Antigone?*«, fragt Doktor Florian Filond leise und sieht auf sein iPhone.

»Warum nicht?«

Seidel lässt müde den Kopf auf ihre Brust sinken. Dann nimmt sie ihn mit aller Kraft wieder hoch und sieht entschuldigend zu Kriminalhauptkommissar Ruben Peters, der lässig, aber auch etwas verloren neben seiner Leinwand steht. Dreitagebart, Lederjacke und Aufklärungswillen im Blick. Vor ihm ein Rechner und hinter ihm die an die Wand projizierte Leiche.

»Bitte entschuldigen Sie, Herr Peters«, sagt sie. »Wie ich Ihnen schon am Telefon sagte, sind wir keine Ermittler und noch nicht lange ein Team. Wir ... ähm«, Seidel sucht nach Worten, »müssen uns noch finden.«

»Nun ja, vielleicht ist dieser Fall wirklich zu viel für euch«, sagt Ruben, und sein Blick wandert zu Pfeffer.

Czorski räuspert sich. »Seidel hat durchaus ein paar Methoden, die dir helfen könnten, Ruben.«

»Ach ja?« Ruben reißt seinen Blick los und sieht zu Seidel.

Die nimmt ihre Brille ab und putzt sie an ihrem T-Shirt. »Sie wollen also unsere Meinung hören, wie Sie weiter fortgehen sollten?«

»Du, sagen wir doch einfach alle du«, erwidert Ruben.

Seidel lächelt knapp. »Du willst wissen, ob es Sinn macht, deine Mordkommissionen zusammenzuführen und nach *einem* Täter zu suchen?«

»Ja, ich will dieses Schwein so schnell wie möglich fassen. Der ist imstande und zerreißt hier noch jemanden ...«

Pfeffer lacht leise auf.

Seidel wirft ihr einen ungehaltenen Blick zu und setzt die Brille wieder auf. »Ich habe keine *Ermittlungs*methoden für dich, nur Analysemethoden. Wenn wir Fallanalytiker herausfinden wollen, ob wir es mit dem gleichen Täter zu tun haben, dann behandeln wir die verschiedenen Fälle so lange wie möglich getrennt voneinander, so als hätten sie unterschiedliche Täter. Das führt zu unabhängigen Daten, die man dann in einem zweiten Schritt sehr gut vergleichen kann.«

»Daten?«, fragt Ruben.

»Aus denen machen wir Informationen«, sagt Pfeffer. »Daten werden erst in Bezug aufeinander zu Informationen.«

»Aber ich brauche eine Spur.«

Czorski hebt die Schultern. »Ich hab dir gesagt, dass wir anders arbeiten als ihr.«

»Jedenfalls«, ergreift Seidel wieder das Wort, »ist das sehr langwierig und kann nicht auf die Ermittlungsarbeit übertragen werden, also nicht eins zu eins. Was ich dir sagen kann, ist, dass zwei Opfer unterschiedlichen Geschlechts auf unterschiedliche Täter hinweisen können.«

»Die Tatortbilder sind auch zu verschieden, um mit hoher Wahrscheinlichkeit auf *einen* Täter hinzuweisen«, ergänzt Filond.

Seidel, Doktor Florian und Czorski sehen ihn überrascht an.

»Was?«, fragt er irritiert. »Manchmal mach ich auch meine Hausaufgaben. Gleicher Täter? Niedrige Wahrscheinlichkeit. Der eine Tatort ist auf den ersten Blick ein manisch verursachtes Blutbad, er sieht spontan und impulsiv aus. Ein Giftmord hingegen ist per Definition – und meistens auch Intention – das komplette Gegenteil. Rizin muss man besorgen, kaufen oder ernten, und das in hoher Dosis, und dann muss man es noch schlucken oder eben schlucken lassen. Rizin ist ein Stoff aus den Samen des Wunderbaums. Nicht dass es sonderlich schwer ist, daran zu kommen, aber in den Schoß fällt es einem auch nicht. Jemanden damit zu töten, das muss man planen.«

»Abgesehen davon, dass es immer noch ein Selbstmord sein könnte«, ergänzt Pfeffer tonlos.

Seidel wendet sich wieder an Ruben. »Wir teilen Serienmörder in zwei Kategorien ein. Entweder sie morden im Affekt, oder sie planen die Tat.«

»Du hast aber noch keinen Serienmörder«, sagt Czorski. »Vielleicht nicht mal einen Doppelmörder.«

Seidel lächelt bedauernd. »Und Kategorien sagen weder die Zukunft voraus, noch generieren sie Spuren.«

»Tendenziell würdet ihr also eher von zwei Tätern ausgehen?«, fragt Ruben und klickt sich noch einmal nachdenklich durch seine Präsentation. Er sieht auf den Rechner, während hinter ihm ein blutiges Bild nach dem anderen vorbeihuscht. Dann blickt er von seinem Bildschirm auf. »Vielen Dank. Wenn du mir vielleicht ein paar Infos zu den beiden Mörderkategorien zuschicken könntest, Seidel?«

Sie nickt und steht auf. Die anderen tun es ihr nach und gehen hinaus, als könnten sie es kaum erwarten, zurück ins KKF II zu kommen. Das wär ja mal was, wenn sie da alle gern hingingen.

»Ich fahr mit dir«, sagt Pfeffer draußen auf dem Parkplatz zu

Seidel. »Allein«, fügt sie an Czorski gewandt hinzu. Der hebt die Schultern, dreht sich um und stakst zu Doktor Florians altem Porsche. Er erinnert Pfeffer immer an einen Storch, wenn er so läuft.

Sie sieht noch aus dem Augenwinkel, wie Czorski sich auf den Rücksitz zwängt, dann versinken ihre Füße in Papieren, Verpackungen und anderem Kram im Fußraum von Seidels Auto. »Ist das ein T-Shirt?«

»Anschnallen.«

»Aber du hast hier kein vertrauliches Material drin rumfliegen, oder?«, fragt Pfeffer und sieht über die Schulter auf die Rückbank, wo vier aufgerissene, leere Handyverpackungen rumliegen. »Eigentlich wollte ich dir sagen, dass ich wirklich Hilfe brauche, aber wenn ich mir das hier so ansehe, brauchst du die vielleicht selbst.«

»Haha.«

»Manchmal hab ich das Gefühl, dass ich für jeden, der nur im Entferntesten von den Stern-Morden weiß, eine Art Projektionsfläche bin. Die Menschen sehen mich an, aber eigentlich sehen sie nur ihre Vorstellungen von mir und Tobi, von Sex und Folter. Ich halte das nicht mehr aus. Ist das nicht der erste Schritt zur Heilung? Selbsterkenntnis?«

»Es ist ein wichtiger Punkt im Heilungsprozess.«

»Also, zu wem soll ich gehen?«

»Ich hab mit dem Polizeipsychologen in Essen telefoniert, und wir sind übereingekommen, dass ich dir vorerst niemanden empfehle.«

»Was? Ich habe zwei BKA-Sekretärinnen bedroht wie so eine kranke Psychotante! Du hast gesagt, du empfiehlst mir jemanden.«

»Ich hab gesagt, ich denk drüber nach. Jetzt weiß ich, dass du ein paar Wochen Pause brauchst und erst zurück in den Alltag finden musst. Dann empfehle ich dir einen Therapeuten, und dann geht es weiter. Wie kommst du mit der Kreis-Hypothese voran?«

»Wieso fragst du? Du weißt doch schon, wo Gullnick gewohnt hat. Es ist doch egal, wie ich vorankomme.«

»Es geht nicht um das Ergebnis, sondern um den Weg dahin. Den musst du draufhaben. Außerdem liegen nicht alle Informationen auf meinem Tisch. Sei dir nicht so sicher, dass alle anderen wissen, wonach du suchst.«

Pfeffer sieht ihre zierliche Chefin mit dem Lockenkopf verwirrt an. »Ich weiß, dass man eine Kreis-Hypothese nur erstellen kann, wenn die Tatorte bekannt sind. Die genauen Entführungsorte waren aber erst bekannt, *nachdem* Gullnick gefasst worden ist. Wir drehen uns also im Kreis. Die Abstandshypothese hätte damals keinem geholfen, weil man nicht wusste, wo der Täter zugeschlagen hatte.«

»Wie gesagt: Du musst die Methode lernen. Zum Beispiel musst du eine kognitive Landkarte von einer geografischen unterscheiden können.«

»Subjektive Wahrnehmung des Raumes. Ja, ja.« Pfeffer sieht aus dem Fenster. »Ich könnte mich sicher besser konzentrieren, wenn ich mit mir im Reinen wäre. Ich will nicht mehr von dem Gedanken besessen sein, dass sich jeder Mensch vorstellt, wie ich mit einem Serienmörder schlafe.«

»Das braucht Zeit.«

»Dann braucht es eben auch Zeit, bis ich Gullnicks blöden Wohnort gefunden habe. Aber er ist zum Glück ja eh schon verknackt.«

»Du brauchst jetzt gerade keine Therapie, Pfeffer. Du willst überhaupt nicht hören, was ein Psychologe dir zu sagen hat, und du willst dich schon gar nicht öffnen. Ein Therapeut schneidet dir das unangenehme Gefühl nicht einfach heraus. Du musst bereit sein, mit ihm zu arbeiten. So weit bist du noch nicht.«

Pfeffer sieht sie mit ausdrucksloser Miene an. »Aber ich bin weit genug, einen Ort zu suchen, den alle anderen kennen?«

Seidel hält an einer Ampel und wendet sich ihr zu. »Es tut mit leid, aber unser Job ist es, Wege nachzugehen, die andere Ermittler schon gegangen sind. Wir tun das, um Abkürzungen zu finden, die bei *zukünftigen* Ermittlungen eine Hilfe sein können.«

»Es ist grün«, sagt Pfeffer tonlos.

Seidel schaltet, sieht auf die Straße und fährt an. »Ist es nicht, Pfeffer. Du musst erst wieder lernen, Farben zu sehen. Und zwar ganz allein.«

Mittags. Sturmtheater

»Ruben Peters, LKA Berlin.«

Der kleine Mann sieht ihn mürrisch an. Um seinen Hals ist ein weinroter Schal geschlungen, der bestimmt der Grund für die Schweißperlen auf seiner hohen Stirn ist.

»Sind Sie Carlos Kaufmann? Haben Sie ein paar Minuten für mich?«

»Jetzt?«

Ruben stößt sich von der Wand des Vorraums ab und holt sein Notizbuch aus der Jackentasche hervor. »Wir arbeiten daran, einen Mörder dingfest zu machen, bevor er wieder tötet. Ja, *jetzt* wäre gut.«

Kaufmann seufzt theatralisch und reibt sich die Nasenwurzel. Er wendet sich dem Pförtner zu. »Willi, ist Fiona schon im Haus?«

Der Pförtner legt sein *Jerry-Cotton*-Heft beiseite, schlägt ein grünes Buch auf und nickt. »Seit einer Stunde.«

Kaufmann wendet sich einer der Türen zu und winkt Ruben hinter sich her. »Kommen Sie. Ich habe wirklich keine Zeit, aber es soll nicht so aussehen, als wäre ich nicht zu jeder Hilfe bereit, um diesen Mist aufzuklären.«

»Danke«, murmelt Ruben und folgt dem Intendanten des Sturmtheaters durch unterirdische Gänge. Sie gehen eine Treppe hoch, dann noch einmal durch eine Tür, über zwei weitere Treppen und dann durch eine Glastür in die Kantine.

Carlos weist auf einen kleinen Vierertisch etwas abseits von den mittagessenden Angestellten des Hauses. Ruben setzt sich und lässt den Blick durch den Raum schweifen. Eigentlich eine Kantine wie jede andere. Keine Anzugträger, aber auch keine glamourösen Kostüme sind zu sehen. Ruben legt sein schwarzes Moleskine vor sich auf den Tisch.

Kaufmann sieht auf seine Uhr. »Also?«

»Wie lange hat Arno Ulling für Sie gearbeitet?«

»Sie meinen, wie lange er schon hier am Haus engagiert war? Acht Jahre fest und davor ca. zwei Jahre für einzelne Produktionen.«

»Ist Ihnen an seinem Verhalten in letzter Zeit etwas aufgefallen? War irgendwas anders?«

Kaufmann runzelt die Stirn. Er hat halblange, graubraune Haare, die bei jeder Bewegung dramatisch um seinen Kopf flattern, seine Augen sind schwarz und ihr Blick scharf. »Hören Sie, ich bin Intendant, ich leite dieses Haus. Ich halte meinen Schauspielern keine Händchen. Ich inszeniere einmal im Jahr ein Stück. Arno war vorletzten Herbst das letzte Mal in meiner Produktion. Da war er wie immer konzentriert und kreativ. Im Mai habe ich ihn das letzte Mal auf der Bühne gesehen, da war er ebenfalls sehr professionell.«

»Im Mai?«

»Ich schaue unsere Premieren, aber nicht jede Vorstellung an, Herr Peters. Irgendwann muss ich noch meinen Dramaturgen Beine machen und im Künstlerischen Betriebsbüro nach dem Rechten sehen. Ich initiiere Vortragsreihen und fördere Talente. Ganz zu schweigen von den Theaterfestivals und Premieren, die nicht in Berlin stattfinden, aber trotzdem sehenswert sind. Da muss ich auch hin.«

»Aber am Mittwoch, dem 10. September, waren Sie in Berlin?«

»Ja.«

»Und wo genau? So zwischen 17 und 21 Uhr?«

Kaufmann verengt die Augen zu Schlitzen. »Sie verdächtigen mich?«

Ruben notiert etwas in seinem Büchlein. »Nicht wenn Sie ein Alibi haben.«

»Ich war in meinem Büro und ab 19 Uhr auf der Probe.«

»Waren Sie allein im Büro?«

»Dauert das hier noch lange?«

Ruben schenkt ihm einen sprechenden Blick.

»Ich hatte eine Besprechung mit Yvonne Kroll, Leiterin des Betriebsbüros«, sagt Kaufmann verärgert. »Und in diesem Augenblick habe ich eigentlich eine Besprechung mit meiner Marketing- und Pressereferentin, die seit einer halben Stunde auf mich wartet, um mit mir zu klären, wie wir uns in der Öffentlichkeit zu dem Geschehen äußern. Morgen ist die erste Vorstellung nach der Kondolenzpause, wir müssen uns dazu verhalten, dass wir weiterspielen, obwohl einer unserer Mitarbeiter umgekommen ist.«

»Zwei.«

»Richtig. Zwei. Aber befragen Sie mich bitte nicht zu diesem Mädchen. Ich weiß nichts über sie.«

Ruben nickt und notiert. Die Praktikantin ist nicht sein Fall, nicht mehr, nachdem er die Ermittlungen aufgeteilt hat.

Kaufmann sieht wieder auf seine Uhr. »Die Pressemitteilung muss in zwei Stunden raus, wenn wir noch in die Samstagsausgabe wollen.«

»Glauben Sie, dass Arno Ulling Feinde hatte? Neider? Wollten andere seine Rollen?«

»Nein. Nicht mehr als üblich. Er war gut, aber auch kein Überflieger in der Branche.«

»Hatte er Familie oder eine Freundin?«

»Familie in Hessen, glaub ich. Von einer Beziehung weiß ich nichts. Aber wir waren auch nicht eng befreundet.«

»Carlos?«

Ruben sieht von seinem Notizblock auf. An ihren Tisch tritt ein Mann etwa in seinem Alter. Seine schönen Gesichtszüge überraschen selbst Ruben. Das Gesicht ist gerahmt von sanften Locken, sein Kinn markant und die Augen groß.

»Jens, ich hab wirklich keine Zeit.«

Der Schauspieler verschränkt die Arme vor der Brust. »Du hast mich aus der Probe heute Abend wieder rausgeschmissen.«

Kaufmann springt auf und funkelt Jens an. »Ich habe deine Szene auf Montag verschoben! Außerdem bin ich hier gerade mitten im Gespräch mit Kriminalkommissar Peters.«

Jens lacht freudlos. »Wegen Arno? Sagst du dem Herrn Kommissar denn auch, dass Arno deine Freundin gevögelt hat?«

»Raus aus meiner Kantine!«, brüllt Carlos Kaufmann.

Ruben zuckt zusammen. Jens verschwindet grinsend, und Carlos sinkt wieder auf seinen Stuhl. »Und mit so was muss ich mich auch noch rumschlagen.«

»Mit heimlichen Affären?«

Carlos schnaubt. »Nein, mit diesem Daily-Soap-Gesicht, das sich für einen Schauspieler hält. Nur weil der Kerl in den Neunzigern mal einen guten Werbedeal hatte.«

»Ulling hatte also was mit Ihrer Freundin?«

Kaufmann wischt mit der Hand durch die Luft und fixiert weiter die Glastür, durch die der schöne Jens verschwunden ist. »Da waren wir schon nicht mehr zusammen. Nicht mehr so richtig. Jens will mich nur ärgern.«

»Ist ihm offensichtlich gelungen.«

»Ich habe Ulling nicht getötet.«

»Wie heißt Ihre Exfreundin?«

»Laura Stephan, spielt jetzt in München Theater.«

Ruben notiert.

»Kann ich jetzt gehen? Ich muss noch die verdammte Pressemitteilung formulieren.«

»The Show must go on?«

»Sehr witzig. Wir stehen zwar gern auf der Bühne, aber so makaber sind wir nun auch wieder nicht.«

»Sie müssen sich zu unserer Verfügung halten, Herr Kaufmann.«

»Ja, ja. Man *muss* so vieles, nicht wahr?« Kaufmann erhebt sich und sieht Ruben finster an. »Denken Sie nicht für einen Augenblick, dass Sie in einer leitenden Funktion so was wie Entscheidungsfreiheit haben. Mitnichten! Da haben Sie Auflagen vom Gesetzgeber und Verträge mit Stars aus der Fanta-Werbung. Und dann stirbt jemand.« Seine Stimme donnert. »Und dann machen Sie mal Kunst!«

»Fanta-Werbung?«

»Ja, der schöne Jens und seine fünf Minuten Ruhm. Ich muss jetzt los. Sie erreichen mich jederzeit über meine Handynummer.« Er schnippt noch eine Visitenkarte auf den Tisch, dann rauscht er davon.

Ruben klappt sein Moleskine zu und steckt es mitsamt Stift und Visitenkarte in seine Innentasche. Er erhebt sich und schaut zur Ausgabetheke, fährt sich mit der Hand über den Dreitagebart. Nikki Eifert ist eigentlich nicht mehr sein Fall. Er muss nun getrennte Daten sammeln. Doch dann gibt er sich einen Ruck und geht hinüber zur Theke. »LKA Berlin, kann ich Sie kurz was fragen?«

Die hagere Frau nickt und öffnet ihm die Seitentür zum Küchenraum. Ruben betrachtet den Getränkekühlschrank. Cola und Club Mate, Bionade und Bier. Und ein bisschen Fanta unten rechts.

»Verkaufen Sie viel Fanta?«

»Nein, hier wird mehr Bionade getrunken.«

»Aber sie verkaufen welche?«

Die Frau blickt nachdenklich zum Kühlschrank. »Eigentlich nur an Jens.« Sie senkt die Stimme. »Aber der trinkt die nie hier. Ist ihm wohl peinlich. Er kauft sich immer nach der Vorstellung eine Flasche, bevor er nach Hause geht. Dann verschwindet die Fanta ganz schnell in seiner Umhängetasche.« Sie lacht. »Schauspieler. Die haben die seltsamsten Macken.«

Nachmittags. Sturmtheater

»Die Liebe wuchs, gewiegt vom Glutverlangen, so wild und groß, dass man vor ihr erschrickt«, flüstert er laut und schickt seine Worte in den leeren Zuschauerraum.

»Erschrickt!«, ruft Claudia aus der letzten Sitzreihe im Parkett.

»Was?«, fragt Jens irritiert und nimmt die Arme runter. Er war gerade voll im Flow, seine Stimme voller Inbrunst und Emotionen, sein Flüstern laut und deutlich.

»Die Zeile endet auf ›erschrickt‹«, sagt die Souffleuse, nimmt ihre Brille ab und beugt sich vor.

»Das hab ich doch gesagt!«

»Es klang wie ›weggeschickt‹.«

Jens runzelt die Stirn. »Weggeschickt? Warum sollte Cyrano das sagen? Das ergäbe doch gar keinen Sinn.«

Er stemmt die Hände in die Hüften und blickt auf die unscheinbare Mittvierzigerin in der letzten Sitzreihe hinab. Sie sitzt normalerweise in der ersten Reihe mit ihrem Textbuch, aber dort wäre sie genauso unscheinbar wie jetzt. Und immer sagt sie den Text zu früh oder zu spät rein. Jens steht auf der Hauptbühne in den Kulissen von *Kabale und Liebe*. Rechts und links von ihm hängt der schwere rote Vorhang hinunter, der Zuschauerraum erstreckt sich vor seinen Füßen. Er ist leer, aber er atmet trotzdem den Hauch von großer Darstellungskunst. Die Wände sind mit hellen Holzpaneelen verkleidet, Balkone gibt es nicht.

»Ich sag dir nur, was ich verstanden habe«, ruft Claudia.

»Vielleicht hast du was an den Ohren!«, keift er zurück.

Sie sieht ihn ungerührt an. Dann schüttelt sie leicht den Kopf. »Warum hast du mich überhaupt gefragt, ob ich dir zuhöre?«

Er fährt sich durch die Locken und hebt abwehrend die Hände. »Es tut mir leid. Ich bin zu impulsiv. Wir Künstler …«

»Ich hab noch eine halbe Stunde, Jens«, sagt sie und klingt ungeduldig.

»Ich bin der bessere Cyrano.«

»Jens, die Würfel sind gefallen. Carlos hat den Cyrano mit Sandro besetzt, und du spielst den Christian.«

Er presst die Lippen aufeinander, dann reißt er sich zusammen und atmet tief durch. Es riecht nach Theater, so wie er es mag. Wenn das Theater ihn nur endlich zurücklieben würde …

»Die Liebe wuchs, gewiegt vom Glutverlangen, so wild und groß, dass man vor ihr erschrickt. Ich hab es tausendmal versucht, indes der Neugeborene war ein Herkules.«

Erwartungsvoll sieht er in die letzte Reihe.

»Besser.«

Jens strahlt. Er wusste es, natürlich kann er auch laut flüstern. »Weiter. Ich überspringe Roxane.«

Claudia nimmt ihr Textbuch auf und liest mit.

»Mit schwebendem Gefieder«, sagt Jens, »zieh'n sie mir geradewegs ins Herz hinein. Mein Herz ist groß, ihr Ohr jedoch ist klein.« Er weiß nicht weiter. Was kommt noch mal als Nächstes?

Ohr ... klein ... Er dreht sich um sich selbst, als wäre das eine beabsichtigte Pause. Gleich fällt es ihm ein.

»Auch steigen ...«, sagt Claudia.

»Ich kenn meinen Text!«

»Wenn du meinst.«

»Auch steigen ihre Worte leicht hernieder«, spricht er weiter – und weiß dann wieder nichts mehr. Er dreht sich noch einmal, das wird inzwischen albern, er merkt es selbst.

Claudia schweigt. Jens geht zwei Schritte zur Rampe, immer noch nichts. Er sieht sie flehend an.

Sie schenkt ihm einen sprechenden Blick. »Die meinen ...«

Er zögert, das reicht nicht.

»Die meinen ...«, sagt sie wieder. »Die meinen ...«

»Herrgott«, schreit er, »sagst du es mir bitte?!«

»Die meinen gehen bergauf, und das ist schwer.«

Er sieht sie an. »Entschuldige.«

Die Tür zum Seitenfoyer geht in diesem Moment auf, und der Kriminalkommissar aus der Kantine tritt ein. »Herr Jost? Ruben Peters vom LKA. Kann ich Sie kurz sprechen?«

»Ich bin hier beim Probieren!«

Claudia steht auf. »Lass nur, Jens. Ich muss doch eh los.« Sie nickt dem Kommissar kurz zu.

»Na gut, danke, Claudia. Und denk dran: Ich lad dich heute Abend in die Kantine ein.«

Sie geht durch die Reihen zur Tür. »Du musst noch etwas lauter flüstern, Jens. Wenn der Saal voll ist und die Leute sich räuspern oder die Nase putzen, dann musst du einfach lauter sein.«

»Ja, verstanden. Bis nachher.« Außerdem muss er den Text können, denkt Jens bitter. Sonst wird er Carlos nie davon überzeugen können, dass er die Hauptrolle verdient. Er setzt sich an den Bühnenrand und sieht diesen Peters an. Lederjacke und Dreitagebart. Kommissar und Rockstar.

Der Kommissar kommt zu ihm und setzt sich in die erste Reihe. Er schlägt die Beine übereinander und legt einen Arm auf den leeren Sitz neben sich. »Sie trinken also gern Fanta?«

»Geht Sie das was an?«

»Wenn ich Sie richtig verstehe, geht das niemanden was an, Herr Jost. Sie wollen es wohl nicht an die große Glocke hängen.«

»Ganz genau. Es ist mein Ritual zum Runterkommen nach den Vorstellungen. Etwas sehr Privates.«

Ruben beugt sich etwas vor, legt die Arme auf den Knien ab und blickt zu Jens hinauf. »Ich habe den Verdacht, dass es nicht ganz so privat ist, wie Sie glauben.«

»Was wollen Sie damit sagen?«

»Was wissen Sie über Nikki Eifert?«

»Nicht viel. Sie hat uns Kaffee gekocht.«

»Was ich Ihnen jetzt sage, ist vertraulich. Nikki Eifert ist vergiftet worden, und das Gift war in einer Flasche Fanta, die genauso gut Sie hätten trinken können.«

»Aber das war doch ein Selbstmord.«

»Die Ermittlungen laufen noch, und ich möchte Sie bitten, vorsichtig zu sein.«

»Sie denken, dass ich das eigentliche Ziel war?«

»Ich kann es gerade nicht ausschließen.«

Jens schluckt. »Oder die kleine Nikki war verliebt in mich. Jetzt mal unter uns, das passiert mir dauernd, dass eine Hospitantin ihr Herz an mich verliert. Sie hat vielleicht erkannt, dass sie keine Chancen bei mir hat, und sich mit Fanta das Leben genommen, weil sie mich noch aus ihrer Kindheit aus der Werbung kennt und das so schön symbolisch findet.«

»Hat sie Ihnen denn Avancen gemacht?«

Jens hebt leichthin die Schultern. »Ach, ich bemerke so etwas gar nicht. Oft müssen mich andere darauf hinweisen, wenn jemand offensichtlich in mich verliebt ist.«

Ruben hebt eine Augenbraue. »Würden Sie dennoch bitte aufpassen und vielleicht auf Ihre Limo verzichten? Außerdem würde ich Sie gern zur ausführlichen Befragung zu uns aufs Revier bitten. Ich habe eben im Spielplan gesehen, dass Sie in mehreren Produktionen mit Arno Ulling zusammengespielt haben.«

»Ja, er hatte immer die Charakterrollen. Weil er älter war.«

»Aha. Passt Ihnen Montagnachmittag?«

Kapitel 4 **Antigone**

Samstag, 20. September
Couchsurfing

Wanda	Hey du. Ich bin nächstes Wochenende in Berlin. Ist deine Couch frei?
Michi	Hey Wanda, leider bin ich da unterwegs. Wie schade, dass wir uns verpassen. Schöner neuer Text in deinem Blog übrigens.

Abends. Sturmtheater

»Was zur Hölle ist das?«, fragt Pfeffer.

»Ich hab dir doch gesagt, dass so ein Klassiker nicht das Richtige für sie ist«, raunt Filond Doktor Florian zu und schiebt die Glastür auf. Sie sind die ersten, die das Hauptfoyer betreten. Ihnen folgt eine schnatternde, sektdurstige Menge und eine verwirrte Pfeffer.

»Aber es geht um eine starke Frau. Ich dachte, *Antigone* wäre genau das Richtige«, erwidert Doktor Florian. »Immerhin ist es radikal und zeitgenössisch inszeniert.«

Filond seufzt, bleibt stehen und sieht Pfeffer mitleidig an. »Ich fürchte, genau das ist der Punkt.«

»*Ich* fürchte, ich wäre besser nicht mitgekommen«, sagt sie.

»Es ist doch nicht das Blut, oder?«, fragt Doktor Florian und runzelt die Stirn. Er sieht dabei fast väterlich aus, nur dass das eine Eigenschaft ist, die er weder hat noch jemals haben wird. Es ist alles eine lächerliche Schau, auf der Bühne und davor auch. Besonders davor, denkt Pfeffer und lässt ihren Blick über die Holzpaneelen an den Wänden und den ausgetretenen weinroten Teppich gleiten. Um sie herum essen Menschen Brezeln und trinken Sekt. Passt das überhaupt zusammen?

»Hach«, schwärmt Filond. »Ohne Sekt und Brezel ist es einfach kein Theaterbesuch. Noch jemand?«

Doktor Florian schenkt ihm einen Ich-bitte-dich-Blick, Pfeffer schüttelt den Kopf, und er trippelt davon.

»Es ist nicht das Blut«, sagt sie.

»Doch, ich denke schon«, antwortet er und betrachtet sie forschend.

Sie verschränkt die Arme vor der Brust und sieht ihn herausfordernd an. »Es ist nicht das Blut an sich. Es ist die Tatsache, dass es zwischen ihren Schenkeln klebt. Warum hat Antigone bitte ihre Tage und nur eine Unterhose an? Wenn das alles so furchtbar zeitgenössisch ist, wie du sagst, warum benutzt sie dann keinen Tampon? Oder trägt eine Jeans?«

»Du stellst die falschen Fragen.«

Pfeffer schnaubt. »Du hast das alles auch nicht verstanden, du tust nur so.«

»Filond hat recht. Du dachtest, die würden Peplos tragen und im Chor Monologe herunterrasseln.«

»Peplos?« Pfeffer sieht ihn mit hochgezogenen Brauen an. »Hast du das vorher nachgeschlagen?«

»Nein, ich weiß auch so, wie das griechische Gewand heißt, das Frauen in der Antike trugen. Es zeichnet sich durch einen raffinierten Faltenwurf aus. Kleider wurden damals nämlich nicht zugeschnitten, sondern um den Körper drapiert.«

»Wenigstens weiß ich jetzt, dass Theater nicht meins ist.«

»Es ist niemandes«, sagt Filond, der gerade zurückkommt und von seiner Brezel abbeißt. »Das Theater gehört niemandem«, erklärt er kauend.

»Aber warum?«

»Weil die Kunst frei ist.«

»Nein, das meine ich nicht! Ich meine, warum das ganze Menstruationsblut und die moderne Kleidung? Warum nicht einfach ein antikes Stück in antiker Ausstattung?«

»Ach, herrje.« Doktor Florian greift nach Filonds Sekt und trinkt einen Schluck.

Filond lächelt Pfeffer an. »Weil es das schon tausendfach gab. Und warum sollte die Kunst sich wiederholen?«

»Weil manche Werke einfach immer wieder schön sind. Ich hab *Dirty Dancing* bestimmt acht Mal gesehen und es jedes Mal gemocht.«

Doktor Florian starrt sie an. Dann leert er Filonds Sektglas in einem Zug. »Das ist ja schlimmer, als ich dachte.«

»Red nicht über mich, als wär ich nicht da, du ekelhafter Kultursnob!«

Filond ringt sich ein Lächeln ab. »*Antigone* ist nicht *Dirty Dancing,* meine liebe Theresia.«

Pfeffer zuckt die Schultern. »Ich fand's ziemlich ›dirty‹. Und getanzt haben sie auch.«

»Sie hat eben kein Auge für Kultur, Doktor Florian.«

»Ich fürchte es.«

»Also bitte«, sagt Pfeffer und sieht auffordernd von einem zum anderen. »Dann erklärt es mir halt.«

Filond und Doktor Florian tauschen einen Blick.

»Erklär du es ihr, ich hole neuen Sekt«, sagt Doktor Florian und streicht durch seinen Bart, als sei der jemals unordentlich. Er zupft seine Fliege zurecht und geht federnden Schrittes Richtung Bar.

»Meine liebe Theresia«, beginnt Filond.

Jetzt bin ich aber gespannt, denkt sie und verschränkt die Arme vor der Brust.

»Kunst und auch Schauspieltheater haben immer den Anspruch, *etwas Neues* zu erschaffen. Es geht darum, dem, was schon da war, etwas hinzuzufügen. Und ein Theatertext ist nur Material, das Regisseure und Schauspieler benutzen, um Aussagen über das Jetzt zu treffen.«

»Das Jetzt wird durch Menstruationsblut symbolisiert?«

»Nicht direkt. Es geht in diesem konkreten Fall um eine Aussage über das Verhältnis unserer Gesellschaft zum weiblichen Körper, dem gern alles Natürliche abgesprochen wird. Die Gesellschaft will Photoshop-Barbies und keine echten Frauen, die Cellulite haben, ein gesundes Körpergewicht und eben auch Menstruationsblut.«

»Es wirkt dennoch ein bisschen gewollt, oder nicht?«

»Ja, vielleicht.« Filond seufzt. »So ist das nun mal heute. Wer Aufmerksamkeit will, muss extrem sein. Regisseure müssen sich und alle anderen immer wieder übertreffen, sonst werden sie und ihre Produktionen übersehen.«

»Also geht es nicht um Unterhaltung, sondern Originalität?«

»Unterhaltung ist da schon mal das falsche Wort, Pfeffer. Entertainment und Theater gehen eher nicht …«

»Warte mal«, unterbricht sie ihn, dreht sich auf dem Absatz um und hastet zur Bar. Sie packt Doktor Florian am Arm und zerrt ihn über den alten roten Teppich zurück zu Filond.

»Pfeffer, hey, was soll das?«

Pfeffer stellt Doktor Florian neben Filond ab und schaut aufgeregt von einem zum anderen. »Die Theatermorde!«, beginnt sie.

»Jaah«, sagt Doktor Florian gedehnt und sieht über ihre Schulter zu der hübschen Kellnerin, die er stehen lassen musste.

»Es waren zwei Tote, und alles deutet auf zwei unterschiedliche Täter hin, weil der erste Tatort alle Zeichen eines blutrünstigen Affektmords trägt, während der zweite auf einen leisen, geplanten Giftmord hinweist. Vielleicht auch auf einen Selbstmord. Wenn es aber *doch* der gleiche Mörder ist, dann wäre das doch originell, oder?«

Filond runzelt die Stirn. »Ob originell hier das richtige Wort ist …«

Pfeffer verdreht die Augen. »Es wäre überraschend und neu! Was, wenn hier jemand am Werk ist, der sich als radikaler Regisseur versteht? Was also, wenn wir es doch mit einem rituell inszenierenden Serientäter zu tun haben? Jeder Mord so umgesetzt, als *wäre* ein anderer Täter am Werk gewesen, jedes Mal ein anderer MO …«

»Während es eigentlich ein einziger Täter ist, der verschiedene Tötungsarten inszeniert?«, fragt Doktor Florian.

Pfeffer nickt. »Um Aufmerksamkeit zu bekommen, um ein neues Werk zu schaffen, das es so noch nicht gab. Oder mehrere kleine Werke. Ein Theaterstück des Todes, wenn man so will, mit immer wieder neuen Schauspielern und neuem Look. Beide Opfer sind aus diesem Umfeld, in dem offensichtlich genau so gedacht wird.«

Doktor Florian hebt die Schultern. »Wäre möglich.« Der Gong ertönt. »Aber wir sollten jetzt wieder reingehen.« Er dreht sich um und geht zur Glastür.

Pfeffer wendet sich an Filond. »Das klingt doch logisch, oder?«

Filond zieht Pfeffer mit sich. »Theresia, meine Liebe, nur weil du gerade im Begriff bist, das Theater zu verstehen, verstehst du nicht automatisch die Psyche eines Mörders, über den du kaum etwas weißt.«

Sie macht sich los, läuft aber weiter neben ihm her. »Es ist eine Hypothese, die wir bedenken und prüfen müssen.«

»Wir?« Doktor Florian dreht sich amüsiert zu ihr um. »Wir müssen nun Antigone sterben sehen.«

»Sie stirbt?«

»Auf der Bühne wird ständig gestorben«, säuselt Filond und deutet ihr mit gezierter Handbewegung an, die Sitzreihe zuerst zu betreten.

Pfeffer geht an ihm vorbei, ihre Beine stoßen an die Knie von bereits sitzenden Zuschauern. Es ist eng, und sie stolpert ein bisschen beim Seitwärtsgehen. »Ich hoffe, du weißt, was du da gerade gesagt hast, Filond«, flüstert sie ihm aufgeregt zu. »Das bestärkt meine Hypothese nur noch.«

»Ja, ja«, sagt Filond und setzt sich auf seinen Platz.

»Es könnte wirklich die Denke eines psychopathischen Regisseurs sein, Morde so zu inszenieren«, stimmt ihr Doktor Florian plötzlich zu.

»Hörst du, Filond?« Pfeffer grinst triumphierend.

Doch Filond hebt abwehrend die Hände. »Ich bin Gerichtsmediziner, ich werde nicht alle Regisseure in Berlin unter Generalverdacht stellen, nur weil Theresia Pfeffer zum ersten Mal im Theater gewesen ist.«

»Nicht alle Regisseure, nur die psychopathischen«, sagt Doktor Florian trocken.

Der Saal wird dunkel.

»Setz dich jetzt«, sagt Filond zu Pfeffer.

»Wenn ich recht habe, dann ist das wahrscheinlich ein *Serien*täter, und dann ist er noch nicht fertig!«, zischt sie.

Filond klappt ihren Sitz nach unten und zieht sie neben sich. Er tätschelt ihre Hand. »Ich bin froh, dass du wieder da bist, meine Liebe.«

»Was? Es geht hier doch nicht um mich …«

»Schsch!«, kommt es scharf von hinten.

»Es geht immer um dich«, flüstert Doktor Florian in ihr Ohr. Es kitzelt, und sie weicht irritiert zurück, will ihm schon sagen, dass er sich an die eigene Nase packen soll. Aber er legt den Finger auf die Lippen und nickt in Richtung Bühne. Dort blenden die Scheinwerfer auf.

Sonntag, 21. September
Mittags. Sturmtheater

»Schon wieder?«, fragt Willi und legt das Kreuzworträtsel beiseite.

Der schöne Jens Johannes Jost lässt die Glastür hinter sich zufallen und kommt die drei Stufen zur Pförtnerloge hinunter. Er lehnt sich in den Türrahmen der kleinen Kabine und verschränkt die Arme vor der Brust. Eine Locke fällt ihm in die Stirn, und Willi muss sich unwillkürlich über sein eigenes Haar fahren. Er selbst hat leider schon ein sehr schütteres Haupt. Dennoch löst diese Locke eine Art Phantomkitzeln bei dem Pförtner aus.

Jens aber lässt die Locke, wo sie ist. »Ja, ich schon wieder, Willi. Ich muss die Akustik der großen Bühne nutzen, um das mit dem Flüstern zu probieren.«

Willi lehnt sich leise ächzend zurück, der Stuhl unter ihm ächzt etwas lauter. Rechts neben ihm hängt der Plan für Auf- und Abbau der Kulissen. Willi liegt mehr auf seinem Stuhl, als dass er sitzt, und studiert die Tabelle. »Du hast Zeit bis 16 Uhr. Dann bauen sie für die Vorstellung heute Abend auf.«

»Alles klar«, sagt Jens und betrachtet den alten Pförtner. Er beneidet den unscheinbaren, dicken Mann. Wenn er selbst so aussähe, dann hätte er wohl weniger Probleme, die guten Rollen zu kriegen. Ein zu schönes Gesicht konnte wirklich ein Fluch sein.

Oder würde er dann gar keine Rollen mehr bekommen? Dieser Gedanke schneidet ihm ins Herz. Die Angst, dass sein Aussehen nicht der Grund für kleine Rollen ist, sondern dafür, dass man ihn überhaupt engagiert. Er seufzt tief. »Um 16 Uhr bin ich fertig, Willi.«

Der Pförtner stützt sich auf der Tischplatte ab und steht auf, er packt Jens bei den Schultern. »Wirst es schon hinkriegen, Junge!«

Jens lässt den Kopf sinken. »Ich wünschte, Carlos würde auch so denken.«

»Na, dem musst du das erst mal beweisen. Aber das schaffst du.« Er klopft ihm aufmunternd auf die Schultern. »Du bist jung, du hast noch Jahrzehnte für deine Karriere.«

Jens lächelt leicht. »Und du hast wirklich für jeden von uns ein liebes Wort, was, Willi?«

Der Pförtner hebt die Schultern und setzt sich wieder. »Einer muss in diesem ganzen hysterischen Haufen ja die Füße auf der Erde behalten und was Nettes sagen. Das tut doch allen gut. Und wenn man die ganzen Rezensionen bedenkt, die euch nach den Premieren zerreißen. Oder die schrecklichen Dinge, die in den letzten Wochen hier passiert sind …«

»Der letzte Fall war ja ein Selbstmord.«

»Nun, man weiß es nicht so genau.« Willi wiegt seine fleischige Hand hin und her.

»Ich finde, wir sollten uns nicht einreden lassen, dass hier ein Mörder frei herumläuft.«

»O.k., wenn du meinst«, sagt Willi langsam.

Jens hebt den Zeigefinger, um seine Worte zu unterstreichen. »Wir dürfen uns damit nicht über Gebühr belasten, wir müssen arbeiten und uns fokussieren. Wie soll ich mich einer komplexen Rolle annähern, wenn ich um mein Leben fürchten muss?«

»Sag mal, geht es dir gut, Jens?«

Der Schauspieler lässt die Hand sinken. »Ja … ja, natürlich. Entschuldige bitte. Wenn ich nur erst die Rolle hätte, die ich verdiene … Ich bin einfach etwas angespannt. Aber deshalb geh ich jetzt probieren. Das lenkt mich ab.«

Willi nickt. »Das klingt schon viel besser, mein Junge! Viel Spaß. Denn Spaß muss es doch machen.«

»Danke, Willi«, sagt Jens aufrichtig und lächelt den Pförtner noch einmal an, bevor er rechts der Pförtnerloge die Treppe zur Bühne hinaufsteigt.

Willi lauscht den federnden Schritten des jungen Mannes

nach, bläst die Wangen auf und lässt die Luft kopfschüttelnd entweichen. Es ist ein spannendes Treiben in diesem Haus, aber er würde um nichts in der Welt mit den Künstlern tauschen wollen. Deren Sorgen ... nein, die will er wirklich nicht haben. Und er versteht sie auch nicht. Manchmal sieht er sich eine Vorstellung an, doch meistens langweilen sie ihn. Da lobt er sich doch seine *Jerry-Cotton*-Hefte.

Er legt das Kreuzworträtsel zur Seite und sucht nach einem der Heftchen. Er findet eins, aber das kennt er schon. Sein Blick schweift über die Postfächer neben ihm und die Unterlagen, die oben draufliegen. Dort entdeckt er noch ein Romanheft. Willi nimmt es zur Hand, es ist abgegriffen, sein Kollege wird es schon gelesen haben, aber Willi freut sich trotzdem. Ein bisschen Mord und Todschlag ... das ist doch was anderes als diese seltsam zusammengeschnittenen Monologe oben auf der Hauptbühne.

Willi schlägt das Heft auf und gießt sich Kaffee aus der Thermoskanne nach, als sein Blick auf einen Brief in einem der Postfächer fällt. Er ist ganz nach hinten gerutscht, steht an die Wand des Fachs gelehnt und ist leicht zu übersehen. Willi zieht ihn heraus und kann sich ein Grinsen nicht verkneifen.

Der Brief ist für Jens, und er ist von einer Frau. Fanpost. Jens bekommt solche Schreiben hin und wieder. In letzter Zeit weniger, zumindest weniger per Post zugestellte Briefe, die über Willis Schreibtisch gehen. Man kann den jungen Schauspieler ja inzwischen auch über seine Website im Internet erreichen.

Willi hievt sich aus seinem Sessel, drückt den Türsummer, der die Glastür öffnet, und greift sich den Brief. Er hat Jens wirklich ins Herz geschlossen. Der junge Mann mag arrogant und selbstverliebt wirken, aber er hat einen Traum, der sein Leben bestimmt und für den er sehr hart arbeitet.

Willi legt eine breite Hand auf das Geländer und zieht sich unter leisem Ächzen die Stufen zur Bühne hinauf. Vielleicht macht die Fanpost dem jungen Kerl etwas Mut. Und wer weiß, vielleicht findet Jens ja bald ein Mädchen, das er mag und das ihn glücklich macht und davon ablenkt, dass er kein Jack Nicholson ist.

Bei dem Gedanken muss Willi über sich selbst schmunzeln. Er ist eben ein alter Romantiker. Er geht den Gang entlang, der die Bühne von den Räumen der Maske trennt, schiebt einen schweren Vorhang zur Seite und öffnet die Tür zur Hinterbühne. Es ist ganz still.

Willi betritt die dunkle Bühne, hier stehen ein paar Kulissen herum. Die Hinterbühne ist durch einen Vorhang von der Hauptbühne getrennt und vom Zuschauerraum nicht einzusehen. Manchmal ist es einfacher, die Kulissen hier hinten zu lagern, anstatt sie jedes Mal aus dem großen Lager im Hinterhaus herzuschleppen. Willi geht also zwischen einer gemalten, riesigen Dornenhecke und einer kunstvoll zerrissenen Fototapete des heutigen Athens hindurch und betritt die Vorderbühne.

Aber da ist nichts. Nichts, außer einer schummrig ausgeleuchteten Bühne und leeren Rängen.

Willi runzelt die Stirn und macht einen weiteren Schritt nach vorn. Er hört ein leises platschendes Geräusch, senkt den Kopf – und erstarrt. Der Brief segelt aus seiner Hand. Willi steht in einer Blutlache. Und rechts von ihm liegt Jens. Wie hingefallen, verdrehte Gliedmaßen und eine zerschmetterte Hand. Neben ihm ein Scheinwerfer, groß, schwer, rechteckig. Blut tropft von der Metallblende. Es sind kleine Tropfen, die lautlos von dem Scheinwerfer herabrinnen.

Willi erkennt Jens' blonde Locken und sein T-Shirt, sonst erkennt er nicht viel. Überall ist Blut, unter dem Kopf besonders viel. Das, was wohl mal das schönste Gesicht Berlins war, ist jetzt ... Willi atmet schwer. Er spürt kalten Schweiß im Nacken, kann den Blick nicht losreißen von dem eingeschlagenen Schädel und den blutigen Engelslocken.

Er macht einen Schritt zurück und hinterlässt dabei dunkle Fußabdrücke auf dem Bühnenboden. Daneben, in der roten Lache, treibt der Liebesbrief.

An

Jens Johannes Jost

Der Brief saugt sich voll. Die Tinte verläuft und vermischt sich mit dem Blut.

Instant-Messaging-App

STHBPN49	Woher kennst du die gestrichene Textstelle?
H4BCA78V	Die Frage ist doch, warum sie nicht mehr im Stück ist.
STHBPN49	Nein, das ist nicht die Frage. Ich darf publizieren, was ich will. Ich bin Autor!
H4BCA78V	Du bist ein mittelmäßiger Schauspieler, für den die Luft dünn geworden ist und die Rollenangebote knapper. Du hast ein bisschen was geschrieben und Blut und Sex reingepackt. Deshalb bist du noch lange kein Autor.
STHBPN49	Und du? Was bist du?
H4BCA78V	Nur ein Leser. Ein Zuschauer.
STHBPN49	Hast du eigentlich immer noch kein Leben, dass du mir ständig schreiben musst?
H4BCA78V	Du hast MIR geschrieben. Weil du kein Leben mehr hast, seit sie dich verlassen hat.
STHBPN49	Wer soll mich verlassen haben?
H4BCA78V	Das wirst du doch wohl selbst wissen.
STHBPN49	Sie hat mich nicht verlassen! ICH habe SIE verlassen. Sie hat mich eingeengt.
H4BCA78V	Was du nicht sagst.
STHBPN49	Es war höchstens eine einvernehmliche Trennung.
H4BCA78V	Falsch. Sie hat mit DIR Schluss gemacht.

STHBPN49	Und warum soll sie das getan haben?
H4BCA78V	Weil ich es ihr gesagt habe.
STHBPN49	Sie weiß doch gar nicht, wer du bist!
H4BCA78V	Stimmt. Aber sie muss nicht wissen, wer ich bin, um meinen Ratschlägen zu folgen. Im Gegenteil …

Kapitel 5 **Facetten**

Montag, 22. September
Morgens. KKF II

Czorski will sich gerade die Ohrstöpsel einsetzen, als Pfeffer das Büro betritt.

»Morgen.«

»Guten Morgen«, sagt sie und kniet sich hinter ihm vor den Tresor. Sie tippt den Code ein, es piepst, und die Tür springt auf. Dann lacht sie. »Da ist sie ja!«

»Was?«

Pfeffer steht auf und schiebt die Tresortür mit dem Fuß zu. Sie deutet auf den leeren Leibriemen unter ihrem Blazer. »Ich wollte meine Waffe gerade in den Tresor schließen, doch sie war schon drin. Das ganze Wochenende über.«

»Nicht nur das Wochenende. Du hast sie schon letzte Woche hiergelassen.«

»Echt?« Pfeffer geht zu ihrem Platz. »Wo hab ich nur meinen Kopf?«

Es klopft an der Tür. Ruben betritt das Büro.

»Was machst du denn hier?«, fragt Czorski.

Ruben antwortet nicht, stattdessen sieht er Pfeffer an. »Hey, ich hab am Freitag mitbekommen, dass du einen Therapeuten suchst.«

Sie hängt ihren Blazer an den Haken hinter ihrem Stuhl. »Ja. Mein Ex war ein Serienmörder.« Sie lächelt fröhlich. »Der mich töten wollte.«

»Also die Flucht nach vorn. Ich verstehe.«

»Ich glaube nicht, dass du verstehst«, sagt Czorski vorsichtig.

Und es gefällt ihm nicht, wie Ruben Pfeffer ansieht. Als kenne er sie. Dabei weiß er gar nichts.

»Mag sein. Aber ich kenne einen guten Therapeuten, falls du Hilfe brauchst.«

Pfeffer lacht und verschränkt die Arme vor der Brust. »Und ich kenne einen guten Ermittler, falls *du* Hilfe brauchst.«

Rubens Blick verfinstert sich. Er zeigt auf Seidels Tür. »Sitzt Rita da?«

»Aber ja«, antwortet Czorski und grinst.

Morgens. KKF II

Seidel nimmt einen roten Edding und kreist das Wort *Sexualverhalten* großzügig ein. Sie hat die fünf Facetten des Tatverhaltens nach Canter auf Blätter geschrieben und diese an die Wand getackert. Ihr Tacker liegt noch immer auseinandergezogen hinter ihr auf dem Schreibtisch. Sie bemerkt gerade, dass sie nicht nur das Papier, sondern auch die Wand drum herum angemalt hat.

Seidel nimmt einen anderen Edding und schreibt *Pfeffer* auf das Blatt *Gewalt und Aggression*. Wenn sie mit der Kreis-Hypothese durch ist, soll sie sich um diese Facette kümmern und sie im Hinblick auf ein Ritual untersuchen und erweitern.

»Es gab noch ein Opfer«, sagt da eine tiefe Stimme in ihre Gedanken hinein.

»Quatsch, es gab nur vier«, murmelt Seidel und überlegt, ob Czorski sich besser um *Unpersönliche Interaktion* oder *Intimität* kümmern soll.

»*Nur* vier?«

Seidel wendet den Kopf. In der Tür steht gar kein Mitglied ihres Teams, sondern Ruben Peters in seiner abgenutzten Lederjacke, mit Sonnenbrille in der Knopfleiste und Wut im Blick. Er kommt rein, tritt achtlos auf die ausgebreiteten Unterlagen und knallt die Tür hinter sich zu.

»Es ist noch ein Schauspieler gestorben, und zwar genau der, der vermutlich die vergiftete Fanta hätte trinken sollen!«, schnauzt Ruben. »Aber da die Fanta die Hospitantin erwischt hat, ist er jetzt mit einem Scheinwerfer erschlagen worden. Komplett zertrümmerter Schädel. Das Blut ist bis vorne zur Rampe gelaufen.«

Seidel steckt die Kappe auf den Edding und wirft ihn auf ihren Schreibtisch. »Nun, ob es einen Zusammenhang zwischen den Opfern gibt, weißt du nicht.«

»Wie bitte?«, fragt er leise und drohend.

Sie weicht einen Schritt zurück. »Ein drittes Opfer ist noch kein Beweis für irgendwas. Es ist erst mal nur ein drittes Opfer.«

»Ich bin wegen euch von *zwei* Tätern ausgegangen, Seidel! Ich habe die Mordkommission aufgeteilt, was ein bürokratischer Aufwand war. Und jetzt deutet alles auf ein und denselben Täter hin, *und* wir haben noch ein weiteres Opfer. Es sind jetzt zwei blutig niedergestreckte Schauspieler, die sich kannten. Das schreit doch nach einem Doppelmord.« Er zeigt mit dem Finger auf sie. »Deine Tipps waren scheiße!«

»Was hast du denn erwartet? Ich ermittle nicht in dem Fall, ich stelle Hypothesen auf. Und nach damaligem Stand war die Hypothese von zwei Tätern die mit der höheren Wahrscheinlichkeit.«

»Ihr solltet keine Mordkommissionen mehr beraten.«

Seidel beugt sich vor und sagt mit Nachdruck, als würde sie mit einem Kleinkind reden: »Wir sind auch gar keine Berater. *Du* hast uns eingeladen.«

Ruben presst die Lippen aufeinander. »Ja«, sagt er schließlich, »das war wohl mein Fehler. Doch ich wollte trotzdem, dass du weißt, dass du falschlagst.«

»War der dritte Mord denn sehr gewalttätig?«

»Und wie. Der Täter hat mehrmals von allen möglichen Seiten auf das Opfer eingeschlagen.«

»Viele Schläge schnell hintereinander? Wie im Rausch?«

»Davon geht die Gerichtsmedizin bislang aus.«

»Keine Anzeichen von Raub oder Vergewaltigung?«

Ruben nickt.

»Der Affektmord bleibt damit eine hohe Wahrscheinlichkeit. Der Täter gerät in eine Situation, die er nicht mehr ertragen kann, und agiert dann sehr aggressiv Aber das heißt noch nichts. Ich habe keine konkrete Spur für dich.«

Ruben dreht sich weg und geht zum Fenster. Er sieht hinaus auf den Treptower Park.

»Außerdem bleibt die Frage offen, ob ihr es mit einem Beziehungsmörder oder einem Gesinnungsmörder zu tun habt. Das heißt: Tötet er in seinem Bekanntenkreis oder aufgrund einer höheren wahnhaften Ideologie?«

»Ja, ja. Fragen über Fragen«, sagt Ruben trocken. Er hat ihr wahrscheinlich kaum zugehört.

»Hast du das dritte Opfer gewarnt?«

Er nickt wieder.

»Es ist nicht deine Schuld, dass manche Menschen resistent gegen Ratschläge sind. Du kannst nichts für das Ego des Opfers.«

Sein Blick verfinstert sich, er öffnet den Mund, um etwas zu erwidern, schließt ihn dann aber wieder. Kopfschüttelnd tritt er über die Papiere am Boden hinweg, reißt die Tür auf und knallt sie hinter sich zu.

Die Tür fliegt auf.

»Es ist noch jemand ermordet worden!«

Doktor Florian schraubt den Füllfederhalter zu und legt ihn beiseite. Er dreht sich langsam auf seinem Hocker um und lächelt Pfeffer an. »Guten Morgen.«

»Guten Morgen, meine liebe Theresia«, sagt auch Filond.

»Ja, ja. Morgen.«

Die Männer tauschen einen sprechenden Blick, dann seufzt Filond. »Wer ist denn ermordet worden?«

»Noch ein Schauspieler«, antwortet sie. »Einer an dem Theater, wo wir Samstag waren. Er ist gestern auf der Bühne erschlagen worden.«

Doktor Florian beugt sich vor. »Während einer Vorstellung?«

»Nein, er hat wohl geprobt.«

»Schade.«

Pfeffer sieht ihn kurz irritiert an, dann stützt sie sich mit den Armen auf den Arbeitstisch. »Ruben ist gerade bei Seidel. Ich hab gehört, wie er ihr Vorwürfe gemacht hat, weil sie zu zwei Tätern tendierte, und jetzt deutet doch alles auf einen hin.«

Doktor Florian runzelt die Stirn. »Sie kann doch nichts dafür, wenn er seine Mordkommission aufgeteilt hat.«

»Darum geht's gar nicht. Das hat Seidel ihm bereits gesagt. Aber sie geht immer noch von einem Affektmord aus.« Sie spricht nun schnell und leise. »Und wir wissen es doch besser.«

»Wir?« Filond lacht.

Doktor Florian sieht vorwurfsvoll zu dem fülligen Gerichtsmediziner. »Wir nehmen sie mit ins Theater, hast du gesagt. Dann lernt sie was, hast du gesagt. Und jetzt will sie *uns* was beibringen.«

»Könnten wir zum Thema zurückkehren? Irgendjemand richtet

Schauspieler hin. Das ist der Anfang von einer rituellen Mordserie. Wir müssen dringend alle Regisseure in Berlin abklopfen, die unsere Opfer kannten. Da arbeitet jemand an einer perfiden Inszenierung des Todes.«

»Hast du das mit Seidel besprochen?«, fragt Filond.

»Natürlich nicht, ihr wisst doch, was sie sagen wird. Dass ich keine Beweise habe und die Ermittlungen nicht mein Zuständigkeitsbereich sind.«

Filond lächelt mitfühlend. »Argumente, die nicht von der Hand zu weisen wären, meine Liebe.«

»Nicht wenn ich Beweise habe«, widerspricht sie. »Ich bräuchte nur das Gutachten eines Gerichtsmediziners, der es für wahrscheinlich hält, dass die tödlichen Schläge nicht im Rausch ausgeführt wurden. Und dass die einzelnen Körperteile nicht wahnhaft über das Sturmtheater verteilt wurden, sondern mit Bedacht. Inklusive der Blutspuren.«

Filond legt den Kopf in den Nacken und lacht. »Und das Gutachten soll ich nun fälschen?«

Pfeffer sieht ihn verärgert an. »Nein. Das ist das Ergebnis, zu dem du kommen wirst.«

Er hört auf zu lachen. »Das ist dein Ernst.«

»Ich bin mir sicher, dass es so sein wird, Filond.«

»Und warum? Da sind doch schon Gerichtsmediziner dran. Warum sollen die nicht auch zu diesem Ergebnis kommen?«

»Weil der Mörder gut ist und die nicht wissen, wonach sie suchen müssen.«

Filond leert seinen Kaffeebecher in einem Zug. »Was du forderst, wäre ein voreingenommener Forensiker. Wir arbeiten aber andersrum, meine liebe Theresia. Wir finden alles, was relevant ist, eben weil wir *nichts* Bestimmtes suchen. Der Filter, den du dir wünschst, führt dazu, dass man andere Dinge übersieht.«

Sie funkelt ihn herausfordernd an. »Und was, wenn die doch

etwas Relevantes übersehen? Das Einzige, was relevant wäre, um den Mörder zu finden?«

»Solange niemand verurteilt ist, müssen wir, glaube ich, von einem *Täter* sprechen, meine liebe …«

»Ach, drauf geschissen, Filond«, unterbricht sie ihn. »Bist du jetzt dabei oder nicht?«

Er weicht irritiert zurück. »Nein. Natürlich nicht.«

»Aber ich brauche dich. Ein sorgfältiges Gutachten über die Blutspuren ist das einzige …«

Filond schüttelt leicht den Kopf. »Sie haben nicht übertrieben, als sie erzählt haben, wie insistierend du bist.«

»Es geht nicht um mich, Herrgott.«

»Ja, ja«, sagt Doktor Florian.

Pfeffer sieht zu ihm. »Kannst du Filond nicht überzeugen?«

»Bedaure.«

»Wir könnten einen Mörder überführen.«

Doktor Florian grinst. »Stimmt. Und deshalb mach *ich* mit.«

»Was?«, fragt Pfeffer.

Doktor Florian hebt die Schultern. »Ich mag das Theater.«

»Du willst doch bloß eine Schauspielerin ins Bett kriegen.«

Er zieht seine grasgrüne Fliege zurecht. »Wenn uns das Informationen beschafft …«

Pfeffer sieht fassungslos zu Filond.

»Ich bleibe beim Nein«, beharrt der. »Du musst wohl nehmen, wen du kriegen kannst.«

Sie gibt auf und wendet sich Doktor Florian zu. »Na gut. Ich werde versuchen, an die Daten der Mordkommission zu kommen.«

Doktor Florian lächelt zuversichtlich. »Fabelhaft. Dann werden wir in null Komma nichts genug zusammenhaben, um Seidel von deiner Hypothese zu überzeugen.«

»Verstehst du denn was von Blutspuren?«

»Nein. Ich versteh nur was von Waffen und Munition.«

Filond grinst. »Wie dumm, dass der Täter kein Schütze ist.«

»Schnauze«, sagt Pfeffer.

Abends. Im KKF II

Plötzlich geht das Licht an. Seidel merkt erst in diesem Augenblick, dass es schon recht dunkel geworden ist. Sie liegt auf dem Bauch auf Papieren aus der Gullnick-Akte. Sie wendet den Kopf zur Tür, erwartet Pfeffers halbhohe Pumps oder Czorskis Turnschuhe zu sehen. Doch sie blickt auf schwarze Anzugschuhe und eine dunkelgraue Anzughose. Sie setzt sich auf.

»Herr Ziernow?«

»Frau Doktor Seidel«, begrüßt sie der Abteilungsleiter des KI Dreizehn, der eigentlich in Wiesbaden sein sollte – und eigentlich immer freundlich dreinschaut. Nur nicht heute.

Seidel steht auf, wischt sich die Hände an ihrer Jeans ab und reicht ihm die Rechte.

Sein Händedruck ist fest, sein Blick bleibt streng. Seidel fühlt sich unwohl und ist gleichzeitig irritiert, denn mehr Strenge war genau das, was sie sich von Ziernow immer gewünscht hat. Als sie noch in Wiesbaden gearbeitet hat, hasste sie seinen stets jovialen Tonfall, die gönnerhaften Gesten und die großväterliche Art, mit der er ihr Narrenfreiheit gewährte, nur weil er aus irgendeinem Grund entschieden hatte, sie sei seine beste Operative Fallanalytikerin. Seidel schiebt ein paar Blätter von der Couch. »Bitte. Setzen Sie sich.«

»Danke.«

»Ich wusste gar nicht, dass Sie in Berlin sind«, sagt sie und schleift ihren Schreibtischstuhl über die Papierberge um den Tisch herum. Sie setzt sich und lächelt ihn freundlich an, obwohl sie heute noch einen Antrag auf ein Gespräch mit Gullnick formulieren muss, und zwar so, dass das Gericht sie zu ihm lassen wird. Sie will den Kinderschänder und -mörder unbedingt sprechen, denn er ist damals nicht zum Aspekt des Rituals in seinen Taten befragt worden. Das müssen Czorski und Seidel schnell nachholen.

Als könnte man einen Mann zum Reden zwingen, der lebenslänglich einsitzt. Aber den wird Seidel schon kleinkriegen.

»Ich hatte auch nicht vor, Sie zu besuchen, Frau Doktor Seidel«, sagt Ziernow, und der alte joviale Mentor klingt wieder durch. »Sonst hätte ich natürlich einen Termin gemacht.«

»Natürlich.« Sie lächelt. »Aber so geht es auch, ich bin ja noch hier.«

»Ich hab leider keine besonders guten Nachrichten«, beginnt er. »Und ich bin auch etwas enttäuscht, muss ich Ihnen sagen.«

»Ach ja?«

»Wie ich höre, haben Sie sich in die laufenden Ermittlungen einer Mordkommission nicht nur eingemischt, sondern haben auch noch falsche Hinweise gegeben.«

»Die haben *uns* um Rat gefragt. Und *Sie* haben den Besuch dort genehmigt.«

»Ja, weil ich dachte, Sie stellen Ruben Peters Ihre Methodik vor. Ich hab wirklich nicht erwartet, dass Sie Einfluss auf die Ermittlungen nehmen. Und schon gar nicht auf diese Weise.«

»Wie bitte? Wir haben nicht …«

»Das hier ist eine Forschungseinheit.«

»Klar. Das ist mir bewusst.« Sie klingt eingeschnappt. Sie hört es selbst, und es ärgert sie.

»Ich weiß, dass ich Sie vielleicht ein bisschen gedrängt habe, diese Stelle anzunehmen.«

Ein bisschen?, denkt Seidel, doch schweigt.

»Aber ich bin dennoch davon ausgegangen, dass Sie den nötigen Ernst an den Tag legen, wenn Sie erst einmal hier sind.«

Seidel lehnt sich zurück und verschränkt die Hände in ihrem Schoß. »Es ist gleich acht, Herr Ziernow. Und ich bin immer noch hier und arbeite. Ich denke, ich nehme die Sache sehr ernst.«

»Aber können Sie Ihr Team leiten?«

»Ja«, schießt sie zurück und beißt sich auf die Zunge. Das kam zu schnell.

»Ich habe einen Antrag von Ihrem Bruder vorliegen, der Tierknochen haben will und sich damit *vertrauensvoll* direkt an mich wendet.«

»Was?«

»Er hat Sie übergangen.«

Seidel presst die Lippen aufeinander und formuliert schon diverse Schimpftiraden, die sie Doktor Florian dafür an den Kopf knallen wird.

»Und es gibt eine Beschwerde von zwei dienstalten, hier in Berlin sehr geschätzten Kolleginnen über ihre jähzornige Streifenpolizistin. Pfeffer habe die beiden in der Kantine bedroht.«

Seidel räuspert sich. »Theresia Pfeffer geht es schon viel besser. Sie weiß, dass das falsch war.«

»Es ist leider nicht so, dass ich allein entscheide, Frau Doktor Seidel.«

»Was entscheiden …?«

»Diese Forschungseinheit kostet uns ein Heidengeld, und was die Amtsleitung in den letzten Wochen und besonders heute zu hören bekommen hat … Nun, sie ist sehr unzufrieden.«

»Das ist bedauerlich«, erwidert Seidel trocken. »Doch ich habe Ruben Peters weder dazu geraten, seine Mordkommission aufzuteilen, noch tragen wir in irgendeiner Weise Mitschuld an dem dritten Mordfall. Peters muss schon selber wissen, wie er in diesem Fall ermittelt.«

»Das ist eine andere Baustelle. Ich bin hier, um zu fragen, ob Sie Ihr eigenes Team leiten können.«

»Wir sind noch keinen Monat hier und müssen schon perfekt eingespielt sein? Wer hat denn das Budget für das KKF II kalkuliert? Wir brauchen Zeit, um uns zu sortieren. So etwas sollte im Finanzierungsplan bedacht werden.«

»Das hab ich der Amtsleitung auch gesagt, aber mir sind leider die Hände gebunden.«

Seidel atmet tief durch. »Inwiefern?«

»Hören Sie, Frau Doktor Seidel. Im Grunde haben Sie nichts zu verlieren. Wenn wir das KKF II schließen, dann kommen Sie einfach zurück ins KI Dreizehn nach Wiesbaden. Bei mir werden Sie immer einen Platz haben.«

Sie starrt ihn entgeistert an. Gullnick sollte doch erst der Anfang sein. Mit diesem Serientäter werden sie nur einen Test für die Erweiterung der Facettentheorie entwickeln können. Außerdem mochte es stimmen, dass Seidel weich fallen würde, wenn auch auf die Pfeifen in Wiesbaden. Auch Filond würde wohl unterkommen. Aber Doktor Florian würde sich eher selbst umbringen, als zurück nach Wiesbaden zu gehen. Und was machen dann Czorski und Pfeffer, die nicht mehr dorthin zurückkönnen? Pfeffer ist keine Streifenpolizistin mehr. Sie ist zwar stark, aber die Uniform wird sie nicht wieder anziehen wollen. Sie wäre in ihr fast gestorben. Und Czorski? Der findet vor lauter Angst doch keine Spur mehr, selbst wenn man ihn mit der Nase draufstößt. Nein, er ist kein Kommissar mehr. Zumindest nicht im Moment.

Seidel atmet noch mal tief durch. »*Wenn* Sie das KKF II schließen? Was heißt das? Wann und unter welchen Umständen?«

Ziernow erhebt sich. »Sie haben vier Wochen für eine Analyse des Falls Gullnick.«

»Vier Wochen?«

»Ja, zumindest knappe vier Wochen.«

Das ist zu kurz, denkt Seidel. Sie braucht ja schon zwei, um Pfeffer allein mit den Canter-Methoden vertraut zu machen.

Er lächelt aufmunternd. »Wenn Sie am 15. Oktober etwas bei der Amtsleitung präsentieren, das uns neue Erkenntnisse liefert, dann kriegen Sie ein weiteres Jahr.«

»Fantastisch.«

»Vorausgesetzt natürlich, es kommen bis dahin keine Beschwerden. Ich will, dass niemand mehr Kollegen auf dem Flur anschreit oder bedroht, ich will keine Anträge für ballistische Spielereien von Ihrem Bruder, und ich will, dass Sie sich durchsetzen. Niemand außer Ihnen kommuniziert für diese Abteilung mit anderen Abteilungen. Und ich will vor allem nicht hören, dass irgendwer sich in irgendwelche Ermittlungen einmischt.«

»Natürlich nicht«, erwidert sie mit dünner Stimme.

»Unauffällige, fleißige Analysearbeit und Ergebnisse bis zum fünfzehnten. Verstanden?«

Seidel nickt und sinkt auf ihren Stuhl zurück, während Ziernow ihr Büro verlässt. Eine Stunde später, als die Putzfrau kommt, um die Mülleimer zu leeren, sitzt sie immer noch da.

Kapitel 6 **Munition**

Dienstag, 23. September
Abends. Schießhalle der Polizei

»Du darfst das Seidel nicht übel nehmen.«

Ruben legt den Gehörschutz auf den Tisch vor sich und dreht sich überrascht um. »Oh! Hallo Theresia.«

Pfeffer lächelt. »Sie sammelt wirklich nur Daten, weißt du? Aber sie ist *die* Expertin für Mehrfachtäteranalysen. Sie ist weit gekommen, weil sie jede Tat getrennt von den anderen betrachtet. Sie wollte dich nicht absichtlich fehlleiten.« Sie kommt näher und lehnt sich an die Zwischenwand des Schießstandes.

»Und du hast die Ermittlungen auch nicht wirklich getrennt. In deinem Kopf gehörten die Fälle immer zusammen, oder?«

Er lacht verblüfft. »Was machst du hier?«

Sie zeigt auf die anderen Schießstände, die Kollegen und die Zielscheiben. »Das ist der Schießstand der Polizei, und ich bin eine Polizistin. Was denkst du, was ich hier mache?«

»Aber ihr seid doch jetzt Schreibtischtäter.«

»Hat Czorski das erzählt?«, fragt sie. Im Stillen freut sie sich darüber, dass Czorski gern erzählt – zum Beispiel, dass Ruben Peters heute Abend am Schießstand ist, anstatt mit ihm was trinken zu gehen. »Ich lege Wert darauf, in Übung zu bleiben«, sagt sie lächelnd.

Ruben tritt einen Schritt zurück und verstaut seine Walther P6 im Leibriemen. »Dann bitte.«

»Danke.« Sie nimmt seinen Gehörschutz auf und legt ihn sich um den Hals. Dann betrachtet sie seine durchlöcherten Zielscheiben und menschlichen Schattenrisse. »Nicht schlecht.«

»Oh, ein Lob von einer Dreiundzwanzigjährigen, die ein halbes Jahr Streife gefahren ist.« Er grinst. »Ich bin geehrt.«

Sie sieht ihn von der Seite an. »Es waren zwei Monate.«

Er wird ernst und nickt. »Ich habe davon gehört, vom Stern-Mörder. Das alles … muss sehr hart für dich gewesen sein. Das mit dem Therapeuten hab ich ernst gemeint.«

»Ich hab das mit dem guten Ermittler auch ernst gemeint.«

Er lacht. »Schon klar.«

»Seidel kann wirklich nichts dafür, weißt du?«

»Vielleicht nicht.«

»Und dich trifft keine Schuld am dritten Opfer.«

»Bin *ich* jetzt in Therapie?«

»Nein, du hast jetzt Schießunterricht.«

»Bei dir?« Er muss wieder lachen.

Sie lacht mit und betrachtet Rubens Einschusslöcher am anderen Ende der Schießhalle. Dann wendet sie sich wieder ihm zu. »Im Ernst: Läuft es denn jetzt besser bei euch? Wisst ihr jetzt genau, wie der Körper des ersten Opfers zerteilt wurde?«

»Ja, unter der Bühne sind Seilzüge und Hebevorrichtungen, die der Täter benutzt hat. Und es wurde auch ein Messer gefunden, keine Fingerabdrücke.«

»Und dann hat er die Körperteile im ganzen Theater verteilt?«

»Ja, er kennt sich offenbar aus.«

»Das kreist die Verdächtigen ein. Gut.«

»Kommt jetzt noch ein Ratschlag von dir?«

»Nein, aber wenn ich ein Einschussloch von dir da vorn in der Zielscheibe treffe, zeigst du mir dann die Bilder von den Tatorten?«

»Was?«

»Ach, komm. Ich erteile dir auch keine Hypothesenratschläge oder so. Ich interessiere mich einfach für Tatorte.«

Er schüttelt belustigt den Kopf. Rechts und links von ihnen peitschen Schüsse durch die Halle. Kein Schuss trifft die Mitte.

Sie lächelt. »Du darfst dir auch aussuchen, mit welcher Hand.«

Er legt den Kopf schief und betrachtet sie nachdenklich. »Nicht eins meiner Einschusslöcher, sondern drei, außerdem den Oberarm von dem Schattenriss und das Bullseye von der Zielscheibe.« Er streckt die Hand aus und zupft ihren Blazer ein Stück zur Seite. »Mit rechts«, sagt er nach einem Blick auf ihren Leibriemen.

»Dann gibt mir deine Waffe.«

»Du machst mir Spaß.«

»Das hat noch kein Kriminalkommissar zu mir gesagt.« Sie streckt die Hand aus. »Meine ist für Linkshänder optimiert. Ich brauch deine, sonst treff ich nicht so gut.«

»Du triffst sowieso nicht.«

»Deine Walther?«

Er öffnet seine Lederjacke und zieht die P6 aus dem Leibriemen. »Bescheidenheit ist nicht deine Stärke, was?«

Sie setzt den Gehörschutz auf und nimmt seine Waffe. »Nein, Schießen ist es.« Sie dreht sich um und zielt auf das Bullseye. Sie atmet ein, zu zwei Dritteln aus und schießt. Sie trifft.

Wunden, Narben und ein Trauma. So viel Blut, so viel Schmerzen. Nie wieder Uniform, vielleicht nie wieder vertrauen, nie wieder lieben. Aber Schießen, das geht jetzt auch mit rechts. Selbst im Schlaf.

Als sie das erste Einschussloch von Ruben exakt trifft, hat sie Publikum. Niemand außer ihr schießt noch, alle in der Halle schauen zu. Sie trifft das nächste Einschussloch und auch das dritte.

Sie durchlöchert den Oberarm des Schattenrisses und zieht sich den Gehörschutz vom Kopf. Sie dreht sich um. »Dein Magazin ist alle.«

Mittwoch, 24. September
Morgens. KKF-II-Labor

Schweren Herzens schiebt Doktor Florian die Seifenblöcke zur Seite. Er dreht die Schnittflächen zueinander, sodass er die Krater der Dumdumgeschosse nicht mehr sehen kann. Es ist besser so.

Filond wuchtet derweil Kisten auf den großen Tisch und hustet. »Die hätten die Kisten aber mal vom Staub befreien können, bevor sie die herschicken.« Er beugt sich vor und sieht auf das Schildchen. »Asservatenkammer.«

Doktor Florian greift sich auch eine Kiste aus dem Stapel im Flur. »Archiv. Bochum. Das ist dann wohl für meine Schwester.« Er stellt die Kiste wieder ab. Seine Augen suchen den Stapel weiter ab. »Asservatenkammer. Da!« Er trägt die Kiste zu seinem Arbeitstisch und wirft einen sehnsüchtigen Blick auf den Seifenblock.

»Mach nicht so ein Gesicht«, sagt Filond. »Wir können froh sein, dass wir sie von der Idee abgebracht haben, die toten Jungen auszugraben. Sonst lägen hier jetzt Leichenreste.«

Doktor Florian hebt eine durchsichtige Plastiktüte aus der Kiste. »Seile. Sie sind leicht rötlich. Ich hätte irgendwie gelb-beige-braune Seile erwartet.« Er seufzt. »Trotzdem öde. Erhängen ist aus forensischer Sicht ein langweiliger Tod.«

Filond kramt weiter. »Aber das ist doch der Grund, warum wir niemanden ausgraben müssen.« Er holt eine Suppentasse aus Blech hervor. »Frakturen im Halswirbelbereich sind bei Erhängten eher selten. Da würden uns die Skelette der Opfer kaum was nutzen. Sie könnten mumifiziert sein, aber auch das garantiert uns keine sichtbaren Strangfurchen oder Ähnliches.«

»Ganz zu schweigen von dem richterlichen Aufwand einer Exhumierung. Ich glaube, meine Schwester wollte uns nur mit dieser drastischen Maßnahme drohen.«

Filond schließt seine Kiste mit zackigen Bewegungen. »Ich brauche Fotos, keine Suppentasse aus Gullnicks stillgelegtem Stollen.« Er eilt zum Stapel zurück.

Doktor Florian betrachtet den Inhalt seiner Tüten durch das durchsichtige Plastik. »Drei Strangwerkzeuge, könnten Stücke vom gleichen Seil sein. Professionell geknüpfte Schlaufen, ordnungsgemäß durchtrennt und korrekt gesichert. Bahnbrechende Erkenntnis, die …«, er liest in dem beigelegten Schreiben, »hier auch für jeden zu lesen ist. Alles bereits analysiert und dokumentiert. Wie aufregend.«

»Jetzt sei doch nicht so negativ. Seidel hat wirklich Druck von oben bekommen, wir müssen jetzt alle abliefern.«

»Was schwer möglich ist, wenn ich mich vorher zu Tode gelangweilt habe. Da ist nicht mal Blut dran.«

Filond dreht sich zu Doktor Florian um, stemmt eine Hand in die Hüfte und schenkt ihm einen finsteren Blick. »Willst du, dass wir nach nur einem Monat wieder aufgeben müssen? Willst du, dass deine kleine Schwester scheitert? Willst du zurück nach Wiesbaden?«

»Jetzt sei doch nicht so ein Oberlehrer. Ich versuche doch nur, mir das alles mit ein wenig Zynismus erträglich zu machen.«

»Oberlehrer? Ich bin doch kein Oberlehrer! Und ich muss dir sagen, dass deine laxe Haltung mir langsam auf die Nerven geht.«

»Wie bitte? Wer hat denn hier die komplette erste Arbeitswoche mit der Suche nach dem besten Kaffeesirup verbracht?«

Filond wischt mit der freien Hand empört durch die Luft. »Wenigstens suche ich nicht mit Pfeffer heimlich einen Mörder, der mich nichts angeht.«

»Bist du heute mit dem falschen Fuß aufgestanden, oder was?«

»Ich bin immerhin aufgestanden und bereit, meine Arbeit zu erledigen.«

Doktor Florian runzelt die Stirn. »Du arbeitest aber nicht. Du suchst Streit.«

Filond reckt das Kinn und presst die Lippen aufeinander. »Nein, ich *suche* Fotos.«

»Das Strangwerkzeug ist nur dann halbwegs interessant, wenn offen ist, ob es ein Suizid oder ein vorgetäuschter Suizid, also Mord, war. Aber Gullnick hat gestanden, dass er die Jungen erhängt hat, und warum sollten die sich auch selbst erhängen? Ich gehe mal davon aus, dass sie leben und fliehen wollten.«

»Du willst wirklich nichts finden, was uns voranbringen könnte, oder?«, fragt Filond scharf.

Doktor Florian verschränkt die Arme vor der Brust. »Was hast du denn zu bieten?«

»Du bist schon genauso verrückt wie Theresia. Ihr wollt Ermittlungen beeinflussen, die euch nichts angehen, aber tretet bei Gullnick absichtlich auf die Bremse.«

»Ritas Predigt gestern hat dich wohl wirklich beeindruckt.«

»Sag das nicht so herablassend«, erwidert Filond und knallt seine Akte auf den Tisch. »Einer von uns muss ja unsere Arbeit machen.«

»Und zu welchen Ergebnissen bist du dank deiner großartigen Motivation gekommen?«

Filond greift sich die Akte wieder vom Tisch, schlägt sie auf und legt die Fotos von 1988 vor ihnen aus: Drei Jungen im Alter zwischen acht und zwölf liegen leblos in der Bochumer Gerichtsmedizin. Sie haben alle Strangspuren am Hals. Filond blickt von einem Bericht in seinen Händen zu den Bildern. »Totenflecke korrelieren mit Auffindeposition, Speichelabrinnspuren bei allen Mundwinkeln, Strangfurche verläuft immer entlang der Lage des Strangwerkzeuges, keine Trage- oder Griffspuren an den Leichen.«

»Ergo: Sie sind lebend erhängt worden. Von jemand anderem. Ganz genau so, wie Gullnick sagt.«

»Ich sage ja nicht, dass wir genau hier und jetzt bahnbrechende Erkenntnisse gewinnen müssen.«

»Weil keine da sind, Filond. Welche Hypothesen sollen die drei da drüben an ihren Schreibtischen denn aufgrund dieser Befunde aufstellen?«

»Es geht mir um deine Haltung, das weißt du ganz genau.«

Doktor Florian hebt ergeben die Hände. »O.k., o.k.« Er greift nach der Box mit den Latexhandschuhen und der Pinzette. Er nimmt die drei Plastiktüten mit den geknüpften Seilen und zieht sich seinen Hocker ans Mikroskop. »Reichst du mir mal die Labortüten?«

»Was suchst du?«

»Hautschuppen, Haare, Stofffasern. Das kommt jetzt alles ins Labor. Zufrieden? Denn ich weiß wirklich nicht, was ich sonst noch tun könnte.«

Filond reicht ihm die Plastiktütchen. »Du könntest die Finger von den Theatermorden lassen.«

Doktor Florian schaut ins Mikroskop und dreht am Rädchen für die Schärfe. »Überschätze Er seinen Einfluss auf mich nicht!«

Mittags. KKF II

»Wie um alles in der Welt hast du das geschafft?«, fragt Doktor Florian und wischt über Pfeffers Handydisplay.

»Ich habe mit Ruben gewettet, dass ich besser schieße als er.«

»Und dann hat er dich Fotos von den Akten machen lassen?«

»Nein, er hat sie mir gezeigt. Dann musste er kurz raus, weil die Sekretärin eine Frage hatte, und ich hab mein Handy gezückt«, erwidert Pfeffer und schiebt sich eine Gabel Salat in den Mund. »Ich hatte wenig Zeit. Deshalb sind einige so unscharf.«

»Ganz schön blutig.«

»Das kann man wohl sagen.« Pfeffer beugt sich über den Tisch. »Das ist Jens Johannes Jost, drittes Opfer. Mit einem Scheinwerfer erschlagen, hat die Tatwaffe nicht kommen sehen. Und als er am Boden lag, hat der Täter weiter auf ihn eingeschlagen.«

Doktor Florian wischt zum nächsten Bild. »Und der sollte eigentlich vergiftet werden?«

»So die Vermutung. Krasser Schritt, oder? Der Täter scheint seine Meinung vom stillen, unblutigen Gifttod geändert zu haben. Oder es geht um etwas ganz anderes.«

»Fanta kann man ja nicht zwei Mal vergiften, das wäre schon sehr auffällig.«

»Nikki Eifert hat gern Orangenlimo getrunken. Das hat jeder aus ihrer Familie bestätigt. Im Theater wusste das aber keiner.«

Doktor Florian betrachtet die Fotos genau, dann legt er das Handy seufzend weg. »Ich wünschte wirklich, das wären Schussverletzungen.« Er zieht den Teller mit seinem Steak näher ran und sticht mit seiner Gabel ins Fleisch.

»Zurzeit arbeiten drei Regisseure am Sturmtheater. Sie alle haben für mindestens eine der Taten ein Alibi.«

»Würdest du bitte nicht mit vollem Mund reden, Pfeffer?«

»'tschuldigung.«

»Vielleicht sollten wir Ruben unsere These einfach offenlegen und mit ihm zusammenarbeiten?«

Pfeffer schüttelt den Kopf. »Weder das KKF II noch ich haben unter Kriminalkommissaren einen guten Ruf. Zum Glück findet Ruben mich lustig, aber er vertraut mir nicht.«

»Und woran mag das wohl liegen? Du hast ihn ja bloß in einem Schießwettbewerb herausgefordert, dir vertrauliche Akten zu zeigen …«

»Das war ein Spiel, da hatte er Bock drauf.«

»Ich glaube, der hat auf was ganz anderes Bock.«

»Also bitte«, sagt sie ungeduldig. »Das ist doch pubertäre Kinderkacke. Lass uns jetzt bitte über die Regisseure nachdenken.«

Er grinst und streicht sich durch den Bart. »Du weißt aber schon, dass Berühmtheit die Anziehungskraft eines Menschen, besonders die einer jungen Frau, enorm steigern kann?«

»Ich weiß, dass unsere Mittagspause gleich vorbei ist und ein mordender Regisseur gefasst werden muss.«

Er nimmt seine Serviette vom Schoß und tupft sich den Mund ab. »Gut. Wir sollten uns aber auch mit dem Gedanken befassen, dass nicht nur Regisseure Regisseure sein können.«

»Was? Wie meinst du das?«

»Ich meine, es könnte sein, dass wir jemanden suchen, der diese Morde inszeniert, weil er sonst nicht inszenieren darf.«

Sie mustert ihn nachdenklich. »Du hast recht. Wenn alle echten Regisseure Alibis haben, sollten wir das in Betracht ziehen. Suchen wir nach einem verhinderten Regisseur.«

»Mich wundert nur, dass der dritte Mord wieder ein Affektmord war. Ich hatte mit Raub- oder Vergewaltigung gerechnet.«

»Und wenn Jens Johannes Jost wirklich Ziel des Giftanschlags war, dann sieht es so aus, als sollte er auf jeden Fall sterben«, überlegt Pfeffer. »Das wiederum riecht nach Beziehungstat, während unsere Inszenierungs-Hypothese darauf baut, dass der Mörder aufgrund seiner Gesinnung, relativ unabhängig vom Opfer, tötet.«

»Vielleicht wusste Jens was. Vielleicht ist es bei ihm eine Beziehungstat, weil er sonst die Inszenierung zerstört hätte.«

Pfeffer grinst ihn an. »Spricht da ein verhinderter Regisseur auch aus dir?«

Er lässt den Blick suchend durch das Café gleiten. »Ach, Quatsch. Wo ist denn der Kellner?«

»Doch, doch. Auf manche Ideen kommt man, weil sie einen selbst spiegeln. Das hast du mal zu mir gesagt.«

»Bei dir trifft das doch auch zu.«

»Geht das zusammen oder getrennt?«, fragt der Kellner.

»Zusammen«, sagt Pfeffer grinsend. »Mein Kollege hat mich soeben beleidigt und wird das nun mit einer kleinen Einladung wiedergutmachen.«

Nachmittags. Sturmtheater

Ruben schaut auf das Schild neben der Tür. *Souffleusen* steht da und darunter einige Namen. Er nimmt das Programmheft von *Kabale und Liebe* und vergleicht die Namen. Claudia Marken war die Souffleuse dieses Stücks, ihr Name ist einer von den dreien auf dem Schild. Die Tür zu dem Büro steht halb offen. Er sieht eine Frau an einem Schreibtisch sitzen. Sie ist unscheinbar, hat breite Schultern, halblange Haare, eine große Brille. Sie liest konzentriert.

Er klopft an die Tür. »Entschuldigung. Ruben Peters vom LKA.«

Sie hebt den Kopf. »Ja?«

»Sind Sie Claudia Marken?« Er erinnert sich dunkel, sie schon einmal gesehen zu haben, damals, als er Jens Johannes Jost gewarnt hat.

Sie nickt, und Ruben schiebt die Tür weiter auf. »Ich weiß, wir sind nicht verabredet, aber ich muss auf Sandro Pasciati warten. Er ist in einer scheinbar ausufernden Anprobe, und ich dachte, vielleicht kann ich die Wartezeit nutzen. Hätten Sie ein paar Augenblicke Zeit für mich?«

Sie nickt wieder und zeigt auf eine hellbraune Couch an der Wand. Sie ist alt und durchgesessen. Ruben sinkt tief ein und sieht sich um. Der Raum ist karg, zwei Schreibtische, einige Regale an der Wand mit schmucklosen, weißen Textbüchern.

»Sie haben *Kabale und Liebe* souffliert, richtig?«

»Ja. Allerdings nicht an dem Abend, als …« Sie lächelt traurig.

»Sie meinen, am 10. September waren Sie nicht im Haus?«, fragt er.

»Genau, meine Mutter ist sehr krank, und ich war spontan in Hamburg, um nach ihr zu sehen. Als ich zurückkam, war Arno ... Und dann später Jens ... Außerdem Nikki ...«

Sie beendet keine Sätze und lächelt traurig, wenn sie nicht mehr sprechen kann, notiert Ruben. »Wie heißt Ihre Mutter?«

»Regina Marken. Ich gebe Ihnen die Adresse. Ich war am Sonntag auch dort.«

»Letzten Sonntag, als Jens Johannes Jost erschlagen wurde?«

»Ja, das hätten Sie doch als Nächstes gefragt, oder nicht?« Sie steht auf, geht um den Schreibtisch herum und reicht ihm einen Zettel mit einer Adresse. »Meine Mutter. Aber wenn Sie mein Alibi überprüfen wollen, gehen Sie bitte behutsam vor. Sie ist wirklich sehr krank.«

Er steckt den Zettel in die Innentasche seiner Lederjacke. »Ich werde es den Kollegen in Hamburg ausrichten. Die Aufführungen sind doch ausgesetzt, oder?«

Sie lehnt sich an den Schreibtisch und lacht leise. »Man nennt sie Vorstellungen. Wir sind doch kein Schülertheater.«

»Entschuldigung. Also, die Vorstellungen sind ausgesetzt, Sie proben zurzeit nicht ...« Er verstummt, als Claudia Marken sich auf die Lippe beißt.

»Was hab ich jetzt gesagt?«

»An Schauspielhäusern wird probiert. Auf den Proben probieren wir.« Sie lacht. »Es tut mir leid, ich wollte Sie nicht verbessern.«

»Macht nichts. Ich werde viel Zeit am Theater verbringen und mit vielen Menschen hier sprechen. Da kann ich auch ihre Sprache lernen. Was ich eigentlich fragen wollte: Wieso hat Sandro eine ausführliche Anprobe, wenn der Betrieb ausgesetzt ist?«

Claudia hebt die Schultern. »Irgendwann wird der Betrieb ja

weitergehen, darauf müssen wir vorbereitet sein. Ich sitze auch hier und nutze die Zeit, um meine Textbücher zu kontrollieren und alle Textpausen ordentlich einzutragen. Außerdem hat Sandro am Wochenende einen Dreh, seine Zeit ist knapp, glaub ich zumindest.«

»Kommt es häufig vor, dass Schauspieler hier mitspielen und gleichzeitig Filme drehen?«

»Häufig drehen sie Fernsehserien. Wenn es kleinere Sachen sind, läuft das schon mal parallel.«

»So wie Josts Fanta-Werbung.«

Claudia lacht wieder. »Das war vor seiner Zeit als ...«, sie zögert, »Theaterschauspieler.«

»Sie nehmen ihn auch nicht ernst«, stellt Ruben fest und notiert.

»Er war ein lieber Kerl, aber nicht der beste Schauspieler.«

»Lieber Kerl? Heißt das, er hatte keine Feinde?«

»Feinde? Ist das überhaupt ein gutes Wort für das einundzwanzigste Jahrhundert? Ich glaube, wir sind heutzutage zu sehr mit uns selbst beschäftigt, um der Feind von jemandem zu werden, oder?«

»Offenbar empfinden einige von uns andere Menschen aber auch im einundzwanzigsten Jahrhundert als störend genug, um sie umzubringen, Frau Marken«, sagt Ruben und steht auf. Er geht zum Fenster und blickt in einen Hinterhof hinaus.

»Ja«, sagt sie leise. »Unvorstellbar.«

»Sie glauben also nicht, dass Jens Johannes Jost oder Arno Ulling jemanden so sehr gestört haben, dass dieser jemand ihren Tod wollte.«

»Nein.«

Der Hinterhof liegt im Dunkeln. Der Herbst kommt, das Tageslicht wird weniger. Ruben klappt sein Moleskine zusammen. »Danke für Ihre Hilfe.« Er dreht sich um und geht zur Tür.

»Ich wünsche Ihnen alles Gute für Ihre Suche nach dem Mörder«, sagt Claudia Marken. Sie lehnt noch immer am Schreibtisch und lächelt ihn an. »Toi, toi, toi.«

»Vielen Dank.«

»Herr Peters«, sagt sie tadelnd, »auf toi, toi, toi antwortet man mit toi, toi, toi.«

»Sonst?«

»Verkehrt man die guten Wünsche ins Gegenteil und beschwört Unglück herauf.«

Couchsurfing

Wanda Ich hab lang überlegt, ob ich dir schreiben soll. Aber dann hab ich mich für Ehrlichkeit entschieden, ich will keine Spielchen spielen. Ich muss dir einfach sagen, wie es mir geht. Also los: Ich habe die Reise nach Berlin nur wegen dir gebucht. Ich wollte, dass es ungezwungen und spontan aussieht, aber das war es nicht. Ich vermisse dich, und ich will mit dir reden. Ich muss mit dir reden. Nach der Trennung ging es mir besser. Du hast mir die Augen geöffnet, wie sehr ich in seinem Schatten stand. Dank dir weiß ich jetzt, dass ich nicht mehr glücklich war. Aber jetzt hab ich meine eigene Wohnung und sehe ihn nicht mehr, jetzt sitz ich entweder verloren auf meiner neuen Couch oder gehe exzessiv feiern. Beides fühlt sich bedeutungslos an. Ich will ihn nicht zurück. Du hattest mit allem recht, aber nun fühl ich mich allein. Ich möchte aber nicht allein sein. Es ist mir fast ein bisschen peinlich, aber die Couch hab ich eigentlich nur für dich gekauft, damit ich salopp sagen kann, dass bei mir immer Platz für Gäste und Couchsurfer ist – aber eigentlich ist es ein Platz nur für dich. Ich habe es lang vor mir selbst geleugnet. Ich habe mir eingeredet, dass du und ich, dass unsere Unverbindlichkeit genau das Richtige für mich war, aber ich hab mich selbst belogen. Ich warte eigentlich auf nichts anderes, als dass du mich anschreibst, weil du wieder eine Couch in Kassel brauchst. Ich wäre jetzt gern die taffe Singlefrau, die ein bisschen Spaß hat und keine feste Beziehung will. Aber wenn ich ehrlich bin, war ich diese Frau nie. So bin ich einfach nicht, und ich glaube, ich habe mich verliebt.

Michi Wow, ich weiß gar nicht, was ich sagen soll. Danke für deine mutigen Worte.

Wanda Ich will dich nicht überrumpeln. Vielleicht ist es auch gut, dass du am Wochenende nicht in der Stadt bist und ich nicht einfach bekomme, was ich will. Es ist meine Einsamkeit, ich habe mich getrennt und muss mit den Folgen leben. Aber ich könnte auch einen Tag länger in Berlin bleiben. Können wir nicht wenigstens einen Kaffee trinken und ein bisschen reden? Ich würde mich so sehr freuen, dich zu sehen.

Michi Wenn du Montag noch da bist, könnten wir frühstücken gehen. Ich muss erst um 11 Uhr auf die Arbeit.

Nachmittags. KKF II

»Wir sind uns also einig, dass Sexualität nur ein Aspekt des Rituals ist und somit keine eigene Facette?«, fragt Seidel.

Czorski nickt. »Das Ritual wäre unsere fünfte Facette, die Sexualität würde ich eher in einzelne Verhaltensvariablen aufteilen und unseren fünf Facetten unterordnen.«

Seidel legt den Kopf schief und kaut an ihrem Edding. Sie betrachtet die Post-its an der Wand vor sich.

Czorski folgt ihrem Blick und betrachtet die vielen bunten Striche, die einzelne Zettel verbinden und direkt an die Wand gemalt sind. »Vielleicht sollten wir einen neuen Anstrich für die Wand beantragen und auf White-Board-Farbe bestehen. Dann könnte man die Wand mit Folienstiften bemalen und alles wieder abwischen.«

Seidel seufzt. »Wir sind gerade leider nicht in der Position, irgendetwas zu beantragen.«

»Wir müssen positiv denken.«

»Was wir müssen, ist eine Theorie entwickeln und sie an Gullnick testen, dann haben wir eine Chance.«

»Glaubst du, wir kommen mit 33 Verhaltensvariablen aus?«

»Ich frage mich gerade eher, ob wir fünf Facetten brauchen.« Sie schlurft über herumliegende Papiere zur Wand, stellt sich auf die Zehenspitzen und nimmt die Karte *Intimität* ab. Sie dreht sich um und hält die Karte hoch. »Was, wenn das zu sehr mit Sexualität zusammenhängt, um für uns von Bedeutung zu sein?«

»Ist Töten nicht etwas sehr Intimes?«

»Ich weiß es nicht. Ich bin unsicher, ob das wirklich eine Facette ist.«

»Tobias Damm und Pfeffer waren sehr intim. Und war Intimität nicht das, was er angestrebt hat? Immerhin waren die anderen Opfer nur eine Art Vorbereitung für den großen Coup.«

»Ich glaube nicht, dass Pfeffer sehr intim mit ihm war. Sie hat mit ihm geschlafen, ja, aber hat sie wirklich Intimität gesucht?«

»Nein, das war nur er«, sagt Czorski im Brustton der Überzeugung. Dann räuspert er sich. »Aber es geht ja auch um das Täterverhalten, nicht das des Opfers.«

Seidel lässt die Karte sinken und lächelt Czorski von der Seite an. »Sie wird sich wieder fangen.«

»Ich hatte diese Woche schon das Gefühl, dass es ihr wieder besser geht.«

»Ach ja?«

Er hebt die Schultern. »Irgendwie war sie gut drauf.«

»Hat sie Gullnicks Basis schon gefunden?«

»Sie fühlt sich verarscht, weil sie nach etwas sucht, das wir alle schon kennen.«

»Elender Dickkopf«, flucht Seidel plötzlich und wirft ihren Edding an die Wand. Sie zerknüllt den *Intimität*-Zettel und wirft ihn hinterher.

Czorskis Blick folgt dem Papierknäuel, das über den Boden rollt. »Ist ... alles in Ordnung?«

»Nein«, knurrt sie. Sie schließt die Augen und atmet tief durch. Ihre Stimme wird leiser, klingt plötzlich schwach. »Nein.«

Einen Augenblick steht Czorski ratlos da, dann gibt er sich einen Ruck. Er nimmt Seidel sanft bei den Schultern und schiebt sie zu ihrem Sofa hinüber. Er fegt ein paar Unterlagen zur Seite und drückt sie auf die Sitzfläche.

Seidel sinkt nach vorn und murmelt etwas vor sich hin.

»Was?«, fragt Czorski.

Sie richtet sich auf und blinzelt, als würde sie wieder zu sich kommen. »Ich wollte diese Forschungsgruppe nie leiten. Ich wollte nicht mal Teil von ihr sein.«

»Aber warum ...?«

»Kennst du das, wenn man etwas tut, nur weil es das kleinste Übel ist? Ich wollte nicht mehr von Ziernow durch die Gegend geschickt werden.«

»Und jetzt übt er wieder Druck aus.«

»Ja. Aber vor allem will ich diese Forschungsgruppe nicht mehr aufgeben. Ich will meine eigene Theorie aufstellen.«

Czorski hebt die Hand, um ihre Schulter beruhigend zu tätscheln, lässt den Arm aber wieder sinken.

»Ich will nicht, dass irgendjemand mir das wegnimmt.«

»Wir haben noch drei Wochen.«

»Wir dürfen Gullnick nicht befragen.«

»Was?«

Sie steht auf, tritt an das Fenster und schaut in den Park hinaus. »Ich kriege keine gerichtliche Anordnung durch, die ihn dazu zwingt, mit uns zu sprechen.«

»Und er selbst?«

»Hat meine erste Anfrage ignoriert und meine zweite mit knappen Worten abgelehnt. Das Schreiben ist heute gekommen.« Sie lacht freudlos. »Machtspiele eines Mörders.«

»Ich geh seine Aussagen von damals noch mal ganz genau durch und systematisiere sie«, sagt Czorski und bemüht sich, tatkräftig zu klingen.

»Filond und mein Bruder haben auch nichts gefunden. Es gibt quasi keine Leichen mehr, die wir untersuchen könnten. Wir tappen im Dunkeln.«

»Machst du dir jetzt Vorwürfe?«

Sie dreht sich um und sieht ihn an. Dann nimmt sie ihre Brille ab und putzt sie am T-Shirt. »Vielleicht kann ich Menschen nicht so gut einschätzen, wie ich dachte.«

Er lacht. »Du? Ohne dich hätten wir Tobias Damm nicht gefasst, bevor er Pfeffer umbringt.«

»Ohne mich hätte sie niemals den Lockvogel gespielt. Ich habe etwas Unüberlegtes zu ihr gesagt. Ohne mich hätte Ruben auch nicht gedacht, er müsse seine Mordkommission aufteilen. Ohne mich säße da drüben im Labor kein Ballistiker, der bloß mit Seifenblöcken spielt.«

»Dein Bruder ist wirklich selbst Herr seiner Entscheidungen. Wir alle sind selbst verantwortlich.«

»Aber ich bin jetzt *auch* für euch verantwortlich.« Sie setzt ihre Brille wieder auf und sieht ihn unglücklich an. »Ich bin keine Chefin, Czorski.«

Er bückt sich und hebt den zerknüllten Zettel vom Boden auf. Er faltet ihn auseinander. »Vielleicht sollten wir dieses große Problem namens KKF II in kleine Teilprobleme unterteilen, immer nur ein Stück der Straße kehren. Sozusagen.« Er hebt den Zettel hoch. »Vielleicht sollten wir jetzt einfach nur mit Gullnick intim werden.«

Sie lacht. »Das klingt nach einem schönen Nachmittag.«

Nachts. Berlin-Friedrichshain

Ein schöner, junger Mann mit blonden Locken taucht in eine gelbsprudelnde Quelle ein. Um seinen nackten, muskulösen Oberkörper herum perlt Kohlensäure. Als er die Quelle verlässt, sieht er erfrischt und glücklich aus – wie eine Mischung aus Barbies Ken und einem Darsteller der Serie *Friends*. Er sagt: »Ich möchte mit euch allen trinken!«, und zwinkert in die Kamera.

Pfeffer verzieht das Gesicht und schließt den Laptop. So sah Jens Johannes Jost also in seinem berühmt-berüchtigten Werbespot, dem größten Erfolg seines Lebens, aus. Die hippe Werbung aus den Neunzigern. Die hatte sie fast vergessen. Das war auch die Zeit, als ihr Vater sich umgebracht hat, sie hat damals nicht viel ferngesehen.

Pfeffer liegt auf ihrem smaragdgrünen, neuen Sofa, das sie sich extra für die neue Wohnung in Berlin-Friedrichshain angeschafft hat. Es ist fast Mitternacht, im ganzen Haus ist es still, auf der Straße draußen auch. Sie genießt die Ruhe und hofft auf bahnbrechende Gedanken. Vielleicht hat sie einen Geistesblitz, sie könnte wirklich einen gebrauchen. Auf ihrem Couchtisch steht eine Flasche Fanta, die sie in einem Getränkehandel weit weg von Mitte und dem Sturmtheater gekauft hat. Sie weiß nicht mehr genau, wie Fanta schmeckt.

Sie greift nach der Flasche und öffnet sie. Es zischt leise. Sie weiß gar nicht genau, was sie sich davon verspricht, jetzt Fanta zu trinken, doch hebt die Flasche an ihre Lippen. Im letzten Moment hält sie inne, betrachtet das Getränk in ihrer Hand. Dort am Handgelenk ist die Narbe von Tobias. Er wollte ihre Schusshand zerstören, aber er kannte sich mit Handgelenken nicht sehr gut aus. Es war auch nur eine Psycho-Folterspielerei, denn er wollte sie ja sowieso töten. Pfeffer mustert noch immer die Flasche, und sie sieht nun Bilder von Nikki Eiferts Leiche vor ihrem inneren Auge, die Scheiße und Kotze um sie herum.

Pfeffer schließt die Flasche wieder und stellt sie weg.

Kapitel 7 **Haare**

Donnerstag, 25. September
Vormittags. Sturmtheater

»Nehmt Abschied, Brüder, ungewiss ist alle Wiederkehr«, donnert es Ruben entgegen, als er die Tür zur Bühne des Sturmtheaters öffnet.

Er steckt den Kopf in den Zuschauerraum und sieht eine Gruppe von Männern und Frauen an der Rampe stehen. Mit einigen von ihnen hat Ruben schon geredet. Sie halten Hüte in der Hand und die Köpfe gesenkt und sprechen den Text des Liedes unisono.

»Die Zukunft liegt in Finsternis«, sagt nun einer von ihnen.

»Und macht das Herz uns schwer«, fügt ein anderer an.

Ruben schlüpft in den Zuschauerraum.

»Der Himmel wölbt sich übers Land.«

Und alle: »Ade, auf Wiedersehen.« Sie atmen ein und wollen weitersprechen, als sich eine Hand aus der vierten Reihe, Mitte hebt. »Das Nächste will ich streichen«, sagte eine Frau. Sie erhebt sich und liest von einem Blatt in ihrer Hand. Sie trägt einen schwarzen Rollkragenpulli und hat einen wuscheligen, dunkelblonden Haarknoten mitten auf dem Kopf. Sie sieht wieder auf. »Mir ist nicht wohl dabei, in dieser Situation auf Gott zu verweisen.«

Jemand auf der Bühne schnaubt. »Mir ist nie wohl dabei.«

»Genau«, sagt jemand anders.

»Also direkt vom ersten *Wiedersehen* auf *Die Sonne sinkt.*« Sie bemerkt Ruben. »Hallo? Wer sind Sie?«

»Ruben Peters, LKA Berlin. Sind Sie Bettina Schneider?«

Sie lässt das Blatt sinken. »Ich bin Betty. Ja.« Dann wendet sie sich an die anderen. »Raucherpause!«, ruft sie.

Ruben setzt sich neben sie in die vierte Reihe und betrachtet die Bühne. Er hat den Tatort noch gesehen, als er frisch war. Er war seit der Schulzeit nicht mehr im Theater gewesen, und dann stand er zwanzig Jahre später vor einer Rampe, von der Blut bis in den Zuschauerraum lief. Sonst wird der Tod hier nur gespielt. Aber als Ruben Jens auf der Bühne sah, war alles echt. Er wendet sich Bettina zu. Zwischen ihnen ist ein hochgeklappter Sitz frei. Der rote Samt ist etwas abgeschabt.

Bettina Schneider sieht ihn unsicher an. Sie ist hübsch, aber müde. Sie streicht sich eine Haarsträhne aus dem Gesicht. »Wissen Sie schon, wer es war?«

»Sie können nicht mehr schlafen, richtig?«

»Könnte man so sagen.«

Er sieht zu dem Liedtext in ihrer Hand. »Ich dachte, das Theater ist zu.«

»Ich inszeniere das Programm für die Trauerfeier. Alle anderen Proben sind bis auf Weiteres ausgesetzt, die Vorstellungen gestrichen. Aber soll ich zu Hause sitzen und mich fragen, wer die drei getötet hat?«

»Sie kannten sie alle?«

»Nikki war meine Assistentin, sie hat wenig geredet und war eigentlich zu unauffällig für das Theater. Aber sie war zuverlässig. Sie hat sich nicht selbst getötet, oder?«

»Nein«, sagt Ruben.

»Ich dachte mir, dass sie nicht lebensmüde ist.«

»Was können Sie mir zu der Beziehung von Arno und Jens sagen?«

»Arno hatte die kleinen, anspruchsvollen Nebenrollen, worauf er sehr stolz war. Er hat seinen Job geliebt, wenig Privatleben. Ein Leben für die Bühne. Aber ein zufriedenes, glaube ich. Er konnte sich seinen Text nie merken, was die Arbeit mit ihm ein bisschen anstrengend gemacht hat, wie ich höre. Ich hatte noch keine Produktion mit ihm.«

»Und Jens?«

Sie lacht kurz auf. »Der war nicht zufrieden. Mit nichts außer seinem Aussehen. Er war sehr schön, aber nicht besonders talentiert. Und neidisch auf alle, die besser besetzt waren als er. Er wollte spielen, hielt sich wohl für einen Benedict Cumberbatch.« Sie lächelt traurig. »Er war es aber nicht.«

»Mochten Sie ihn?«

Sie sieht auf die Bühne. »Ich habe ihn oft verflucht. Seine Eitelkeit war sehr anstrengend. Aber eigentlich war er ein netter Kerl. Bemitleidenswert.«

»Feinde?«

»Er konnte sehr unangenehm werden, wenn er etwas wollte. Ich war oft froh, dass ich noch nicht diejenige war, die ihm das gewähren konnte.«

»Wie meinen Sie das?«

»Wenn ich diejenige gewesen wäre, die die Rollen besetzt, dann hätte er mich in den Wahnsinn getrieben, um die Hauptrolle zu bekommen. Aber ich bin nur Assistentin.« Sie seufzt. »Und werde es wohl noch eine Weile bleiben.«

»Hat Jens auch Carlos Kaufmann in den Wahnsinn getrieben?«

Sie wischt mit der Hand durch die Luft. »Carlos ist so oder so wahnsinnig. Aufbrausend und cholerisch. Genie und Wahnsinn, Sie kennen das.«

»Haben die beiden sich oft gestritten?«

Sie sieht ihn an und kaut auf ihrer Unterlippe. »Carlos und Jens? Also in letzter Zeit …«

»Mit wem versteht Carlos Kaufmann sich gut?«

Sie lacht freudlos. »Mit Yvonne Kroll, Leiterin des künstlerischen Betriebsbüros. Sie und ich verstehen uns allerdings nicht so gut.«

»Wieso?«

»Ich weiß nicht. Früher war sie eigentlich ganz nett, aber in letzter Zeit ist sie sehr bissig.« Sie lacht bitter auf. »Sie ist jetzt besser angezogen, viel teurer. Aber eben auch bissig.«

»In letzter Zeit? Seit Arno Ullings Tod?«

»Nein, schon etwas länger.« Sie blickt nachdenklich nach oben in den Wald aus Scheinwerfern. »Eigentlich ist sie eine Zicke, seit ich Carlo das erste Mal assistiert habe. Das war Anfang letzten Jahres. Als wär es ein toller Job, Carlos' jähzornige und widersprüchliche Anweisungen in freundliche Anfragen bei der Requisite oder der Ausstattung zu übersetzen.«

»Was wäre Ihr erstes Stück, wenn Sie selbst inszenieren würden?«

»*Die heilige Johanna der Schlachthöfe*. Das war schon in Planung, aber jetzt ist einer meiner Schauspieler erschlagen worden, und ein Stück mit diesem Titel können wir die nächsten zwei Jahre nicht bringen.«

»Verstehe.«

»Ich finde ein anderes Stück.«

»Sind Sie froh, dass Sie dann nicht mit Jens arbeiten müssen?«

»Das ist eine furchtbare Frage.«

»Ja, aber ich gehe leider davon aus, dass es einen Menschen gibt, der sie mit Ja beantworten würde, wenn er ehrlich wäre.«

»Dieser Mensch bin nicht ich.«

Nachmittags. KKF II

Pfeffer schlendert ins Büro, lächelt und stellt Czorski einen Becher mit Kaffee auf den Schreibtisch. Der Kaffee hat eine üppige

Haube Schaum. Czorski sieht von dem aufsteigenden Dampf zu Pfeffer und grinst.

»Ich nenne dir keinen weiteren Ort aus Seidels Akten über Gullnick.«

Pfeffer verzieht das Gesicht. »Aber du kennst einen.«

»Nein.«

»Aber du könntest nachsehen.«

»Vielleicht. Mach ich aber nicht.«

»Macht es euch Spaß, mich dumm aussehen zu lassen?«

»Danke für den Kaffee.«

Sie trinkt einen Schluck aus ihrem Becher und leckt sich Schaum von den Lippen. Sie setzt sich und beugt sich zu Czorski vor. »Verschwenden wir nicht unsere Zeit, wenn ich nach etwas suchen soll, das wir schon kennen?«

»Nein, nur deine.« Er zwinkert ihr zu.

»Haha.«

»Das ist deine Ausbildung, Pfeffer. In der Fahrschule fährst du den Fahrlehrer ja auch nicht dorthin, wo er hinmuss. Es geht manchmal nicht um den Weg, sondern die Methode.«

Sie verdreht die Augen.

»Wo ist Seidel?«, fragt Filond keuchend. Er steht in der Tür und stützt sich am Rahmen ab.

»Bist du gerannt? Es sind drei Meter von euch über den Flur hierher. Und du bist aus der Puste?«

»Rita!«, ruft Doktor Florian, der nun hinter dem Gerichtsmediziner auftaucht. »Geh rein, Filond.«

Doktor Florian klopft an Seidels Tür. »Komm raus, wir haben was gefunden!«

Sie öffnet die Tür. »Noch besseren Sirup für noch ekligeren Kaffee?«

Doktor Florian grinst. Er stemmt die Hände in die Hüften, seine grünen Augen strahlen. »Besser.«

Filond setzt sich auf den Besucherstuhl an die beiden Schreibtische. »Wir haben Hautschuppen und Haare von den Strangulierwerkzeugen ins Labor geschickt.«

»DNA-Analyse war in den späten Achtzigern weder eine ausgefeilte Technik noch als Beweismaterial vor Gericht zugelassen«, erklärt Doktor Florian.

»Also hat man von Gullnick und den Opfern keine gemacht. Wir haben gerade die Ergebnisse bekommen uuund«, Filond dehnt das Wort und reibt sich die Hände, »es sind Spuren von fünf Menschen!«

»Fünf?« Seidel runzelt die Stirn.

Doktor Florian nickt. »Drei Leichen, ein Täter, fünf Spuren.«

»Ich hatte noch Haare von Gullnicks Kissenbezug. Er hat in diesem Stollen ja auch geschlafen, ein Feldbett und so weiter. Haare von dort weisen die gleiche DNA auf wie eine Spur an den Seilen.«

»Drei weitere gehören natürlich zu den toten Opfern.«

Seidel sieht zu ihrem Bruder. »Und der vierte?«

»Es war doch noch ein viertes Opfer in der Höhle«, sagt Pfeffer. »Der Junge, der abgehauen ist und die Polizei zu dem Stollen geführt hat.«

»Torsten Nebel. Aber der hat ausgesagt, dass er noch im Dunkeln weggelaufen und sehr lange durch den Wald geirrt sei. Er habe nie irgendwelche Seile gesehen oder berührt und keine Ahnung gehabt, dass seine Mitgefangenen sterben würden.«

»Was sie aber am gleichen Tag taten.« Filond greift sich Czorskis Kaffee, trinkt einen Schluck und setzt sich.

Czorski tippt mit dem Finger auf die Akten, die vor ihm liegen. »Und weder Gullnick noch Torsten berichten von einem weiteren Menschen, der jemals in diesem Stollen war.«

»Lügt der Junge?«, fragt Pfeffer.

Seidel geht um die Schreibtische herum und nimmt Blätter von

Czorskis Arbeitsfläche auf. »Er war elf, er hat wahrscheinlich erzählt, was er für die Wahrheit hielt.«

»Wir können einem Kind keine Absicht unterstellen«, sagt Czorski.

»Aber Kinder lügen«, sagt Pfeffer. »Und zwar mit voller Absicht.«

Czorski sieht sie tadelnd an.

»Was?« Sie verdreht die Augen. »Ich sage doch nicht, dass dieser …«

»Torsten«, murmelt Seidel, »Torsten Nebel.«

»Ich sage nicht, dass Torsten auf jeden Fall gelogen hat. Wir dürfen das nur nicht ausschließen. Alle Hypothesen, so abwegig sie auch sein mögen, müssen bedacht werden.«

Seidel liest und setzt sich auf Czorskis Schreibtisch. »Es besteht die Möglichkeit, dass er doch in der Höhle war, als die Seile zum Vorschein kamen. Er könnte uns vielleicht etwas über das Ritual sagen, von dem Gullnick so wenig preisgegeben hat.«

»Es besteht aber auch die Möglichkeit, dass er alles verdrängt hat und mit seiner eigenen Wahrheit lebt.«

»Fragen wir ihn.«

Filond trinkt Czorskis Kaffee aus. »Um die anderen drei Spuren sicher den drei toten Jungen zuzuordnen, brauche ich DNA-Proben von ihren Verwandten. Wir müssen dafür niemanden ausgraben, aber wir brauchen eine Genehmigung und einen Termin bei allen drei Familien plus einen Tag Laborzeit.«

Pfeffer schüttelt den Kopf. »Wir brauchen diese Ergebnisse nicht, um mit Torsten zu reden.«

»Rechtlich schon«, sagt Czorski.

»Aber was wir hier machen, muss vor keinem Gericht bestehen«, erwidert Pfeffer. »Torsten muss einem Gespräch mit uns nur zustimmen und etwas erzählen.«

Doktor Florian lacht. »Willst du ihn davon überzeugen, mit völlig fremden Menschen über die schlimmste Woche seines Lebens zu reden?«

»Pfeffer, der hat echt Scheiße erlebt. Eine Zeit mit Heinz Gullnick ist keine Wunde, die man einfach so wieder aufreißt.«

»Willst du Antworten oder nicht, Czorski?« Pfeffer steht auf. »Seidel, wir haben doch keine Zeit. Und wenn wir behutsam mit ihm umgehen …«

»Behutsam?« Doktor Florian runzelt die Stirn. »Auf die Gefahr hin, dass ich mich wiederhole: Und *du* willst ihn befragen?«

»Er ist ein Opfer und kein Täter. Das kriegt Czorski schon hin.«

»Na, vielen Dank.«

»Was?«, fragt Pfeffer. »Du bist ein Schisser, was Täter angeht, aber mit Opfern bist du gut.«

Filond sitzt auf seinem Stuhl in der Ecke und kichert. »Sie hat recht.«

Seidel seufzt und lässt die Papiere fallen. »Also gut. Filond, du besorgst die DNA-Proben und machst das alles rechtlich wasserdicht, sonst sind unsere Daten am Ende nichts wert. Auch wenn sie nicht zu einer Verurteilung von jemandem führen sollen, müssen sie doch eine rechtliche Grundlage haben. Florian hilft.«

»Aber die Zeit …«, sagt Pfeffer.

Seidel hebt die Hand und heißt sie schweigen. »Czorski und ich fahren nach Bochum, und zwar morgen. Wir machen es, wie Pfeffer sagt. Wir konfrontieren Torsten Nebel mit Ergebnissen, die noch nicht hundertprozentig vorliegen. Vielleicht bekommen wir irgendwas aus ihm raus. Und sei es nur etwas, das wir Ziernow zeigen können, damit er uns mehr Zeit gibt.«

»Und ich?«, fragt Pfeffer.

Seidel rutscht von Czorskis Schreibtisch und schiebt ihre Brille auf der Nase zurecht. »Du findest Gullnicks Basis.«

»Ja, aber …«

Czorski versucht, sich ein Grinsen zu verkneifen.

»Ich bring dir nie wieder Kaffee mit.«

»Der hat eh nicht geschmeckt«, sagt Filond.

Seidel zeigt auf die Tür in den Flur hinaus. »Los, an die Arbeit!«

Abends. Sturmtheater

»Du ballst die Hände zu Fäusten.«

»Ja, ich frag mich, warum«, sagt Pfeffer schnippisch und stampft neben Doktor Florian her.

»Du musst wirklich geduldiger werden.«

Pfeffer bleibt abrupt stehen und dreht sich ihm zu. »Sie setzt *meine* Strategie um, und ich darf nicht mitmachen.«

Er verdreht die Augen. »Wenn die Strategie von dir kommt, bist du mehr als beteiligt.«

»Ich muss einen Ort suchen, den ihr alle kennt!«

Doktor Florian hebt die Schultern. »Ich kenn ihn nicht.«

»Weil du nicht mal genug Interesse aufbringen kannst, die Akten in deinem Computer zu öffnen, die Seidel für dich freigegeben hat.«

»Sei doch nicht immer so giftig. Ihr habt Czorski heute quasi ein Weichei genannt, und der trägt es mit Fassung. Andererseits, die Wahrheit lässt sich nun mal nicht leugnen.«

»Du bist unglaublich.«

»Ich weiß. Die Idee, die DNA-Proben ins Labor zu schicken, kam allein von mir. Filond hat sie als unsere gemeinsame Arbeit ausgegeben, und ich jammere auch nicht rum.«

Sie öffnet den Mund, um etwas zu erwidern, schüttelt dann aber schweigend den Kopf und wendet sich dem Sturmtheater zu, einem schmucklosen Betonquader mit Sechzigerjahre-Glasfassade. DDR-Architektur, vor der nun polizeiliche Absperrbänder flattern. »Wo gehen wir rein?«

»Ich glaube, der Bühneneingang ist da an der Seite«, sagt Doktor Florian und zeigt nach links.

Wenig später stehen sie vor einer unscheinbaren Glastür und sehen in den Vorraum mit Pförtnerloge.

»Oh, ein Mann«, sagt Doktor Florian enttäuscht.

»Ja, hoffentlich derjenige, der Jens Johannes Josts Leiche gefunden hat. Was guckst du denn so? Hast du eine Pförtner*in* erwartet?«

»Erhofft. Oder wenigstens einen Schwulen. Du entspannst besser deine verkrampften Fäuste. Wir sind jetzt auf deinen Charme angewiesen.«

»Charme?« Sie schüttelt wieder den Kopf, dreht sich um und öffnet die Glastür mit Elan. »Guten Abend«, sagt sie kühl.

»Wir sind verloren«, murmelt Doktor Florian.

»Theresia Pfeffer vom BKA, das ist mein Kollege Doktor Florian Seidel.«

Der kleine, rundliche Mann steht auf. Der Stuhl unter ihm quietscht. Er streicht seine Uniformjacke glatt. »Guten Abend. Willi Kracht.«

»Sehr gut, Herr Kracht. Mit Ihnen wollten wir sprechen«, sagt Pfeffer, zückt ihre Zugangskarte für das BKA-Gebäude und zeigt sie in routinierter Geste vor, als wäre das ein Dienstausweis oder eine Polizeimarke. Dabei berechtigt diese Karte einen zu nichts als den Zutritt zum Bürogebäude am Treptower Park. Doktor Florian sieht von ihr zu dem Pförtner und kann kaum glauben, dass es zu funktionieren scheint.

»Geht es um die Morde?«

Pfeffer nickt. »Wir sind ein Analyseteam vom Bundeskriminalamt und nicht direkt Teil der Mordkommission.«

»Deshalb kann es sein, dass Sie einige unserer Fragen schon beantwortet haben«, ergänzt Doktor Florian.

»Das ist kein Problem«, sagt Willi.

Pfeffer lächelt. »Es ist immer toll, wenn Zeugen kooperieren. Sie haben Jens Johannes Josts Leiche gefunden?«

Willi sinkt in seinen Stuhl zurück. »Es war schrecklich. Überall Blut.«

»Sie waren auch der Letzte, der ihn lebend gesehen hat?«

»Er war zum Probieren hier, ging an mir vorbei hoch zur Bühne und zehn Minuten später bin ich ihm gefolgt, weil ich vergessen hatte, ihm einen Brief mitzugeben. Manchmal bekommen die festangestellten Schauspieler Post hierher. Er war doch eigentlich ein netter Junge. Er hat keinem was getan. Also nicht wirklich.«

»Wie meinen Sie das?«

Der Pförtner knetet seine dicken Finger. »Das hier ist ein Jahrmarkt der Eitelkeiten, alle sind ein bisschen dünnhäutig mit ihrem Stolz und ihren Ambitionen. Jens war besonders empfindlich, aber eigentlich hat er niemanden gestört. Er war keine Konkurrenz für die Stars des Hauses.« Er macht eine bedauernde Miene. »Eigentlich tragisch. Er mag manchmal ein bisschen anstrengend gewesen sein, aber er hat keine Karriere gefährdet oder so.«

»Hat Arno Ulling Karrieren gefährdet?«, fragt Pfeffer.

»Nicht absichtlich.«

Pfeffer notiert sich etwas und macht ein geschäftiges Gesicht. »Sie nannten das Theater gerade einen Jahrmarkt der Eitelkeiten. Können Sie das kurz etwas näher erläutern?«

Willi lacht. »Ach, ich mag das. Hier stolziert ein Pfau nach dem nächsten rein, und die Diven geben sich die Klinke in die Hand. Es ist einfach immer was los, das spür ich selbst hier unten an der Pforte.«

»Nur Pfauen und Diven?«, fragt Doktor Florian schwärmerisch. »Sie leben ja im Paradies.«

Pfeffer schenkt ihm einen mahnenden Blick. Er verdreht die Augen und wendet sich an den Pförtner. »Bitte entschuldigen Sie meine Kollegin. Sie hat kein Auge für die Magie des Theaters.«

Willi wischt mit der Hand durch die Luft. »Sie muss ja nur ein Auge für Täter haben.«

Doktor Florian lächelt. »Das hat sie.«

Pfeffer lässt ihren Block sinken und sieht ihn streng an.

Willi beugt sich zu ihr. »Unter uns, ich versteh vieles von dem verdichteten Quatsch da oben auf der Hauptbühne auch nicht.«

»Ich war neulich in *Antigone*«, sagt Pfeffer. »Die waren alle nackt.« Sie beugt sich ebenfalls vor und senkt die Stimme. »Und die Frauen hatten Menstruationsblut an den Beinen. Was soll das?«

Willi hebt abwehrend die Hände. »Ich weiß es nicht, ich hab die Fotos gesehen und sofort entschieden, dass meine Frau und ich da nicht reingehen. Betty war empört, sie meinte, ich verpasse echte Kunst.«

Doktor Florian verschränkt die Hände hinter dem Rücken und nickt bekräftigend. »Betty hat recht.«

»Wer ist denn Betty?«, fragt Pfeffer. »Ihre Frau?«

Willi kichert. »Ach was. Betty ist viel zu jung für mich.« Er räuspert sich. »Das lassen Sie aber nicht meine Frau wissen. Betty arbeitet hier im Haus. Sie ist Ende zwanzig und sehr talentiert. Eine ganz Charmante. Arbeitet sich kaputt für dieses Theater.«

»Eine Schauspielerin?«, fragt Doktor Florian mit leuchtenden Augen.

»Nein, Regieassistentin.«

»Heißt das, dass sie inszeniert?«

»Nein, es heißt, dass sie assistiert. Die Arme wartet noch auf ihre Chance. Sie darf noch nicht selbst inszenieren.«

Pfeffer und Doktor Florian tauschen einen Blick.

»Aber sie würde gern?«

»Oh ja. Sonst sind hier alles verhinderte Schauspieler, aber Betty nicht. Die will nicht auf die Bühne, die will ihre eigene Welt in Szene setzen.«

»Wie heißt Betty mit vollem Namen?«

»Bettina Schneider.«

Pfeffer notiert. »Vielen Dank. Das ist vorerst alles, Herr Kracht.«

»Außer natürlich dass Sie sich dringend *Antigone* anschauen sollten«, fügt Doktor Florian hinzu. »Sehen Sie, das Menstruationsblut an den Beinen prangert die Ignoranz der Gesellschaft gegenüber der Körperlichkeit der Frau an.«

»Ah ja«, sagt Willi. »Vorerst sind die Vorstellungen ja eh ausgesetzt.«

»Aber sobald es wieder gegeben wird, gehen sie rein. Versprechen Sie mir das!«

Pfeffer nimmt seinen Arm. »Komm jetzt.«

»Es ist zu Ihrem eigenen Wohl«, ruft Doktor Florian noch, als Pfeffer ihn bereits aus der Glastür hinausschiebt.

Nachts. Sturmtheater

Sie geht mit nackten Füßen über die Bühne und sammelt ihre Kleidungsstücke ein.

Carlos liegt auf dem Rücken und bläst den Rauch seiner Zigarette in die Luft. Yvonne sieht ihn kopfschüttelnd an. Ihre schulterlangen Haare sind blond gesträhnt. Ihre randlose Brille trägt sie noch, sonst hat sie nichts an. »Gleich gehen die Rauchmelder los.«

Er dreht den Kopf zu ihr und zieht an seiner Zigarette. »Nach diversen unleidlichen Diskussionen mit den Technikern und der Feuerwehr habe ich mich irgendwann selbst auf die Suche nach den Schaltern der Melder gemacht.« Er sieht zu den Seilzügen und Scheinwerfern im Schnürboden hinauf. »Wenn ich will, dass meine Schauspieler in meiner Inszenierung rauchen, dann müssen sie das auch können. Ich lasse mir doch nicht von der Brandschutzverordnung vorschreiben, wie ich zu inszenieren habe.«

»Nein, du lässt dir gar nichts vorschreiben.«

»Ich versuch es.«

Sie beugt sich zu ihrer Jeans hinunter. »Betty hat mich schon wieder so komisch angesehen.«

»Yvonne«, sagt Carlos leicht genervt. »Sie ahnt nichts. Niemand ahnt etwas.«

»Es darf kein Verdacht auf uns fallen.«

»Du siehst wundervoll aus.«

»Ja, noch. Aber ich kann nachts nicht mehr schlafen.«

»Komm her.« Carlos streicht sich durch seine langen braunen Haare mit den grauen Schläfen und klopft auf den Boden neben sich.

Ihr Herz klopft, sie war schon in ihn verliebt, als er das Sturmtheater vor acht Jahren übernommen hat. Jetzt endlich ist er ihr erlegen. Und er sieht noch immer fantastisch aus. Sie beißt sich auf die Unterlippe. »Carlos, ich kann damit leben, dass ich meinen Mann betrüge. Herrgott, ich könnte sogar damit leben, wenn die halbe Requisite uns vorhin gesehen hätte, aber es gibt Geheimnisse, die wir um jeden Preis bewahren müssen.«

»Ich bin ganz deiner Meinung.«

»Du hast selbst gesagt, dass Betty sehr klug ist.«

»Sie ahnt vielleicht das hier«, er zeigt mit der brennenden Zigarette von ihr zu sich. »Aber nicht den Rest. Und jetzt komm her.«

Sie gibt nach und läuft zu ihm. Lächelnd setzt sie sich auf ihn und schüttelt den Kopf. »Du hast das heute Abend alles geplant und vorher extra noch den Rauchmelder ausgeschaltet?«

Er küsst sie. »Gib's zu. Du wolltest es doch schon immer mal auf dieser Bühne treiben.«

Sie nimmt seine Zigarette und zieht daran. Sie hält die eingesammelten Kleidungsstücke in einer Hand und pustet Rauchringe in Richtung des Zuschauerraums. »Wie ein Gespensterhaus.«

»In ein paar Wochen können wir den Spielbetrieb wieder aufnehmen.« Carlos nimmt die Zigarette zurück. »Und dann müssen wir zurück auf die Couch in meinem Büro.«

Sie lacht und beugt sich vor. »Dann müssen wir die Zeit jetzt aber auskosten.« Sie beißt in sein Ohrläppchen.

Er schließt die Augen und stöhnt genießerisch. Als ihre Lippen weiter nach unten wandern, lacht er. »Yvonne, was machst du da? Ich bin keine zwanzig mehr.«

Sie sieht ihn an. »Du bist fünfundfünfzig und kein alter Mann.«

»Ich habe ein Theater zu leiten, das in Trauer ist«, sagt er und drückt die Zigarette auf den schwarzen Holzdielen neben sich aus.

»Das kannst du morgen machen.« Sie geht auf alle viere und streckt ihm den Hintern entgegen. Dann sieht sie über die Schulter. »Mit Blick ins Publikum. Komm schon.«

Er betrachtet ihren Hintern, dann ist er mit einem Satz bei ihr und in ihr.

Yvonne stöhnt auf. »Du musst Betty entlassen.«

»Was?«, keucht er.

»Versprich mir, dass du sie entlässt.«

Kapitel 8 **Torsten**

Freitag, 26. September
Mittags. Bochum

»Er führt jetzt also einen Getränkefachhandel«, murmelt Seidel und betrachtet das Schaufenster voller Wasser- und Limonadenkisten.

»Er ist sechsunddreißig Jahre alt und polizeilich noch nie aufgefallen«, ergänzt Czorski. »Also nicht mehr, nachdem er 1988 aus dem stillgelegten Stollen fliehen konnte.«

Seidel streckt sich. »Scheißzugfahrt. Mein Rücken schmerzt.«

»Wenn er seine Rechte kennt, wird er uns einfach wegschicken, Seidel. Dann war alles umsonst. Vielleicht hätten wir doch einen Termin machen sollen.«

Sie sieht ihn an. »Wenn ich schriftlich oder telefonisch irgendwelche Überzeugungskraft hätte, dann säßen wir jetzt bei Gullnick in der JVA. Aber egal, was ich versucht habe, wir kommen nicht an ihn ran. Er will nicht, und der Richter sieht keine Notwendigkeit. Nein. Das Risiko, dass Torsten Nebel bei einer förmlichen Anfrage ebenfalls Nein sagt, war mir zu hoch.«

Czorski sieht sie skeptisch an. »Selbst wenn er uns jetzt was Neues verrät, können wir das nicht benutzen, um Hypothesen zu bilden. Das geht nur mit rechtlich einwandfreiem Ermittlungsmaterial.«

Seidel schiebt ihre Brille die Nase hoch und sieht zur blinkenden Leuchtreklame hinauf. *Getränke Nebel* steht da zwischen colabraunen und fantagelben Blubberblasen. »Wir brauchen nur etwas, das uns leitet, Czorski. Ich hoffe, dass Nebel uns was gibt, das uns rechtlich einwandfreies Material ermöglicht. Er muss uns nur einen kleinen Hinweis in eine Richtung geben. Wir müssen wissen, wer die fünfte DNA-Spur am Tatort hinterlassen hat, sonst können wir wenig über Facetten wie Ritual oder Intimität aussagen. Und dann stehen wir am 15. Oktober ohne Job da.«

»Diese unorthodoxen Methoden sind mir unangenehm.«

»Dir ist so ziemlich alles unangenehm«, erwidert sie, schultert ihre Tasche und geht entschlossen zur Glastür. Sie fragen den erstbesten Menschen in blauer Weste nach Torsten Nebel und folgen seinem Fingerzeig zu einer Tür, auf der *Büro* steht.

Seidel klopft, während Czorski fröstelt. Graue Fliesen und surrende Kühlschränke. Getränkehandel haben immer eine kalte und unangenehme Atmosphäre, findet er. Da sehnt er sich sogar nach seinem Schreibtisch und Pfeffers Schimpfen. Wie gern würde er jetzt mit ihr tauschen. Die Kreis-Hypothese ist ja kein Hexenwerk, die kann man lösen. Das hier allerdings …

»Herein.«

»Torsten Nebel?«

»Ja?« Der Mann vor ihnen ist hager, hat eine Vogelnase und eine Glatze. Der kleine Junge von früher ist erwachsen geworden, ein Mann, der seinen schwindenden Haarwuchs zu kaschieren versucht. Czorski muss sich zwingen, ihn nicht anzustarren. In seinem Kopf ist Torsten Nebel immer noch ein eingeschüchtertes Opfer. Er wusste natürlich, dass der Junge, der Heinz Gullnick überlebt hat, ein Mann geworden ist, aber es war seltsam, ihn nun als solchen zu sehen.

»Bitte entschuldigen Sie die Störung. Rita Seidel und Boris Czorski vom BKA.« Sie zeigen ihre Chipkarten – ein Tipp von Pfeffer. Seidel lächelt freundlich. »Wir bräuchten Ihre Hilfe. Haben Sie einen kleinen Augenblick?«

»Geht es um Gullnick?«, fragt Nebel.

»Leider ja«, antwortet Czorski.

»Schließen Sie die Tür.«

Sie setzen sich in die grauen Stühle auf abgewetzten Lederbezug. Das Büro hat ein kleines Fenster, das zu einem Industriegebiets-Innenhof zeigt. An den Wänden hängt ein Kalender, daneben Fotos von Sommerfesten und Betriebsfeiern. Im Fenster steht ein blühender Kaktus.

»Wir sind eine Forschungseinheit des Bundeskriminalamts und systematisieren alte, abgeschlossene Kriminalfälle«, erklärt Seidel.

»Wir wollen keine alten Wunden aufreißen«, sagt Czorski sanft.

Torsten Nebel nickt. »Ich denke, ich komme mit ein paar Fragen zurecht. Gullnick war ein grausamer Mann, der mich bis heute in meinen Träumen verfolgt.«

Der will wirklich darüber reden? Czorski runzelt die Stirn.

Nebel fixiert ihn. »Reden hilft mir manchmal, Herr Czorski.«

Er hat sich meinen Namen gemerkt, denkt Czorski verblüfft. Die meisten Menschen verstehen ihn beim ersten Hören nicht mal.

Seidel nickt mit ernsthafter Miene. »Das kann ich mir vorstellen, Herr Nebel.«

Czorski wird unter seinem Blick unruhig. »Unsere Hinweise verdichten sich, dass ein weiteres Individuum im Stollen mit Ihnen war.«

Nebel lehnt sich zurück und schüttelt den Kopf. »Nein, nein, da waren nur wir vier Jungs und Gullnick.«

»Sie sind am Morgen des vierzehnten Juni geflohen?«

»Ja, es war noch dunkel«, bestätigt Nebel. »Ich bin Tage durch den Wald geirrt. Ich hatte Wasser dabei.« Das klingt wie tausendmal heruntergebetet, denkt Seidel. *Eine Antwort, die genauer ist als die Frage,* notiert sie. *Um weitere Fragen in die Richtung zu vermeiden?*

»Halten Sie es denn für möglich, dass nach Ihrer Flucht noch jemand in den Stollen gekommen ist?«, fragt Czorski.

»Nein, der war wirklich sehr schwer zu finden. Ein besseres Versteck können Sie sich nicht vorstellen. Und Gullnick hätte uns nie mit jemandem geteilt.«

Czorski schluckt trocken, das klang ja fast bewundernd. War das etwa das Stockholmsyndrom? Noch nach fünfundzwanzig Jahren?

»Hat Gullnick sich vielleicht noch einen Jungen geholt?«

»Nein, wir waren vollständig.«

Seidel beugt sich vor. »Aber Sie waren doch weg. Wie können Sie da sicher sein?«

»Natürlich. Ich konnte fliehen. Es war früh am Morgen. Ich bin tagelang allein durch den Wald gelaufen.«

Seidel und Czorski tauschen einen knappen Blick. »Das sagten Sie bereits. Worum es mir geht: Glauben Sie nicht, dass Gullnick vielleicht versucht hat, Sie zu ersetzen?«, hakt Seidel nach.

Nebel sieht sie erstaunt an. Dann lacht er. Czorski sieht von dem lachenden Kauz vor ihnen zu den Bildern an der Wand. Torsten Nebel lächelt auf keinem der Betriebsfeierfotos, obwohl er pflichtschuldig auf allen drauf ist. Und nun hört er gar nicht mehr auf zu lachen. Es ist ein trockenes, hartes Lachen, das nicht nach echter Freude klingt. Endlich schüttelt Nebel den Kopf und beruhigt sich langsam. »Ersetzen … Mich …«

»Sie halten das also für unwahrscheinlich«, fasst Seidel die Reaktion zusammen.

»Und nach Ihrer Flucht hat Heinz Gullnick Ihre Mitgefangenen aufgehängt?«, fragt Czorski.

»So hat man es mir erzählt. Ich bin nicht noch einmal in den Bergstollen hineingegangen. Ich habe nur draufgezeigt, als ich mit den Polizisten da war.«

»Es war noch jemand in der Höhle, entweder vor oder nachdem Sie dort waren«, sagt Seidel.

»Das ist nicht wahr!« Nebels Hand kracht plötzlich auf die Tischplatte.

»Es ist nicht schlimm, wenn Sie sich anders erinnern, als unsere Hinweise implizieren.« Seidel lächelt sanftmütig. »Die Wahrheit ist sehr komplex.«

»Sie waren elf Jahre alt und haben Ihren Eltern sofort alles erzählt. Wenige Augenblicke danach haben Sie die Polizei zu dem Stollen geführt. Sie waren bemerkenswert umsichtig und mutig angesichts Ihres Alters und Ihrer Situation.« Czorski sieht ihn aufmerksam an. »Jemand anderes hätte sich wahrscheinlich geschämt.«

»Geschämt?« Nebels Blick flackert. Dann nickt er schnell. »Natürlich, die Scham kam später. Ich bin dann auch zusammengebrochen.«

»Ja, das steht auch in unseren Akten«, sagt Seidel. »Das psychologische Gutachten bescheinigt Ihnen außerdem guten therapeutischen Erfolg schon nach wenigen Jahren.«

»Ich bin über diese Sache nicht verrückt geworden.«

»*Verrückt* ist vielleicht so oder so das falsche Wort.« Seidel lächelt und sieht auf Nebels Hände. Czorski folgt ihrem Blick; seine Hände zittern.

»Die anderen Jungs wären verrückt geworden. Sie waren schwach. Sie haben viel geweint.«

»Und Sie nicht?«, fragt Czorski.

Nebel schüttelt den Kopf und kaut auf seiner Unterlippe. »Die haben geheult, als sie die Seile gesehen haben.«

»Und Sie nicht?«, fragt Czorski wieder.

»Die Seile waren für mich kein Problem.«

Seidel räuspert sich. »Sie haben damals gesagt, dass Sie von den Seilen und dem Erhängen nichts gewusst haben.«

»Und auch nichts geahnt haben«, ergänzt Czorski.

»Nein. Ja, das wusste ich auch nicht.« Schweißperlen rollen nun über Torsten Nebels Stirn. Er wischt hastig mit dem Handrücken drüber. »Das haben die Beamten mir nachher erzählt.«

Czorski nickt verständnisvoll. »Vielleicht sollten wir eine kleine Pause machen oder kurz an die frische Luft gehen.« Er will sich erheben, aber da legt Seidel eine Hand auf seinen Arm, und er setzt sich wieder.

Sie beugt sich vor und sieht Nebel streng an. »Die Beamten konnten nicht wissen, dass die Jungs beim Anblick der Seile geweint haben, denn die drei waren seit Tagen tot, als sie gefunden wurden.«

»Dann hat mein Therapeut es mir erzählt.«

Seidel legt den Kopf schief. »Das ist sehr unwahrscheinlich.«

»Gibt es noch eine andere Person, die Ihnen davon erzählt haben könnte?«, fragt Czorski. »Jemand, der auch im Stollen gewesen ist?«

Nebel sieht ihn wütend an. »Sie denken wohl, dass ich dumm bin. Sie stellen mir die gleiche Frage zwei Mal. Da war niemand. Wir brauchten niemanden mehr!«

»Herr Nebel, waren Sie gern in dem Bergstollen?«, fragt Seidel.

Er reckt das Kinn. »Nein, es war dunkel und kalt, und Gullnick war grausam.«

Czorski sieht kurz von Seidel zu Torsten Nebel. Er ist erschüttert, seine Worte klingen tatsächlich wie auswendig gelernt. Doch Seidels Blick bleibt unbeirrt auf ihr Gegenüber gerichtet. »Herr Nebel, welche Farbe hatten die Seile?«

»Rot.«

»Wie haben sie sich angefühlt?«

»Gut.«

»Ich meinte, ob sie kratzig waren oder weich. Besonders schwer oder leicht.«

»Sie waren kein Problem für mich.«

»Problem?«, fragt Czorski leise und bekommt eine Gänsehaut. Es ist, als hätte Nebel ein zweites Gesicht und plötzlich seine Maske abgenommen. Und was darunter zum Vorschein kommt, ist etwas Furchtbares. Czorski steht auf und geht zum Fenster. Er betrachtet den Kaktus, um nicht Torsten Nebel ansehen zu müssen. Die Pflanze hat hübsche Blüten und wenig Stacheln.

»Passen Sie auf, Herr Czorski«, sagt Nebel beiläufig. »Der Kaktus sticht wie der Teufel, obwohl man es ihm nicht ansieht. Selbst ich verletze mich ständig daran.«

Seidel fokussiert ihn unbeirrt. »Herr Nebel, haben Sie Ihre Mitgefangenen erhängt?«

»Ja.« Er wendet sich ihr wieder zu. Ein strahlendes Lächeln erhellt sein Gesicht. »Ich habe es ganz allein geschafft.«

Nachmittags. Ku'damm Kommödchen

»Du hast abgenommen«, sagt die Schneiderin und legt sich das Maßband um den Hals.

Laura Stephan lächelt traurig. »Ich weiß. Der Kummer.«

Ruben räuspert sich und sieht von der rundlichen Schneiderin mit dem langen geflochtenen Zopf in wallenden Gewändern zu der zierlichen Schauspielerin, die in Unterwäsche in der Mitte des Raumes steht. »Ist das wirklich ein guter Augenblick, Frau Stephan?«

»Ja, ja, sicher.« Sie lächelt. Sie ist Ende vierzig und offensichtlich sehr stolz auf ihre zierliche, sportliche Figur. »Ich habe ein anderes Verhältnis zu Scham als die meisten Menschen.«

Die Schneiderin lacht, dass ihr Busen wogt. »Das hätte ich auch nach drei Sexszenen in internationalen Kinofilmen.«

»Es war nur einer davon international«, sagt Laura geschmeichelt.

Ruben weicht einer Frau mit vier Schuhkartons aus. »Ich meinte das eher bezogen auf meine Fragen.«

Sie lächelt, greift hinter ihren Rücken und öffnet ihren BH mit einem routinierten Handgriff. »Ich hab nichts zu verbergen«, sagt sie.

Ruben wendet den Blick ab.

»Na, na, Herr Kommissar, Sie werden doch schon mal eine nackte Frau gesehen haben, oder nicht?« Die Schneiderin lacht und wirft Laura Stephan ein paar Kleidungsstücke zu. »Der Regisseur will dich in einem Bikini, die Kostümbildnerin im Badeanzug. Wir machen jetzt Fotos von beidem und schicken sie nach Zürich und New York.«

Laura seufzt und zieht das Bikinioberteil an. »Dass die nicht einfach herkommen können ... Ich bin ja auch für die Anprobe aus München angereist.«

Ruben runzelt die Stirn. »Ich dachte, Sie sind wegen der Trauerfeier morgen hier.«

»Ich versuche, das alles zu vereinen.«

»Sie ist eine vielbeschäftigte Frau«, sagt die Schneiderin. »Größe S passt dir nicht mehr. Deine Titten sind weg, Maus. Davon machen wir besser keine Fotos.« Sie beugt sich vor, greift über die Maßbänder und Schnittmuster hinweg zum Telefon. »Ich ruf im Fundus an und frage nach einer anderen Größe für dich.«

Ruben fährt sich mit der Hand durchs Haar und atmet tief durch. Er ist in einem privaten Theater am Kurfürstendamm, wo Laura Stephan bald in einer mit Fernsehstars besetzten Komödie auftreten wird. Heute hat sie Anprobe, und angeblich sei es überhaupt kein Problem, wenn Ruben für ein kurzes Interview vorbeikäme. Sie mache das mit der Presse auch ständig. Das hat sie am Telefon gesagt und aufgelegt.

Und jetzt steht Ruben in der Schneiderei, wo ihm bald der Geduldsfaden reißt. Hoffentlich können die fleißigen Damen hier den gleich wieder fachmännisch flicken. Er versucht, einen ruhigen Ton anzuschlagen. »Können wir uns kurz über Arno Ulling und Carlos Kaufmann unterhalten?«

»Entschuldigung?« Eine weitere Schneiderin möchte mit einem Arm voller ausladender Rokokokleider passieren, und Ruben drückt sich an die Wand.

»Bring auch die Kindergrößen mit«, sagt die Schneiderin in den weiten Gewändern ins Telefon und legt auf. Sie wendet sich an Laura. »Wir fangen mit dem Hosenanzug an, den ich höchstpersönlich für dich genäht hab. Einen Moment.« Sie wendet sich ab und verschwindet mit wiegenden Schritten zwischen den Kleiderständern.

»Ulling und Kaufmann?«, wiederholt Ruben und sieht Laura Stephan ungeduldig an.

Sie schlüpft in einen Kimono und lächelt. »Ich habe mit beiden geschlafen, was keinem von ihnen gefallen hat. Und ich habe beide seit einem Jahr nicht mehr gesehen, seit der Dernière unserer letzten gemeinsamen Produktion. Als ich von Arnos Tod gehört habe, hat mich das sehr getroffen. Aber ich liebe ihn nicht mehr.«

»Bleiben wir doch einen Moment bei Arno Ulling«, bittet Ruben und zückt sein Moleskine.

»Natürlich«, sagt sie und fährt sich durch ihr kupferfarbenes gewelltes Haar. »Er war ein angenehmer Kollege. Schöne Stimme, gute Bühnenpräsenz …«

»Sie haben sich in ihn verliebt und Ihren Freund mit ihm betrogen.«

Sie setzt eine leidvolle Miene auf. »Das war ein Fehler. Aber wer ist schon perfekt?«

Ruben notiert schweigend.

»Wissen Sie, was charmant war?«, fährt sie fort, nimmt ihre Handtasche und holt einen Lippenstift hervor. Sie positioniert sich vorm Spiegel und beginnt, ihre Lippen nachzuziehen. »Er konnte seinen Text nie. So eine schöne Stimme, aber ohne Souffleuse völlig aufgeschmissen.« Sie dreht den Lippenstift zusammen und wirft ihn zurück in ihre Tasche. »Das war irgendwie niedlich.«

»War Carlos Kaufmann sehr wütend, als er von Ihnen beiden erfahren hat?«

»Carrrlos Kaufmann«, sie rollt das R noch übertriebener als der Intendant des Sturmtheaters, »ist *immer* wütend. Er ist ja nicht er selbst, wenn er nichts hat, worüber er sich dramatisch aufregen kann.«

»Und hat die Tatsache, dass Sie ihn betrogen haben, ihn besonders aufgeregt?«

»Ich denke, dass ich ihn sehr verletzt habe. Ja.« Ihr Gesichtsausdruck ist gespieltes Mitleid pur.

Und diese Frau soll eine gefragte Schauspielerin sein? Ruben verkneift es sich, den Kopf zu schütteln. »Können Sie sich vorstellen, dass er sich mit einem Mord an Arno rächen wollte?«

»Mord? Wegen mir?« Sie sieht ihn mit großen Augen an. »Nun, ich kann es nicht ausschließen … Andererseits ist das alles so lange her, und ich habe beide so lang nicht mehr gesehen.«

Ruben notiert und wünscht sich, sie würde ihm mehr Informationen geben. Plötzlich legt sich eine Hand auf seinen Arm. Lange, manikürte Finger auf dem alten schwarzen Leder. Er blickt irritiert auf, direkt in ihr Gesicht. Ihre Stirn ist unnatürlich glatt.

»Carlos ist ein guter Mann«, sagt sie. »Zumindest kann er es sein. Sie dürfen nicht denken, dass ich mich an Arschlöcher verschenke.«

»Frau Stephan, es ist nicht von Belang, was ich denke. Außerdem fälle ich Urteile solcher Art nicht.«

Sie steht immer noch nah bei ihm, ihr Gesicht direkt vor seinem. »Carlos ist ein großartiger Künstler, hat einen tollen Humor, außerdem ist er ein großzügiger Mensch. Er hat mich regelrecht verwöhnt.«

Ruben notiert pflichtschuldig, dass Carlos Kaufmann Laura Stephan mit großzügigen Geschenken bedacht hat. Dann sieht er auf. Sie liest, was er schreibt, und tippt auf seine Worte. »Ich hab mich nicht kaufen lassen. So war es auch wieder nicht.«

Er lässt das Notizbuch sinken und sieht sie unverhohlen genervt an. »Wie war es denn, Frau Stephan?«

»Eigentlich kamen die Geschenke erst am Ende unserer Beziehung. Es war, als habe er geahnt, dass ich mich von ihm entferne, und plötzlich hatte er Geld, wo vorher keins war, und wir sind spontan ein Wochenende nach Paris geflogen.« Sie lächelt, dreht sich um und geht zum Fenster. »Ach, Paris …«

»Kannten Sie Jens Johannes Jost?«

»Ja. Mit ihm hätte ich wirklich nicht schlafen sollen, das war ein Fehler. Kein guter Liebhaber.«

»Wann haben Sie ihn zum letzten Mal gesehen?«

»Im Winter, bei einem Festival in Stuttgart, glaub ich.«

»Glauben Sie, dass Carlos Sie immer noch liebt?«

»Natürlich tut er das«, sagt die Schneiderin, die eben wieder den Raum betritt und einen schlammfarbenen Hosenanzug hochhält. »Sehen Sie sich die hübsche Maus doch mal an. Würden Sie über sie hinwegkommen?«

Ruben lächelt dünn und seufzt.

Abends. Im Zug

Niedersachsen rauscht an ihnen vorbei. Oder besser: Sie rauschen durch Niedersachsen. Seidel und Czorski stehen am Fenster des ICEs, und vor ihren Augen verschwimmen Büsche, Strommasten und Einfamilienhäuser in schlechter Lage. Sie stehen zwischen dem Speisewagen und den Toiletten, jeder einen Kaffee in der Hand.

»Wie sollen wir daraus Daten und Informationen machen?«, fragt Czorski leise.

»Er hat sie wirklich alle umgebracht«, murmelt Seidel. »Aufgehängt.« Czorski muss sich schon wieder schütteln. Sie trinkt einen Schluck Kaffee und trommelt mit den Fingern auf den Fensterrahmen. *»Das Seil war kein Problem für mich.«*

»Er war elf Jahre alt und hat seine Mitgefangenen aufgehängt. Einfach so, einen nach dem anderen ...«

»Nicht einfach so. Gullnick hat es ihm befohlen.«

»Glaubst du, dass Nebel die Wahrheit sagt?« Ein Ruck geht durch den Zug, Czorski flucht und muss sich abstützen. Kaffee schwappt über und tropft auf den Teppich. Er dreht sich um und wirft den fast vollen Kaffeebecher in den Mülleimer. »Mir ist schlecht.«

»Ich hab auch ein komisches Gefühl«, sagt Seidel und nippt an ihrem Becher. »Und zwar, dass Torsten Nebel uns tatsächlich die Wahrheit gesagt hat.«

»Aber das ist doch total naiv und kurzsichtig! Der hat unsere BKA-Ausweise doch gesehen.«

Seidel wiegt den Kopf hin und her. »Entweder er ist sehr gut informiert und weiß, dass wir keine Handhabe haben, oder – und das ist wahrscheinlicher – seine Vernunft hat ausgesetzt, und er ist einem Trieb gefolgt. Dem Trieb, seine Geschichte zu erzählen. Hast du den Stolz in seinem Gesicht gesehen, als er gesagt hat, er habe das ganz allein geschafft?«

»Und dieser Stolz lässt ihn aus dem Nähkästchen plaudern?«

»Vor allem liegt es wohl an seiner psychischen Disposition. Wenn er ein psychopathischer Mörder ist, dann empfindet er vielleicht Lust daran, seine Geschichte endlich erzählen zu können. Es wollen mehr Mörder und Täter gestehen, als du denkst.«

»Ich denke gar nichts mehr. Da sind nur noch ekelhafte, schreckliche Bilder.«

»Andere genießen solche Bilder«, sagt Seidel.

»Ich frage mich, ob Gullnick vielleicht gar keinen der vier Jungen angefasst hat. Was, wenn das nur Nebel gewesen ist, und Gullnick hat zugesehen? War für ihn vielleicht ein schönes Bild.«

Sie nickt langsam. Ihre Locken wippen im Takt des ruckelnden Zuges. »Möglich. Er hat sie vielleicht auch nur gezwungen, sich gegenseitig anzufassen.«

»Und Torsten Nebel hat das gefallen ...«, sagt Czorski mit dünner Stimme. Er stützt sich wieder ab und atmet tief durch. »Entschuldige mich kurz.«

Seidel hört das Klappen der Toilettentür, dann von drinnen Würgegeräusche. Sie betrachtet die vorbeirauschende Landschaft, und in ihrem Kopf wirbeln Bilder und Daten durcheinander. Sie sagt sich zum wiederholten Male, dass dies noch keine Informationen sind und dass es nicht ihr obliegen wird, Torsten Nebel zu begutachten.

Ein paar Augenblicke später steht Czorski wieder neben ihr. Sie wendet ihm den Kopf zu. Er ist aschfahl und sieht noch mitgenommener aus als sonst. Seidel lächelt ihn aufmunternd an. »Tut mir leid, es sollte nicht so eine Art von Forschungsarbeit sein.«

»Ich weiß, aber nun habe ich mich mit einem Mann unterhalten, der als Junge ein kaltblütiger Mörder und wahrscheinlich auch Vergewaltiger war.«

»Ein Psychopath.«

»Und was machen wir jetzt mit diesem Wissen?«

»Wir schreiben es auf. So analytisch wie möglich. Keine Interpretation oder Deutung. Wir notieren, was wir gesehen und gehört haben.« Sie geht voran auf ihren Platz zurück.

Czorski hangelt sich von Sitz zu Sitz. »Und wenn Torsten Nebel sich das alles nur ausgedacht hat? Wenn es ihm Spaß macht, uns eine neue, andere Version der Geschichte zu erzählen?«

Seidel setzt sich. »Wir können nicht beweisen, dass er die Seile berührt hat und bei der Erhängung anwesend war.«

Czorski greift in seine Jackentasche und zieht eine Plastiktüte hervor. Er legt sie auf den Tisch inmitten ihrer Vierer-Sitzgruppe. Durch die durchsichtige Plastiktüte haben sich kleine Stacheln gebohrt.

Seidel nimmt die Tüte vorsichtig auf. »Du hast etwas von seinem Kaktus abgebrochen und eingesteckt?«

Czorski nickt, setzt sich und sieht aus dem Fenster. »Du hast ihn doch gehört: Er hat sich schon oft daran gestochen.« Er schweigt eine Weile, bevor er sagt: »Verdammt, er war nur ein Kind, man kann ihn eh nicht so richtig verantwortlich machen, oder? Er wurde schließlich dazu gezwungen.«

»Ja«, sagt Seidel und verstaut die Tüte. »Vorerst sollten wir uns das immer wieder sagen.«

Samstag, 27. September
Morgens. Czorskis Wohnung

Czorski klappt den halb ausgeräumten Umzugskarton zu und schiebt ihn ordentlich an die Wand. Es klopft an der Tür. Ist sie etwa schon oben? Er schaut sich noch einmal kurz in seiner provisorisch eingerichteten Küche um. Nein, keine rumliegenden Klamotten und auch kein benutztes Geschirr. Er fährt sich durch die kurzen Haare, während er zur Tür geht, und öffnet sie.

»O Gott, siehst du fertig aus.«

»Guten Morgen, Pfeffer.«

Sie hält ihm einen Pappträger mit Kaffeebechern hin, hebt eine Tüte mit Brötchen hoch und lächelt. »Ich hab Frühstück für uns.«

Ja, aber warum?, fragt er sich im Stillen und nimmt ihr den Kaffee ab. »Komm rein.«

»Die Brötchen sind alle schon belegt, Käse, Schinken, Rührei. Du must dir also keine Mühe machen.« Sie hängt ihren Mantel auf und folgt ihm in die Küche.

»Setz dich.« Er stellt Teller auf den Tisch. »Ich hätte Brot und so dagehabt. Das wäre keine große Mühe gewesen.«

»Hast du überhaupt geschlafen?«, fragt sie, als sie einander gegenübersitzen.

»Kaum. Eine Stunde im Morgengrauen, glaub ich.«

»Wie war es in Bochum?«

»Bist du extra vorbeigekommen, um das als Erste zu erfahren?«

»Käse, Schinken oder Ei? Ich hab auch Croissants.«

Er runzelt die Stirn und betrachtet sie. Sie sieht frisch und ausgeschlafen aus. Ihr Kopf steckt nahezu in der Brötchentüte, ihr Haar glänzt mahagonifarben, und ihre Segelohren bahnen sich einen Weg durch das offene Haar.

Czorski nimmt einen Schluck aus dem Pappbecher und wischt sich den Schaum vom Mund. »Gestern hast du gesagt, dass ich von dir keinen Kaffee mehr bekomme.«

»Das war voreilig. Ich bin gestern mit der Kreis-Hypothese gut vorangekommen. Montag oder Dienstag werde ich eine Auswahl von Verdächtigen haben beziehungsweise Orte, an denen wir nach Verdächtigen suchen können.«

Er lehnt sich zurück und verschränkt die Arme vor der Brust. »Aber du bist doch nicht hier, um mir das zu sagen. Du willst doch was von mir.«

»Hier, dein Brötchen.« Sie hebt die Schultern und lächelt freundlich. »Wie war es denn nun gestern?«

»Können wir erst essen?«

»Hast du deshalb nicht geschlafen? Habt ihr was Krasses erfahren?«

»Ja. So kann man es sagen.« Er beißt von seinem Brötchen ab. »Ist lecker. Also, was hast du angestellt?«

»Angestellt?«

»Weshalb bist du hier, Pfeffer? Wir sind keine Frühstücksfreunde. Wir sind genau genommen überhaupt keine Freunde.«

»Warum eigentlich nicht? Ist ja nicht so, dass wir hier in Berlin irgendwelche anderen Leute hätten.«

»Ich hab Ruben.«

»Apropos Ruben.«

»Ja?«

»Ich helfe ihm bei seinen Ermittlungen.«

Czorski verschluckt sich und legt sein Brötchen ab. »Was?«

»Doktor Florian und ich haben uns im Theater umgehört.«

»In Rubens Auftrag?«

»Nein, er weiß davon nichts. Er würde das wohl nicht gutheißen, nach unserem letzten *Ratschlag*.«

»Er würde das aus vielen Gründen nicht gutheißen. Zu Recht!«

»Aber wir glauben, dass es keine Beziehungstat war. Deshalb wäre es falsch, nach Feinden und Freunden und persönlichen Beziehungsmotiven zu fragen.«

Czorski starrt sie entgeistert an. »Bist du eigentlich völlig lernresistent? Das letzte Mal, als du so was gemacht hast, wärst du fast ermordet worden.«

»Ich habe einen Serientäter gestellt.«

»Du hattest ein Messer im Arm!«

»Möchtest du noch ein Brötchen? Der Schinken ist fantastisch.« Sie lächelt und hält ihm die Brottüte hin.

Er greift mechanisch nach dem Schinkenbrötchen und sieht in ihre blitzenden Augen. Er hatte recht. Sie ist wieder die Alte, und zwar wegen dieses neuen Falls. Sie ist wieder die Alte, weil er selbst dafür gesorgt hat, dass sie alles über die Theatermorde erfährt.

»Wir glauben, dass der Mörder verschiedene Mordtypen inszeniert: Affektmord, Giftmord, Blutbad. Es ist alles eine Show, ein Stück, eine originelle Performance. Er trachtet seinen Opfern nicht aus persönlichen Gründen nach dem Leben. Außer bei Jens Johannes Jost vielleicht, aber das ändert nichts an unserer Grundannahme«, erklärt Pfeffer.

»Das ist eine sehr gewagte Hypothese.«

»Ja, noch. Wir brauchen Beweise oder Hinweise.«

»Was du nicht sagst.«

»Alle, die Ruben und seine Mordkommission verdächtigt haben, haben ein Alibi für mindestens eine Tat.«

»Woher weißt du das, wenn ihr nicht zusammenarbeitet?«

»Ich habe die Akten gesehen.«

»Alle?«

»Er hat sie mir gezeigt.«

»Er hat dich die kompletten Berichte lesen lassen? Einfach so?«

Sie lacht. »Es ist nicht so, wie du denkst.«

»Oh, doch, das ist es. Du hast gesagt, du willst nur mal Fotos angucken, und dann hast du alles andere heimlich fotografiert?«

Sie schmunzelt und stellt ihren Kaffee wieder ab. »Siehst du, genau deshalb brauch ich dich, weil du gar nicht so doof bist, wie man zuerst denkt.«

»Hörst du dir überhaupt zu?« Czorski steht auf und sieht sie kopfschüttelnd an. »Ich glaub es einfach nicht.«

»Kannst du Ruben bitte nach einer Bettina Schneider fragen? Alibis und berufliche Ambitionen?«

»Die Welt dreht sich nicht allein um dich und deine Spürnase, du selbstgerechte, unverschämte Soziopathin! Andere Menschen haben Gefühle, Ängste und Bedürfnisse. Die kannst du nicht einfach niedertrampeln, weil du glaubst, dem Täter näher zu sein als alle anderen!«

Er dreht sich um und verlässt die Küche. Pfeffer sieht ihm nach. Irgendwo knallt eine Tür. »Ich würd es auch selbst machen!«, ruft sie. »Aber das fällt Ruben auf. Der ist ja nicht bescheuert.«

Stille. Pfeffer beißt von ihrem Croissant ab und wartet. Czorski kommt nicht zurück. Sie hört eine Tür, die sich wieder öffnet, aber er zeigt sich immer noch nicht. Sie sieht sich in der Küche um.

Schlichte Einbauschränke und noch keine Bilder an der Wand. Sie trinkt ihren Kaffee aus und steht auf.

»Czorski? … Boris?« Er steht im Wohnzimmer mit dem Rücken zur Tür und schaut aus dem Fenster. Sie geht langsam zu ihm, weicht einem Umzugskarton aus und schaut mit ihm auf die Gneisenaustraße hinaus. Leichter Herbstregen prasselt gegen das Fenster. »Was ist gestern in Bochum passiert?«

»Torsten Nebel hat die anderen drei Jungen erhängt. Gullnick hat es von ihm verlangt, und er hat es getan – und genossen. Er hat alles in diesem Stollen genossen.«

»Ach du Scheiße.«

»Seine Gegenwart war kaum zu ertragen.«

»Weil er ein Täter ist«, sagt sie und lächelt leicht. »Da bist du etwas empfindlich geworden.«

Er sieht sie finster an. »Was dir auch guttun würde.«

»Erst wirfst du mir vor, dass ich nur um mich kreise, und jetzt bringst du das Thema selbst wieder auf mich. Entscheide dich mal.«

Czorski reibt sich die Nasenwurzel. »Er ist kein typischer Täter. Er war damals ein Kind, er konnte sich nicht frei entscheiden.«

»Deine Worte klingen auswendig gelernt.«

»Seidel hat gesagt …«

»Und sie hat wahrscheinlich recht«, unterbricht Pfeffer ihn, »aber sie kann deine Gefühle nicht beeinflussen.«

»Ich war die ganze Nacht im Netz und hab mich über Psychopathen informiert.« Er dreht sich ihr wieder zu, seine Miene ist nun weich, er sieht verletzlich aus. »Vielleicht war Torsten damals kein Täter, sondern wirklich ein Opfer. Egal, wie er sich dabei gefühlt hat. Er hatte ja letztlich keine andere Wahl, als die anderen zu erhängen.«

»Aber heute hat er eine Wahl, und du befürchtest, dass er die falschen Entscheidungen trifft.«

»Fast alle psychopathischen Vergewaltiger und Mörder haben eine schlechte Kindheit gehabt und sind selbst mal misshandelt oder vergewaltigt worden.«

»Du meinst: Alles an Torsten Nebel schreit Täter?«, fragt Pfeffer und streicht ihre Haare zurück. »Spannend.«

Czorski lacht freudlos und lässt sich auf sein Sofa sinken. »Ich wiederhole mich, aber du bist wirklich unmöglich.«

Pfeffer setzt sich neben ihn. Gegenüber der grauen Couch hängt ein großer Flachbildfernseher. Darunter stehen die Playstation und einige Spiele. »GTA.« Sie grinst.

»Das ist zur Abwechslung wirklich mal nur ein Spiel.« Czorski lehnt sich zurück und sieht die Decke an. »Wir haben nichts in der Hand, das Ermittlungen gegen Nebel rechtfertigt. Im Gegenteil. Die Beamten, Psychologen und das Gericht werden ihn wahrscheinlich vor uns Verrückten aus Berlin schützen, wenn wir plötzlich behaupten, dass es in dem Gullnick-Stollen damals anders gelaufen ist. Besonders, wenn wir darüber hinaus noch die Behauptung aufstellen, Torsten Nebel sei heute selbst ein Täter. Es gibt ja gar keine Opfer, die sich mit ihm in Verbindung bringen lassen.«

Pfeffer lehnt sich ebenfalls zurück und schlägt die Beine übereinander. »Nein, eine Verbindung gibt es nicht, aber es gibt immer Opfer, denen sich kein Täter zuordnen lässt. Vermisste oder Tote ... Was, wenn wir die Verbindung zu Nebel suchen?«

Czorski setzt sich auf und sieht sie fragend an.

»Was, wenn wir die Kreis-Hypothese umdrehen? Wir wissen, wo er wohnt, und wir können nach ungeklärten Vorkommnissen im Umkreis seines Wohnortes suchen. Nach dem Canter-Prinzip.«

»Wir?«

Sie nickt. »Ich helfe dir, ich fahr auch mit dir nach Bochum und konfrontiere Nebel noch mal mit unseren Überlegungen, wenn es sein muss.«

»Das ist nicht Teil unserer KKF-Forschungsarbeit. Wir müssen uns um Gullnick kümmern.«

»Stimmt. Einen Mörder, der eh schon sitzt, während ein anderer Täter geschützt von seiner traumatischen Vergangenheit vielleicht jetzt gerade in diesem Augenblick einen Siebenjährigen in seinen Wagen zieht.«

»O.k., o.k. Ein Versuch mit der Canter-Methode kann ja nicht schaden.«

»Unter einer Bedingung«, sagt sie und lächelt ihn an.

Er lacht fassungslos und schüttelt den Kopf.

»Bettina Schneider«, sagt Pfeffer. »Ich schreib es dir auf.«

»Bettina Schneider«, murmelt Czorski und nickt ergeben. »Vielleicht kann ich dann heute wenigstens schlafen.«

»Du machst es?«

Er sieht sie an. »Ich frage Ruben nach ihr. Aber nur einmal. Wenn er nichts ausspuckt, dann lass ich es gut sein.«

Sie steht plötzlich auf und umarmt ihn. »Danke!«

Ihr Kopf liegt an seiner Schulter, und er riecht den Duft ihres Shampoos. Unbeholfen tätschelt er ihr den Rücken. »Noch habe ich ja nichts rausgefunden.«

Sie macht sich los und springt von der Couch hoch. »Komm, lass uns zu Ende frühstücken.«

Er steht auf und folgt ihr in die Küche. »Ich mach mal frischen Kaffee.«

»Weißt du, was lustig ist? Du hast vorhin gesagt, dass ich dem Mörder näher bin als jeder andere.«

»Dass du *glaubst*, es zu sein.«

»Aber das glaub ich gar nicht. Ich glaube nämlich, dass Doktor Florian diesem Täter näher ist als jeder andere. Gedanklich, meine ich.«

»Aha. Milch?«

»Ja, bitte.«

Die Musik wummert, und Ruben streckt sich wohlig auf seinem Stuhl aus. »Wie lang hab ich schon keine Burger mehr gegessen.« Er nimmt die Speisekarte von der klebrigen, rot-weiß karierten Tischdecke. »Ich nehm den *Fuck you Burger*. In so einem Laden muss man den einfach bestellen. Hast du die Skelette gesehen?«

Sein alter Freund reagiert nicht und studiert weiter die Karte. Ruben lässt den Blick durch das White Trash wandern. Es ist dunkel und vollgestellt, Steuerräder und Plastikblumen, Piratenskelette und Porzellanpuppen. »Heute brauch ich Ablenkung. Unten ist ein Club. Gehen wir nachher noch tanzen?«

»Tanzen?« Czorski runzelt die hohe Stirn. Er scheint heute nicht besonders gut drauf zu sein.

»Oh, die Kellnerin ist hübsch, hoffentlich bekommen wir die.« Ruben grinst, legt die Unterarme auf den Tisch und sieht Czorski an. »Und wie läuft dein Schreibtischjob? Die letzte Woche hab ich ein paar Mal gedacht, dass ich jetzt auch lieber ohne den Druck eines freilaufenden Mörders arbeiten würde.«

Czorski lächelt dünn. »*Fuck you.*«

»Was?«

»Den nehm ich auch.« Er legt die Karte weg und räuspert sich. »Läuft's nicht gut bei euch? Keine Verdächtigen?«

»Nicht so richtig. Zu viele Alibis.«

»Die sind bestimmt nicht alle echt. Das Theater ist immerhin die Branche der Geschichtenerzähler.«

»Ja, ja, da bin ich dran«, brummt Ruben.

»Hast du mal überlegt, dass es keine Beziehungstat gewesen sein könnte?«

Ruben schenkt ihm einen sprechenden Blick. »Ich habe an alles gedacht. Aber ohne eine konkrete Spur kann ich so viel denken, wie ich will. Wie geht es Theresia?«

»Gut.«

»Was darf's denn sein?«, fragt die hübsche Kellnerin.

Sie bestellen, und danach fällt Ruben keine Möglichkeit mehr ein, das Gespräch auf Pfeffer zu lenken, ohne dass es zu interessiert klingt.

»Hast du eigentlich auch mit einer Bettina Schneider gesprochen?«, fragt Czorski.

Ruben grinst. »Wieso? Kennst du die?«

Czorski öffnet den Mund, sagt aber nichts und denkt offensichtlich sehr intensiv nach.

»So, bitte«, sagt die Kellnerin und stellt die Biere hin. Als sie weggeht, schaut Ruben ihr auf den Hintern. »Vielleicht geht sie nachher auch in den Club runter zum Tanzen.«

Czorski folgt seinem Blick und sieht dann wieder zu seinem Freund. Ruben will offensichtlich nicht über den Fall reden, sondern über Frauen. Czorski setzt ein verschmitztes Lächeln auf. »Ich hab Bettina Schneider zufällig kennengelernt. Wir haben uns nett unterhalten. Sie hat erzählt, dass sie Regisseurin am Sturmtheater werden will.«

»Sie ist hübsch«, sagt Ruben und grinst wieder. Seine Lederjacke bleibt an der Plastiktischdecke kleben.

»Sie hat mir ihre Nummer gegeben.«

Ruben lacht und hebt sein Glas. »Darauf stoßen wir an.«

Czorski beugt sich vor. »Verdächtigst du sie?«

»Nee.« Ruben winkt ab und trinkt einen großen Schluck. »Geh ruhig mit ihr aus.«

»Du denkst wirklich nicht, dass sie es war?«

»Nichts weist auf sie hin. Wenn ich stattdessen an den Intendanten denke ... Der hat mal eine Geliebte an das erste Opfer verloren. Und die hat später auch mit dem dritten Opfer, einem Schauspieler, geschlafen. Der Intendant hat also für zwei der Morde ein Motiv.« Ruben trinkt grimmig noch einen Schluck.

»Aber leider auch zwei Alibis. Für den Giftmord braucht niemand ein Alibi, also sind zwei das Beste, was ein Verdächtiger vorweisen kann, um sich zu entlasten.«

»Hat Betty auf dich betroffen gewirkt? Wegen der toten Kollegen?«

»Ja, aber sie war gefasst. Sie ist emotional stabil genug für Dates.«

»Gut. Das ist gut.« Czorski trinkt und sieht zu einem erhängten Skelett direkt über ihrem Tisch.

»Vielleicht war es auch die Büroleiterin. Soll eine eifersüchtige Ziege sein«, überlegt Ruben laut.

»Bettina Schneider ist also in deinen Augen keine Mörderin?«

»In meinen Augen?« Ruben lacht. »Was bist du für ein Schisser, Boris.«

»Sag mir einfach, ob sie Alibis hat.«

»Hat Theresia einen Freund?«

Czorski spürt einen Kloß im Bauch. Er starrt seinen gut aussehenden Freund mit dem lässigen Dreitagebart an und hört Pfeffers Lachen in seinem Kopf. Er atmet tief durch und setzt ein Lächeln auf. »Nein, nicht dass ich wüsste.«

»Bettina Schneider hat Alibis. Zwei, um genau zu sein.«

Kapitel 9 **Spiegel**

Montag, 29. September
Morgens. Labor des KKF II

Doktor Florian starrt seine kleine Schwester an. Sie lächelt tapfer und hebt die Schultern. Filond fächelt sich hektisch Luft zu. »Hui, das könnte alles richtig heikel werden.«

»Wie weit bist du mit den Spuren der lebenden Verwandten?«

»Ich fülle Anträge aus und reime mir Gründe zusammen, die möglichst nicht verraten, was wir schon wissen.«

»Nebel könnte lügen«, gibt Doktor Florian zu bedenken. Er reibt die Hände kurz an seiner Flanellhose. Ein bisschen verschwitzt sind sie schon. Er gibt es ungern zu, aber das Bild eines Elfjährigen, der so grausam und schon so sexualisiert ist, irritiert ihn.

»Warum sollte er?« Filond bläst nachdenklich die Wangen auf und dreht sich leicht auf seinem Hocker. »Es ist dumm genug, zwei BKA-Beamten überhaupt so ein Geständnis zu machen. Das tut man nur, wenn es die Wahrheit ist, die man nicht mehr für sich behalten kann.«

»Weil man sie zu lange mit sich herumgetragen hat«, ergänzt Seidel. »Alles in Ordnung, Florian?«

Er sieht zu ihr, wie sie da im Schneidersitz mitten auf dem Tisch sitzt und an ihren ausgetretenen Jeanssäumen zupft. Wie eine Achtzehnjährige.

»Ihr hättet nicht allein hinfahren sollen, nicht zu so einem Mann.«

Sie nickt. »Es kommt nicht wieder vor.«

Doktor Florian streicht sich durch den Bart. »Und wir können nichts von dem verwenden, was wir wissen, weil ihr überhaupt nicht hättet dort sein dürfen.«

Filond schnaubt. »Ich hatte gehofft, dass er einen weiteren Täter oder Freund von Gullnick erwähnt. Oder einen fünften Jungen, der irgendwo anders vergraben wurde. Aber mit diesen Aussagen können wir nun gar nichts anfangen.«

Seidel wiegt den Kopf hin und her. »Es gibt eine Möglichkeit, das Ganze offiziell nutzbar zu machen. Was ist, wenn ich Gullnick sage, was wir wissen, und ihn noch mal bitte, uns auf seine Besucherliste in der JVA zu setzen? Wenn ich so einen Besuch bei Ziernow einreiche, dann führt das zu einem offiziellen Statement, das wir hinterher verwenden können.«

»Gullnick müsste dann natürlich reden«, sagt Doktor Florian.

Filond steht auf und stützt sich auf dem großen Tisch ab. Er blickt auf die ausgebreiteten Anträge und Tütchen mit DNA-Proben. Zu Seidels Füßen liegen aufgerissene Umschläge. »Und wenn Gullnick uns eine ganz andere Geschichte erzählt? Bisher wissen wir nicht mal, ob Torsten Nebel die Wahrheit sagt. Er könnte das mit den roten Seilen wer weiß wo erfahren oder einfach erraten haben und sein Trauma mit Gewaltfantasien verarbeiten. Vielleicht ist die fünfte DNA-Spur an den Seilen von einem Menschen, den er verdrängt hat. Oder sie ist von ihm selber. Auch das können wir nicht ausschließen, weil wir Nebels DNA nicht haben.«

»Daten sammeln ist ein Scheißjob, Schwesterlein.«

»Klappe, Florian.«

»Wir bräuchten DNA, die von Nebel ist. Das könnte uns wenigstens Sicherheit geben. Dann wissen wir, dass wir in die richtige Richtung laufen.«

Seidel wirft etwas vor ihn hin. Filond zuckt zusammen, als der Beutel vor ihm aufklatscht. Er hebt ihn mit spitzen Fingern hoch und verengt die Augen. »Was ist das?«

»Ein Stück Kaktus. In einer Butterbrottüte.«

»Ein Kaktus?« Filond schaut zum Fenster ihres Labors, wo drei leere Kaffeepappbecher und eine angebrochene Wasserflasche stehen. »Für unsere Fensterbank? Sollen wir dem jetzt Wurzeln ziehen? Hättest du uns nicht einfach eine Topfpflanze mitbringen können? Au!« Er lässt die Tüte wieder fallen und sieht sie verärgert an. »Das piekst.«

Seidel grinst. »Ja, und zwar nicht nur dich.« Sie dreht sich auf dem Hintern um und rutscht vom Schreibtisch. »Das ist Nebels Kaktus. Mit seinem Blut dran.«

Filond klatscht in die Hände, während Doktor Florian verblüfft von seinem Kollegen zu seiner Schwester schaut, die auch seine Chefin ist – die nun *tatsächlich* eine Chefin ist. »Das hast du ihm entwendet?«

»Nein, es war Czorski. Nebel war so in seinen Erinnerungen gefangen, er hat es nicht mitbekommen. Und nach dem, was er gesagt hat, war Czorski klar, dass wir mehr Beweise brauchen würden.«

Doktor Florian nickt anerkennend. »Nicht schlecht.«

»Sag das nicht mir, sag das Czorski.«

Doktor Florian sieht nachdenklich durch sie hindurch. »Ja, vielleicht.«

Instant-Messaging-App

STHBPN49	Wanda hat mich wegen einer anderen Frau verlassen.
H4BCA78V	Les ich da Triumph im Subtext?
STHBPN49	?
H4BCA78	Es liest sich, als wäre ein anderer Mann schlimmer gewesen. Das verletzt euren Stolz mehr, oder? Betrug ist nicht gleich Betrug für einen Penis.

STHBPN49 Frauen sind großartig, es ist nicht so schlimm, wegen einer sitzengelassen zu werden.

H4BCA78V Du hast deine Ex lesbisch gemacht.

STHBPN49 So läuft das nicht, und du bist klüger als das. Jedenfalls hat sie mir am Wochenende geschrieben und gestanden, dass sie sich in eine andere Frau verliebt hat.

H4BCA78V Warum erzählst du mir das? Mach doch ein Theaterstück draus.

STHBPN49 Tu nicht so gehässig. Du bist insgeheim doch froh, dass wir wieder Kontakt haben.

H4BCA78V Und wenn es so wäre?

STHBPN49 Ich bin nächste Woche in Berlin ...

Nachts. Sturmtheater

Willi leuchtet den Gang entlang. Nachts ist es auf der Etage der Kostümabteilung immer leer und ruhig. Der Lichtkegel der Taschenlampe wandert über den Linoleumboden und die Kleiderständer an der Wand. Sie sind mit Kleidern behängt, die wie leere Seelen an den Stangen baumeln. Alles ist wie immer, nur dass der Pförtner weiß, dass das Theater stillliegt. Das Sturmtheater hat sowohl die Vorstellungen als auch die Proben ausgesetzt. Und obwohl das nachts keinen Unterschied macht, wirkt der Gang irgendwie gespenstischer als sonst.

Mit einem Seufzen leuchtet Willi durch das Glasfenster der ersten Tür. Zwei Schneidertische, drei Ankleidepuppen und zugezogene Vorhänge. Hinter der nächsten Tür ist ein aufgeräumter Schreibtisch zu sehen. Alles ist ruhig. Er schiebt die Feuerschutztür am Ende des Flurs auf und geht die Treppe nach oben zur Probebühne. Er gähnt. Gleich hat er Feierabend. Neben Willi sind seine beiden Kollegen aus den anderen Schichten eigentlich die

Einzigen, die momentan im Haus noch täglich arbeiten – wenn man von der Polizei absieht, die hier ständig ein und aus geht, um noch etwas zu überprüfen oder Fragen zu stellen.

Oben angekommen, bleibt er stehen, zieht sein Stofftaschentuch hervor und tupft sich den Schweiß von der Stirn. Seine Uniformjacke ist eng und kratzt am Hals. Er keucht leise. Aber er sagt sich, dass es gut ist, dass er jede Nacht einmal hier hochläuft. Sonst sitzt er den ganzen Tag ja doch nur auf seinem zugegebenermaßen dicken Hintern.

Mit einem kräftigen Ruck öffnet er die schwere Feuerschutztür zur Probebühne und tritt ein. Unter seinen Füßen knarzen die schwarzen Dielen. Es riecht nach altem Schweiß und staubigem Stoff. Er keucht noch immer. Hinter ihm fällt die Tür ins Schloss.

Willi wischt sich noch einmal über die Stirn, stemmt eine Hand in die Seite und leuchtet den Raum ab. Links die leeren Stuhlreihen, vorne das leere Bühnenpodest und die schwarzen Moltonvorhänge an den Wänden. Der Lichtkegel streift den Rest der Bühne, die Sitzreihen auf der rechten Seite und einen Fuß. Willi leuchtet zu dem Tisch an der Wand – und hält inne.

Ein Fuß?

Der Lichtkegel saust durch den Raum zurück zu dem, was er eben für einen Fuß gehalten hat, was natürlich kein Fuß sein kann. Hier ist ja niemand. Hier *darf* überhaupt niemand sein.

Der Pförtner schluckt. Es ist ein Fuß. Schwarze Lederstiefel, in denen eine schwarze Hose steckt. Willi geht einen Schritt weiter in den Raum hinein. Die Dielen knarzen unter seinen Schritten, er hört seinen eigenen Atem, als wäre er etwas Fremdes. Auf dem Boden glitzert etwas im Schein der Taschenlampe.

Und dann steht Willi direkt vor der Stuhlreihe, auf der ein Menschenkörper liegt. Eine Frau. Vielleicht schläft sie nur, denkt Willi. Er hofft es. Aber dann sieht er die glitzernden Scherbenstücke, die aus ihrem Körper ragen. Die Taschenlampe erfasst das Blut, das aus ihrem Brustkorb tritt und auf den Boden tropft, die Lache darunter, die Scherben, die Reste eines Spiegels. Dem Lichtkegel entgeht nichts.

Unter seinen Sohlen knirschen Scherben, als er näher herantritt. Die Frau trägt einen schwarzen Pulli, Rollkragen. Willi murmelt: »Oh, nein.« Er weiß schon, was er sehen wird, wenn das Licht ihren Kopf erreicht. Er will es nicht sehen, er will diese Wahrheit nicht kennen, aber seine Füße laufen einfach weiter. In kleinen Schritten, bis das Gesicht erleuchtet ist. Willi sieht Schnitte, eine aufgeschlitzte Wange, und – es gibt kein Vertun – er sieht Betty.

Kapitel 10 **Kreis**

Dienstag, 30. September
Morgens. Coffeeshop

»Das ist alles, was du hast?«, fragt Doktor Florian und schlürft seinen Tee.

»Das ist nicht viel«, sagt Pfeffer. Sie lehnt sich zurück und trommelt langsam mit den Fingern auf dem Holzfurnier des Tisches. Sie sieht durch die bodentiefen Fenster des Coffeeshops auf die asphaltierte Terrasse hinaus. Dort stehen ein paar Raucher im leichten Herbstregen. Die Büsche dahinter wiegen sich im Wind. Der Geruch von Kaffee steigt ihr in die Nase.

Czorski hebt die Schultern. »Ruben wollte nicht über die Theatermorde reden, er wollte flirten und tanzen und Frauengeschichten hören. Also hab ich ihn glauben lassen, dass ich auf Betty stehe. Wir hätten uns zufällig kennengelernt, sie habe mir ihre Nummer gegeben und jetzt wolle ich natürlich wissen, ob er sie verdächtige. Dann hat er ein bisschen was preisgegeben.«

Doktor Florian lacht und greift nach seinem Handy. Er tippt irgendwas und schüttelt schmunzelnd den Kopf.

Pfeffer beugt sich zu Czorski. »Zwei Alibis, eins für jeden Mord, bei dem der Täter anwesend war, und ansonsten nichts Verdächtiges?«

»Hübsch«, sagt Doktor Florian und hält Pfeffer sein Handy hin.

Sie schiebt seine Hand beiseite. »Ich habe Bettina Schneider schon längst gegoogelt.«

Czorski sieht auf seine Armbanduhr. »Wir müssen gleich hoch ins Büro.«

»Mhm«, macht Pfeffer und sieht blicklos zum Eingang des Coffeeshops. Als die Jeansjackenfrau erscheint, sieht sie schnell weg. »Wir sollten wirklich gleich hochgehen.«

Czorskis Handy klingelt. »Es ist Ruben.« Er wischt über das Display. »Ja?«

»Vielleicht ist der Haken an der Sache, dass niemand glauben würde, dass Bettina Schneider auf Czorski steht«, überlegt Doktor Florian laut. »Sie würde ihm ihre Telefonnummer nie geben.«

Pfeffer würdigt diese Überlegung keiner Antwort, trinkt Kaffee und schaut zu Czorski, der plötzlich aschfahl geworden ist.

»Gerade eben? Wie schrecklich«, sagt er tonlos.

Er legt auf und blickt mit Todesmiene von Pfeffer zu Doktor Florian und wieder zurück. Er scheint etwas sagen zu wollen, doch bringt es nicht heraus.

»Was, Czorski?«, fragt Doktor Florian ungeduldig.

»Sie ist tot.«

»Wer?«

Er schluckt. »Bettina Schneider. Mit einem Spiegel erschlagen. Aufgeschlitztes Gesicht.«

Doktor Florian sieht noch einmal auf sein Handy. »So eine Schande.«

»Verdammt! Aber wer war es dann?«, fragt Pfeffer. »Ich hatte so ein Gefühl, dass es wirklich eine Frau sein könnte.«

»Rein statistisch ...«, beginnt Doktor Florian.

»Ach, halt die Klappe«, schnappt Pfeffer, leert ihren Kaffeebecher und steht auf. »Jetzt sind wir wieder ganz am Anfang.«

Sie gehen an der Schlange vorbei ins Treppenhaus und hoch in den zweiten Stock.

»Wir müssen näher ans Theater ran. Wir müssen da rein«, sagt Doktor Florian. »Wir dürfen nicht aufgeben.«

»Ich weiß nicht«, sagt Czorski und hält ihnen die Glastür auf. »Es ist nicht unser Fall, und wir haben wirklich genug versucht.«

Doktor Florian hält ihm im Vorbeigehen das Handydisplay direkt vor die Nase. Es zeigt ein Foto von Betty mit blondem Zopf hoch am Hinterkopf, ein paar wilden Strähnen an den Schläfen und hübschem Lächeln. »Aufgeschlitztes Gesicht«, sagt er mit ernster Miene.

Czorski verdreht die Augen. »Ist ja gut. Hast du eine Idee?«

Pfeffer hebt die Schultern. »Bleib an Ruben dran.«

Doktor Florian streicht sich durch den Bart. »Oder ich mache das, was Czorski nicht durchziehen konnte.«

»Und was genau wäre das? Womit soll ich denn gescheitert sein?«, fragt Czorski und stemmt die Hände in die Hüften.

Pfeffer schenkt Doktor Florian im Gehen einen sprechenden Blick. »Ich glaube wirklich nicht, dass du mehr aus Ruben rauskriegst als Czorski.«

»Nein, ich spreche nicht von Ruben und seiner pseudocoolen Lederjacke. Ich nähere mich jemandem aus dem Theater. Privat.«

»Das war nie mein Plan«, brummt Czorski. »Also sprich hier nicht von Scheitern.«

Doktor Florian winkt ab. »Pah. Details.«

»Was heißt annähern?«, fragt Pfeffer leise. Sie sind fast in ihrem Büro. Die Tür steht offen, und Seidel darf kein Wort mitbekommen, nicht jetzt, bevor die Sache mit Gullnick geklärt ist. Seidel würde ausrasten. Mal wieder.

»Ich suche mir jemanden, der das Haus gut kennt, aber nicht zu sehr im Fokus steht«, erklärt Doktor Florian. »Jemanden, der sich über die Aufmerksamkeit von einem attraktiven Mann freut.«

»Selbstüberschätzung, dein Name ist Florian Seidel.« Pfeffer lacht.

»Musst du gerade sagen.«

Czorski schielt zu ihrer Bürotür, von der es nicht weit zu Seidels Schreibtisch ist. »Können wir das später besprechen?«

»Meinetwegen.« Pfeffer dreht sich zur Tür. Sie will ins Büro gehen, aber Czorski hält sie am Arm fest.

»Denk an die Kreis-Hypothese.«

Sie macht sich los und geht zu ihrem Platz. »Ich denke an nichts anderes.« Sie zeigt auf die Straßenkarte von Bochum hinter sich und die drei aufgeschlagenen Bücher auf ihrem Schreibtisch. »Die Kreis-Hypothese ist überall.«

»Du weißt, wie ich das meine.«

»Ich steh zu meinem Wort.«

Er lacht. »Ja, du hast mich nie angelogen. Oder benutzt. Oder übergangen.«

»Das waren andere Zeiten.«

Couchsurfing

Liebe Michi,
ich habe die ganze Nacht wachgelegen und versucht, dich zu verstehen. Ich habe mir gesagt, dass du nichts für deine Gefühle kannst. Niemand kann Liebe erzwingen, aber hättest du mir das so sagen müssen? In diesen harten Worten. Wer bist du? Ich erinnere mich an die zärtlichen Nächte und den Blick in deinen Augen direkt nach unseren Küssen, an deine Zärtlichkeit und deine Worte. Du hast gesagt, dass du meinen Geruch liebst. Aber wie kannst du den lieben und mich nicht? Wie kannst du dir so sicher sein?
Ich würde warten. Ich will kein *Ich liebe dich* von dir, keine gemeinsame Wohnung oder gar Ehe. Ich will nur ein bisschen Zukunft. Wie kannst du diese Zukunft mit hundertprozentiger Sicherheit ausschließen? Ich hasse dich für die Kälte in deinen Augen, die du mir gestern gezeigt hast. Als wärst du ein anderer Mensch. Ich hasse den Klang deiner Stimme, wenn sie »Nur ein bisschen Muschi-Spaß« sagt. Das bist doch nicht du.
Weiß du, wie sehr du mich verletzt hast? Ist dir überhaupt bewusst, dass andere Menschen Gefühle haben?

Ich bin wütend und enttäuscht. Aber das Schlimmste ist, dass ich dich immer noch liebe. Ich habe mich noch nie so sehr angenommen gefühlt wie in unseren Nächten in Kassel im Frühling. In diesen Stunden hast du mich ganz gemacht. Gestern hast du alles zerstört. Du hast mich entwürdigt.
Ich bin zerrissen. Ich bin verliebt. Ich bin
deine Wanda!

Mittwoch, 1. Oktober
Morgens. KKF II

»Gullnick hat gesagt, dass er den ersten Jungen hier entführt hat«, sagt Pfeffer und zeigt mit dem Finger auf die Bochum-Karte hinter ihrem Schreibtisch. Sie trägt einen Blazer und Schuhe mit ein bisschen Absatz. Seidel kann nicht umhin, sie für ihre Souveränität zu bewundern. Sie redet ohne jede Nervosität in ihrer Stimme. Auch ihre Miene sieht weniger finster aus. Czorski hat recht, sie hat wieder Lebensmut. Sie wirkt stark genug für den zweiten Teil ihrer Therapie. Das ging schneller, als Seidel dachte.

»Er selbst hat natürlich davon gesprochen, dass er die Jungen *eingeladen* und nicht entführt habe, aber jedenfalls war das hier. Der letzte Junge war Torsten Nebel, er wurde hier mitgenommen.«

»Er ist wahrscheinlich wirklich eher einer Einladung gefolgt, als dass er entführt wurde«, sagt Czorski.

Seidel sitzt vor ihm auf seinem Schreibtisch und betrachtet Pfeffers Karte. »Oder er hat das Ganze erst in dem Bergbaustollen schätzen gelernt.«

»Schsch«, macht Doktor Florian. »Ich will die Vorstellung sehen.«

»Haha.« Pfeffer wendet sich wieder ihrer Karte zu. »Laut Canter können wir einen Kreis ziehen, wenn wir die beiden am weitesten auseinanderliegenden Tatorte kennen. Wir ziehen einen Kreis, der sie beide verbindet.« Pfeffer nimmt einen großen Zirkel und setzt ihn auf die Karte. »So, wenn wir uns den Kreis jetzt betrachten, dann ist es sehr wahrscheinlich, dass Gullnicks Komfortzone irgendwo hier drin liegt.«

»Und er wohnte damals in der Nähe des Mittelpunkts dieses Kreises?«, fragt Filond und beißt in einen Schokoriegel.

»Das dachte ich auch«, sagt Pfeffer, »aber wie sollte ich ihn finden? Da wir nicht die ganze Bevölkerung befragen und überprüfen können, müssten wir mit einem Ausschlussverfahren beginnen. Also diejenigen überprüfen, die am ehesten ins Raster passen würden.«

»Männer zwischen 20 und 50?«, fragt Filond.

Pfeffer wirft ihm einen schiefen Blick zu. »Das Raster ist schon etwas komplexer, aber so in etwa. Ja.«

»Das Täterprofil beleidigt mich«, sagt Doktor Florian.

»Wir können nun mal nicht alle befragen und gegen alle ermitteln«, erklärt Czorski. »Das ist ein Ausschlussverfahren, das auf Statistiken beruht. Serientäter sind bis heute einfach meistens Männer gewesen.«

»Das ist ein großes Problem unserer Gesellschaft. Diese Erziehung zu einem Bild von Männlichkeit, das Aggressivität verlangt und rechtfertigt.«

Seidel sieht ihren Bruder an. »Auch das ist ein wenig komplexer.« Sie wendet sich an Pfeffer. »Weiter.«

»Wir haben jetzt einen Umkreis, in dem wir nach Zeugen suchen können oder zu einer freiwilligen DNA-Spende aufrufen können. Theoretisch. Denn das alles ginge nur, wenn ich nicht in einer Vergangenheit suchen würde, in der ich niemanden befragen kann und in der es noch keine forensische DNA-Analyse gab.«

»Also hast du nichts gefunden?«, fragt Doktor Florian.

Pfeffer grinst und wendet sich ihrem Schreibtisch zu. Sie nimmt ein Buch auf. »Die Vorhersage des Wohnorts durch Canters Analyseteam hat die Festnahme des sogenannten *Railway Rapist* möglich gemacht«, liest sie vor. Dann legt sie das Buch weg und sieht die anderen an. »In der Nähe des Kreismittelpunkts finden wir die Komfortzone des Täters, seine Wohnung, die Wohnung seiner Freundin oder seiner Eltern. Aber in Gullnicks Fall waren die Orte der Entführungen nicht der Tatort. Der Tatort war ein stillgelegter Stollen, in dem Gullnick es sich gemütlich gemacht hatte. Dort hat er sich sehr viel wohler gefühlt als in der Souterrainwohnung im Zechenhaus seiner Eltern. Was ich gesucht habe, war also nicht sein Wohnort, sondern der Haupttatort.«

Seidel grinst. Ist das Stolz, den sie da verspürt? Pfeffer hat das Rätsel tatsächlich geknackt.

Pfeffer wendet sich wieder der Karte zu. »Hier ist das Wohngebiet, in dem ich zuerst gesucht habe – und hier ist der Wald, unter dem es einige Stollen von dem Bergwerk gibt, dessen Haupteingang viel weiter westlich liegt. Es sind nur Ausläufer des Bergwerkes, und sie wurden schon sehr früh stillgelegt, aber sie sind genau hier.« Sie zeigt mit dem Finger auf die Stelle. »Ich habe erst mit dem Amt für Natur- und Ressourcenschutz telefoniert und dann beim Verein für Bergbaumuseen alte Karten erfragt. Es gibt vier Eingänge zu den alten Stollen. Zwei sind sehr klein, einer sehr groß, und einer passt perfekt zu Gullnicks Beschreibungen. Und das, meine lieben Kollegen, ist der eigentliche Tatort: Gullnicks Höhle.«

Czorski beugt sich vor, um besser sehen zu können. »O Gott. Da bin ich schon ein paar Mal vorbeigefahren.«

Pfeffer lacht verblüfft. »Wie, du wusstest gar nicht, wo die Höhle ist?«

»Das wusste eigentlich niemand«, sagt Seidel. »Es gibt ein paar vage Koordinaten in den Akten, aber sonst wurde die Höhle zugeschüttet und ihr Ort nie publik gemacht.«

»Heißt das, ich habe überhaupt nicht nach etwas gesucht, das ihr alle schon kanntet?«

Seidel schüttelt lächelnd den Kopf. »Ich wollte nicht, dass du weißt, was du eigentlich suchst. Das war die eigentliche Aufgabe.«

Pfeffer schlägt ihre Bücher eins nach dem anderen zu. »Gut, zumindest kennen wir den Ort jetzt.«

Czorski klopft auf den Tisch vor sich, Filond und Doktor Florian applaudieren, und Seidel rutscht vom Schreibtisch herunter. »Sehr gut, Pfeffer.«

Filond erhebt sich schwerfällig. »Jetzt fühl ich mich schlecht, weil ich immer noch keinen gerichtlichen Beschluss für die offiziellen DNA-Proben habe.«

»Vielleicht musst du mal zum Gericht hinfahren«, schlägt Seidel vor. »Pfeffer, kommst du mal eben?«

Sie schlurft voran in ihr Büro, und Pfeffer schließt die Tür hinter ihnen. »War das wirklich alles so schlimm?«, fragt Seidel und kniet sich zwischen all die Papiere auf dem Boden. »Am Ende warst du doch ziemlich gut.«

Pfeffer setzt sich auf die Armlehne der Couch. »Vielleicht. Aber es hat sich sehr lange sehr sinnlos angefühlt.«

»Da gewöhnt man sich dran. Hier.« Seidel hält ihr einen Zettel hin.

»Was ist das?«

»Drei Therapeuten, die dir helfen können, dein Tobias-Trauma vollends zu bewältigen. Ich empfehle Klaus Hartmann, aber sie sind alle gut.«

»Danke«, sagt Pfeffer überrascht und nimmt das Blatt an. »Aber ich glaube … Also, inzwischen ist es eigentlich …« Sie sieht Seidel unsicher an. »Es geht mir eigentlich ganz gut, ich will gar keine Therapie mehr.«

»Was?« Seidel mustert Pfeffer, die dasitzt mit überschlagenen und sich selbst für geheilt erklärt.

»So läuft das aber nicht, Pfeffer.«

»Es geht mir wieder gut. Wirklich.«

»Und woher soll das kommen?«

Pfeffer rutscht sichtlich unbehaglich auf der Armlehne hin und her. »Wie meinst du das?«

Seidel sieht sie eindringlich an. »Warum geht es dir jetzt plötzlich wieder gut? Woher kommt das, wenn nicht von einer guten Therapie?«

Das Telefon klingelt, und Seidel glaubt einen Hauch Erleichterung auf Pfeffers Gesicht auszumachen. Das Klingeln schrillt aufdringlich durch den Raum. Sie hebt einen Finger. »Wir sind hier noch nicht fertig«, sagt sie und sieht sich suchend um.

»Unter dem Schreibtisch«, sagt Pfeffer.

»Danke.« Sie beugt sich vor, macht den Arm lang und nimmt den Hörer von ihrem Bürotelefon ab, das auf dem Boden steht. »Rita Seidel.«

»Hier ist die Deutsche Telekom, ich habe ein R-Gespräch aus der Justizvollzugsanstalt in Bochum für Sie. Möchten Sie annehmen?«

Seidel runzelt die Stirn, dann plötzlich begreift sie. »Ja«, sagt sie hastig. »Ja, stellen Sie durch!«

Es knackt in der Leitung, dann tutet es wieder. Dann ist es plötzlich still. Jemand atmet.

Sie räuspert sich. »Hier Rita Seidel.«

»Frau Doktor«, sagt eine tiefe Stimme.

Sie schluckt, es ist eine schöne Stimme, viel zu schön für einen Mörder.

»Ich nehme an, Sie wissen, wer ich bin?«

»Sie sind Heinz Gullnick«, sagt sie leise.

»Ach du Scheiße«, murmelt Pfeffer und starrt auf das Telefon. Sie sinkt vom Sofa und kniet sich ebenfalls auf die Papiere am Boden. »Ist er das?«, fragt sie flüsternd. »Er selbst?«

Seidel nickt.

»Ich habe Ihren Brief erhalten. Da haben Sie sich ja was Schönes zusammengeschrieben«, sagt Gullnick. In seinem Tonfall liegt ein leichter Singsang.

»Und hab ich recht?«, fragt Seidel und zieht ihre Brille ab.

»Sie haben auf jeden Fall Mut.«

Seidel kaut am Bügel ihrer Brille. Das Herz klopft ihr bis zum Hals. Jetzt nur keinen Fehler machen, jetzt nur nichts Falsches sagen. Ein Verbrecher wie Gullnick wird natürlich weggesperrt, um die Gesellschaft vor ihm zu schützen, aber am Ende soll auch er geschützt werden und unerreichbar sein. Wenn er nicht reden will, dann muss er nicht, nicht mit Seidel. Offiziell hat er schon alles gesagt, was nötig war.

»Stört es Sie denn gar nicht, dass Ihre Geschichte falsch erzählt wird?«, fragt sie.

»Ich glaube nicht, dass man sich meine Geschichte besonders oft erzählt, Frau Seidel.«

»Aber sie ist falsch, oder?«

»In Ihrem Brief waren Sie sich Ihrer Sache so sicher. Da haben Sie an Ihrer Version gar keinen Zweifel gelassen, und jetzt wollen Sie Bestätigung?«

Seidel sieht ratlos zu Pfeffer, die hebt die Schultern.

»Wir wollen alle Bestätigung, Herr Gullnick«, sagt Seidel schließlich. »Jeder Mensch will Aufmerksamkeit und Bestätigung. Sie auch. Sonst hätten Sie mich nicht angerufen, oder? Ich biete Ihnen das – vorausgesetzt, Sie haben was zu erzählen.«

Er lacht leise. »Sie gefallen mir. Ich hab Sie auf meine Besucherliste gesetzt«, sagt er und legt auf.

Seidel nimmt den Hörer vom Ohr und betrachtet ihn. Er liegt schwarz und leicht in ihrer Hand. Eben hat er noch die Stimme eines der grausamsten Männer des Landes wiedergegeben, und jetzt ist er still.

»Was?«, fragt Pfeffer aufgeregt. »Was hat er gesagt?«

Seidel setzt ihre Brille wieder auf. »Wir fahren noch mal nach Bochum.«

Nachmittags. Sturmtheater

Carlos legt sich den Schal um und blickt in den Spiegel. Er hält die Enden des Schals in den Händen, legt den Kopf schief und betrachtet sich. Sein Blick fällt auf die Geheimratsecken. Sein Haar ist lang, nicht schulterlang, aber es verdeckt die Ohren, und es ist noch dunkel, außer an den Schläfen. Das Grau dort gefällt Carlos. Die Geheimratsecken allerdings machen ihn jedes Mal ein bisschen wütend. Er wirft sich das eine Ende des Schals über die Schulter und sieht auf seinen Bauchansatz. Jetzt ist die Wut noch größer. Er wendet sich ab.

Auf seinem Schreibtisch liegen Entwürfe für die Todesanzeige von Betty. Ihm fehlen die Worte, dennoch wird er welche finden müssen. Es klopft an der Tür.

Yvonne tritt ein. In der Hand hält sie den Probenplan. »Du willst Montag wieder anfangen?«

Er lässt sich in seinen Stuhl fallen und nickt. »Ich lasse Freitag vorsprechen, dann hab ich Montag einen Christian, der seinen Text kann.«

Sie geht ans Fenster und sieht auf die Museumsinsel hinaus. »Und wenn keiner passt?«

»Das ist Berlin, Herrgott!«, brüllt er und springt wieder auf. »Unter all den arbeitslosen Schauspielern werde ich wohl einen finden, der nicht schlechter spielt als Jens Johannes Jost.«

Yvonne blinzelt ihn an. »Du wirst von Tag zu Tag unberechenbarer. Und unerträglicher.«

»Ich muss wieder probieren! Und ich muss den Cyrano bringen, denn dafür sind schon Kulissen und Kostüme in Arbeit. Die können wir nicht einfach vernichten, so viel Geld hat das Haus nicht.«

»Ich weiß«, sagt Yvonne und sieht auf ihren Plan. Sie lehnt am Fensterbrett, hinter ihr im Herbstnebel ragt der Fernsehturm in den Berliner Himmel. »Die Probebühne im vierten Stock ist am Freitag wieder freigegeben. Willst du das Vorsprechen dort abhalten?«

»Bist du bescheuert? Ich will da oben weder casten noch probieren. Dort ist Betty gestorben. Du musst mir wirklich eine andere Probebühne im Haus organisieren. Das ist immer noch mein Haus!«

Sie sieht in sein hochrotes Gesicht, auf seine geballten Fäuste. Sie legt den Plan beiseite und verschränkt die Arme vor der Brust. »Hast du sie umgebracht?«

Carlos entspannt die Hände, seine Gesichtszüge entgleiten ihm. »Was?«

»Hast du Betty umgebracht?«

Er setzt sich wieder, lehnt sich zurück und legt die Fingerspitzen aufeinander. Yvonne steht im Gegenlicht des Fensters und sieht ihn unbeirrt an. Unbeirrt und emotionslos. »Hast du?«

»*Du* wolltest sie weghaben. Nicht ich.«

»Aber du liebst mich, du hast es vielleicht mir zuliebe getan.«

»Ich liebe dich nicht. Schon gar nicht, wenn du so redest. Wenn du mich so kalt anblickst, dann frag ich mich viel eher, ob nicht du sie umgebracht hast.«

Sie lächelt. »Ich mach mir die Finger nicht schmutzig.«

Er grinst. »Das weiß ich besser.«

»Du weißt gar nichts über mich.«

Er klopft auf seinen Schoß. »Komm her«, sagt er mit rauer Stimme und öffnet seine Hose.

Kapitel 11 **Auftrag**

Donnerstag, 2. Oktober
Abends. Berlin-Mitte

Es riecht nach Herbst. Die Luft ist klar, seit Tagen sind es die ersten Stunden ohne Regen. Czorski zieht den Reißverschluss seiner Jacke hoch und blickt grimmig zur Seite. Pfeffers Absätze klappern neben ihm über den Rosenthaler Platz. Ihre langen Haare wehen leicht hinter ihr her und glänzen im Licht der Straßenlaternen. Ihre Wangen sind von der Kälte gerötet. Sie reibt die Hände aneinander, schaut nach rechts und links und zieht Czorski bei Rot über die Straßenbahnschienen. Er hätte natürlich auf Grün gewartet, Pfeffer lässt das nicht zu. Auf dem Bürgersteig bleibt sie stehen. »Eine Jazz-Bar?«

»Du hättest ja nicht mitkommen müssen«, grummelt er und öffnet ihr die Tür.

»Hey, Ruben!«, ruft sie, anstatt darauf zu antworten. Der Kriminalkommissar wartet schon auf sie. Pfeffer lächelt und umarmt ihn.

Czorski reißt den Verschluss seiner Jacke nach unten und klopft dem alten Kumpel kurz auf den Rücken.

»Spielen die hier gleich live?«, fragt Pfeffer und setzt sich.

»Ja, hin und wieder mag ich ein bisschen Musik jenseits von Mainstream-Rock.«

»Seit wann?« Czorski öffnet die Karte. Sehr viel Whiskey, sehr wenig Bier. Er dreht sich zur Theke um, wenigstens wird dort gezapft. Den Getränken auf den Tischen der anderen aber entnimmt er, dass das einzig wahre Fass in diesem Laden ganz klar das Whiskeyfass ist.

»Boris, wir haben uns in den letzten Jahren nicht so oft gesehen, man entwickelt sich weiter, weißt du?«

Czorskis Blick streift Rubens Lederjacke. »Wenn du meinst. Ein Pils bitte.«

»Jack-Daniels-Cola«, bestellt Pfeffer.

Ruben beugt sich über die Karte. »Habt ihr auch was Japanisches?«

Czorski lehnt sich zurück, verschränkt die Arme vor der Brust und rollt mit den Augen.

»Wieso bist du denn so schlecht drauf?«, fragt Pfeffer, während Ruben dem Kellner beweist, dass sein Whiskeywissen über die Jacks und Johnnys der Supermärkte hinausgeht. »Wir haben ein Ziel, vergiss das nicht«, flüstert sie.

»Ja, ja«, sagt er und presst die Lippen aufeinander. Ruben hat gefragt, ob *Theresia* nicht mitkommen wolle. Und natürlich wollte sie. Sie will schließlich alles über Bettina Schneiders Tod wissen, und vielleicht will sie auch die Gesellschaft von dem coolen Ermittler in der Lederjacke, dessen Musikgeschmack sich weiterentwickelt hat.

Irgendjemand haut in die Tasten, und eine temperamentvolle Frau schmiegt sich an einen Kontrabass, der fast anderthalb Mal so groß ist wie sie, ihr aber in Sachen Kurven in nichts nachsteht.

»Yeah!«, sagt Ruben und klatscht in die Hände.

Yeah, denkt Czorski bitter und sieht sehnsüchtig auf die Straße hinaus. Die gelbweiße Tram da vorn würde ihn fast bis zur Haustür bringen. Aber sie fährt ohne ihn ab. Er dreht sich zurück und sieht, wie Pfeffer ihre Haare über die Schulter wirft. Eine Strähne streift sein Gesicht.

»Entschuldige«, sagt sie, aber das Lächeln kriegt Ruben.

Mein Gott, schlaf mit ihm, wenn du glaubst, dass dir das was bringt, denkt er und trinkt den ersten Schluck Bier.

»Geht es dir langsam besser?«, fragt Ruben Pfeffer.

»Ja, und ich wäre dir sehr dankbar, wenn du mich nicht immer zu so einer Art Opfer machst und das als Gesprächsaufhänger benutzt.«

»O.k., worüber willst du reden?«

»Wie läuft's bei dir so?«

»Gut, ich freu mich auf Weihnachten.«

Sie lacht perlend. Czorski trinkt einen großen Schluck.

»Wieso ist das so lustig?« Ruben lacht mit. In seinen Augen funkelt es. »Ich mag Weihnachten.«

»Ich muss aufs Klo«, sagt Czorski, stellt sein Bier knallend ab und schlängelt sich durch die Sessel und Tische zur Toilette.

Beim Händewaschen betrachtet er sich selbst im Spiegel, die hängenden Schultern, die leichten Geheimratsecken und die müden Augen. Eigentlich sind das schöne Augen. Er hat nämlich sehr dichte Wimpern. Aber es ist eine Weile her, dass das jemandem aufgefallen ist. Er seufzt, greift nach den Papiertüchern und verlässt das Herrenklo. Draußen prallt er zurück. »Pfeffer?«

Sie verschränkt die Arme vor der Brust. »Er mag Lebkuchen und isst sie seit August. Er freut sich immer total, wenn die im Supermarkt endlich ausliegen.«

»Ich hab dir gesagt, dass er in letzter Zeit nicht gern über seine Ermittlungen redet.«

»Das liegt nur daran, dass er keine Fortschritte macht.«

»Dann sag ihm halt, was du dir denkst und dass du mit ihm zusammenarbeiten möchtest.«

»Er wird mich auslachen.«

Czorski verdreht die Augen. »Das hat dich bei Ortwein auch nicht abgehalten. Vielleicht ist ausgelacht werden ein Risiko, das man im Leben manchmal eingehen muss.« Er dreht sich um und stapft zum Tisch zurück.

Er lässt sich schwer in seinen schwarzen Sessel fallen und trinkt.

Er betrachtet Ruben forschend, mit seinen breiten Schultern und dem dichten Haar. Am Nebentisch tuscheln zwei Hipstermädchen über ihn. Czorskis Hand ballt sich zur Faust.

»Ich hab Pfeffer bei den Toiletten getroffen«, erzählt er. »Sie ist ein bisschen enttäuscht, dass du gar nichts von deiner spannenden Arbeit erzählst.«

»Sie findet meine Arbeit spannend?«

»Ich hab ihr gesagt, dass es wahrscheinlich daran liegt, dass du keine Fortschritte machst.«

Rubens Blick verengt sich. »Du hast ihr gesagt, dass ich keine Fortschritte mache?«

»Worüber reden wir?«, fragt Pfeffer gut gelaunt, setzt sich wieder und nippt an ihrem Whiskey-Cola.

»Ich hab Boris nur gerade erzählt, dass er sich keine Sorgen machen soll. Wir finden den Mörder von seiner Betty schon.«

»Meine Betty?«

»Ja, Betty. Bettina Schneider. So wurde sie von allen gerufen«, sagt Ruben und wendet sich an Pfeffer. »Boris und sie kannten sich privat ein bisschen.«

»Das weiß ich. Und jetzt ist sie tot.« Pfeffer räuspert sich. »Das muss schrecklich für dich sein, Czorski.«

»Ja.« Er sieht sich um, hebt die Hand und bestellt Whiskey.

»Du machst also Fortschritte?«, fragt Pfeffer. »Hat Bettys Tod euch Hinweise gegeben?«

»Ja, aber die kann ich leider nicht teilen.«

Lügner, denkt Czorski und betrachtet die dunkle Tapete. Ob er Zu Hause vielleicht doch noch tapezieren soll? So was wie hier würde glatt zu seiner Stimmung passen.

»Ich verstehe«, sagt Pfeffer. »Ist Betty denn wenigstens schmerzfrei gestorben? Noch ein Giftmord?«

»Nein, sie ist mit einem Spiegel erschlagen und dann mit den Scherben gespickt worden«, antwortet Ruben leise, als wolle er

Rücksicht auf Czorskis Gefühle nehmen. Das könnte er ja wirklich mal machen und sich nicht so nah an Pfeffer heranbeugen.

»Mit einem Spiegel?«, fragt sie und sieht ihm fest in die Augen. Ruben hat blaue Augen. Es liegt ein Funkeln darin, das ihr gefällt. Wenn er jetzt nur noch etwas sagen würde, womit sie arbeiten kann …

Er nickt. »Es war so ein alter Spiegel mit goldenem Rahmen und Blumenmuster.«

»Ist sie bestohlen worden?«

»Nein.«

Pfeffer sieht zu Czorski hinüber und senkt die Stimme ebenfalls. »Vergewaltigt?«

»Nein.«

»Oh.«

»Du siehst enttäuscht aus.«

Czorski beugt sich vor. »Das wäre eine Erklärung für die Tat gewesen. Eine Erklärung kann beruhigen, oder, Pfeffer?«

»Beruhigen? Ich bin nicht unruhig«, murmelt sie und steht auf. »Entschuldigt mich.«

»Ist sie o.k.?«, fragt Ruben. »Auch wenn sie sich für blutige Details interessiert, bin ich nicht sicher, ob die das Richtige für sie sind. Manchmal denke ich, dass man sie vor ihren eigenen Interessen beschützen sollte.«

Czorski lacht. »Ja, spiel dich mal als ihr Beschützer auf. Da steht sie drauf.«

Ruben runzelt die Stirn. »Wirklich?«

Nein, du Idiot, will Czorski antworten, aber dann macht er eine ernste Miene und nickt. »Wollen sie das nicht alle?«

»O.k.«, sagt Ruben, und Czorski ist plötzlich gar nicht mehr so finster zumute.

Freitag, 3. Oktober
Mittags. Sturmtheater

Oliver wippt mit dem Fuß. Carlos räuspert sich, sieht wieder auf das Exposé auf seinem Schreibtisch und liest weiter. Es geht um montierte Dialoge und Social Media. Ein Meer aus Stimmen aus dem Internet, die in scheinbarer Beziehung zueinander stehen, dabei sind zwischen ihnen so viele Nullen und Einsen, dass man kaum noch von Nähe sprechen kann. Carlos unterdrückt ein Gähnen. Es ist weniger der Text als die Tatsache, dass er letzte Nacht mit Yvonne am Aktenvernichter stand.

Oliver Volkers' Fuß wippt weiter. Sein Schwingsessel überträgt ein leichtes Beben auf die alten Holzdielen, und Carlos fürchtet Schwindel. Er hat nicht geschlafen, sehr viel Kaffee getrunken und diverse potentielle Christians vorsprechen lassen. Olivers Sessel quietscht, die Dielen knarren, es nervt. Carlos schlägt die dünne Mappe zu und bläst die Wangen auf.

»Gefällt es dir nicht?«

»Mhm?« Carlos nimmt den Kopf hoch wie ertappt. Er reibt sich die Nasenwurzel, er muss sich jetzt wirklich konzentrieren. Oliver Volkers hat zu ihrem gemeinsamen Gespräch über eine potenzielle Zusammenarbeit schon einen Vorschlag mitgebracht, und zwar bestehend aus Nullen und Einsen.

»Entschuldige, was meine Texte angeht, bin ich noch sehr nervös«, sagt der Autor. »Da steht man jahrelang auf allen großen Bühnen, und dann reißen einem ein paar Buchstaben den Boden unter den Füßen weg.« Er lacht über sich selbst. »Ich komm mir in letzter Zeit manchmal vor wie jemand, der an der Schauspielschule vorspricht, dabei bin ich siebenundvierzig Jahre alt.«

»Du machst dir zu viele Sorgen. Dein Stück *Kaninchenkinder* in Kassel war ein Erfolg. Die Kraft deiner Worte, die Gewalt in der Sprache, du hast begeistert.« Carlos rollt das R und zündet sich eine Zigarette an. »Und die, die du nicht begeistert hast, hast du sehr aufgewühlt.«

Oliver wirkt plötzlich wieder selbstsicherer. Seine Schultern entspannen sich, und er wischt mit der Hand durch die Luft. »Das war nur Kassel.«

Carlos grinst. »Es wird Zeit für Berlin.«

»Also, wie gefällt es dir?«

»Die Idee ist nicht schlecht.«

»Aber …?« Oliver wird blass.

Carlos steht auf und geht um seinen Schreibtisch herum. Er raucht und sieht zur Museumsinsel hinüber. »Was hältst du davon, wenn du ein Theaterstück über die Todesfälle hier schreibst?«

»Was?«

»Wenn ich schon ein Stück in Auftrag gebe, warum dann nicht eins, das untrennbar mit diesem Haus verknüpft ist?«

»Weil … weil es pietätlos wäre.«

Carlos dreht sich um, lehnt sich ans Fensterbrett und zieht an der Zigarette. Das Licht im Büro ist herbstlich grau. An der Wand gegenüber hängen die Plakate von Carlos' Inszenierungen. Rechts neben der Tür ein großes Szenenfoto von Gustav Gründgens. Mittendrin sitzt Oliver Volkers, der neuerdings als Dramatiker Schlagzeilen macht. Er hat blonde Haare mit ein wenig Grau. Er ist ein nordischer Typ mit breitem Kiefer und tiefer Stimme. Früher war er schlank, jetzt wölbt sich das Shirt über seinem Gürtel ebenfalls.

Carlos zieht den Bauch ein und zupft seinen weinroten Schal davor zurecht. »Es wäre nur pietätlos, wenn es schlecht geschrieben ist. Wenn es gut geschrieben ist, wird es ein Knaller.«

»Aber das waren Morde.«

»Ja, und jede gute Geschichte handelt doch entweder von Liebe oder vom Tod.«

Oliver zeigt auf die Mappe auf Carlos' Schreibtisch. »Soziale Medien …«

»Alter Hut!«

»*Kaninchenkinder* war deshalb ein Erfolg, weil es aus mir herauskam. Ich habe meine Geschichte aufgeschrieben und fiktionalisiert. Ich glaube nicht, dass ich über etwas schreiben kann, das nichts mit mir zu tun hat.«

»Zwei Kollegen von dir sind abgeschlachtet worden. Wieso hat das nichts mit dir zu tun?«

»Ich kannte die beiden kaum.«

Carlos betrachtet Oliver. Wenn er auf der Bühne Abneigung und Absage wortlos inszenieren wollte, er würde den Schauspieler exakt Olivers jetzige Haltung einnehmen lassen. Carlos zieht an seiner Zigarette und schaut verständnisvoll. »Ich bin auch Künstler, ich weiß, was du meinst. Aber nach allem, was ich über diese Morde weiß und von der Polizei gehört habe, passt du sehr gut ins Opferschema.«

»Was?«

»Also mich würde das inspirieren.«

»Du benutzt meine Angst, um mich von deinem Thema zu überzeugen?«

Carlos schüttelt leicht den Kopf. »Ich beauftrage dich mit einem Theaterstück, das wirklich etwas mit dir zu tun hat. Du kannst ein Werk erschaffen, das mit nichts zu vergleichen sein wird. Take it or leave it. Und es geht mir nicht darum, dir Angst einzujagen, sondern darum, dass Kunst unbequem sein sollte – vor allem für den Künstler.«

Hinter Olivers breiter Stirn arbeitet es, dann nickt er. »Zeig mir die Tatorte.«

Carlos grinst. Erleichterung überkommt ihn in einem Maße, wie er sie nicht erwartet hat. Oliver ist der Nachwuchsstar unter den Autoren, jedes große Haus will mit ihm arbeiten. Es hätte sehr gut sein können, dass Oliver seinen wahren Wert schon kennt. Aber er ist Wachs in Carlos' Händen. Carlos drückt seine Zigarette im Aschenbecher auf dem Fensterbrett aus und breitet die Arme aus. »Aber erst stoßen wir auf unser gemeinsames Projekt an.«

Nachmittags. Sturmtheater

»Wo zur Hölle bist du? Der Empfang ist so schlecht.«

Pfeffer sieht sich um. Eigentlich ist der Empfang ziemlich gut, wenn man bedenkt, wo sie ist. Sie duckt sich und verengt die Augen zu Schlitzen, um in der Dunkelheit besser sehen zu können. »Ich bin im Sturmtheater«, sagt sie. »Ich versuch seit gestern Abend, mit dir zu sprechen.«

»Gestern Abend hatte ich ein Privatleben«, sagt Doktor Florian, »und heute musste ich den ganzen Tag Hypothesen für die Spuren an den Strangulierwerkzeugen erstellen. Für *alle* Spuren. Langweilige Hypothesen in langweiligen Varianten. Niemand interessiert sich für vier mögliche Gründe, warum ein Seil rötlich ist und nicht weiß-gelb.«

»Ja, ja, ich weiß, wie das ist. Ich hab mit Ruben gesprochen. Betty ist erschlagen worden. Mit einem Spiegel. Danach hat der Täter Scherben in ihren Körper gesteckt, sie damit dekoriert. Mehr oder weniger.«

»Lass mich raten: kein Raub, keine Vergewaltigung.«

»Nein, da waren wir auf dem Holzweg.«

»Was? Was für eine Diskothek?«

»Wie bitte?«

»Wieso sprichst du von einer Diskothek?«

Pfeffer bleibt geduckt stehen. Der Empfang auf ihrem Handy zeigt nur einen Balken an, Doktor Florian versteht sie offensichtlich kaum. Sie hält es sich wieder ans Ohr. Neben ihr führt eine Leiter zu einer Luke hinauf, neben der Leiter steht eine Art Muschel. Ihr Blick wandert nach oben. »Entschuldige, ich bin unter der Bühne des Sturmtheaters, der Empfang hier ist grottig.«

»Unter der Bühne? Wie aufregend.«

»Ja, aber vor allem dunkel und vollgestellt. Hier muss irgendwo die Seilwinde sein.«

»Die haben dort doch alles saubergemacht.«

»Das weiß ich auch, aber die oberste Fallanalytiker-Regel lautet: den Tatort besichtigen.«

»Und was siehst du?«

»Stangen, zwischen denen ich mich durchschlängeln muss, sie halten die Bühne, glaube ich. Vielleicht sind das auch solche Teleskopdinger, die die Bühne anheben können. Außerdem liegt hier so eine Riesenmuschel. Vielleicht haben die mal *Die kleine Meerjungfrau* gespielt.«

»Das ist der Souffleurkasten, Pfeffer«, sagt Doktor Florian mit der altbekannten Verachtung in seiner Stimme.

»Und woher soll ich das wissen? So was gab es ja in *Antigone* nicht.«

»Das ist Allgemeinbildung.«

»Du kannst mich mal! Und zwar kreuzweise!«

»Was, welche Geschäftsreise? Ich weiß, dass du nicht mit zu Gullnick darfst, aber vielleicht ist es besser so. Ich meine, wie viele Mörder kann eine Frau schon vertragen, meine liebe Theresia?«

»Ich hab überhaupt nichts von einer Geschäftsreise gesagt.«

»Du musst deutlicher sprechen.«

Irgendwo knirscht es. Pfeffer lässt das Handy sinken und spitzt die Ohren. Es knarzt lauter, dann ertönt ein hämisches Lachen. Kommt es von rechts oder von links? Hier unten hallt jedes Geräusch so seltsam, dass sie die Richtung nicht ausmachen kann.

»Bist du jetzt wieder beleidigt?«, kommt es aus ihrem Handy.

Pfeffer erschrickt und beendet das Gespräch ohne ein weiteres

Wort. Sie wendet den Kopf und geht rückwärts, stößt dabei an die Leiter. Wieder das Lachen, dann ein Poltern.

Pfeffer sieht sich um. Es ist das eine, dem Pförtner eins vorzulügen und ihm eine simple Zugangskarte als Dienstausweis zu verkaufen. Aber ohne Genehmigung oder Ankündigung alleine hier unten rumzuschnüffeln, das ist etwas ganz anderes.

Es knarrt erneut, es kommt diesmal eindeutig von rechts. Das Lachen wird lauter. Pfeffer blickt sich hastig um und sucht fieberhaft nach einer Erklärung für ihre Anwesenheit hier unten.

»Nein, nein, Carlos, du hast vollkommen recht! Außerdem ist es ja dein Theater«, sagt da eine tiefe Stimme.

Carlos? Dein Theater? Pfeffers Hände beginnen zu schwitzen. Carlos Kaufmann ist der Chef des Hauses, der Intendant, dem man besser nicht ohne Genehmigung hier unten begegnen sollte. Sie macht einen Riesenschritt über den Souffleurkasten hinweg und duckt sich dahinter.

»Möchtest du noch Sekt?«, fragt eine zweite, noch tiefere Stimme in übertrieben förmlichem Ton.

Die beiden lallen und sind anscheinend betrunken. Pfeffer hört Gläser klirren. Jemand sagt Prost, jemand anders rülpst.

»Das hier, mein lieber Oliver, ist *die* Seilwinde!«

Pfeffer legt sich flach auf den Boden und schaut an der Muschel vorbei zu den beiden Männern, die nun etwa drei Meter von ihr entfernt stehen. Ein blonder Typ Ende vierzig und ein kleiner Untersetzter mit wirren Haaren und Künstlerschal stehen vor einem Gerät mit Seilzügen und Hebeln.

»Gruselig«, sagt der Blonde.

»Hier ist Arno zerrissen worden, um dann über mein ganzes Theater verteilt zu werden.«

Das ist also Carlos, denkt Pfeffer und betrachtet dieses Klischee von einem Regisseur. Aber am Ende sind wir ja alle Klischees, überlegt sie weiter und schiebt Rubens Rockstar-Cop-Image vor ihrem inneren Auge beiseite. Sie nimmt ihr Handy, stellt es lautlos und wischt über das Display, bis sie die Tatortfotos sieht. Die Seilwinde ist von der Spurensicherung sehr gut ausgeleuchtet worden. Um sie herum ist eine Blutlache, auf einem weiteren Foto sieht man Haarbüschel, die an den Seilen kleben.

»Diese Winde wird eigentlich nicht mehr benutzt. Man kann von hier zum Schnürboden ein Seil spannen und Dinge hin- und herschicken. Meistens ist sie den Technikern hier unten nur im Weg. Aber jetzt ist sie ein Star, Oliver!«

Pfeffer runzelt die Stirn. Star? Was sollte das denn heißen?

Carlos will die Seilwinde tätscheln, rutscht ab und stolpert gegen eine Stange.

Der Blonde, der offenbar Oliver heißt, plumpst auf den Boden und trinkt sein Glas in einem Zug aus. Es ist kein Sektglas, sondern ein sehr großes Wasserglas. Er kichert. »Ich werde das Stück *Seilwinde* nennen.«

»Darauf trinken wir!«, lallt Carlos und schenkt Oliver aus einer Sektflasche nach. »Ich bin sehr froh, dass du dich dieser Idee geöffnet hast.«

»Nein, nein.« Oliver macht ausladende Gesten, die sein Gleichgewicht in Gefahr bringen, obwohl er sitzt. »Du hast vollkommen recht. Nach *Kaninchenkinder* ist so ein Drama über eine wahre Begebenheit, die unsere ganze Branche erschüttert, der nächste Schritt. Ich *muss* einfach über das schreiben, was hier passiert ist.«

»Und ich werde es inszenieren.«

»Jawohl!«

Erneutes Gläserklirren. Pfeffer tippt auf ihr Handy und notiert *Oliver, Theaterstück* und *Kaninchenkinder*.

Sie kauert sich noch tiefer hinter den Souffleurkasten und wartet darauf, dass die Männer verschwinden. Aber die beiden haben Sitzfleisch und beginnen, Brechtlieder zu schmettern.

»Und der Haifisch, der hat Zähne …!«

Pfeffer blickt zur Luke über ihr. Dort oben ist die Bühne, auf der Antigone ihr pseudoprovokatives Statement gegen Photoshop gesetzt hat. Und jetzt will Carlos Kaufmann auf diese Bühne Blut bringen, das dort tatsächlich geflossen ist? Die sind doch alle verrückt …

Es quietscht wieder. Pfeffer lugt an der Muschel vorbei. Carlos und Oliver ziehen sich gerade an den Stangen hoch und wanken mit zusammengesteckten Köpfen davon. Sie verschwinden durch eine Tür und singen immer noch und immer schräger. Das wollen also große Künstler sein?

Ein plötzlicher Knall reißt sie aus ihren Gedanken. Über ihr ist die Luke aufgeflogen und gegen die Leiter geprallt. Pfeffer blickt nach oben und sieht dort einen Scheinwerfer, von zwei Händen gehalten– die ihn im nächsten Moment loslassen. Pfeffer rollt sich zur Seite, der Scheinwerfer donnert direkt neben ihr auf den Boden. Sie starrt mit wild pochendem Herzen auf die schwarzen Metallblenden, auf dieses riesige Monstrum, fast so groß wie ihr Oberkörper, das sie beinahe getroffen hätte.

Pfeffer springt auf, zieht ihre Walther und klettert rasch die Leiter hoch. Sie sieht über die Bühne, doch die ist dunkel und leer. Irgendwo fällt eine Tür ins Schloss.

Instant-Messaging-App

H4BCA78V	Na? Sitzt du schon vor der Tastatur und schreibst über letzte Nacht?
STHBPN49	Entschuldige, ich wusste nicht, ob ich dich wecken soll.
H4BCA78V	Du hast mich doch eh die halbe Nacht wachgehalten.
STHBPN49	Gut. Ich wusste nicht, ob ich dich wecken WILL. Das kam so unerwartet. Es ist zwanzig Jahre her, es ist seitdem viel passiert– und dann war es doch wieder wie damals.

H4BCA78V Der gleiche Zauber.

STHBPN49 Ja.

H4BCA78V Ich bin genauso überrascht wie du.

STHBPN49 Ich musste meinen Zug bekommen.

H4BCA78V Ich mach dir keine Vorwürfe. Aber ich will ehrlich sein. Noch so ein Stück über mich wär mir sehr unrecht.

STHBPN49 Woher wusstest du von meiner Trennung von Wanda? Manchmal machst du mir ein bisschen Angst.

H4BCA78V Ich habe auch Angst. Davor, dass du wieder über mich schreibst. Über letzte Nacht.

STHBPN49 Letzte Nacht war toll.

Kapitel 12 **Gullnick**

Montag, 6. Oktober
Morgens. Berlin Hauptbahnhof

Pfeffer hechtet über den Bahnsteig. Völlig außer Atem bleibt sie schließlich vor Seidel und Czorski im Nieselregen stehen.

»Was machst du denn hier?«, fragt Seidel verwundert.

»Ich hab dich auf dem Handy nicht erreicht«, keucht Pfeffer und sieht nach oben. »Wieso ist es hier nicht überdacht?«

»Weil der Bahnhof zur WM 2006 unbedingt fertig werden sollte, aber das haben sie natürlich nicht geschafft und dann einfach aufgehört zu bauen. Typisch, da haben wir einmal Erste-Klasse-Tickets, weil es auf die Schnelle preislich keinen Unterschied macht, und dann stehen wir im Regen«, brummt Czorski.

Seidel blinzelt ihn durch ihre nassen Brillengläser kurz irritiert an. Dann wendet sie sich Pfeffer zu. »Ich hab mich Freitagabend wieder auf mein Handy gesetzt, deshalb konntest du mich nicht erreichen. Was willst du hier?«

Pfeffer sieht auf die Anzeige. Der Zug kommt schon in vier Minuten. »Wir haben ermittelt«, bringt sie endlich kleinlaut hervor.

»Wer? Und in welchem Fall?«, fragt Seidel gereizt. Auch sie wirft jetzt einen ungeduldigen Blick auf die Anzeige.

»Doktor Florian, Czorski und ich.«

»Moment, ich habe eigentlich kaum …«, beginnt Czorski.

»Worin habt ihr ermittelt?«, unterbricht Seidel scharf.

»Die Theatermorde.« Pfeffer strafft die Schultern. »Und ich glaube, wir sind auf der richtigen Spur, denn ich bin am Freitag fast erschlagen worden – jemand hat einen Scheinwerfer nach mir geworfen, als ich unter der Bühne war.«

»Was?«, ruft Czorski.

Seidel packt Pfeffer bei den Schultern und funkelt sie wütend an. Regentropfen rinnen ihr über das kleine Gesicht. »Was zur Hölle, Pfeffer! Was soll der Scheiß?«

»Seidel, hör mir zu. Ich glaube, der Täter ist eine Art Regisseur, der im echten Leben nicht zum Zug kommt. Er inszeniert aus Rache verschiedene Mordtypen. Wahrscheinlich hält er das Ganze wirklich für Kunst.« Sie spricht schnell weiter. »Affektmord, Giftmord. Einmal rasende Spontaneität, einmal sorgfältig geplante Hinrichtung. In dieser Branche herrscht ein krasser Originalitätsdruck, und einer von diesen Künstlerfreaks schießt hier anscheinend übers Ziel hinaus.«

»Du weißt genau, dass das nicht unsere Baustelle ist, Pfeffer! Verdammt noch mal ...« Seidel reißt sich die Brille herunter und wischt mit kleinen, zackigen Bewegungen mit ihrem Ärmel über die Gläser.

Pfeffer streicht sich klatschnasse Haare aus der Stirn. »Es tut mir leid, ich weiß, wir hätten nicht ...«

»Eigentlich warst das vor allem *du*«, wendet Czorski ein.

»Schnauze«, schnappt Pfeffer. »Ich sagte ja, es tut mir leid. Aber ich weiß, dass ich auf dem richtigen Weg bin. Es ist nur, dass ich jetzt nicht weiterweiß, weil der Spiegel, mit dem das letzte Opfer erschlagen wurde, nicht ins Bild passt.«

»In welches Bild?«, fragt Seidel.

»Nun, wir hatten als Nächstes mit einem inszenierten Raub- oder Lustmord gerechnet, aber stattdessen wurde das Opfer mit einem Spiegel erschlagen, ein Spiegel mit Blumendekor. Das passt zwar nicht in meine Hypothese, aber wenn ich falschliegen würde, hätte mich wohl kaum jemand angegriffen, oder?«

»Du tust es schon wieder, Pfeffer. Du mischst dich in eine Sache ein, die dich nichts angeht. Hast du den Therapeuten angerufen?«

»Was? Darum geht es jetzt doch gar nicht. Da läuft ein Mörder frei rum!«

Seidel tritt ganz nah an Pfeffer heran. »Wie oft habe ich gesagt, dass Gullnick unsere oberste Priorität und einzige Aufgabe ist?«

»Aber ich fahr nicht mal mit nach Bochum!«

»Dann lern die Facettentheorie. Und wenn ich wiederkomme, will ich 40 Hypothesen von dir zu Torsten Nebels selbstgefälligem Geständnis. Warum hat er sich als Gullnicks Lieblingsopfer hingestellt? Ich will die abwegigsten und die logischsten Gründe. Und von den Theatermorden will ich nichts mehr hören.«

»Aber …«

»Du musst lernen, Anweisungen zu befolgen.« Der Zug fährt ein. Seidel sieht Pfeffer tief in die Augen. »Enttäusch mich nicht noch mal. Auch ich habe Grenzen.«

»Aber …«

»Dieser Mörder ist nicht deine Zuständigkeit. Du hast in dem Fall keinerlei Verantwortung. Bis morgen.« Sie wendet sich ab und steigt ein.

Czorski klopft Pfeffer kurz auf die Schulter. »Hör auf mit dem Scheiß, und bleib am Leben«, sagt er leise, dann verschwindet auch er im Erste-Klasse-Wagen.

Pfeffer bleibt allein zurück, Regen prasselt auf ihre Kopfhaut. Der Zug verlässt den Bahnhof Richtung NRW. Er fährt fast bis in ihre Heimat. Aber dorthin gibt es für sie kein Zurück.

Mittags. Sturmtheater

»Ist hier noch frei?«

Die Frau blickt überrascht auf und schluckt ihr Essen runter. Sie sitzt allein in der Kantine, trägt eine große Nerdbrille und unscheinbare Kleidung. Doktor Florian ist sich sicher, dass er ihr

Äußeres komplett vergessen haben wird, sobald er die Kantine des Sturmtheaters verlässt. Jetzt aber betrachtet er ihr hellbraunes, kinnlanges Haar, das kantige Gesicht, das unverbindliche Lächeln.

»Natürlich«, antwortet sie.

»Danke«, er setzt sich. »Ich bin neu in Berlin und suche noch nach den besten Orten für die Mittagspause.«

Sie nickt freundlich. »Hier ist es nett, aber ob es ein guter Ort ist, hängt vom Essen ab.«

Doktor Florian dreht sich um und betrachtet die Tafel neben der Ausgabetheke. »Was sollte ich heute nehmen?«

»Wenn Sie auf Nummer sicher gehen wollen, nehmen Sie immer das Frittierte. Frittieren können die hier.«

»Aber die frittieren doch keine Pasta, oder?«

Sie lacht. »Nein, heute kann ich Ihnen wirklich nichts empfehlen.«

»Ich bin Doktor Florian Seidel.«

»Claudia Marken.«

Er sieht sich um. Linoleumboden aus den achtziger Jahren, schmucklose Stühle aus den Neunzigern. »Also eine Theaterkantine in Berlin hatte ich mir irgendwie anders vorgestellt.«

»Lassen Sie mich raten. Entweder retro-hip oder klassizistisch glamourös.«

Er grinst. »Genau.« Er sieht noch einmal zu der Tafel, auf der drei unterschiedliche Speisen aufgelistet sind. »Jetzt trau ich mich kaum, etwas zu bestellen.«

»Ja, Sie sehen mir auch ein bisschen zu sehr nach Feinschmecker aus, um das Essen hier schätzen zu können.«

»Wenigstens ist die Gesellschaft nett.«

Sie lächelt.

»Ist die Kantine wegen des schlechten Essens so leer?«

Sie schüttelt den Kopf. »Nein, das Theater steht wohl noch unter Schock. Sie arbeiten noch nicht lange hier, oder?«

»Ich arbeite gar nicht hier.«

»Ach? Aber das ist doch gar keine öffentliche Kantine.«

Er sieht sie erschrocken an. »Oh, das wusste ich nicht! Ich bin einfach durch den Seiteneingang da reinmarschiert.«

Dabei wusste er es sehr wohl. Und er ist auch nicht durch den Seiteneingang hereingekommen, sondern an dem Pförtner vorbeigegangen, der sehr blass ausgesehen hat. Der gute Willi weiß immer noch nichts mit *Antigone* anzufangen, hat er Doktor Florian mitgeteilt. Außerdem habe er nun Albträume, weil er sowohl Jens als auch Betty tot aufgefunden hat. Trotzdem bestehe er darauf, zur Arbeit zur kommen, sonst würde er zu Hause noch verrückt werden, und er sei jetzt in Therapie.

»Ich komme aus Wiesbaden«, erzählt Doktor Florian, »da sind die Kantinen von staatlichen Einrichtungen meistens öffentlich. Zumindest für andere Angestellte staatlicher Institutionen.«

»Was machen Sie denn, wenn ich fragen darf?« Sie lächelt wieder.

Doktor Florian lächelt zurück. Vielleicht hat er ihr unrecht getan. Vielleicht wird er sich doch etwas von ihr merken. Was auch besser wäre, er würde ihr Gesicht schließlich wiedererkennen müssen.

»Ich bin Physiker«, erzählt er. »Ich forsche.«

»An der Uni?«

»Genau«, sagt er wieder und legt die Unterarme auf den Tisch. Er sieht sie interessiert an. »Und Sie? Sie arbeiten dann ja wirklich in diesem Palast der Kunst und Kreativität.«

Sie lacht. »Ja, ich diene in diesem Palast, aber ich werde Sie sehr enttäuschen.«

»Das glaub ich nicht.«

»Ich bin Souffleuse.«

Er strahlt. Genau darauf hatte er gehofft. Sie kennt die Schauspieler und Regisseure gut, arbeitet eng mit ihnen zusammen, steht aber nicht selbst im Rampenlicht. Wenn er sich mit der Souffleuse gutstellt, dann müssten sie nicht mehr irgendwelche Gründe erfinden, um Ruben ausfragen zu können. Mit jemandem wie Claudia hätten sie Zugang zu Informationen, die nicht für die Polizei aufgearbeitet oder geschönt wurden, um jemanden zu schützen. Claudia ist jemand, mit dem Doktor Florian sich gern anfreundet.

»Jetzt sehen Sie so begeistert aus, dass ich mich frage, ob Sie wissen, was eine Souffleuse macht.«

»Sie kennt den Text, den die Schauspieler nicht kennen. Sie sind das Fundament jedes Stückes.«

»Na ja ...«

»Sie sollten wirklich stolz auf Ihren Beruf sein.«

»Sind Sie denn stolz?«

Er sieht sie an. Noch vor einem Jahr hätte er wie aus der Pistole geschossen Ja gesagt, aber da hat er ja auch noch mit Pistolen geschossen. Im wörtlichen Sinne. Nun liest er Spuren von einem fünfundzwanzig Jahre alten Seil auf, die dann aus dem Labor zurückkommen und pflanzlich sind. Mit Pflanzen aber kann er nichts anfangen, und dafür hat er auch nicht in Ballistik promoviert. Aber so wie man sich bettet, so liegt man. Und Doktor Florian wollte sein Bett ja unbedingt in Berlin-Mitte aufstellen und es mit hübschen Medien-Hipstern teilen. Das hat nun mal seinen Preis. Er lächelt leicht. »Es ist alles noch sehr neu für mich hier. Ich muss mich erst einfinden, und dann bin ich vielleicht wieder stolz.«

Sie legt den Kopf schief. »Dabei gehört der Stolz bestimmt zu Ihrem Leben dazu. Sie fühlen sich ohne Stolz nicht wie Sie selbst.«

»Psychologisches Talent. Nicht schlecht.«

Sie wischt mit der Hand durch die Luft. »Ich beobachte seit fünfzehn Jahren, wie selbstgerechte Selbstdarsteller ihre egomanischen Visionen auf die Bühne bringen. Ich erkenne Egozentrik, wenn ich sie sehe.« Sie räuspert sich. »Das sollte keine Kritik an Ihnen sein, oder so. Selbstliebe stört mich nicht.«

»Seit fünfzehn Jahren? Was haben Sie vorher gemacht? Wie wird man Souffleuse?«

Sie lächelt, greift nach ihrer Tasche und nimmt ihr Tablett. »Das erzähl ich Ihnen das nächste Mal.« Sie sieht ihn einen Augenblick lang an, dann dreht sie sich um und geht zur Geschirrrückgabe.

Er verrenkt sich auf dem Stuhl fast, um sie nicht aus dem Blickfeld zu verlieren. »Es gibt ein nächstes Mal?«

Sie grinst. »Kommen Sie am Freitag, da gibt es frittierten Fisch. Der wird Ihnen schmecken.«

Und schon ist sie weg. Aber vor Doktor Florians innerem Auge lächelt sie noch, schaut ihn an und versteht ihn. Er schüttelt sich, um dieses Bild loszuwerden. Sie ist perfekt für seine Zwecke, aber sie kann ein Gespräch sehr viel besser kontrollieren, als man ihr auf den ersten Blick zutraut.

Doktor Florian respektiert das. Er sieht noch einmal auf die Speisen auf der Tafel und überlegt fieberhaft, wo er jetzt noch ein Mittagessen herbekommt, das er auf dem Weg zurück zum Treptower Park essen kann und das nicht seine ästhetischen Ansprüche *und* seine Geschmacksnerven beleidigt.

Nachmittags. Berlin-Tiergarten

Nutten. Na toll, denkt Pfeffer und läuft weiter die Kurfürstenstraße entlang. Jetzt stellt sich natürlich die Frage, ob zuerst die Nutten oder zuerst das LKA hier waren, aber unterm Strich ist es so oder so eine feine Nachbarschaft: das Landeskriminalamt und der Straßenstrich.

Pfeffer weicht einer Platinblonden in weißen Strapsen und weißer Daunenjacke aus und klappert mit ihren lächerlichen

Sieben-cm-Absätzen an einer Schwarzhaarigen vorbei, deren schwarze Plateaustiefel eine atemberaubende Absatzhöhe von bestimmt zwanzig Zentimetern haben. Leichter Regen prasselt auf Pfeffers Schirm. Sie zieht ihn tiefer und legt einen Zahn zu, damit auch ja keiner dieser Autofahrer auf die Idee kommt, hier wegen ihr zu halten.

Das Haus des LKA ist unten aus grobem grauen Stein gemauert und ab dem Hochparterre weiß verputzt. Neben der schnöden Glastür versucht eine einsame Säule, Stattlichkeit zu vermitteln. Pfeffer zieht die Tür auf, schüttelt den Schirm aus und stellt ihn in einen dafür vorgesehenen Ständer. Darüber hängt ein Glaskasten mit Steckbriefen und Aufrufen. Sie überprüft in der Glasscheibe ihr Spiegelbild. Nicht dass sie wieder Waschbärenaugen hat wie neulich, als sie in den Regen geraten ist. Sie fährt sich noch einmal durch die Haare und wendet sich ab.

»Was machst du denn hier?«, fragt Ruben wenig später und umarmt sie. Das ist schon mal freundlicher, als es Seidel am Hauptbahnhof war – auch wenn er ihr die gleiche Frage stellt.

Pfeffer lächelt dünn und setzt sich auf den Stuhl, den er ihr zuweist. Wenn sich nur einmal jemand über ihren Input freuen würde, das wäre schon schön.

»Ich hab jetzt nicht viel Zeit, aber wenn du magst, können wir uns ja heute Abend treffen.«

»Ruben, ich brauche Hilfe.«

Er runzelt die Stirn und legt die Mappe beiseite, die er eben noch geschäftig in den Händen gehalten hat. Er trägt hier drinnen keine Lederjacke sondern ein kariertes Hemd, das überraschend gut zu seinen blauen Augen passt. »O.k.«

Sie beugt sich etwas vor. »Ich befürchte, ich bin am Freitag fast von dem Theatermörder erschlagen worden.«

»Was! Was ist passiert?«

»Ich war im Sturmtheater unter der Bühne. Ich bin heimlich

dort unten gewesen und habe ein Gespräch belauscht, und dann, als ich mich aus dem Staub machen wollte, ist plötzlich eine Luke über mir runtergeknallt, und jemand hat einen riesigen Scheinwerfer nach mir geworfen.«

Ruben sieht sie fassungslos an. Er setzt an, etwas zu sagen, doch schließt den Mund wieder. Nachdenklich streicht er sich über den Dreitagebart.

»Ruben?«

»Wieso warst du in der Unterbühne?«

»Weil ich ermittelt habe.«

Er lacht, dann schüttelt er den Kopf. »Du meinst das ernst. Du mischst dich wirklich in laufende Ermittlungen ein und stellst Mördern auf eigene Faust nach? Ich dachte, die Gerüchte wären falsch oder zumindest übertrieben. Für mich warst du einfach nur eine junge Frau, die auf den falschen Mann reingefallen ist.«

Pfeffer sieht ihn streng an. »Nein, ich bin wohl eher die Frau, die solchen Männern nachstellt. Oder solchen Frauen«, fügt sie schnell hinzu. »Der Theatermörder könnte auch eine Frau sein. Auf jeden Fall ist es jemand, der bestimmte Mord-Archetypen inszeniert. Es gibt keine persönliche Verbindung zwischen ihm und den Opfern. Zumindest keine tiefe.«

»Woran machst du das fest?«

»An den Tatortbildern. Und an dem Umfeld. Wir befinden uns schließlich in einem Theater. Was wie ein Affektmord aussieht, muss noch lange keiner sein. Jens Johannes Jost ist ja sogar auf einer Bühne gestorben, ein seltsamer Zufall.«

Ruben beugt sich ihr weiter entgegen. Ihre Nasenspitzen berühren sich fast. »Theresia, das ist ja eine ganz hübsche Idee, aber keine Spur und schon gar kein Beweis.«

Sie hält seinem Blick mit stoischer Miene stand. »Ich weiß, dass du *mich* hübsch findest, Ruben, aber mach nicht den Fehler, meine *Erkenntnisse* als hübsch abzutun. Ich kann dir helfen.«

Er grinst. »Ich dachte, ich soll *dir* helfen?«

»Wir wollen beide den Mörder fangen und nicht dabei sterben. Wir sollten zusammenarbeiten.« Sie streicht sich eine Haarsträhne hinters Ohr und redet eifrig weiter. »Carlos Kaufmann hat jetzt sogar ein Stück in Auftrag gegeben, das die Theatermorde auf die Bühne bringt. Für die ist das nur Material. Kennst du Oliver Volkers?«

»Nein.«

»Du musst ihn befragen. Er wird das Stück schreiben und damit wahrscheinlich berühmt werden. Die ziehen alle einen Nutzen aus den Morden.«

»Apropos Nutzen aus etwas ziehen.« Er lehnt sich zurück und sieht sie finster an. »Deshalb warst du so nett zu mir.«

»Was?«

»Du hast bloß mit mir geflirtet, um an den Ermittlungsstand zu kommen.«

»Das ist doch jetzt unwichtig, Ruben. Was wichtig ist, ist …«

»Du hast mich benutzt!«, unterbricht er und steht auf.

Pfeffer steht auch auf und verschränkt die Arme vor der Brust. »Ich hab dir nichts versprochen! Du tust ja gerade so, als hätte ich dich verführt.«

Er lacht bitter. »Wäre das denn eine Grenze für dich, oder würdest du die auch überschreiten, um einem Mörder näher zu kommen?«

»Ich will Mördern nicht *näher* kommen. Ich will sie außer Gefecht setzen.«

»Und würdest du dafür mit mir schlafen?«

»Was ist los mit dir? Es geht hier doch nicht um uns oder Sex.«

»Dein psychologisches Gutachten würde ich gern mal lesen.«

Pfeffer ballt die Hände zu Fäusten und funkelt ihn wütend an. »Ich bin kein Verbrecher, über mich werden solche Gutachten nicht geschrieben. Was bildest du dir eigentlich ein?!«

»Was bildest *du* dir ein?«, brüllt er zurück. »Du mischst dich ein, spielst mit mir und bringst dich in Lebensgefahr!«

»Einer muss das ja tun!«

Sie starren sich an. Rubens blaue Augen funkeln zornig, sein Körper ist bis in die letzte Faser gespannt. Pfeffer streckt die Hände aus, nimmt sein Gesicht und küsst ihn. Er reißt sie an sich, dreht sich mit ihr herum und drückt sie gegen seinen Schreibtisch. Ihr Herz klopft, sie weiß eigentlich nicht, was sie da tut, aber sie will mehr davon.

Doch Ruben schiebt sie plötzlich mit beiden Händen von sich und starrt sie an. Die gleiche Wut, gemischt mit Enttäuschung. Er geht zur Tür. »Wenn ich zurückkomme, bist du hier verschwunden. Und kommst nicht zurück. Nie wieder.«

Die Tür knallt. Sie starrt auf die Klinke, das Herz hämmert ihr in der Brust. Leichter Schwindel erfasst sie, und sie spürt plötzlich eine Träne auf ihrer Wange. Was war das eben? Was hat sie getan?

Pfeffer lehnt sich an das Regal direkt neben dem Schreibtisch und rutscht mit dem Rücken langsam daran herunter. Sie reißt irgendwas vom Schreibtisch mit, das neben ihr auf den grauen Büroteppich fällt. Es raschelt, als sich die Papiere neben ihr auf dem Boden verteilen. Sie hört ein Schluchzen und bemerkt erst beim zweiten Mal, dass es ihr eigenes ist. Und in der Nase hat sie immer noch Rubens Geruch. Ein guter Geruch, vielleicht zu gut für ihren Geschmack. Und sie wollte also eine ernst zu nehmende Ermittlerin sein.

Sie sieht an die Decke. Ihr ganzer Körper füllt sich plötzlich mit Scham. Dann wischt sie sich die Träne mit dem Handrücken weg, schließt die Augen und atmet ein paar Mal tief durch, bevor sie sich am Schreibtisch hochzieht. Sie nimmt ihre Handtasche und sucht nach einem Taschentusch. Nachdem sie sich die Nase geputzt hat, beugt sie sich runter und sammelt die Papiere vom Boden auf, die sie hinuntergeworfen hat.

Es sind Bilder vom Tatort. Flüchtig erhascht Pfeffer den Namen *Bettina Schneider*. Sie breitet die Bilder wieder aus und sieht hastig zur Tür. Dann sucht sie mit fliegenden Fingern nach ihrem Handy und macht Fotos von dem Inhalt der Mappe. Sie schlägt die Mappe wieder zu, wirft sie zurück auf den Schreibtisch und wischt sich noch einmal trotzig über die Augen. Es würde auch ohne Rubens Hilfe weitergehen.

Nachmittags. Bochum

»Das könnte auch ein Vereinsheim sein«, sagt Czorski und betrachtet den Schriftzug über der Drehtür der Bochumer Justizvollzugsanstalt. »Wirklich, genau so war die Kneipe am Fußballplatz beschriftet, auf dem ich früher gespielt hab.«

»Welche Position?«, fragt Seidel.

»Ich stand im Tor. Und ich war gar nicht mal schlecht.«

Sie legt die Hände auf das Glas und dreht die Tür vor sich weiter. »Ich hasse Sport.«

Hinter dem Glasfenster der Pförtnerloge steht ein uniformierter Polizist. Auf seiner Schulterklappe prangen drei Sterne. Seidel sieht zu Czorski. Er mahlt mit den Zähnen. Es behagt ihm offensichtlich nicht, hier zu sein.

Sie wendet sich an den Polizisten. »Doktor Rita Seidel und Boris Czorski vom BKA Berlin. Wir haben einen Termin mit Heinz Gullnick.«

Der Beamte schiebt ihnen Papiere durch den Schlitz in der Scheibe zu. »Sie müssen das bitte ausfüllen, jeder von Ihnen.«

Czorski seufzt. »Von der Wiege bis zur Bahre.«

Seidel lacht leise. »Formulare, Formulare.«

Sie stehen nebeneinander vor der Loge und schreiben artig ihre Namen, Wohnorte und Geburtstage auf. Czorski fasst sich kurz unter die Jacke, bevor er mit einem Kreuzchen versichert, keine Waffe zu führen, und Seidel setzt summend und schwungvoll ihre Unterschrift.

Dann folgen sie einem Beamten in Uniform durch dunkle Gänge mit dreckig-weißen Wänden und Linoleumboden. Manchmal quietscht eine Sohle, während sie laufen.

»Du bist gut gelaunt«, murmelt Czorski. »Hier sein zu dürfen ist wirklich ein großer Erfolg für dich, oder?«

»Ja«, sagt sie und bleibt stehen. Der Beamte schließt nun eine schwere hellgraue Tür auf. Seidel hebt die Hände an und zeigt sie Czorski. Sie zittern. »Aber ich bin nicht gut gelaunt, sondern nervös. Siehst du?«

Er schüttelt verblüfft den Kopf. »Wie, *du* hast Schiss?«

»Die gute Laune ist meine Methode, mich zu beruhigen, bevor wir einem der widerlichsten Menschen des zwanzigsten Jahrhunderts begegnen«, flüstert sie.

»Bitte, warten Sie dort«, sagt der Gefängniswärter und zeigt auf einen kargen Tisch mit drei Stühlen, zwei auf der einen Seite, ein einzelner gegenüber.

Seidel und Czorski setzen sich schweigend. Seidel holt Block und Stift hervor, während Czorski über sein iPad wischt und die App für Notizen öffnet.

Heinz Gullnick wird in den Raum geführt, er ist ein schlanker, fünfzigjähriger Herr mit freundlichem Lächeln. »Frau Doktor Seidel«, sagt er und schüttelt ihr die Hand. »Ihr Assistent?«

»Ja, so was in der Art. Boris Czorski, Herr Gullnick.«

Er setzt sich an den Tisch, schlägt die Beine übereinander und macht eine einladende Geste. »Was wollen Sie wissen?«

Seidel lacht kurz und freudlos. »Dafür, dass Sie mich wochenlang ignoriert haben, geben Sie sich jetzt aber offen.«

»Meine Geschichte steht nicht jedem zur Verfügung. Meine Geschichte muss man sich verdienen.«

»Aber jetzt wollen Sie reden?«, fragt Czorski.

»Wenn kluge Menschen zuhören, ist dagegen nichts einzuwenden.« Gullnick trinkt einen Schluck Wasser. Seine Arme sind muskulös, sein Haar ist grau und voll.

»Sie haben 1988 vier Jungen entführt, in einer Höhle gefangen gehalten und sexuell missbraucht. Drei Jungen haben Sie erhängt, einer ist entkommen.«

Gullnick strahlt. »Torsten.«

Seidel notiert etwas. »Sie klingen stolz.«

»Er war der klügste von allen.«

»Vermissen Sie ihn?«

»Jeden Tag. Aber es ist besser, wenn wir uns nicht sehen.«

Czorski hebt eine Augenbraue. »Das glaub ich auch.«

Gullnick wendet sich an ihn. »Ich schüchtere Sie ein.«

»Ja, aber bilden Sie sich nichts darauf ein, ich bin der größte Angsthase, den Sie je kennenlernen werden«, erwidert Czorski trocken.

Gullnick sieht ihn mit festem Blick an. »Das bezweifle ich.«

Czorski setzt eine eiserne Miene auf.

Gullnick lacht und wischt mit der Hand durch die Luft. »Aber Sie haben Galgenhumor, das mag ich. Ich hoffe, Sie verzeihen meine gute Laune, ich bekomme so selten Besuch.«

»Haben Sie die drei Jungen erhängt?«, fragt Seidel.

»Nein, das war Torsten.«

Seidel versucht, ihre Aufregung zu verbergen. »Aber 1988 haben Sie gesagt, Sie seien es selbst gewesen.«

»Wie alt ist Torsten jetzt?«

»Sechsunddreißig«, antwortet Czorski.

»Er ist erwachsen.« Gullnick verzieht unwillkürlich das Gesicht. »Er ist wirklich erwachsen geworden.«

»Ja, das bleibt nicht aus. Sie haben ihn schließlich am Leben gelassen. Jetzt wird er alt«, sagt Czorski spöttisch.

»Haben Sie die drei Jungen umgebracht, um ihre Jugend zu erhalten?«, fragt Seidel.

Gullnick runzelt verärgert die Stirn. »Ich hab es Ihnen doch gesagt: Torsten hat sie aufgehängt.«

»Weil sie es ihm befohlen haben.«

»Nein, er wollte mich überraschen.« Gullnick lächelt wieder.

»Hat diese Überraschung Ihnen Freude gemacht?«

»Er hat ihnen die Unterhosen runtergezogen und mit ihren kleinen Schwänzen gespielt.« Ein Schauer der Lust bringt seine Stimme zum Zittern. »Nur für mich.«

Seidel atmet tief durch und schreibt. »Und haben Sie die Jungen angefasst?«

»Ich habe Torsten einmal rangelassen.«

»Rangelassen?«, fragt Czorski.

»Mit der Hand. An meinen Schwanz. Er hat darum gebeten, und ich war begeistert von seiner Initiative.«

»Begeistert«, murmelt Seidel und notiert. Durch die Oberlichter fällt Herbstsonne auf ihren Notizblock und ihre krakelige Handschrift.

»Es ist nicht so, dass man kleine Jungen immer zwingen muss«, erklärt Gullnick. »Die sind sehr neugierig.«

Seidel hebt eine Augenbraue. »Das heißt, manche wollen von Ihnen ...?« Sie kann den Satz nicht zu Ende sprechen.

»Sie sind nicht abgeneigt.«

»Entschuldigen Sie mich kurz«, presst Czorski zwischen den Zähnen hervor und steht auf. Der Stuhl schrappt laut quietschend über den Boden, bevor Czorski sich umdreht und den Raum verlässt.

»Wissen Sie«, sagt Gullnick nachdenklich, »er ist kein so großer Angsthase, wie er denkt. Er weiß nur genau, dass er in mein Opferschema gepasst hätte. Das ist nicht leicht zu verkraften.«

»Ich bin Psychologin. Das ist mir bewusst.«

»Wissen Sie, wie viel *Sie* verkraften?«

»Ich finde es gerade heraus.«

»Sie sind eine mutige Frau.«

»Nein, aber wenn Sie Glück haben, dann stell ich Ihnen bald mal eine mutige Frau vor.« Seidel schiebt das Bild von Pfeffer vor ihrem inneren Auge zur Seite. Sie hat ihr unrecht getan, sie war zu hart zu ihr, sie wird Pfeffer nachher noch anrufen.

»Jetzt haben Sie die vier Jungen in Ihrer Höhle eben doch Opfer genannt, sogar von meinem Kollegen als potentiellem Opfer gesprochen. Ich bin verwirrt«, sagt sie. »Sind diese Kinder nun Opfer oder Spielgefährten, die freiwillig mitmachen?«

»Sie sind meine kleinen Marionetten. Ich halte die Fäden in der Hand und leite sie dahin, wo es mir gefällt.«

»Das ist keine Antwort auf meine Frage.«

Gullnick beugt sich vor und grinst sie an. »Dann stellen Sie die falschen Fragen, Frau Doktor Seidel.«

Sie nickt langsam und notiert: *Tendiert zur Persönlichkeitsspaltung. Eine seiner Persönlichkeiten weiß, dass er ein Verbrechen begeht, die andere spielt »Marionettentheater«, ohne moralische Verfehlung zu erkennen.*

Sie sieht wieder auf. »Ihre Aussagen belasten Torsten Nebel. Ein Kriminalkommissar wird ihn demnächst damit konfrontieren. Haben Sie ihn damals mit Ihrer Aussage schützen wollen?«

»Vielleicht.« Gullnick überlegt. »Er ist jetzt erwachsen geworden, er ist nicht mehr mein Echo. Nun ekel ich mich vor ihm, wenn ich an ihn denke.« Wieder verzieht er das Gesicht und sieht dabei aus wie ein kleiner Junge, der seinen Spinat nicht essen will, nicht wie ein Gefängnisinsasse, der offensichtlich viel Zeit im Fitnessraum der JVA verbringt.

»Andererseits«, fährt er fort, »habe ich ihn erschaffen. Ich hab ihm gesagt, was er zu tun hat, ihm die Worte ins Ohr geflüstert, die er sagen soll, um die anderen zu erniedrigen.«

»Warum gerade Torsten? Warum keiner von den andern dreien?«

»Er hatte das Talent, so was sieht man. Ich habe ihn angesehen und in ihm mich selbst erkannt, also habe ich ihn angewiesen, die anderen anzufassen.«

»Und Sie waren Zuschauer.«

Gullnick legt den Kopf in den Nacken und lacht. Dann verstummt er plötzlich und fixiert Seidel. Sein Blick ist kalt und forschend. »Ich bin niemals nur Zuschauer. Ich bin der Urheber des ganzen Geschehens.«

Seidel notiert weiter. Sie spürt Schweißperlen auf ihrer Stirn, möchte einen Blick zur Tür werfen, ob Czorski wiederkommt. Aber sie darf keine Schwäche zeigen. Sie kritzelt irgendwas Sinnloses auf ihren Block, um sich selbst zu beruhigen.

»Aber das Erhängen der drei haben Sie Torsten nicht eingeflüstert?«

Gullnick schüttelt langsam den Kopf. »Nein, ich hatte die Seile schon vergessen. Ich hatte sie ganz am Anfang mit in den Stollen gebracht, für den Fall, dass ich mich irgendwo abseilen muss. Die Jungen waren noch gar nicht bei mir, da wusste ich schon, dass ich die Seile nicht brauchen würde. Ich wollte nicht tiefer in den Stollen rein. Ich hab sie irgendwo liegen lassen und vergessen.«

»Und dann hat Torsten sie gefunden«, fügt Seidel an. »Können Sie sich noch erinnern, wie genau das Erhängen abgelaufen ist?«

»Er hat einen nach dem anderen ausgewählt. Dazwischen ist immer Zeit vergangen, manchmal zwei Tage.«

Seidel schreibt es auf und sieht, wie ihre Handschrift immer zittriger wird. »Hat er die Jungen immer auf die gleiche Art und Weise erhängt? Hat er eine Art Ritual durchgeführt?«

»Ritual?« Gullnick sieht nachdenklich zu den Oberlichtern, hinauf in den blauen Herbsthimmel. »Wenn Sie es so nennen wollen ... Ja, er hat sie immer zuerst ins Gesicht geschlagen, ihnen dann die Hosen runtergezogen ... Frau Doktor Seidel, Sie sehen sehr blass aus.«

Sie zwingt sich zu einem grimmigen Lächeln. »Fahren Sie fort.«

Gullnick beugt sich vor. »Falls es Sie beruhigt, ich hätte die vier ganz anders umgebracht.«

»Hatten Sie das denn geplant?«

»Oh ja.« Seine Augen strahlen.

Seidel blättert geschäftig durch ihre Notizen. »Sagen Sie, könnten Sie Ihre Erinnerungen an Torstens Ritual wohl für mich aufschreiben? Das würde mir ... einiges erleichtern.«

»Sicher. Aber es war wirklich kein besonders komplexes Ritual. Er war ja erst elf.«

Sie nickt, nimmt ihre John-Lennon-Brille ab und reibt sich die Augen. »Wenn Sie eine andere Idee für die Ermordung Ihrer Opfer hatten, würde mich das natürlich auch sehr interessieren.«

»Wirklich?«

»Ja. Könnten Sie sowohl Torstens Vorgehensweise als auch Ihre eigenen Ideen für mich aufschreiben? Das wäre eine große Bereicherung für meine Akten.«

»Gern.«

Er lächelt. Seine Stimme hallt in ihrem Kopf nach. Gern, er macht das gern. Sie schluckt trocken und reißt sich für den Endspurt zusammen. »Herr Gullnick, ich habe noch eine letzte Frage.«

»Nur eine?« Er wirkt enttäuscht.

»Vorerst. Ja. Wenn ich Ihre Dokumentation habe, komme ich noch einmal auf Sie zu.« Sie lächelt unverbindlich. »Ist Torsten wirklich entkommen, oder haben Sie ihn gehen lassen?«

Er grinst breit. »Was denken Sie?«

»Sie haben ihn gehen lassen. Aber warum?«

Er seufzt. »Das verstehen Sie nicht.«

»Ach nein?«

»Es war eine komplizierte Liebe. Keine Beziehung wie jede andere.«

Seidel hebt eine Augenbraue. »Das ist mir klar.«

»Sie sind wirklich süß, wissen Sie das? Aber Sie wurden noch nie vergöttert und haben dann plötzlich in den Augen ihres Liebsten gesehen, dass er sie nicht mehr anhimmelt, mehr noch, dass er sie nicht mehr braucht und jetzt sein eigenes kleines Marionettentheater haben will.«

»Sie haben recht, das hab ich nicht.«

»Ich habe Torsten davongejagt. Ich habe ihm gesagt, dass er ein Wurm ist, den ich nie geliebt habe.«

»Und deshalb hat er Sie verraten.«

Gullnick hebt die Schultern. »Das war es wert.«

Abends. KKF II

Filond zieht mit einem Seufzen seinen Kittel aus, sieht sich noch einmal im Labor um und schiebt den Stapel mit Laborergebnissen ordentlich zusammen. Doktor Florian ist längst gegangen, auf seinem Schreibtisch liegen ebenfalls Laborergebnisse, aber auch Fotos von den Theatertatorten, die angeblich inszenierte Affektmorde zeigen. Filond schnaubt leise, bevor er die Tür hinter sich schließt.

Draußen auf dem Flur sieht er, dass in Pfeffers und Czorskis Büro noch Licht brennt. Er schließt das Labor ab, legt seinen Mantel ordentlich über den Arm und trippelt leichtfüßig über die knarzenden Dielen.

Er schiebt die angelehnte Tür auf. »Theresia? Liebes, warum bist du noch nicht zu Hause?«

Pfeffer sitzt im Schneidersitz auf dem Boden. Um sie herum sind diverse Bücher, Unterlagen und selbstgeschriebene Notizen ausgebreitet. Sie beugt sich tief über die Unterlagen, die mahagonifarbenen Haare schweben vor ihrem Gesicht, einzelne Härchen stehen elektrisch aufgeladen hoch.

Filond beugt sich zu ihr hinunter, um an dem Schleier aus Haaren vorbeisehen zu können. »Hast du geweint?«

»Es ist nichts«, murmelt sie und weicht seinem Blick aus. »Ich muss nur bis morgen so viele Hypothesen aufstellen, dass ich wohl eine Nachtschicht einlegen werde.«

»Ich bin mir sicher, dass Seidel Nachsicht haben wird, wenn sie sieht, wie sehr du dich bemühst.«

Pfeffer lacht kurz auf, doch es klingt hysterisch. »Nein, ich denke, dass sie jede einzelne ihrer vierzig Hypothesen haben will, und nicht eine weniger.« Sie schaut zu ihm auf. »Weißt du, es gibt Menschen, die einfach zu viel wollen und ihre Möglichkeiten falsch einschätzen.«

»Ich versteh nicht ganz.«

»Niemand versteht mich«, erwidert sie leise.

»Aber Doktor Florian steht doch hinter dir.«

Sie dreht sich um und sieht über ihre Schulter. »Nicht heute Abend.«

»Was ist nur los mit dir?«, fragt Filond, legt seinen Mantel auf den Waffenschrank und setzt sich auf einen Stuhl. »So kenn ich dich ja gar nicht.«

»Ich glaube wirklich, dass ich auf dem richtigen Weg bin, den Theatermörder zu entlarven. Doktor Florian und ich können nicht falschliegen.«

»Na ja, rein statistisch gesehen kann man immer falschliegen.«

Sie wirft ihm einen genervten Blick zu. Er hebt die Hände. »Theresia, es ist das Eine, wenn du deinen Job aufs Spiel setzt, um deinen waghalsigen Ideen zu folgen, aber du kannst nicht erwarten, dass alle anderen dir auch glauben. Vor allem nicht, wenn es keine Beweise oder heiße Spuren gibt.«

»Aber ich kann das nicht alles allein machen!«

»Dann gönn dir eine Pause.«

Sie lacht bitter. »Sicher, ich habe ja nur noch dreißig Hypothesen vor mir. Wenn sich nur irgendwas von dem beweisen ließe, was ich weiß! Aber der Täter ist verdammt gut. Wahrscheinlich ist er mir dichter auf den Fersen als ich ihm.«

Filond betrachtet sie kopfschüttelnd. Pfeffer ist weder besonders klein noch zierlich, aber jetzt gerade wirkt sie zerbrechlich wie nie. Er neigt manchmal dazu zu vergessen, dass sie erst dreiundzwanzig ist. Als er so alt war, hatte er gerade erst entschieden, dass er doch lieber Medizin studieren wollte. Und dann hat er das Studium genossen und die Wochenenden in Köln verbracht. Pfeffer hingegen scheint ihre Zeit lieber in Lebensgefahr zu verbringen.

»Theresia«, sagt er beschwichtigend. »Liebes, ich bin mir sicher, es ist alles bloß halb so wild. Der Täter kennt dich nicht und will nichts von dir. Das passiert alles nur in deinem Kopf.«

Sie sortiert weiter die Blätter vor sich auf dem Boden und macht eine konzentrierte Miene. »Am Freitag war ich im Theater und hab mich in der Unterbühne umgesehen. Dabei habe ich aus Versehen den Intendanten und einen Autor dabei belauscht, wie sie ein Theaterstück über die Mordserie planen.« Sie nimmt eine Karteikarte, notiert etwas darauf und spricht leise weiter. »Dann sind die beiden Männer verschwunden, über mir hat sich eine Luke geöffnet, und jemand hat einen Scheinwerfer nach mir geworfen.« Sie blickt auf. »Es gibt keine Erklärung, warum jemand einen Hunderte von Euro teuren Scheinwerfer durch eine Luke werfen sollte, außer: Er will jemanden treffen. Und ich saß direkt unter dieser Luke.«

Filond fasst sich ans Herz. »O Gott. Geht es dir gut?«

»Ich konnte ausweichen, falls du das meinst.«

Filond steht auf und fährt sich mit beiden Händen durch das Haar. »O Gott. O Gott. Das musst du Seidel erzählen!«

Sie lächelt freudlos. »Das habe ich. Sie hat gesagt, es sei meine eigene Schuld gewesen und dass ich ihr bis morgen vierzig Hypothesen zu liefern habe.«

Filond kniet sich vor sie hin und nimmt ihre Hand. »Du stehst bestimmt noch unter Schock, Liebes.«

Pfeffer schluckt trocken ob dieser Anteilnahme und spürt plötzlich, wie ihr Tränen in die Augen treten.

»Siehst du, siehst du«, murmelt Filond und kramt in seinen Hosentaschen. Er reicht ihr ein Taschentuch. »Das ist alles zu viel für eine Seele allein. So viel Stress.«

Sie nimmt das Taschentuch entgegen. »Danke. Es tut gut, das zu hören.«

»Du meinst also, es könnte sein, dass der Täter dein Gesicht kennt?«

Sie schnäuzt sich und hebt die Schultern.

»Und es gibt keine heißen Spuren? Auch unabhängig von deiner Hypothese nicht?«

Pfeffer lacht wieder bitter. »Ruben vom LKA tappt im Dunkeln. Er will es nicht zugeben, aber er hat nichts. Niente. Nada.«

»Nicht dass der Täter dich wirklich erwischt, bevor das LKA ihn findet.«

»Ich pass schon auf.«

Filond runzelt die Stirn. »Sei nicht so naiv.«

»Was soll ich denn sonst tun? Ich muss mich doch irgendwie beruhigen.«

»Und das Sturmtheater plant wirklich ein Stück über diese Morde?«

»Ja, das finde selbst *ich* geschmacklos, aber diese Originalitätsfanatiker machen vor nichts Halt. Vor gar nichts. Hauptsache, sie bringen eine Provokation auf ihre Bretter, die die Welt bedeuten.«

Filond antwortet nicht und schaut Pfeffer an oder eher durch sie hindurch. Seine Augen wirken plötzlich gläsern, wie er da in sich zusammengesunken vor ihr auf dem Boden hockt, den Bauch schwer auf seinen Schenkeln aufliegend und das graublonde Haar zerrauft.

Pfeffer beugt sich etwas vor und winkt mit der Hand vor seinen Augen. »Filond? Harald? Hallo?«

Er blinzelt, als würde er erwachen, legt die Hände auf die Oberschenkel und stemmt sich schwerfällig in die Höhe. Keuchend sieht er auf sie herunter. »Theresia, Liebes, ich denke, wir werden heute beide eine Nachtschicht einlegen, und morgen kriegst du ein Blutspurenmuster von den Tatorten aus dem Sturmtheater von mir.«

Sie schaut überrascht auf und breitet die Arme aus, umarmt stürmisch Filonds Beine und murmelt: »Danke. Danke. Danke!«

Er sieht irritiert zu ihr hinunter und schwankt etwas. »Hey, mal langsam! Ich bin ein dicker Mann, wenn ich umfalle, lieg ich hier wie ein Käfer auf dem Rücken und bin für immer verloren.«

Sie lacht.

Spätabends. ICE

Czorski blättert durch Seidels Notizen und sieht, dass sie über mehrere Seiten nur unzusammenhängende Worte und Zeichen geschrieben hat. Er runzelt die Stirn und blickt zu ihr. Hätte er sie nicht mit Gullnick allein lassen sollen? Natürlich nicht. Idiot, schimpft er sich im Stillen. Wie konnte er seiner Angst nur so nachgeben?

Plötzlich ist Czorski voller Scham und traut sich kaum, Seidel anzusprechen. Sie sitzt entgegen der Fahrtrichtung, hat die Knie angezogen und blickt in die Nacht hinaus. Hin und wieder rauschen sie in rasender Geschwindigkeit an irgendwelchen Lichtern vorbei. Der Zug ist fast leer.

Czorski schließt Seidels Notizbuch und schiebt es ihr über den Tisch zu. Sie reagiert nicht. Er beugt sich vor und berührt ihren Arm. »Rita?«, fragt er leise. »Wir sollten über Gullnick reden.«

Sie sieht ihn gedankenversunken an. »Ich hätte Pfeffer vorhin nicht so anschreien dürfen.«

»Du warst sehr angespannt. Sie wird dir schon verzeihen. Außerdem musste jemand sie wachrütteln.« Er schüttelt den Kopf. »Sie geht einfach immer zu weit und denkt nicht nach! Manchmal möchte ich sie nehmen und schütteln.«

Seidel lächelt dünn. »Du möchtest sie nehmen?«

»Was? Nein, sie macht mich einfach wahnsinnig!«

»Das sehe ich.«

»Denkst du etwa, dass ich auf sie stehe?«

»Es ist möglich. Aber es ist auch möglich, dass du auf ihre Ausstrahlung reinfällst. Sie ist jung und hübsch, sie war in Lebensgefahr und hatte Sex mit einem sehr gefährlichen Mann. Das macht sie spannend und schreibt ihr eine sexuelle Anziehungskraft zu, die verwirrend sein kann.«

»Ich wäre wirklich lieber nicht in sie verknallt.«

»Nun, sie mag ja für vieles verantwortlich sein, aber dafür nicht. Sie will dich nicht absichtlich verführen oder in den Wahnsinn treiben.«

»Nein, sie will mich nicht verführen«, wiederholt er leise.

»Vielleicht bist du nicht verknallt, vielleicht hat sich dein Herz nur an deiner Libido verschluckt«, sagt sie sanft.

Er räuspert sich und holt sein iPad hervor, um das Thema zu wechseln. »Reden wir nun über Gullnick?«

Seidel sieht wieder aus dem Fenster und nickt. »Gullnick.«

»Er scheint Torsten sehr geliebt zu haben.«

»Auf seine Art.«

»Er hat ihn sein Echo genannt.«

»Ja, und seinen Spiegel. Oder zumindest hat er gesagt, er habe sich selbst in Torsten wiedererkannt. Außerdem hat er ständig von Marionetten gesprochen. Mehrmals benutzte er Theatermetaphern.« Sie sieht wieder zu Czorski. Ihre Beine sinken unter den Tisch, sie ist plötzlich wieder wach. »Kannst du mal kurz im Internet zu *Echo* recherchieren? Nicht das physikalische Phänomen, sondern die mythologische Figur.«

»Klar. Warum?« Czorski wischt über sein iPad und verbindet sich mit dem Hotspot.

»Gullnick hat das, was man eine narzisstische Persönlichkeitsstörung nennt. Er ist natürlich ein Psychopath, aber er leidet auch am sogenannten männlichen Narzissmus.«

»Und das geht zurück auf die mythologische Figur Narziss?«

»Ja, genau. Und eben das bringt mich auf den Gedanken, dass auch *Echo* eine Legende hat. Hast du sie?«

»Echo. Eine Bergnymphe, Tochter der Gaia. Sollte Geschichten erzählen, hat das wohl schlecht gemacht und ist daraufhin ihrer eigenen Stimme beraubt worden. Seither konnte sie nur wiederholen, was andere sagen.«

»Ja, ja. Weiter.«

»Echo und Narziss hatten wohl mal was.«

»Und wie ist sie gestorben?«

»Aus Liebeskummer. Sie hat nichts mehr gegessen, weil Narziss sie nicht zurückgeliebt hat.«

»Was?« Seidel sieht ihn enttäuscht an. »Das kann nicht sein.«

»Doch, Tod durch Liebeskummer«, beharrt Czorski und scrollt durch die Internetseite. »Warte«, sagt er. »Es gibt noch eine andere Version ihres Todes. Angeblich hat der Pan sie geliebt, aber sie hat ihn nicht erhört, woraufhin er sie von einigen Hirten hat zerreißen lassen.« Czorski hebt angewidert den Kopf. »Er hat ihren Körper zerrissen?«

»Genau!«, sagt Seidel und schlägt mit der flachen Hand auf den Tisch vor sich.

Czorski zuckt zusammen. »Aber was hat das mit Gullnick zu tun?«

Sie grinst. »Nichts.«

»O.k.«, er schiebt das iPad weg, »ein bisschen Ablenkung kann uns wahrscheinlich nicht schaden.«

»Wie ist das erste Theateropfer gestorben, Czorski?«

»Es wurde zerrissen, mit einer Seilwinde«, sagt er tonlos.

Seidel springt auf und tastet ihre Hosentaschen ab. »Wo ist mein Handy?«

»Du hast dich am Wochenende draufgesetzt.«

»Okay, gib mir deins. Schnell. Wie viel Uhr haben wir?«

»Kurz vor Mitternacht«, sagt er und reicht ihr sein Handy.

Kurz vor Mitternacht. KKF II

These 28: Torsten Nebel hat alle Taten sich selbst zugeschrieben, um sich an Heinz Gullnick zu rächen, schreibt Pfeffer und gähnt. Sie liegt auf dem Bauch im Büro, und neben ihr dampft eine Tasse mit Tee. Der Coffeeshop ist um diese Zeit natürlich geschlossen, aber Doktor Florian hat zum Glück einen Wasserkocher und eine Auswahl diverser Teesorten. Es duftet nach Roiboos und Vanille. Pfeffer gähnt wieder und spielt mit dem Gedanken, kurz die Augen zu schließen, als ihr Handy plötzlich klingelt. Sie schreckt hoch und sieht zu dem blinkenden Display neben ihr.

Sie setzt sich auf und nimmt ab. »Ja?«

»Pfeffer, hier ist Seidel.«

»Hallo.« Erneutes Gähnen. »Ich hab schon ein paar Hypothesen. Ich bin noch im Büro und arbeite daran.«

»Ja, das ist toll. Sag mal, du hast gesagt, das vierte Theateropfer ist mit einem Spiegel mit Blumen drauf erschlagen worden.«

Pfeffer runzelt die Stirn. »Ja, da war Blumendekor am Rahmen.«

»Was für Blumen?«

»Äh«, Pfeffer blättert durch ein paar Papiere. Sie hat die Bilder doch heute Nachmittag erst ausgedruckt. Schließlich findet sie unter einem Buch über Tathergangsanalysen die Nahaufnahme des Spiegelrahmens. »Also, es sind keine Rosen.«

»Sondern?«

»Ich kenn mich mit Blumen nicht aus. Sie haben Blüten und einen Stängel.«

»Ist das dein Ernst?«

»Hey«, verteidigt sie sich. »Das ist alles in Gold. Ich hab hier nicht mal Farben!«

Seidel seufzt. »Ich glaube nicht, dass Farben dir helfen würden.«

»Ja, ja. Warte.« Sie steht auf und ächzt. Ihr tut der Rücken weh. Sie öffnet die Tür des Büros und schlurft in den Flur. »Ich weiß auch nicht, warum mir nie jemand Blumen schenkt. Wenn ich mal einen Strauß bekäme, könnte ich die sicher unterscheiden.«

Pfeffer öffnet die Tür zum Labor und hält das Bild hoch. »Filond, was sind das für Blumen?«

Er blickt nur kurz von seinen Tatortfotos auf. »Das sind Narzissen.«

»Es sind Narzissen«, sagt Pfeffer müde ins Handy. »Wieso willst du das jetzt plötzlich wissen?«

»Vergiss die Hypothesen, Pfeffer, und geh schlafen. Morgen reden wir über deinen Theatermörder.«

Kapitel 13 **Fassung**

Dienstag, 7. Oktober

Instant-Messaging-App

H4BCA78V	Wir sollten die Szene vielleicht lieber besprechen, wenn du das nächste Mal in Berlin bist.
STHBPN49	Es gefällt dir nicht.
H4BCA78V	Darum geht es nicht. Du schreibst ein Stück über die Theatermorde. Das ist eine heikle Sache.
STHBPN49	Es ist nur der erste Entwurf der ersten Szene.
H4BCA78V	Ich weiß. Wann kommst du wieder in die Stadt?
STHBPN49	Mal sehen.
H4BCA78V	Bist du jetzt sauer, weil du Kritik erwartest?
STHBPN49	Ich hab die Kritik doch schon bekommen. Und nein, ich bin nicht sauer.
H4BCA78V	Das liest sich aber anders.
STHBPN49	Kaufmann wollte mit diesen Figuren anfangen.
H4BCA78V	Jetzt sei nicht beleidigt, bevor ich dir überhaupt etwas gesagt hab.
STHBPN49	Woher hattest du damals eigentlich die gestrichene Textstelle aus meinem ersten Stück? Das hast du mir immer noch nicht gesagt.
H4BCA78V	Du hast nie wieder danach gefragt.
STHBPN49	Ist das eine Antwort?
H4BCA78V	Du bist ja wirklich sauer. Willst du nicht erst einmal hören, was ich von dem ersten Entwurf des neuen Stückes halte?
STHBPN49	Du findest ihn scheiße.

H4BCA78V Nein. Ich weiß nur, dass alles anders war. Oder hab ich dir nicht erzählt, dass ich jetzt am Sturmtheater bin?

Morgens. KKF II

Der süße Duft von Roiboos-Vanille-Tee steigt Doktor Florian in die Nase. Er verzieht das Gesicht und geht zum Fenster, um es zu öffnen.

Pfeffer schließt den Waffenschrank und zieht ihren Mantel aus. »Aber nur kurz, sonst zieht es gleich!«

»Ja, ja. Versteh mich nicht falsch, ich bin sehr froh, dass du mir hilfst, diesen grässlichen Tee aufzubrauchen. Ich will ihn aber nicht riechen müssen.«

»Grässlicher Tee?«, fragt Seidel, die eben den Raum betritt.

»Ja, ein schreckliches Geschenk von irgendwem, der keine Ahnung von Tee hat. Und du weißt doch, dass ich keine Lebensmittel wegschmeißen kann.«

Seidel lässt ihre Mappe sinken. »Und *du* weißt doch hoffentlich, dass der Tee ein Geschenk von mir war.«

Doktor Florian lächelt schief und hebt die Hände. »Oh, nun ja, Pfeffer mag ihn. Die schmeckt solche Unterschiede nicht.«

»Hey!«, protestiert Pfeffer und boxt ihn gegen den Arm. »Ich habe nur vier Stunden geschlafen und mir gestern wahrscheinlich eine Erkältung eingefangen. Du solltest mir lieber Hühnersuppe machen, anstatt mich zu beleidigen.«

»Es riecht ja immer noch nach Vanille«, sagt Filond, indem er die Bürotür aufstößt. »Köstlich!«

»Banausen. Alles Banausen«, brummt Doktor Florian und lässt sich seufzend auf Czorskis Stuhl fallen.

Pfeffer verschränkt die Arme vor der Brust. »Lieber Banause als ein Arschloch.«

Doktor Florian beugt sich vor und wispert verschwörerisch: »Bist du sicher, dass Letzteres nicht auch auf dich zutrifft? Ich hab gehört, dass ein paar Damen hier im Haus gar nicht gut auf dich zu sprechen sind.«

»Ganz zu schweigen von Ruben«, fügt Czorski hinzu, steckt sein Handy weg und nickt allen zu. »Guten Morgen.«

»Morgen«, presst Pfeffer hervor und setzt sich an ihren Schreibtisch. Ihr Blick folgt Czorski. Hat Ruben ihm etwa von dem Kuss erzählt? Teilen Männer solche Geschichten? Sie beißt sich auf die Unterlippe.

»Was ist mit Ruben?«, fragt Filond neugierig.

Seidel sieht ihn genervt an. »Können wir jetzt anfangen?«

Czorski schließt die Bürotür und lehnt sich an die Wand. Seidel setzt sich im Schneidersitz auf einen der beiden Schreibtische. »Gullnick hat seine Aussage von damals revidiert. Das ist eine große Sache und wird eventuell den Fall neu aufrollen. Unsere Analyse wird dabei wahrscheinlich mitbenutzt werden, aber vorerst ändert das alles nichts daran, dass wir in drei Wochen ein Ergebnis vorweisen müssen. Wie wendet man die Facettentheorie ganz spezifisch auf rituelle Serienmörder an? Das ist unsere Frage, und Gullnicks Fall wird uns helfen, Testfragen zu einer Facette herauszubilden.«

»Die Facette *Ritual?*«, fragt Czorski.

»Das dachte ich bisher zumindest. Allerdings hat Gullnick gestern sich selbst als Urheber des ganzen Geschehens im Stollen bezeichnet. Wie ein Regisseur. Deshalb möchte ich die Facette nach gestern vorerst *Inszenierung* nennen.«

»Was war denn gestern?« Filond setzt sich aufrecht hin. »Ihr müsst schon ein bisschen mehr erzählen.«

»Gullnick und Torsten Nebel hatten eine sehr spezielle Täter-Opfer-Beziehung.«

»Stockholmsyndrom?«, fragt Doktor Florian.

»Ja«, antwortet seine Schwester. Sie sieht etwas blass um die Nase aus, als sie den Kopf zu ihm dreht. Ihr Blick fixiert Doktor Florian, ihre Stimme ist leise. »Torsten war in seinen Handlungen in dieser Höhle mindestens so grausam wie Gullnick. Nicht schuldfähig, aber auf jeden Fall psychisch krank.«

»Vielleicht sogar schon vor der Entführung«, ergänzt Czorski.

»Wie war Gullnick denn?«, fragt Filond mit wachem Blick und wippendem Fuß. »Ist er eine beeindruckende Erscheinung?«

»Er ist ein pädophiler Mörder und Vergewaltiger«, antwortet Czorski tonlos.

Doktor Florian sieht ihn grinsend an. »Du hast sein Bild jetzt gerade vor Augen, und dir schlottern die Knie, Czorski. *Das* ist mehr als beeindruckend.«

Czorski beißt die Zähne fest zusammen, verengt die Augen zu Schlitzen. Ehe ihm bewusst ist, was er da tut, ist er mit langen Schritten durch das Büro geeilt, hat Doktor Florian am Kragen gepackt und drückt ihn mit voller Wucht auf den Schreibtisch. »Und das? Beeindruckt dich das auch?«, brüllt er.

»Zumindest hat es mich ... überrascht«, antwortet Doktor Florian blinzelnd und versucht sich aus seinem Griff zu befreien.

»Lass ihn los, Czorski«, sagt Pfeffer müde.

»Das mach ich schon noch. Keine Angst. Du musst mich dafür nicht küssen, Pfeffer.«

»Was?« Sie springt auf. »Sag das noch mal!«

Seidel steht plötzlich auf dem Schreibtisch und stampft mit dem Fuß auf die Tischplatte. »Schluss damit! Niemand sagt jetzt noch irgendwas!« Sie räuspert sich und rückt ihre Brille zurecht. »Außer mir natürlich.«

Doktor Florian hebt die Hand.

Seidel sieht zu ihm hinunter. »Ja?«

»Hättest du dann wohl die Güte, Czorski zu sagen, er soll mich bitte loslassen?«

Seidel beugt sich vor und packt Czorski an der Schulter. »Komm schon, Boris, lass ihn los und reiß dich zusammen!«

»Aber *ich* soll in Therapie …«, murmelt Pfeffer schnaubend und lässt sich zurück auf ihren Stuhl fallen.

»Dazu kommen wir auch noch, Pfeffer.« Seidel richtet sich auf, während Czorski endlich von Doktor Florian ablässt. »Es ist mir ein Rätsel«, fährt sie fort, »wie wir Kuckucksnest es mit zwei gemeingefährlichen Serienmördern und Torsten Nebel aufnehmen sollen. Wenn wir das alles nicht sortiert kriegen, wird uns keiner glauben.«

Filond sitzt noch immer kerzengerade da. »Wie gehen wir vor?«

Streber, denkt Doktor Florian, massiert sich den Nacken und dreht seinen Kopf, bis er knackt. Er spürt Czorskis Blick auf sich ruhen, seine Zähne mahlen. Hätte er zurückschlagen sollen? Einen festen Griff hatte Czorski ja, das musste er ihm lassen. Für ein Weichei zumindest.

»Wir müssen an zwei Fronten arbeiten«, sagt Seidel. »Wir müssen einerseits Ruben genug Informationen übergeben, damit er uns glaubt und den Täter findet – und andererseits müssen wir Ziernow von unserer Existenzberechtigung überzeugen. Filond, hast du die Genehmigungen für DNA-Proben der Verwandten der Opfer zusammen?«

»Ja, alle bis auf eine. Nebel ist noch ein Problem«, antwortet Filond. »Das Blut vom Kaktus war identisch mit der fünften Spur an den Seilen, aber offiziell nutzt uns das nichts. Er muss einer Probenentnahme persönlich zustimmen, und ich weiß nicht, wie ich auf ihn zugehen soll.«

»Wir brauchen ohnehin noch eine offizielle Aussage von ihm, die wir verwenden dürfen.«

»Vielleicht genehmigt er uns ja das vergangene Gespräch, dann können wir es im Nachhinein offiziell machen. Das würde vieles erleichtern«, sagt Czorski. »Ich kümmere mich darum und frage dabei auch nach der DNA-Probe.«

»Gut«, erwidert Seidel. »Ich stelle auf der Basis des letzten Gespräches neue Fragen für Gullnick zusammen, die uns speziell in Bezug auf die Facette *Inszenierung* weiterhelfen. Außerdem wird Gullnick uns Beschreibungen vom Ablauf der Morde liefern. Und sein eigenes Konzept, wie er die Jungen getötet hätte.

»Großartig.« Filond verzieht das Gesicht.

»Ja, der Selbstdarstellungsdrang eines Mörders«, sagt Seidel seufzend. »Könnte uns zusätzliches Material zum Analysieren liefern. Und nun zu den Theatermorden.«

Sofort sitzt Pfeffer kerzengerade auf ihrem Stuhl.

Doktor Florian fährt sich mit der Hand durch den Bart. »Was hat plötzlich dein Interesse an dieser Mordserie geweckt, Rita?«

Sie grinst. »Dass du falschlagst.«

Er runzelt verärgert die Stirn. Hinter ihm grinst auch Czorski. Doktor Florian weiß es, bevor er sich umdreht. Er sieht von dem Kollegen zu seiner Schwester und wieder zurück. Haben die sich etwa gegen ihn verschworen?

»Scherz, Florian«, sagt sie beschwichtigend. »Pfeffer und du, ihr wart nah dran. Der Mörder inszeniert, und das hat wahrscheinlich tatsächlich mit seinem Umfeld, dem Theater, zu tun. Und ich glaube ebenso wie ihr, dass er eine Performance macht, die zu real ist, um noch Kunst zu sein. Er führt ein Stück des Todes auf. Malt quasi Szenenbilder des Todes.«

»Kunst kennt eben keine Moral«, fügt Doktor Florian hinzu.

Seidel klettert vom Schreibtisch runter und baut sich vor ihm auf. »Streng genommen vielleicht nicht, trotzdem steht diese Art von Kunst unter sehr schwerer Strafe.«

»Und ich will in diesem Stück nicht mitspielen«, murmelt Pfeffer.

Doktor Florian sieht sie wütend an. »Dann hättest du mich mit ins Theater nehmen sollen. Dort alleine unter der Bühne umherzustreifen war eine dämliche Idee!«

Seidel hebt die Hand. »Lassen wir die Vergangenheit ruhen. In Zukunft wird keiner von euch mehr unter vorgeschobenen Gründen irgendwo ermitteln. Wir arbeiten mit dem, was wir haben, und zwar hier. Pfeffer hat eh schon alles von Ruben abfotografiert, was die Mordkommission zusammengetragen hat.« Sie schenkt ihr einen tadelnden Blick. »Also, ab jetzt arbeiten wir zusammen hier und machen uns Gedanken. Denn darin sind wir gut. Oder sollten es zumindest sein.«

»Ich habe eine Blutspurenanalyse vom Tatort des Scheinwerfermords gemacht«, wirft Filond ein, woraufhin ihn die anderen verdutzt ansehen. »Was schaut ihr so ? Nach Seidels Anruf gestern Abend bin ich Pfeffers Überlegungen gefolgt. Was, wenn etwas, das zunächst ungeplant aussieht und wie im Affekt getan, eigentlich geplant und akkurat ausgeführt wurde?« Er beugt sich runter und zieht Fotokopien in DIN-A4-Größe aus seiner Aktentasche. »Dann haben wir ein Ergebnis wie dieses.«

Er hält das Foto des Tatorts hoch, so dass alle es sehen können. »Es gibt keinen Spritzschatten«, erklärt er mit Triumph in der Stimme. »Hier, um die Leiche herum seht ihr einen Kranz aus Blutspritzern. Der Täter hat mehrmals auf das Opfer eingeschlagen und dabei sehr viel Blut verspritzt. Normalerweise müssten wir eine Auslassung der Spritzer vorfinden, dort wo der Täter gestanden hat. Die Spritzer landen dann nicht auf dem Boden oder an der Wand, sondern auf ihm. Hier aber sieht es so aus, als habe er nirgendwo gestanden. Denn das Muster der Blutspritzer ist gleichmäßig.«

»Er könnte sehr weit weg gestanden haben«, wendet Doktor Florian ein.

Filond wiegt den Kopf hin und her. »Das ist möglich, aber nicht wahrscheinlich. Ich muss dazusagen, dass ich natürlich genauere und mehr Informationen hätte, wenn ich am Tatort gewesen wäre und offiziellen Zugriff gehabt hätte. Aber ausgehend von dem, was mir vorliegt, wirkt das Blutspurenmuster auf den Bildern so, als habe der Täter immer wieder auf das Opfer eingeschlagen und dabei seine Position gewechselt, um diese Gleichmäßigkeit zu erzeugen.«

Czorski nimmt ihm das Bild aus der Hand. »Wie mühsam.«

»Vor allem rational, beherrscht und überlegt«, sagt Seidel. Sie dreht sich zu Pfeffer. »Er inszeniert. Du hattest recht.«

Pfeffer lächelt. Es sieht erfreut aus, glücklich und erleichtert. Keine Spur von Häme oder Selbstgefälligkeit, das muss Doktor Florian ihr lassen.

»Aber er stellt keine Mordtypen dar. Dann hätte er längst Raub oder Vergewaltigung inszenieren müssen«, fügt Pfeffer hinzu.

Seidel nickt. »Stimmt, er führt ein konkretes Stück auf. Von dem, was ich gesehen habe – der Spiegel, das Scheinwerferlicht, Narzissen –, könnte es um den Mythos von Narziss und Echo gehen, eventuell auch den Pan. Der Täter bedient sich an diesen Legenden.«

»Warum?«, fragt Czorski.

»Das ist es, was wir herausfinden müssen«, antwortet Seidel. »Wahrscheinlich bedeuten die Legenden ihm mehr als die Opfer.«

Pfeffer beugt sich noch einmal über die Fotos. »Aber vergiftete Fanta? Das versteh ich nicht.«

»Jens Johannes Jost sollte die Fanta trinken. Er hat mal für einen Fanta-Werbespot gemodelt, und er scheint dieses Getränk seitdem als Erinnerung und Selbstbestätigung genutzt zu haben, trank es immer nach seinen Proben. So wie man zur Vergewisserung in den Spiegel sieht.«

Alle sehen Doktor Florian an, der diese Erklärung geliefert hat.

»Ach kommt schon, Kinder«, sagt er, als er die Blicke bemerkt. »Als wärt ihr da nicht selbst drauf gekommen.«

»Doch, sehr naheliegend«, stimmt ihm Filond zu und sortiert seine Bilder.

»O.k.«, sagt Seidel und atmet tief durch. »Pfeffer, du findest bitte alles über den Mythos von Narziss, Echo und den Pan heraus. Alles, ich meine nicht nur Wikipedia. Tief graben. Wenn der Täter Theater macht, ist ein Fünf-Akter nicht unwahrscheinlich. Ich rechne deshalb mit zwei weiteren Leichen. Außerdem müssen wir alle Zeugenaussagen aus Rubens Akten durchgehen. Czorski?«

»Mach ich.«

»Filond versucht sich an weiteren Blutspurenmustern«, sagt Seidel und dreht sich zu ihrem Bruder. Für einen Augenblick sieht sie ihn ratlos an. »Und du hilfst Pfeffer«, sagt sie schließlich.

»Aber ich weiß schon alles über Narziss«, erwidert er. »Und ich habe auch schon jede Faser der dämlichen, alten Seile ins Labor geschickt. Ich bin Physiker, kein Biologe und auch kein Literaturwissenschaftler, Rita.«

»Dann mach dich nützlich, wo du magst. Aber ohne ballistische Gelatine, klar?«

Mittags. Sturmtheater

Der Neue sieht nicht so gut aus. Das haben die Blicke der Damen Carlos gleich verraten. Der neue Schauspieler, der jetzt den Christian spielt, kann nicht mit Jens mithalten. Aber das ist vielleicht auch ein bisschen dem schrecklichen Tod geschuldet, den Jens erleiden musste. Der verleiht ihm posthum eine romantische Tragik, die noch lange nachwirken wird. Was für eine Ironie, denkt Carlos und runzelt grimmig die Stirn. Es scheint, als würde sein komplettes Ensemble plötzlich vergessen, was für ein schlechter Schauspieler der geliebte Kollege gewesen ist.

»Sie zählt zu den Preziösen«, erläutert Claudia gerade.

»Was?«, fragt der Neue. Nico hat ein nettes Gesicht und eine schöne Stimme, vor allem aber hat er einen Ausdruck und eine Haltung, bei deren Anblick Carlos Glücksgefühle überkommen. Er vermisst Jens wirklich nicht. Dieser talentfreie Lackaffe.

»Es heißt nicht kapriziös, sondern preziös«, erklärt Claudia geduldig.

Nico hebt die Hände. »Natürlich! Entschuldigt, dass ich noch nicht so textsicher bin.«

»Kein Problem«, murmelt Carlos und beugt sich zu seinem Textbuch hinunter. Dann sieht er wieder zur Probebühne. Vor dem schwarzen Moltonvorhang stehen die beiden männlichen Hauptdarsteller mit futuristischen Waffen anstelle der klassischen Degen. Ihre Probekostüme sind schwarze Rollkragenpullover, später werden es mintgrüne und graue Uniformen einer zukünftigen, schönen neuen Welt sein. Doch was die beiden ihm gerade anbieten, sieht in Carlos' Augen irgendwie falsch aus. Wie hatten Sandro und Jens noch mal dagestanden? Er greift nach Bettys Textbuch. Sie hat immer alles aufgeschrieben, aber Carlos kann ihre Schrift nicht entziffern.

»Sandro, hast du nicht immer auf der Stufe da gestanden?«, fragt Carlos, während er in beiden Büchern gleichzeitig blättert.

»Nein, ich glaube nicht. Das kommt erst später.«

»Aber irgendwas war anders«, murmelt Carlos.

»Jens stand dort und hatte den rechten Fuß auf die Stufe gestellt, so als würde er jeden Augenblick rückwärts hochgehen wollen, was er aber nicht getan hat«, sagt Claudia leise.

Carlos hebt den Kopf. »Ach ja?« Er sieht wieder zur Probebühne, mustert die kleinen Podeste darauf. »Stimmt, so war es. Hast du dir das aufgeschrieben?«

Sie dreht sich um und lächelt. Eigentlich ist sie ganz hübsch mit ihren haselnussbraunen Haaren. Das ist Carlos bisher nie aufgefallen. Jetzt hebt sie die Schultern. »Ich hab es mir einfach gemerkt.«

»Danke.« Carlos schaut auf die Uhr. »Aber ich denke, wir machen für heute Schluss.«

»Alles klar«, kommt es von der Probebühne. Die Schauspieler verabschieden sich voneinander, während Carlos sein und Bettys Textbuch einsteckt. Er weiß gar nicht mehr, was er heute Abend und was morgen probieren soll, und wünscht sich wirklich, er könnte Betty fragen.

»Siehst du«, sagt eine Stimme plötzlich. »Du brauchst sie nicht.«

Er hebt den Kopf, doch sieht niemanden, zu dem die Stimme gehört. »Yvonne?«

»Hinter dir, mein Schatz.«

Er dreht sich um und runzelt verärgert die Stirn. »Hast du etwa die ganze Zeit hinter dem Vorhang gestanden?«

»Ich liebe es, dich bei der Arbeit zu beobachten.«

»Lass dich nicht von den Schauspielern erwischen, die sind da empfindlich.«

Sie lacht und setzt sich neben ihn. »Du bist zu nett zu ihnen.«

»Was meinst du?«

Sie legt den Kopf schief und sieht ihn von der Seite an. »Nico müsste seinen Text längst können. Er war keine gute Wahl.«

Carlos nimmt seine Tasche und steht abrupt auf. Seine Hand krallt sich in den Tragegriff. Keine gute Wahl, hämmert es in seinem Kopf. »Was bildest du dir ein?«, platzt es aus ihm heraus. »Rede nicht von Dingen, von denen du nichts verstehst. Du bist Sachbearbeiterin. Das ändert sich nicht, nur weil du mir den Schwanz lutscht!«

»Das heißt nicht, dass ich einen guten Schauspieler nicht von einem schlechten unterscheiden kann.«

Er sieht von oben auf sie herab. »Doch, genau das heißt es«, presst er zwischen den Zähnen hervor. Ein Tropfen seiner Spucke landet auf dem Kragen von Yvonnes Twinset.

Kapitel 14 **Spielplan**

Mittwoch, 8. Oktober
Mittags. KKF II

Czorski streckt den Arm aus, seine Hand schwebt über dem Telefon in der Luft. Er betrachtet den Hörer und schließt die Augen, sieht das Bild eines durchschnittlichen Mannes Mitte dreißig vor sich. Torsten Nebel – farblos, uninteressant und unauffällig, doch gleichzeitig perfide, pervers und tödlich. Ein Schauder jagt über Czorskis Rücken, und er hasst sich dafür, für seine Angst und die Rückgratlosigkeit. Er hasst die Verachtung in Doktor Florians Blick, wenn der ihn ansieht.

Es reicht, sagt Czorski sich. Ortwein ist seit einem Jahr tot, Tobias Damm sitzt hinter Gittern, und Czorski kann sich nicht ewig vor der Welt verstecken. Er kann sich nicht hinter dem Schreibtisch verkriechen, so als gäbe es nichts mehr zu tun. Denn es gibt allerhand zu tun.

Er nimmt ab, klemmt das Telefon zwischen Kinn und Schulter und blättert in seinen Unterlagen, bis er die Kontaktdaten von *Getränke Nebel* findet.

»Nebel«, meldet Torsten sich wenig später am Telefon.

»Herr Nebel, hier ist Boris Czorski vom BKA. Meine Kollegin und ich waren neulich bei Ihnen.«

»Ja«, kommt es knapp zurück.

»Sie haben uns ein paar Dinge über Ihre Entführung erzählt, die stark davon abweichen, was Sie und Heinz Gullnick vor fünfundzwanzig Jahren ausgesagt haben. Haben Sie einen Augenblick Zeit für mich?«

»Mhm«, kommt es zurück.

Czorski ist nicht sicher, ob das ein Ja war, aber er tut einfach so und redet weiter: »Wie schon gesagt, geht es uns darum, den Fall von damals noch einmal auszuwerten und für kommende Ermittlungen nutzbar zu machen. Dafür arbeiten wir mit Daten und Informationen, die den Gullnick-Fall betreffen. Ihre Erzählung hat unseren Informationen widersprochen, doch leider können wir damit nicht arbeiten, wenn wir von Ihnen keine offizielle Aussage haben.«

»Welche Aussage?«

»Es geht um das, was Sie uns bei unserem Besuch erzählt haben. Und wir bräuchten auch eine DNA-Probe von Ihnen. Wären Sie bereit, offiziell mit uns zusammenzuarbeiten?«

»Aber das habe ich doch. Vor fünfundzwanzig Jahren.«

»Natürlich, aber nun geht es um die Widersprüche, die entstanden sind, als Sie von Ihren Handlungen in dem stillgelegten Stollen erzählt haben.«

»Handlungen? Ich war ein Opfer, und Sie berauben mich hier gerade meiner Mittagspause.«

»Ziehen Sie Ihre Erzählung zurück?«

»Ich weiß nicht, wovon Sie reden.«

»Haben Sie vergessen, was Sie uns gesagt haben?«

»Halten Sie mich für dement?«

Czorski reibt sich die Nasenwurzel. Pfeffer kommt rein und balanciert einen Stapel Bücher vor sich her. Sie legt sie auf ihrem Schreibtisch ab.

»Ich halte Sie für ein Opfer, das traumatische Erfahrungen gemacht hat, Herr Nebel«, beschwichtigt Czorski. »Sie waren 1988 nicht strafmündig. Sie müssen also keine Angst haben.«

»Ich habe keine Angst. Gullnick ist im Gefängnis, und wir beide wissen, dass ich in meinem jetzigen Alter nicht mehr von Interesse für ihn bin.«

»Das ist mir bewusst. Mir ging es eher um das, was *Sie* getan haben.«

»Ich habe die Augen geschlossen, gewartet, bis es vorbei ist, und bin geflüchtet, als ich die Gelegenheit hatte.«

»Sie behaupten, Sie haben nie etwas anderes erzählt? Eine andere Version dieser Geschichte?«

»Natürlich nicht.«

Czorski sieht fassungslos auf seine Notizen und Unterlagen. Für einen Augenblick zweifelt er an seinem eigenen Erinnerungsvermögen. »Aber Sie wissen noch, dass wir bei Ihnen waren? Dass wir uns unterhalten haben?«

»Oh ja, Herr Czorski, daran erinnere ich mich. Ich erinnere mich sehr gut an Sie.«

Nachmittags. Sturmtheater

Es ist alles grau. Es regnet zwar nicht, aber der bewölkte Himmel, die Spree, die Brücke darüber und das Bode-Museum präsentieren sich in demselben wässrigen Grauton. Das neobarocke Gebäude sieht so imposant wie traurig aus. Ein Schiff mit Touristen fährt an der Museumsinsel vorbei. Für einen kurzen Augenblick wünscht Ruben sich an Bord zu sein und Fotos zu machen, ein paar romantisch vernebelte Herbstbilder. Von seinem Biss und der Motivation, den Mörder zu stellen, ist nicht mehr viel übrig.

»Bitte entschuldigen Sie, Herr Peters«, sagt Yvonne Kroll, als sie ihr Büro betritt.

Ruben wendet sich vom Fenster ab und reicht ihr die Hand. »Nicht der Rede wert, ich habe Ihre Aussicht genossen.«

Sie setzen sich einander gegenüber, Yvonne Kroll an ihren Schreibtisch und Ruben in den Stuhl für Besucher. Hinter ihr hängen Poster von Inszenierungen der Volksbühne. Sie ist seit sieben Jahren am Haus, verheiratet und kinderlos. Und sie hat zwei Alibis von Carlos Kaufmann erhalten.

Yvonne Kroll sieht nicht nach Theater aus, sondern eher nach Bürokauffrau, aber sie kennt das Haus an der Museumsinsel sehr gut. Alle Abläufe – Proben oder Vorstellungen – gehen durch ihre Hände. Sie kannte alle Opfer, war aber keinem von ihnen besonders nah. Ruben hat sie bereits befragt. Wie die meisten anderen Zeugen hat sie ihm nichts geliefert.

Sie lächelt unverbindlich. »Was kann ich für Sie tun, Herr Peters?«

Ruben öffnet seine Lederjacke und zieht ein Schreiben hervor. »Ich brauche alle Proben- und Spielpläne der letzten zehn Jahre. Ich nehme an, dass Sie kooperieren werden, aber hier ist der Durchsuchungsbefehl. Pro forma.« Er lächelt und legt ihn auf den Schreibtisch.

Ihre Fingernägel sind blassrosa lackiert. Sie greift nach dem Schreiben und überfliegt es. »Natürlich kooperieren wir. Aber das sind viele Pläne.«

»Wir werden sie systematisch nach Überschneidungen der Opfer durchsuchen, um so weitere Zeugen aufzutun.«

Sie nickt. »Verstehe.«

»Aber?«

Sie lächelt wieder. »Kein Aber. Es wird nur etwas dauern, bis ich alles zusammenhabe. Ich habe die Pläne noch, aber sie befinden sich in unterschiedlichen Ordnern auf meinem Computer. Ich habe zwischendurch natürlich auch mal ein neues Betriebssystem bekommen und die Ablage umstrukturiert.«

Er greift in seine Tasche und zieht einen USB-Stick hervor. »Ich hatte eigentlich gehofft, heute alles mitnehmen zu können.«

»Heute? Ach du meine Güte.«

Ruben runzelt verärgert die Stirn. »Frau Kroll, Sie müssen die Daten doch nur hier draufziehen.«

Jetzt verfinstert sich ihr Blick ebenfalls. »Sie sagen das so, als wäre es nichts, aber ich weiß nicht mal, ob die Daten alle auf diesem Computer sind. Ich muss mit der EDV sprechen, und das, wo wir gerade wirklich sehr viel Stress haben. Wir konnten lange nichts spielen, mussten immer wieder schließen und sind mit den Proben im Rückstand. Ich mache schon jetzt Überstunden, auch ohne dass ich meinen halben Server durchsehen muss!«

Ruben zeigt auf das Schreiben vor ihr. »Sie sind dazu verpflichtet, mir die Daten zu überlassen.«

»Ja, ja, schon gut. Freitag?«

Ruben lacht, lehnt sich zurück und sieht an die Decke. »Das hieße, dass unsere Analytiker erst Montag anfangen können, während ein Serienmörder durch dieses Haus geistert, der jederzeit wieder zuschlagen kann.«

»Okay, Donnerstag, vorher schaffen wir das wirklich nicht. Sie müssen verstehen, dass das Sturmtheater unter scharfer Beobachtung steht. Wir müssen das Haus vollkriegen, sonst können wir über kurz oder lang schließen.«

Er blinzelt irritiert. Sie sieht ihn mit so ernster Miene an, dass er ihre Sorge fast aus der Luft greifen kann. »Ich wusste gar nicht, dass es dem Sturmtheater so schlecht geht.«

»Berlin hat acht Schauspielhäuser, Subventionen sind hart zu erkämpfen, und wenn wir nicht bald einen Knaller bringen, der die Kritik begeistert und das Haus füllt, dann steht uns die Schließung bevor.«

»So schlimm?«

»Schlimmer.« Unter seinem Blick scheint ihr unwohl zu werden. Sie steht auf, rückt ihre blass gestreifte Bluse zurecht und lächelt dünn. »Ich werde kurz runter in die EDV gehen und mit Mike sprechen. Vielleicht kann er mir was abnehmen und die Sache beschleunigen.«

»Danke.«

Sie macht Anstalten, zur Tür zu gehen. Dort hängt auch ein Poster: ein verstörendes Schwarzweißfoto von einer schreienden Frau, davor neongrüne Schrift. *Liebe.* »Wenn ich Sie dann bitten darf, Herr Peters? Sie hören von mir, sobald ich die Daten habe.«

Ruben steht auf und folgt Yvonne Kroll zur Tür hinaus. Sie scheint das Sturmtheater zu lieben. Aber er fragt sich, wie ein komplett vom Staat subventionierter Kunstbetrieb finanzielle Probleme bekommen kann? Das Theater müsste nahezu keine Karten verkaufen. Doch soweit Ruben weiß, sind die Vorstellungen des Theaters gut besucht.

Abends. Berlin-Mitte

Das war schlecht. Mehr als das, das war wirklich hundsmiserables Kalbsbries. Doktor Florian läuft mürrisch über den Monbijou-Platz. Er hatte eigentlich gedacht, dass ein gutes Essen ihn aufheitern würde. Doch Fehlanzeige. Ein gutes Kalbsbries hätte es vielleicht geschafft, ihn vergessen zu lassen, dass er im KKF II überflüssig ist und dass Czorski ihn auf den Schreibtisch gedrückt hat wie ein pubertierender Schuljunge den anderen. Aber da es nicht geschmeckt hat, ist Doktor Florian immer noch sauer.

Eigentlich isst er gern allein. Er braucht keine Gesellschaft, um ein gepflegtes Menü zu genießen, aber heute spürt er den Drang, mit irgendwem zu reden. Wie so ein Waschweib. Er lacht kurz über sich selbst.

Langsam überquert er die Brücke zur Musemsinsel. Der Wind, der über die Spree pfeift, ist frisch. Er stellt seinen Kragen auf und nimmt die zweite Brücke, um auf die andere Seite des Ufers zu kommen. Und eh er sich versieht, steht er am Bühneneingang zum Sturmtheater, als hätte er hier einen Freund, mit dem man über einem Glas Wein gemeinsam schweigen kann, bis die Sorgen vergessen sind. Er weiß nicht, warum seine Füße ihn ausgerechnet hierher getragen haben, und will schon wieder gehen, als sich die unscheinbare Tür öffnet.

»So was«, sagt Claudia Marken und lacht. »Was machen Sie denn hier, Herr Doktor Seidel?«

»Ich habe in der Nähe gegessen und wollte mir noch ein wenig die Beine vertreten. Und dann sah ich das Licht in der Kantine, und plötzlich stand ich hier.«

»Wollen Sie reinkommen?«, fragt sie und hält die Tür auf.

Er sieht durch den Spalt die erleuchtete Treppe mit den ausgetretenen Holzstufen. »Sie sagten, dass die Pommes hier gut sind?«

Sie sieht auf die Uhr. »Die Küche macht in zehn Minuten zu. Dann gibt es nur noch Brötchen.«

»Haben Sie Hunger?«

»Sagten Sie nicht, Sie waren eben essen?«

»Ich könnte einen Nachschlag vertragen.«

Sie lacht, macht die Tür weiter auf und geht voran. »Na dann kommen Sie herein!«

Er folgt ihr die Treppen rauf und in den Kantinenraum, der schon recht verlassen ist. In der Ecke sitzen drei Herren um die sechzig, trinken Bier und diskutieren lebhaft.

»Der Dramaturg und unsere beiden ältesten festen Ensemblemitglieder. Es geht um Beckett«, erklärt Claudia, als sie sich mit den letzten Pommes des Abends in die Sessel am Billardtisch setzen. Es ist eine gemütliche Ecke, von der man den Rest des Raumes kaum einsehen kann, fast wie ein Separee. Claudia hat darauf bestanden, die Pommes auszugeben, und stellt sie auf den Rand des abgewetzten Billardtischs.

»Ich hoffe, die warten nicht auf Godot«, erwidert Doktor Florian und hebt sein Bier. »Das wäre zermürbend.«

Claudia stößt mit ihrer Flasche an. »Sind Sie zermürbt, Doktor Florian? Sie sehen nicht glücklich aus.«

»Ich muss Bier trinken, weil alles andere in dieser Kantine einen Schraubverschluss hat. Und leider wurde jemand mit einem solchen Getränk hier vergiftet.«

Sie schaut ihn irritiert an. »Woher wissen Sie das so genau?«

Doktor Florian nimmt die Flasche von den Lippen, bevor er trinkt, und sucht fieberhaft nach einer Antwort. Dieses Detail durfte er gar nicht wissen – nicht wenn er wie eine Zivilperson in ihr Leben stolpern will, um an Insider-Informationen zu kommen. Er lächelt. »Ich habe es Montag gehört, als ich hier in der Kantine saß und Sie schon weg waren.«

Sie nickt langsam. »Wollen wir das Sie nicht weglassen?«

»Florian.«

»Claudia.«

Instant-Messaging-App

STHBPN49 Wo bist du? Wir waren doch zum Telefonieren verabredet! Warum gehst du nicht an dein Handy?

Nachts. Sturmtheater

Doktor Florian kichert. In jeder Hand hält Claudia zwei Bierflaschen. »Das sind die letzten, jetzt macht sie zu.«

Er sieht auf die Getränke in ihren Händen und grinst. »Ich hasse Bier.«

»Dafür hast du aber viel getrunken.«

»Musst du gerade sagen!«

Sie lässt sich neben ihn auf die Couch sinken. Vor ihnen steht der Billardtisch, hinter ihnen die einzelnen Tische und Stühle. Sie stoßen wieder an.

»Bier ist immer noch besser als kein Alkohol an einem Abend wie diesem«, sagt Doktor Florian seufzend.

»Stress in der Uni?«

»Uni?« Er blinzelt sie einen Augenblick verwirrt an, dann nickt er schnell. »Oh ja, meine Kollegen sind etwas schwierig. Aber hier ist es wirklich nett. Die Abwesenheit von Stil hat ihren ganz eigenen Charme, oder nicht?«

Claudia hebt die Schultern. »Die Kantine ist das Herz des Hauses, hier feiern wir Premieren und kommen abends nach den Vorstellungen zusammen. Für viele Schauspieler ist die halbe Stunde, die sie nach den Vorstellungen hier verbringen, ein wichtiges Ritual. Vielleicht merkt man dem Raum das an.«

»Vielleicht. Aber jetzt müssen wir gleich gehen, oder?«

Claudia trinkt und nickt.

Doktor Florian mustert sie von der Seite. Sie ist älter als er, und sie ist keine Frau, die er auf den ersten Blick spannend finden würde, aber ihre Gesellschaft tut gut, besonders, wenn sie lacht. Er muss an seine Schwester denken. Seidel macht sich immer lustig, dass er bei jeder Eroberung die Ballistiker-Karte spielt und mit seiner beruflichen Expertise zu punkten versucht. Und sie hat recht, er kann sich nicht erinnern, wann er das letzte Mal einer Frau nicht auf die Nase gebunden hat, dass er BKA-Spezialist ist. Wahrscheinlich war das, als er noch gar nicht beim BKA war. Also lange her.

»Was ist?«, fragt sie.

»Ich hab nur über mich nachgedacht.«

»Über dich?« Ihr Blick ist plötzlich forschend, dann beugt sie sich langsam vor und küsst ihn.

Er schaut sie überrascht an.

Sie lächelt. »Weißt du noch, was du gesagt hast, als du das erste Mal in dieser Kantine warst?«

»Dass sie nach ästhetischen Maßstäben enttäuschend ist?«

»Komm mit, ich zeig dir was.« Sie nimmt seine Hand und zieht ihn hoch. »Nimm deinen Mantel.«

Er vergisst das Bier und folgt ihr. Sie zieht ihn in den dunklen Flur und dann auf die Straße hinaus. Als sie in ihre Jacke schlüpft, holt sie ein Tuch aus ihrer Tasche hervor und hält es hoch. »Vertraust du mir?«

Er lacht. »Ach, Vertrauen ... Damit kommen wir nicht an spannende Orte.«

»Heißt das, ich darf dir die Augen verbinden?«

Mit einem Nicken dreht er ihr den Rücken zu und schließt die Augen. Das Tuch ist aus Seide und schmeichelt seiner Haut. Es ist wie ein Streicheln. Sie knotet es an seinem Hinterkopf zusammen, gerade fest genug, dass es nicht verrutscht.

Sie greift nach seiner Hand und zieht ihn sanft hinter sich her. Der scharfe Wind streift ihm durch den Bart, er lässt sich mitziehen. Claudia sagt nichts, sondern hält nur seine Hand. Manchmal drückt sie ihn nach rechts oder links. Irgendwann flüstert sie: »Stufen«, und er folgt ihr eine Treppe hinunter.

Es riecht nach U-Bahn-Haltestelle, und wenig später hört er, wie sich Zugtüren schließen. Er denkt kurz sehnsüchtig an seinen alten Porsche, der viel besser riecht, schneller fährt und ungleich schöner ist als dieses Gefährt, aber dann sagt er sich, dass eine U-Bahn-Fahrt mit verbundenen Augen eine der besten Geschichten ist, die er seiner Schwester morgen wird erzählen können.

»Und?«, fragt er. »Gucken die Leute schon komisch?«

Sie lacht und drückt seine Hand. Obwohl sie nebeneinandersitzen, halten sie sich noch an den Händen. »Es ist nach Mitternacht, da sind selbst in Berlin nur noch wenige Menschen unterwegs. Und selbst wenn es anders wäre, würde sich kaum jemand für uns interessieren. Es gibt immer jemanden, der noch mehr Freak ist – die Berliner haben schon alles gesehen.«

»Das bezweifle ich.«

»Ich auch, aber davon sind sie selbst überzeugt«, erwidert sie. »Komm, wir müssen raus.«

Er folgt ihr eine Treppe hinauf. Es zieht wieder. Oben biegen sie links ab, überqueren eine Straße und biegen wieder ab. Sie laufen noch ein wenig, und dann sind sie am Ziel. Claudia klappert mit Schlüsseln, öffnet eine Tür und zieht ihn hinein. Es riecht nach Schutt und Schimmel, und Doktor Florian tritt auf knirschenden, unebenen Boden.

»Es ist nicht gerade frisch saniert«, sagt sie und schiebt ihn vorsichtig weiter. Der Geruch wird intensiver.

Sie öffnet noch eine Tür. Es klickt leise, das Licht geht an. Er sieht es durch die Seide vor seinen Augen.

»Du kannst den Schal abnehmen«, sagt sie.

Doktor Florian zieht das Tuch ab und blinzelt. Die plötzliche Helligkeit brennt in seinen Augen. Als er sich an das Licht gewöhnt hat, sieht er einen kleinen Zuschauerraum voller rotsamtiger Klappstühle und eine neobarock verzierte Bühne. Abgeblättertes Gold, abgeplatzte Lackierungen, morsche Säulen. Alles furchtbar klein und heruntergekommen.

»Wo sind wir?«

»In einem kleinen Theater, das vor zwanzig Jahren geschlossen wurde.«

»Und wieso hast du einen Schlüssel?«

Sie lacht. »Weil niemand anders ihn wollte.«

»Interessante Antwort.«

Sie beugt sich zu ihm. »Ich bin eine interessante Frau«, haucht sie und küsst ihn. Dann wendet sie sich ab und zieht ihn durch den Mittelgang nach vorn.

»Gehen wir auf die Bühne?«

»Später.« Claudia zieht ihn nach links zu einer Tür und dann eine schmale Treppe hinunter. Eindrücke rauschen an Doktor Florian vorbei. Sie öffnet eine weitere Tür und schaltet das Licht ein. Sie stehen in einem kleinen Raum, der mit Möbeln vollgestopft ist. Auf ihnen liegt eine dicke Staubschicht. Claudia geht in den Raum hinein und steht zwischen Biedermeier-Tischchen und nachgemachten Louis-quatorze-Stühlen.

Doktor Florian schwankt zwischen Ekel und Faszination. »Sind das Kulissen?«

»Teile davon, ja. Sie wurden nach der Schließung einfach hier unten gelassen.«

»Was ist dort?« Er zeigt auf eine Tür zwischen zwei Regalen.

»Ach, nur eine kleine Kammer.«

»Kein Hort weiterer Theaterwunder?«

Sie legt den Kopf schief und sieht ihn verschwörerisch an. »Noch nicht.«

»Du hast mehr Geheimnisse, als gut für einen Menschen sind«, sagt er und beobachtet sie. »Du siehst unscheinbar aus, weil du so aussehen willst, aber du könntest eine Schönheitskönigin sein, wenn du wolltest. Niemand im Sturmtheater kennt dich wirklich, oder?«

Sie schlängelt sich zwischen den Möbeln hindurch auf ihn zu. »Die wichtigen Menschen lernen mich schon kennen.«

Sie bleibt direkt vor ihm stehen. Er zieht sie an sich. »Und ich gehöre wohl dazu«, flüstert er und küsst sie. Er spürt, wie sich ihre Arme um seinen Nacken legen, ihn nahezu verschlingen. Sie sinken auf irgendein Polstermöbel. Er riecht Staub und ihren Körper, küsst ihren Hals und lauscht ihrem Atem. Als ihre Hand in seinen Hosenbund wandert, stöhnt er auf. Er reißt ihr die Jeans runter und zerrt an ihrem Höschen, bis er in ihren nackten Schoß abtauchen kann. Er küsst und leckt, während sie sich seufzend windet. Staub wirbelt um sie herum, aber plötzlich findet Doktor Florian das alles nicht mehr eklig, sondern magisch. Wie Feenstaub, den eine Elfenkönigin aufwirbelt. Claudia zieht ihn zu sich aufs Sofa. Hastig ziehen sie ihm gemeinsam die Hose runter, und dann dringt er in sie ein und presst sie mit seinem ganzen Gewicht in das staubige Polster.

Instant-Messaging-App

STHBPN49 Guten Morgen, liebe Claudia. Rate mal, wer mich gestern Abend noch angerufen hat? Ich wollte erst gar nicht abnehmen, aber dann hat die Schadenfreude gesiegt. Sie hat mich verlassen, und jetzt kommt sie wieder angekrochen, dachte ich. Ein schönes Gefühl. Jedenfalls ging es Wanda schlecht, und sie ist noch auf einen Tee vorbeigekommen. Sie hat mir unter Tränen erzählt, dass ihre heiße Lesbenfreundin sie schon wieder verlassen hat. Sie war völlig aufgelöst. Und ich war wirklich voll Schadenfreude, bis sie darauf bestanden hat, mir ein Foto von ihrer »Michi« zu zeigen.
Und das warst eindeutig du …
Ich weiß nicht, wie ich so dumm sein konnte, wieder auf dich reinzufallen. Hast du Wanda etwa verführt, um sie von mir wegzulocken? Dann bist du viel krasser, als ich dich in *Kaninchenkinder* beschrieben habe.
Was zur Hölle geht in deinem kranken Hirn vor, Claudia?!

Donnerstag, 9. Oktober
Morgens. Verlassenes Theater

Er ist kaum wach, doch er weiß bereits, dass er ein seliges Lächeln auf dem Gesicht hat. Er hat nicht viel geschlafen, wenige Stunden nur, er spürt es, aber auf diese glückliche Weise, die allein Hormone verursachen können. Der Rausch der Lust fegt jede Müdigkeit hinweg. Doktor Florian wird heute keinen Schlaf mehr brauchen. Er öffnet die Augen.

Es ist finster. Dabei war er sich sicher, dass es längst Tag sein musste, dann fällt ihm ein, dass er sich in einem Keller befindet. Ohne Fenster. Doktor Florian setzt sich auf. Um ihn herum liegen samtige Stofflagen, es riecht nach Staub und Mottenkugeln. Er dreht sich auf alle viere, tastet sich über den Holzboden zur Wand, dann zur Tür und zum Lichtschalter.

Das Licht brennt in seinen Augen. Ein weiteres Lächeln stiehlt sich auf sein Gesicht, als er an die letzten wachen Stunden in dieser kleinen Kammer denkt. Sie haben es dort auf dem schwarzen Moltonhaufen ein letztes Mal getrieben, bevor sie erschöpft eingeschlafen sind. Er sammelt seine Kleidung auf und zieht sich leise pfeifend an. Mit wenigen Handgriffen sitzt die Fliege unter seinem Vollbart wieder eins A. Er sieht noch mal zu dem zerwühlten, schweren schwarzen Stoff und zu dem kleinen Waschbecken an der Wand. Ein seltsamer Raum. Er betrachtet den Besen und den Putzeimer, dann legt er die Hand auf die Klinke und drückt sie hinunter.

Die Tür bewegt sich nicht. Er rüttelt daran, aber sie ist abgeschlossen. Irritiert tritt Doktor Florian einen Schritt zurück. Er greift noch mal nach der Klinke und drückt sie mit Elan nach unten – vergebens.

Er ist eingesperrt. Er beugt sich hinunter. Unter der Klinke ist ein altes Schlüsselloch, in dem eindeutig ein Schlüssel steckt. Jemand musste von außen abgeschlossen haben. Claudia?

Er wischt den Gedanken mit einem unsicheren Lachen beiseite. Warum sollte sie ihn einsperren?

Doktor Florian greift routiniert in seine Hosentasche, aber da ist nichts. Kein Handy. Er greift noch einmal in beide Taschen, tastet seine Brust- und Innentaschen ab, hebt seinen Mantel auf und prüft auch dort die Taschen. Sein Handy ist verschwunden.

Kapitel 15 **Tagebuch**

Donnerstag, 9. Oktober
Morgens. KKF II

»Und Sie werden meinen Mandanten weder ansprechen noch anrufen und ihn auch nicht mehr in seinem Laden aufsuchen. Verstanden?«

»Natürlich, Herr Doktor Meyer«, sagt Czorski und unterdrückt ein Stöhnen.

»Jedweder Kommunikationsversuch, mündlich oder schriftlich, wird zu einer Anzeige führen. Als Forschungsgruppe haben Sie Ihre Grenzen mehrfach überschritten und bewegen sich bereits jetzt auf dünnem Eis. Sie können froh sein, wenn es bei einer Beschwerde seitens meines Mandanten bleibt.«

»Ich kann mich nur mehrfach bei Ihnen und Herrn Nebel entschuldigen, Herr Doktor Meyer. Wir sind als Forschungsteam neu und müssen unsere Arbeitsweise erst definieren.«

»Da gibt es nichts zu definieren. Sie halten sich einfach von Torsten Nebel fern!«

»Natürlich«, sagt Czorski und legt auf.

»Keine Sorge«, murmelt Pfeffer. »Deine Entschuldigung klang aufrichtig.«

»Außerdem haben wir ja Gullnicks Kooperationsbereitschaft. Er hat zwei Texte geschickt. Das ist reichhaltiges Material«, ruft Seidel aus ihrem Büro. »Wir brauchen Torsten Nebel nicht mehr.«

Czorski nickt, steht auf und streckt sich. Er geht zur Pinnwand neben der Tür von Seidels Büro und betrachtet die Notizen und die Mindmap. »Glaubt ihr, Gullnick will Torsten ans Messer liefern?«

»Du meinst, ob er ihn dafür bestrafen will, dass Torsten ihn damals verraten hat?«, fragt Pfeffer, ohne von ihren Büchern aufzusehen.

»Nein«, antwortet Czorski, »um ihn dafür zu bestrafen, dass er erwachsen geworden ist.«

Seidel kommt zu ihnen und lächelt Czorski an. »Guter Gedanke.«

Filond steckt den Kopf zur Tür herein. »Doktor Florian ist immer noch nicht da.«

»Ja«, sagt Seidel und klopft ihre Taschen ab. »Er hat mir vorhin eine SMS geschickt.« Sie zieht ihr Handy aus der Tasche am Hintern und hält es triumphierend hoch. »Ganz neu!«

»Sehr hübsch«, sagt Filond und tänzelt in den Raum hinein.

»Ich geb dem Teil drei Wochen«, sagt Pfeffer.

Seidel funkelt sie kurz an und schiebt ihre Brille mit einem Ruck die Nase hoch. »Jedenfalls ist es wie das alte, und ich kann es ganz leicht bedienen. Ich konnte auch alle meine Daten aus der Cloud rüberziehen.«

»Du meinst, Czorski konnte das«, erwidert Pfeffer und blättert gähnend eine Seite um. »Kann jemand von euch Griechisch?«

»Doktor Florian kann Griechisch«, antwortet Filond.

»Ja, aber er ist krank«, sagt Seidel und schaut auf ihr Handy. »Grippaler Infekt oder so. Das hat er mir zumindest geschrieben.«

Nachmittags. Sturmtheater

Mit wehenden, wenn auch dünnen graubraunen Haaren umrundet Carlos Kaufmann seinen Schreibtisch, und sein obligatorischer Künstlerschal flattert hinter ihm her. In seinem Beruf hat Ruben gelernt, dass Klischees dadurch entstehen, dass sich Menschen gern in Schubladen einrichten, besonders, was ihr Äußeres angeht. Seine Lederjacke knarzt, als er sich vom Türrahmen abstößt und das Büro des Intendanten betritt. Auch von hier hat man einen hübschen Blick auf die Museumsinsel. Heute ist die Luft klar.

»Mike wollte Ihnen die Daten doch schicken«, murmelt Carlos und sortiert im Stehen mehrere Textbücher auf seinem Schreibtisch. Ruben tritt näher und liest auf zweien der Bücher *Cyrano de Bergerac,* auf einem steht oben links in hübscher Handschrift *Betty*. Auf einem dritten Buch steht *Theatermord/Seilwinde (AT)*.

Ruben runzelt die Stirn. »Ich komme lieber persönlich vorbei«, erklärt er, ohne den Blick von dem Textbuch zu lassen. »Ich brauche auch noch eine Unterschrift von Ihnen zur Bestätigung, dass die Daten vollständig sind.«

»Ja, ja.«

»Was ist das?«, fragt Ruben und zeigt auf das dünne *Theatermord*-Buch in leuchtendem Weiß.

Carlos setzt sich. »Es ist der erste Entwurf für den Anfang eines Stücks über das, was zurzeit hier am Haus passiert.«

Ruben sinkt langsam in den Besucherstuhl. »Über die Morde?«

»Ja, das ist ein schreckliches Trauma, das wir aufarbeiten müssen. Und da wir Künstler sind, tun wir es auf unsere Weise.«

Ruben lehnt sich zurück und verschränkt die Arme vor der Brust. »Sind Sie sicher, dass es nicht vielmehr um Provokation und Profitgier auf Kosten der grausam zugerichteten Opfer geht?«

»Wie bitte?« Carlos' Blick wird stechend. »Unterstellen Sie mir Pietätlosigkeit?«

»Indem Sie so was auf die Bühne bringen, schlachten Sie nur einen Skandal aus. Wollen Sie nicht wenigstens etwas Zeit vergehen lassen?«

»Wir müssen jetzt mit unserer Trauerarbeit anfangen, bevor wir bleibende, psychische Schäden davontragen.«

»Trauerarbeit?« Ruben lacht kurz auf. »Sie glauben wahrscheinlich sogar, was Sie da sagen.«

»Ich erwarte nicht, dass Sie etwas von Kunst verstehen.« Carlos lächelt hämisch. »Aber was mir vorschwebt, ist eine zeitnahe Inszenierung. Das Stück wird während der Proben entstehen. Wir werden über die Opfer und den Tod reden, dabei improvisieren und der Autor wird daraus dramatische Texte erschaffen. Das geht alles Hand in Hand.«

»Sie könnten warten, bis wir den Mörder haben.«

»Und was, wenn Sie ihn nie fassen, Herr Peters?«

»Dann hätten Sie noch mehr ausverkaufte Vorstellungen – vorausgesetzt, die Morde hören auf.«

Carlos beugt sich zu ihm vor. »Was soll ich Ihrer Meinung nach denn tun? Schließen und meinem gesamten Ensemble sagen, es soll sich verkriechen, bis Sie den Täter endlich haben? Obwohl Sie keinen Schritt weiter sind als vor drei Wochen?«

»Sie wissen nicht so viel über meine Ermittlungen, wie Sie glauben.«

»Und Sie wissen nichts über meine Arbeit.«

Ruben grinst und beugt sich ebenfalls vor. »Ich weiß, dass Sie ausverkaufte Vorstellungen brauchen und dass Sie finanziell gesehen sehr verzweifelt sind.« Er hebt die Schultern und lehnt sich wieder zurück. »Oder Ihre Kollegin hat mir etwas Falsches erzählt.«

»Was? Wer hat Ihnen das erzählt?«

Ruben streckt sich genüsslich, verschränkt die Finger ineinander und betrachtet den Regisseur, der die Lippen fest aufeinanderpresst. Je länger Ruben schweigt, desto unruhiger scheint Carlos Kaufmann zu werden.

»Ach, Yvonne Kroll hat gestern nur gesagt, dass sie alle Hände voll zu tun hat, weil das Haus rote Zahlen schreibt.«

»So ein Unsinn!«, sagt Carlos. Sein Blick flackert für den Bruchteil einer Sekunde, bevor er energisch aufsteht. »Wir haben natürlich keine finanziellen Probleme. Also, verstehen Sie mich nicht falsch. Kultureinrichtungen werden vom Staat nicht gerade verwöhnt, wir müssen viele Sponsoren und Freunde gewinnen, aber Sie dürfen Yvonnes Worte nicht so ernst nehmen.« Er geht zum Fenster, lehnt sich ans Fensterbrett und sieht auf Ruben herab. »Und wieso haben Sie sie überhaupt danach gefragt? Sehen Sie einen Zusammenhang zwischen unserer Buchhaltung und dem Mord?«

Ruben legt einen Arm lässig auf die Rücklehne. »Bis jetzt noch nicht.« Sein Grinsen wird breiter. »Und ich habe Frau Kroll auch nicht danach gefragt.«

Carlos krallt die Hände ums Fensterbrett, seine Knöchel treten weiß hervor, hinter ihm steht der Fernsehturm in einem Kilometer Entfernung, als könne ihn nichts umstoßen. »Sie meinen, Yvonne hat Ihnen ganz von sich aus davon erzählt?«

Ruben legt den Kopf schief und setzt eine wohlwollende Miene auf. »Kann es sein, dass Yvonne Kroll Sie nicht besonders gut leiden kann, Herr Kaufmann?«

Carlos Kaufmann lacht auf und dreht sich ans Fenster. »Das ist eine interessante Frage. Das sollten Sie aber besser sie fragen.«

Ruben zieht einen drei Mal gefalteten Zettel aus seiner Ledertasche. »Nun gut. Jedenfalls hätte ich jetzt gern eine Unterschrift und einen prall gefüllten Datenträger von Ihnen. Dann bekommen Sie eine Quittung.«

Carlos kommt mit schweren Schritten an seinen Schreibtisch zurück und nimmt den Telefonhörer auf. »Ich rufe Mike an. Moment.«

Wenig später steht Ruben mit einer CD in der Brusttasche seiner Jacke draußen zwischen Sturmtheater und Bode-Museum und denkt über Geld nach – und darüber, dass er die Wahrheit soeben ein bisschen verbogen hat. Aber sollen Frau Kroll und Herr Kaufmann sich ruhig mal anfauchen, bis einer von ihnen einen Fehler macht. Denn irgendwas haben die beiden zu verbergen.

Nachmittags. Schöneberg

Doktor Hartmann trinkt Tee und scheint peinlich darauf bedacht zu sein, dabei keine Geräusche zu machen. Pfeffer denkt an Doktor Florian, der beim Teetrinken immer absichtlich zu schlürfen scheint, aber sonst jedwede Schmatz-, Ess- und Trinkgeräusche scharf verurteilt. Sie lehnt sich in den weichen Sessel zurück und sieht sich in der Praxis um.

Es gibt keine Couch, auf der man liegen und reden muss. Pfeffer begrüßt das. Sie begrüßt auch die schönen Holzdielen in der kleinen Altbauwohnung, die dem Psychologen als Praxis dient. Draußen hinter Milchglasscheiben sieht sie Passanten vorbeigehen, die nicht ahnen, was man hier drinnen offenbart – oder offenbaren muss.

»Würden Sie sagen, dass Männer Sie hierher gebracht haben?«, fragt der schlanke Sechzigjährige mit dem grauen Bürstenschnitt.

»Meine Chefin hat mich gezwungen, meine Therapie wieder aufzunehmen«, antwortet sie mit wippendem Fuß. »Also ist eine Frau der Grund.«

Doktor Hartmann lächelt so freundlich und weise, wie man es nur guten Seelenklempnern zugesteht. »Sie sind klüger als das, Frau Pfeffer.«

»Es geht um meine Arbeit und meine Ermittlungsbesessenheit. Männer sind nicht der Grund.«

»Vielleicht sind sie ein Symptom«, schlägt Doktor Hartmann vor.

»Ich will niemandem zum Symptom machen«, erwidert sie

leise. »Und ich will auch niemanden benutzen.« Vor ihrem inneren Auge sieht sie Rubens Gesicht ganz nah vor sich, kurz bevor sie ihn küssen wird. »Zumindest nicht jeden.«

»Sie haben bereits mehrmals gelogen, sich eine andere berufliche Position zugeschrieben und sich als jemand anderes ausgegeben, um an Ihr Ziel zu kommen.« Er notiert etwas, während seine ruhige Stimme den Raum erfüllt.

Pfeffer betrachtet ihn und lauscht dem Klang seiner sanften Worte nach. Es liegt kein Vorwurf darin. »Seidel hatte recht. Sie sind gut.«

»Rita Seidel ist gut.« Er lächelt. »Meine beste Studentin.«

»Aber sie arbeitet unorthodox, oder? Chaotisch und unübersichtlich, bis sie am Ende irgendwas ausspuckt, was alle umhaut.«

»Ist das ein Problem?«

»Vielleicht liegt es an mir. Ich habe das Gefühl, ich darf nie unorthodoxe Methoden anwenden, einfach weil ich Theresia Pfeffer bin und andere Rechte habe. Oder besser gesagt gar keine.«

»Ich begrüße, dass Sie sich öffnen, aber Ihr Selbstmitleid wird uns hier in diesem Raum nur im Weg stehen, Frau Pfeffer.«

Sie lacht. »Ich wollte zuerst gar nicht kommen.«

»Und jetzt fühlen Sie sich wohler, als Sie gedacht haben?«

»Ja.«

»Zurück zu den Männern.«

»Ich meide sie jetzt.«

Doktor Hartmann legt den Stift beiseite und nimmt seine Teetasse auf. Über den Rand der Tasse hinweg betrachtet er sie. »Sie meinen, seit Sie Ruben geküsst haben, meiden Sie Männer, die Ihnen auf dem Weg zum Täter weiterhelfen könnten.«

»Oder mir im Weg stehen.«

Der Psychologe trinkt, stellt die Tasse wieder ab und notiert in aller Ruhe etwas auf seinem Block. »Haben Sie jemals darüber nachgedacht, einen anderen Weg zu gehen, einen Weg ohne

Hindernisse, auf dem Menschen ihnen nicht nur als Wegweiser dienen?«

»Das hieße, Mörder zu ignorieren.«

»Sie haben also darüber nachgedacht.«

»Ich war nett zu Ruben, weil er nett zu mir war. Wenn man sich sympathisch ist, dann ist man doch freundlich, oder? Ich dachte, so ist das mit ihm und mir. Ich wollte nicht … Ich glaube nicht, dass ich ihn *nur* benutzen wollte.«

»Sie sind unsicher, ob Sie ihn benutzt haben. Denken Sie darüber viel nach?«, fragt Doktor Hartmann.

»Dauernd. Darüber oder über die Theatermorde.«

»Glauben Sie, dass Ihre Beziehung zu Tobias Damm ein Fehler war?«

»Ja«, sagt Pfeffer wie aus der Pistole geschossen. »Ich hätte die ganzen Hinweise sehen müssen, hätte erkennen müssen, dass er der Mörder war, den ich so verzweifelt suchte.« Sie kratzt mit dem Fingernagel über die Naht des Polsterbezugs ihrer Armlehne, bis sie Doktor Hartmanns Blick bemerkt. Verstohlen legt sie die Hand in ihren Schoß.

»Was Sie tun müssen, ist etwas anderes: Hören Sie auf, sich zu verurteilen. Vielleicht haben Sie Ruben benutzt, oder vielleicht hat er aufgrund seines Wissens über Sie voreilige Schlüsse gezogen. So oder so hat er Sie verletzt. Und Sie dürfen verletzt sein. Sie dürfen auch Fehler machen. Vielleicht haben Sie mit Tobias Damm auch einen Fehler gemacht, seien Sie trotzdem netter zu sich. Es geht im Leben selten um Bewertungen oder gar harte Verurteilungen.«

»Worum geht es denn im Leben?«

Er lacht und legt den Block beiseite. »In Ihrem Leben geht es um den Tod, Frau Pfeffer.«

»Wie wunderbar.«

»Sie haben es sich doch selbst ausgesucht. Und so schlimm ist das doch gar nicht.« Er dreht sich zur Seite und gießt sich etwas Tee nach. Die hellgrüne Flüssigkeit hat Ränder an der Glaskanne hinterlassen, die er nun zurück auf das Stövchen stellt. Ohne hinzusehen, rührt er in seiner Tasse. »Ihr Job ist nun mal, was es ist. Sie sollten nicht immer in den Kategorien richtig und falsch, Erfolg und Versagen denken.« Er lächelt freundlich und sieht auf die Uhr. »So, unsere anderthalb Stunden sind fast vorbei. Es freut mich, dass Ihnen nicht langweilig war.« Er legt Block und Stift beiseite. »Zum Abschied möchte ich Ihnen noch ans Herz legen, Ihre Geschichte einmal aufzuschreiben.«

»Was? Ein Tagebuch?«

»Ja. Oder führen Sie ein Interview mit sich selbst, das kann sehr heilend sein. Viele berühmte Schriftsteller verarbeiten Traumata in ihren Texten. In Ihrem Fall wäre es schön, wenn Sie sich immer wieder dazu anhalten würden, Ihren Text, Ihre Geschichte nicht zu bewerten oder gar zu verurteilen.«

Pfeffer nimmt ihre Tasche und macht eine unglückliche Miene. »Ich hasse Schreiben.«

Er nickt. »Es ist nur ein Vorschlag. Betrachten Sie es als Entspannungskur für Ihre Seele.«

Nachts. Pfeffers Wohnung

Samtweich liegt die Decke auf ihren nackten Beinen, aber schon nach wenigen Minuten wiegt sie gefühlt eine Tonne. Pfeffer ist heiß, sie strampelt sich frei, dreht sich auf die Seite und boxt in ihr Kissen, bis es wieder an der richtigen Stelle Volumen hat.

Langsam lässt sie den Kopf ins Kissen sinken, drückt ihr rechtes Segelohr platt. Sie schließt die Augen, doch sie kann nicht einschlafen. Inzwischen sind es wieder zwei von drei Nächten, an denen sie den Wecker bis in die Morgenstunden anstarrt. 2.43 Uhr.

Sie dreht sich wieder auf den Rücken, streicht sich die Haare aus dem Gesicht und blickt an die dunkle Zimmerdecke. Sie hat noch kein Deckenlicht im Schlafzimmer. Czorski hat vor ein paar Wochen mal angeboten, vorbeizukommen und ihr zu helfen, aber jetzt möchte sie niemanden mehr um etwas bitten. Sie hat es oft genug getan. Außerdem kann sie auch selbst eine blöde Lampe anbringen. Dafür gibt es schließlich YouTube-Videos. Sie muss es nur eben machen, anstatt bis spät in die Nacht zu arbeiten und nachzudenken.

Pfeffer schlägt die Bettdecke zurück und setzt sich auf. Gähnend greift sie nach ihrer Nachttischlampe und schaltet sie ein. Daneben auf dem Nachtschränkchen steht eine halbvolle Tasse Lavendeltee. Der soll für die Nacht beruhigen, aber er tut nichts als duften. Wenigstens riecht es jetzt nach Sommer, denkt Pfeffer und schlüpft in ihre Hausschuhe. Dann schlurft sie zurück in ihr kleines Wohnzimmer und schaltet den Fernseher ein.

Nazis, Konzertdokus und ein Porno. Sie schaltet zurück zu der Doku und sieht auf ihren Schreibtisch: Bücherstapel und drei Notizblöcke voller Hypothesen und Ideen. Sie greift einen davon und blättert lustlos darin rum. Am Ende des Blocks sind noch unbeschriebene Seiten. Jungfräuliches Weiß, das im Halbdunkel des Wohnzimmers fast grell wirkt.

Sie denkt an die Therapiestunde und an die Verbindung von Text und Trauma. Eigentlich möchte sie nicht traumatisiert sein. Und wäre nicht schon ein einziges geschriebenes Tagebuch-Wort ein Eingeständnis, dass sie es doch ist?

Sie sieht auf das weiße Papier, während die Donots hinter ihr einzeln über eine Kindheit in Ibbenbüren berichten. Das Papier hat kleine Karos, die die Illusion vermitteln, sie allein könnten Dinge ordnen. Dabei muss man das schon selber tun. Außer man ist Rita Seidel. Pfeffer lächelt. Sie greift nach einem Stift, legt den Block auf ihren Knien ab, setzt die Mine aufs Papier.

Aber es kommt nichts. Die Wörter wollen nicht von allein kommen.

Sie starrt bestimmt fünf Minuten auf diese weiße Seite, ohne dass ihr auch nur ein Wort in den Sinn kommt, das es wert wäre, aufgeschrieben zu werden. Was soll daran denn so schwer sein? Wie machen das Schriftsteller, die angeblich nichts anderes tun, als ihre eigenen oder fremde Traumata zu verarbeiten?

Pfeffer hält inne. Sie lässt den Stift sinken und hebt den Kopf. Dann springt sie plötzlich auf, tritt auf den Block, der eben noch auf ihren Knien lag, und durchsucht den Bücherstapel auf ihrem Schreibtisch mit fliegenden Fingern. Schließlich hält sie die Kopien in der Hand.

Oliver Volkers hat sein Stück *Kaninchenkinder* zwei Monate nach der Premiere in einer Theaterzeitschrift publiziert, das komplette Stück. Pfeffer hat es an einem der letzten Wochenenden in der Bibliothek kopiert, sich aber noch nicht angesehen. Theaterstücke in Schriftgröße zehn lassen sich nämlich noch schlechter lesen als Canters Forschungsergebnisse. Sie drückt die Kopien an ihre Brust und lässt sich damit auf ihr neues, smaragdgrünes Sofa fallen.

Oliver schreibt ein Stück über die Theatermorde ohne jede Skrupel, und er war in der Nähe, als jemand einen Scheinwerfer nach Pfeffer geworfen hat. Vielleicht würde *Kaninchenkinder* ihr verraten, welche Traumata ihn interessieren und was ihn zum Schreiben antreibt.

Kapitel 16 **Frühstück**

Freitag, 10. Oktober
Morgens. KKF II

»Arno Ulling. Zerrissen«, sagt Pfeffer und pinnt sein Foto an die Wand hinter Czorskis Schreibtisch. Den Waffenschrank haben sie zur Seite geschoben, und auch Czorskis Bürocontainer wurde verrückt. Seidel sitzt im Schneidersitz darauf, während Czorski auf Pfeffers Stuhl sitzt und Filond neben ihm.

»Das ist der Tod der Echo«, erklärt Pfeffer ein anderes Bild: der Ausdruck eines Gemäldes aus dem neunzehnten Jahrhundert. »Echo ist eine Nymphe, die von Zeus beauftragt wird, dessen Gattin Hera mit Geschichten zu unterhalten, während er fremdgeht. Letzteres kommt leider trotz ihrer Geschichten raus. Daraufhin bestraft Hera Echo, und sie kann fortan keine eigenen Sätze oder Gedanken mehr aussprechen, sondern ist dazu verdammt, die der anderen zu wiederholen.«

»Also, ich hätte ja Zeus bestraft«, sagt Seidel.

»Du bist Psychologin, du hättest niemanden bestraft, sondern mit beiden darüber geredet«, erwidert Filond trocken und schlürft seinen Kaffee, der dem Duft nach hauptsächlich aus Macadamiasirup und Milch besteht.

»Ich bin nicht so eine Psychologin. Ich finde Strafen gut«, sagt Seidel und setzt eine strenge Miene auf.

»Jedenfalls gibt es ab hier verschiedene Weitererzählungen vom Mythos der Echo«, fährt Pfeffer fort, während sie eine Darstellung der Nymphe neben Ullings Foto pinnt. »Eine Legende besagt, dass sie sich unsterblich in Narziss verliebt hat. Der aber wollte nichts von ihr, woraufhin sie eine sehr ausgeprägte Form liebeskummerbedingter Appetitlosigkeit bekam und verhungerte. Interessant ist für uns aber eine andere Geschichte. Pan, der Gott der Hirten«, Pfeffer heftet ein Bild von einem Panflöte spielenden Wesen an die Wand, das Ziegenbeine hat und auf einem Felsen sitzt, »hat sich in Echo verliebt. Auf den stand sie nicht so, was ihn wütend gemacht hat. Also hat er all den Hirten befohlen, Echo zu *zerreißen.*« Mit gerunzelter Stirn betrachtet Pfeffer die Bilder. »Ulling ist unsere Echo. Oder so ähnlich.«

»Es könnte ein Hinweis auf eine Dreiecksbeziehung sein«, sagt Czorski und nimmt sein iPad. »Ich schreib das mal als Hypothese auf.«

Pfeffer schreibt *1. Akt* auf einen Post-it und klebt ihn über die Bildkonstellation. »Ein Mann, zwei Frauen, siehe Zeus' Untreue, oder eine Frau und zwei Männer, siehe Narziss und Pan.«

»Kein Wunder, dass Echo nicht auf Ziegenbeine stand«, sagt Filond, legt den Kopf schief und betrachtet das Bild.

»Sei nicht so oberflächlich«, mahnt Pfeffer.

»Oh, wirkt deine Therapie?«, fragt Czorski.

Pfeffer schenkt ihm ein Augenrollen und klebt ein Post-it mit *2. Akt* an die Wand. »Nikki Eifert und Jens Johannes Jost bilden zusammen den ersten Narziss.« Mit wenigen Handgriffen hängen drei weitere Bilder an der Wand. Sie zeigt auf Nikki. »Vergiftet.« Ihr Finger wandert weiter zu Jens, »Erschlagen«, und landet schließlich bei dem Gemälde von einem blondgelockten jungen Mann: »Narziss. Sohn einer Nymphe und eines Gottes, wird aber eher als Jüngling beschrieben denn als Halbgott. Er war selbstverliebt und eitel und verschmähte jeden, der sich in ihn verliebte, was Männer und Frauen gleichermaßen taten. Ein Mann brachte sich selbst um, weil er sich so nach Narziss verzehrte, flehte aber zuvor die Götter an, sie mögen den eitlen Jüngling bestrafen.«

»Sie verurteilten ihn zu unstillbarer Selbstliebe«, sagt Filond lakonisch, trinkt seinen Kaffee aus und wirft den Becher mit gezierter Hand in den Mülleimer. »Eine furchtbare Eigenschaft.«

Alle sehen ihn einen Augenblick an.

»Was?«, fragt er und hebt die Schultern. »Verwechselt mich nicht mit Doktor Florian. *Ich* bin voller Komplexe.«

Seidel grinst. »Natürlich.«

Pfeffer räuspert sich. »Unstillbare Selbstliebe. Ja, das war die Strafe. Er sah sein Spiegelbild in einem Teich und war verloren. Er ist jung gestorben, wie, dazu gibt es mehrere Überlieferungen.«

»Er sah sein Spiegelbild und fiel hinein, als er sich damit vereinen wollte«, sagt Czorski.

»Genau. Das ist eine Version.«

»Er hörte vor lauter Liebeskummer auf zu essen, wie es auch Echo getan hat«, sagt Seidel. »Denn er begriff, dass er und sein Spiegelbild keine Beziehung eingehen können, und so verzehrte er sich vor Liebeskummer, bis er schmachtend starb.«

Pfeffer nickt. »Und statt seiner Leiche fand man nach seinem Tod eine Narzisse am Ufer des Teichs. Kennst du noch eine Todesart?«

»Nein. Du?«

»Ja, er betrachtet sich selbst im Wasser, während ein Blatt vom Baum fällt. Die Wellen, die durch das Wasser gleiten, verzerren sein Bildnis, was ihn so schockiert, dass er stirbt.«

Filond lacht. »Das ist aber nichts, was ich bei einer Leichenschau nachweisen könnte.«

»Der Theatermörder hat keine mythischen Fähigkeiten, er erschlägt und vergiftet«, sagt Seidel.

»Was ich auch nicht verifizieren kann, denn ich habe keine der Leichen selbst untersucht«, wendet Filond ein.

Pfeffer klebt Fotos von einer Fantaflasche und einem Scheinwerfer an die Wand. »Der mythologische Bezug ist hier nicht so eindeutig wie bei dem zerrissenen Ulling, aber Jens Johannes Jost war sehr eitel und von seinem guten Aussehen überzeugt, was seine geliebte Fanta – der beste Job, den er je hatte und den er seinem Aussehen verdankte – symbolisierte. Dass Nikki Eifert dem vergifteten Getränk zum Opfer fiel, war ein Unfall und vom Mörder nicht so beabsichtigt. Der Scheinwerfer, der Jost dann später tötete, steht etwas allgemeiner für Ruhm und Anbetung, muss aber wohl als Narziss-Inszenierung durchgehen. Unser Täter hat improvisiert.«

»Oder er nimmt auf eine andere Figur Bezug«, sagt Filond und steht auf. Er verschränkt die Arme hinter dem Rücken und tritt näher an das Bild von dem Scheinwerfer heran. »Scheinwerfer … Licht … Es gibt auch Lichtgötter. Apollon zum Beispiel war ein großer Rächer.«

Czorski wischt auf seinem iPad rum. »Und er war so was wie das Oberhaupt der Musen«, liest er ab.

»Apollon?«, fragt Pfeffer irritiert. »Hätte ich den auch noch recherchieren sollen?«

»Nein, bislang nicht, aber das kannst du noch nachholen«, murmelt Seidel und betrachtet die Wand. »Czorski, schreib als Hypothese auf, dass der Mörder Rache üben oder einfach nur inszenieren will. Und mach mir eine Hypothese, nach welcher der Mörder durch seine Hinrichtung von Jost ein musisches Urteil fällt. Pfeffer, du musst dich noch mal einlesen, was Apollon und die Theatermuse angeht.«

Pfeffer sieht sie erschöpft an und wiederholt tonlos: »Theatermuse. Wird erledigt.«

Filond nimmt Pfeffer das nächste Foto aus der Hand und hält es hoch. »Der dritte Akt ist eindeutig Narziss. Erschlagen mit einem Spiegel mit Narzissendekor darauf? Das ist wirklich platt.« Er betrachtet das Bild von Bettys Leiche und schüttelt den Kopf. »Nicht sehr originell. Aber ich lass es durchgehen, wenn der zweite Akt nicht Narziss, sondern Apollon darstellt.«

»So oder so: Ursprünglich sollte der zweite Akt Narziss sein«, wendet Czorski ein.

»Ja, aber nach der misslungenen Fanta-Aktion musste der Täter umdenken«, sagt Seidel.

Filond klebt das Bild von Betty an die Wand. »Und wenn das alles nur ein Dreiakter ist, bin ich enttäuscht. Und Doktor Florian erst recht.«

»Ja«, sagt Seidel. »Es ist noch nicht rund. Ich glaube, dass der Täter noch zwei Akte in petto hat.«

»Apollon, Pan ... Wie sterben die beiden denn? Noch hat der Täter sie ja nicht umgebracht.«

»Der Pan stirbt nicht«, sagt Pfeffer. »Ich hab in die gleiche Richtung überlegt, aber der Gott der Hirten ist noch am Leben. In einer Überlieferung ist er wohl tot, aber das war nicht gewaltsam herbeigeführt und wird in anderen Überlieferungen als Missverständnis hingestellt.«

»Ist der Pan denn immer der Pan?«, fragt Seidel und reibt sich die Schläfen. »Manchmal treten diese Figuren in anderen Legenden doch unter anderem Namen auf. Ach, ich wünschte, mein Bruder wäre hier.«

Czorski steht auf und tritt an den kleinen Ausdruck von dem Panflöte spielenden Mann heran. »Kennt ihr *Die Chroniken von Narnia?* Da gibt es eine Figur, die so ähnlich aussieht. Aber sie nennen ihn nicht Pan.«

»Herr Tumnus«, sagt Pfeffer gähnend. »Entschuldigt. Ich hab nur wenig geschlafen. In den *Chroniken von Narnia* gibt es eine Figur, die Herr Tumnus heißt. Er ist ein Faun.«

»Und wie sterben Faune?«, fragt Filond.

»Ich seh es nach, ich seh es nach«, sagt Pfeffer und atmet erschöpft aus. »Wann ist Doktor Florian eigentlich wieder gesund? Ich habe das Gefühl, dass ich mir nur die Hälfte von dem Kram anlesen müsste, wenn er hier wäre.«

»Und ich habe leider das Gefühl, dass er sehr krank ist«, sagt Seidel und zieht mit gerunzelter Stirn ihr Handy aus der Tasche. »Er meldet sich gar nicht mehr.«

Nachmittags. KKF II

»Ich hab Kaffee«, sagt Czorski.

Seidel sieht auf. Er steht im Türrahmen, in jeder Hand einen Pappbecher aus dem Coffeeshop im Erdgeschoss. Er beugt sich zu ihr hinunter und reicht ihr einen der Becher. Skeptisch sieht sie hinein, bevor sie zugreift. »Der ist ja schwarz.«

Er steht noch immer vorgebeugt da und lacht. »Natürlich. Ich weiß doch, dass du weder Milch noch Sirup magst.«

Sie blickt ihm in die Augen. »Danke.«

Er richtet sich auf und schaut sich einmal im Raum um, sieht die Unterlagen auf dem Boden und die Wand, die vollbeklebt und beschmiert ist. »Da haben wir ja ganz schön was vor.«

»Die guten Ideen kommen mir immer erst beim Aufräumen. Deshalb muss ich vorher Chaos erschaffen.«

»Ich kann mich nicht erinnern, dass du Ortweins Büro in Essen irgendwann *aufgeräumt* hast.«

Sie schmunzelt. »Jeder Mensch hat seine eigene Definition von Ordnung.« Dann wird sie wieder ernst, ihr Blick streift die Unterlagen um sie herum, wirkt ein wenig hilflos.

Czorski trinkt einen Schluck Kaffee, setzt sich ihr gegenüber auf den Boden und betrachtet sie. »Du wirkst gerade aber nicht so, als ob du dein Chaos noch im Griff hättest. Was ist los?«

»Nichts«, sagt sie schnell. »Also, nichts außer den Theatermorden und Gullnick.«

Er sieht sie immer noch an. Sie spürt, dass er ihr nicht glaubt, und sortiert umso eifriger ihre Hypothesenliste.

»Ziernow bekommt den ersten Entwurf einer angepassten Facettentheorie, richtig?«

»Er bekommt den Test, mit dem wir weitere Fälle angehen werden, um unsere neue Theorie zu untermauern.« Sie lacht freudlos. »Weitere Fälle. Falls es die geben wird.«

»Ich glaub nicht, dass sie uns den Hahn zudrehen werden, nach dem, was wir rausgefunden haben. Gullnick ist die ideale Basis für Fragen nach ritueller Inszenierung im Serienmord.«

Seidel hebt ein Blatt hoch und lächelt. »Hypothese eins: Heinz Gullnick hat Torsten Nebel zum Instrument seiner Inszenierung gemacht.«

Czorski beugt sich vor und liest: »Hypothese eins A: Torsten Nebel hat sich nach der Entführung den Umständen angepasst und sich mit seinem Entführer identifiziert. Eins B: Torsten Nebel war bereits vor seiner Entführung psychopathisch veranlagt.« Er trinkt Kaffee und seufzt. »Es ist B.«

Seidel tippt mit dem Finger auf ihre Randnotizen. »Mittlere bis hohe Wahrscheinlichkeit.«

»Das kann wirklich kein Mensch lesen«, sagt er lachend und dann schnell: »Aber es sieht hübsch aus.«

»Was?«

»Wie du schreibst, es ist zwar nicht sehr leserlich, aber es sieht cool aus. Sehr selbstbewusst, klein und zackig.«

Seidel dreht den Zettel um und betrachtet ihre Handschrift, als sähe sie sie zum ersten Mal. Sie schreibt wirklich sehr klein. »Eigentlich sollte man lieber ausladend schreiben und Raum einnehmen, besonders, wenn man so klein ist wie ich. Ich seh es nicht ein, warum mir deshalb weniger Platz in dieser Welt zustehen soll als einem großen, dicken Mann. So grundsätzlich gesehen.«

Czorski lacht und trinkt. »Ich habe eine schöne Handschrift und bin dafür oft ausgelacht worden. Ein Junge, der sauber, leserlich und mit feinen Schnörkeln schreibt … Das fanden viele nicht sehr männlich. Männer müssen rumkrakeln wie Heinz Gullnick.« Er stellt den Kaffeebecher neben der Couch auf den Boden und zieht ein Schreiben von Gullnick hervor, das vor zwei Tagen per Post kam. Er verengt die Augen zu Schlitzen. »Ich weiß beim besten Willen nicht, was er hier geschrieben hat.«

»Es ist der Ablauf der Erhängungen. Widerliches Zeug. Ich finde es eigentlich ganz leserlich.«

»Ja, du. Du kannst alles und jeden lesen und verstehen.« Er legt das Blatt weg. Seine Stimme klang bewundernd.

Sie lächelt. »Du übertreibst.«

Czorski hebt die Schultern und lächelt zurück. Sie sehen sich an, und für einen Augenblick vergisst Seidel, dass sie bis nächsten Mittwoch eine Präsentation vorbereiten muss, die die Kriminalistik revolutionieren soll. Für einen kleinen Moment ist der Druck weg. Da ist nur Czorski, der Menschen besser versteht, als er zugibt. Der so viel klüger ist, als er die Welt wissen lässt. Seine Bescheidenheit ist die angenehmste Gesellschaft, die Seidel seit langem genossen hat. Und er sieht sie unverhohlen an. Sie spürt, dass sie rot wird, und sieht weg. »Wir sollten noch die Facetten festlegen und die Verhaltensweisen sortieren.«

»Natürlich.«

»Vorerst werden wir die Facette *Sexualität* durch *Inszenierung* ersetzen«, sagt Seidel, steht auf und tritt an ihr Whiteboard. Sie schlägt mehrere vollgeschriebene Seiten auf dem Board um, bis sie ein weißes Blatt vor sich hat.

Czorski reibt sich nachdenklich über das Kinn. »Ich weiß nicht, Rita«, antwortet er.

Sie zuckt zusammen, nur ganz leicht, und sieht über die Schulter zu ihm hinunter. Er hat sie Rita genannt. Eigentlich macht das niemand außer ihrer Familie. »Ja?«

»Ich habe ein bisschen Sorge, dass wir dann was übersehen. Schließlich war Gullnicks Motivation seine Sexualität.«

Seidel macht ein unglückliches Gesicht. »Ich weiß, das macht es kompliziert. Ich schlage dennoch vor, dass wir die Sexualität in einzelne Verhaltensweisen unterteilen und nah an der Inszenierung positionieren, um zu verdeutlichen, dass diese Faktoren in dem Fall nicht scharf zu trennen sind. Das ist nicht ideal, aber wir müssen eine Entscheidung treffen.«

»O.k., lass uns das versuchen. Wir dürfen das nur nicht aus dem Blick verlieren.«

»Und als Nächstes werden wir einen Fall bearbeiten, der völlig asexuell ist.«

Er lacht. »Vor ein paar Wochen hast du mir völlig begeistert erzählt, dass Gullnick ideal ist.«

»Das war dumm von mir, jetzt bin ich klüger. Keine Vergewaltiger mehr, die machen uns einfach zu viel Arbeit.«

»Ja, Vergewaltiger behandeln uns wirklich schrecklich. Wie können sie nur?«

Sie wirft ihren Stift nach ihm und lacht. »Du weißt, wie ich das meine, Boris.«

»Ja, ich weiß.«

Abends. Hauptbahnhof Kassel

Oliver geht ans Kopfende des Gleises und schlägt seinen Kragen höher. Er blickt zur Anzeige und verdreht die Augen. Zehn Minuten Verspätung. Er zieht seinen Koffer in das gelbe Raucherviereck und stellt die Reisetasche umständlich darin ab. Dann zündet er sich eine Zigarette an und inhaliert genüsslich. Sein Handy klingelt, er zieht es genervt aus seiner Manteltasche. *Claudia* steht auf dem Display.

Das Handy liegt in seiner Hand und klingelt weiter, während er an der Zigarette zieht und Rauch in die Luft bläst. Es klingelt eine gefühlte Ewigkeit. Als es verstummt, sieht Oliver auf die Anzeige und liest *ICE nach Berlin*. Sein Magen verkrampft sich, und als das Handy wieder klingelt, zuckt er zusammen.

»Herrgott!« Er drückt die Zigarette im Aschenbecher über dem Mülleimer aus, wischt über das Handy und hält es sich ans Ohr. »Was?«, schnappt er.

»Ich finde nicht, dass du das Recht hast, mir fiese Methoden zu unterstellen, nachdem du mein Innerstes auf einer Bühne entblößt hast«, sagt Claudia ruhig.

»Ich will das nicht mit dir diskutieren.«

»Bist du schon auf dem Weg nach Berlin?«

Er schweigt. Sein Zug kommt in acht Minuten.

»Ich weiß, dass du kommst. Ich lese unsere Probepläne, weißt du?«

»Wie hast du sie gefunden?«

»Wanda?«

»Nein, meine Mutter«, höhnt er. »Natürlich Wanda.«

Sie lacht leise. »Du hast sie ja nicht gerade versteckt.«

»Was soll das denn heißen?«

Claudia seufzt. Oliver stellt sich vor, wie sie sich auf ihrem Sofa räkelt und sich an der Kontrolle freut, die sie zu haben glaubt.

»Wie hast du sie gefunden?«, fragt er noch mal.

»Es gibt Fotos von euch in Theaterblogs. In einem wurde sie zu deinem großen Erfolg interviewt. Und da hat sie es sogar geschafft, ihren eigenen kleinen Reiseblog zu erwähnen. Auf dem stand eine ausführliche Rezension übers Couchsurfing. Sie ist ja geradezu vernarrt in diese Plattform und darin, Gäste aufzunehmen und Fremde in ihr Leben zu lassen. Sie ist außerdem nahezu eine öffentliche Person. So wie du. Ihr seid alle beide gläsern.«

»Und du bist ein einziges Geheimnis.«

»Danke schön.« Er kann ihr selbstzufriedenes Lächeln geradezu hören. Er schultert seine Reisetasche und nimmt den Trolley am Griff. »Du hast also bei uns übernachtet, als ich in München war, und dich heimlich an meinen Rechner gesetzt. Deshalb kanntest du die gestrichenen Textstellen.«

»Er lag da einfach rum, kein Passwortschutz und der *Kaninchenkinder*-Ordner direkt auf dem Desktop. Ein Silbertablett.«

»Wann hast du entschieden, dass du dich an mir rächen willst?«

»Wann hast du entschieden, dass du über mich schreiben willst?«

Er öffnet den Mund, um ihr etwas Gemeines an den Kopf zu werfen, um sie zu fragen, seit wann er wieder in ihrem Fokus ist. Aber es erscheint ihm plötzlich alles sinnlos. »Ich will dich in Berlin nicht sehen. Wenn wir uns im Sturmtheater über den Weg laufen, werde ich nicht mehr als Hallo zu dir sagen.« Dann legt er auf.

Der Zug fährt ein, vor Oliver öffnet sich eine Tür. Mit mulmigem Gefühl steigt er ein. Er wollte noch nie so gern in Kassel bleiben wie heute Abend. Aber er muss nach Berlin.

Samstag, 11. Oktober
Morgens. Verlassenes Theater

Er schlägt die Augen in völliger Finsternis auf. Er weiß nicht, wie lange er geschlafen hat oder ob überhaupt Morgen ist. Er sehnt sich nach Frühstück und einer Dusche, seinem Bett und seiner Zeitung. Doktor Florian rollt sich langsam zur Seite, krabbelt über den Boden bis zur Wand und streckt die Hand zum Lichtschalter. Die Leuchtstoffröhren flackern auf und brennen in seinen Augen. Er zieht die Hand zurück, sie zittert. Sein Magen zieht sich krampfhaft zusammen. Seit gestern Mittag ist jede wache Minute wie ein Faustschlag in seinen Magen, der knurrend nach Nahrung verlangt.

Und Doktor Florian hat das Kalbsbries verschmäht. Was gäbe

er jetzt für ein noch schlechteres Kalbsbries als das von Mittwochabend. Es war doch Mittwochabend gewesen, oder? Er zieht sich an der Klinke hoch und reibt sich die Schläfen. Ob schon Sonntag ist? Leichter Schwindel drückt ihn an die verdammte Tür, die sich immer noch nicht öffnet, die sich keinen Zentimeter bewegt, egal, ob man sich die Fäuste blutig daran schlägt.

Doktor Florian blinzelt, bis er wieder scharf sieht, und schaut auf seine verkrusteten Knöchel. Er hat gerufen und geschrien, aber es hat niemand reagiert, also schweigt er seit Stunden.

Er stützt sich an der Wand ab, während er die drei Schritte zum Waschbecken geht, dreht das Wasser auf und hält seinen Kopf, so gut es geht, unter den Hahn. Das kalte Wasser weckt seine Lebensgeister, er spritzt sich etwas davon ins Gesicht und trinkt ein paar Schlucke. Wieder aufrecht stehend reibt er sich das Gesicht mit dem Ärmel trocken, der Bart bleibt nass, Wasser tropft zwischen seine Strümpfe. Schuhe trägt er längst nicht mehr.

Das schnelle Runter- und Hochbeugen hat ihm nicht gutgetan. Der Schwindel treibt ihm Schwärze ins Blickfeld. Und das ausgerechnet ihm, der keine drei Stunden ohne eine Zwischenmahlzeit auskommen kann. Er verflucht seinen Stoffwechsel und öffnet die Hose, macht noch zwei Schritte, stellt sich vor den Eimer und pinkelt hinein. Seit gestern Abend stinkt der Eimer bestialisch, aber Doktor Florian ist auch nur ein Mensch, der irgendwann nicht mehr einhalten konnte – auch wenn er sich dafür hasst.

Er verachtet sich selbst für alles. Wie konnte er Claudia nur vertrauen, warum hat er das nicht kommen sehen? Seine Schwester hätte bestimmt eine Ahnung gehabt. Nur Claudia hasst er noch mehr als sich selbst. Will sie ihn etwa dafür bestrafen, dass er so schnell mit ihr geschlafen hat? Kranke Psychotante!

Er zieht den Reißverschluss wieder hoch, wäscht sich notdürftig die Hände und sinkt zurück auf den Moltonhaufen. Was zur Hölle soll das alles?

Mittags. Doktor Florians Wohnung

Der ganze Hausflur riecht nach Suppe. Pfeffer mag Suppe, aber sie hasst diesen Geruch, den das Gericht mit sich bringt. Aber dies ist ja nicht ihr Hausflur – und auch nicht ihre Suppe. Sie ist für Doktor Florian, gut verpackt in einem Styrofambecher mit Deckel in zwei Plastiktüten, und Pfeffer trägt sie die Treppe rauf, bis sie schließlich vor Doktor Florians Tür steht.

Sie drückt auf den Klingelknopf und wartet. Der Hausflur dieses Altbaus ist saniert, das schnörkelige Treppengeländer frisch gestrichen. Die Wände sind weiß, die Holzdielen hell und die Türen und ihre Rahmen in einem sanften Blaugrau. Sogar die Deckenleuchte hängt aus einer Stuckrosette, und das in jedem Stockwerk.

Pfeffer sieht von der Lampe zur Tür zurück und runzelt die Stirn. Wie lange braucht man, um zu öffnen, wenn man krank ist? Doktor Florian hat nicht auf ihre Nachrichten oder Anrufe reagiert. Sie klingelt noch mal. In ihrer Handtasche steckt die Kopie von *Kaninchenkinder*, das Stück von Oliver Volkers, das sie wirklich gern mit Doktor Florian besprechen möchte. Die Dialoge ergeben so wenig Sinn, und dann diese Kaninchen-Metapher … Sie weiß nicht, ob man aus dem Text ein Trauma herauslesen kann, auch wenn das ganze Blut in den Regieanweisungen nicht gerade auf einen unbeschadeten Autor schließen ließ.

Sie klopft an die Tür. »Doktor Florian, hier ist Pfeffer!«, ruft sie. Wenn es ihm wirklich sehr schlecht geht, dann wird sie natürlich nicht von Mord und Totschlag anfangen. Dann gibt es nur Hühnersuppe. Sie klopft wieder und senkt den Kopf. Ihr Blick fällt auf einen Stapel Zeitungen, der neben der Fußmatte liegt. Sie geht in die Knie und nimmt die Ausgabe von heute auf. Darunter liegen die Zeitungen von Freitag und Donnerstag, unberührt.

Sie zieht ihr Handy hervor und wählt, während sie sich wieder aufrichtet. »Hey, hier ist Pfeffer«, sagt sie wenig später. »Sag mal, Seidel, glaubst du, dass dein Bruder sehr krank ist?«

»Er hat nur von einem grippalen Infekt geschrieben. Er sollte Montag wieder fit sein.«

»Ich wollte ihm Suppe vorbeibringen und steh vor seiner Wohnungstür. Er öffnet nicht, es rührt sich nichts in der Wohnung, und neben seiner Fußmatte liegt ein Stapel Zeitungen. Er hat seit Mittwoch keine Ausgabe mehr reingeholt.«

»Die *Süddeutsche?*«

»Ja.«

»Komisch«, sagt Seidel. »Die würde er noch lesen wollen, wenn er halbtot ist.«

»Hier stimmt was nicht, Seidel.«

»Ich hab einen Schlüssel für die Wohnung. Ich komm vorbei«, sagt sie und legt auf.

Pfeffer steckt das Handy weg und setzt sich auf den Treppenabsatz. Sie betrachtet die hübsch geschnitzte, blaugraue Tür und wartet. Es vergeht eine gefühlte Ewigkeit, bis sie Seidels ausgetretene Jeanssäume die Treppe hinaufschlurfen hört. Und hinter ihr kommt Czorski herangestakst, der ewige Storch.

»Was machst du denn hier?«, fragt Pfeffer.

»Wir waren im KKF II und haben an der Präsentation gearbeitet, als du angerufen hast«, sagt Seidel und zieht einen Schlüsselbund hervor.

»Wir haben eine Lösung für die Tatsache, dass Gullnick sowohl ritueller Serienmörder als auch Serienvergewaltiger war«, fügt Czorski hinzu. »Seine Ideen zum idealen Mord der Jungen haben uns sehr geholfen. Der Mann hat eine Phantasie, das ist unglaublich.«

»Gut«, murmelt Pfeffer abwesend und sieht zu Seidel und dem Schlüssel. Dafür, dass es manchmal Minuten dauert, bis sie ihr Handy gefunden hat, geht nun alles ganz schnell. Sie schließt die

Tür auf, Czorski nimmt die Zeitungen, und wenig später stehen sie alle in dem kleinen Flur. Sie sehen ordentlich aufgehängte Mäntel und gut gepflegte Lederschuhe.

»Er ist nicht hier«, flüstert Seidel.

Pfeffer schaut ins Wohnzimmer, Seidel ruft von irgendwo, dass das Bett gemacht sei, und Czorski, dass die Küche gut aussehe. Sie treffen sich im Flur wieder zwischen Ganzkörperspiegel und gerahmten Kinderfotos von Seidel und Doktor Florian.

»Er sah eigentlich nicht krank aus, als er am Mittwoch nach Hause gegangen ist. Eigentlich ganz frisch wie immer«, murmelt Czorski.

»Du meinst dafür, dass du seinen Kopf auf den Schreibtisch geknallt hast?«, fragt Seidel.

Er schließt die Augen. »Ich bin so ein Hornochse.«

Pfeffer dreht sich noch einmal zum Wohnzimmer. »Es sieht auch nicht so aus, als wäre jemand in dieser Wohnung krank gewesen, kein zerwühltes Bett, keine zerknautschten Couchkissen ... Bei mir liegen dann immer Berge von Taschentüchern herum.«

»Vielleicht ist Doktor Florian ja anders krank«, überlegt Czorski. »Vielleicht ist er sauberer und besser dabei. Er ist ja angeblich in allem besser.«

Pfeffer sieht ihn an, und plötzlich lässt sie die Tüte mit der Suppe auf den Boden fallen. Sie sinkt gegen die Wand und schlägt die Hand vor den Mund.

»Was?«, fragt Seidel und dann panischer: »Was ist, Pfeffer?«

»Er hat gesagt, er will es besser machen als du, Czorski«, raunt sie. »Doktor Florian hat gedacht, dass du wirklich versucht hast, dich an Betty ranzumachen, um etwas über die Theatermorde zu erfahren.«

»Er hat mich für gescheitert erklärt«, erwidert Czorski tonlos.

Pfeffer nickt. »Ja, und er war davon überzeugt, dass man das besser machen könnte. Was, wenn er ins Sturmtheater gegangen ist, um sich mit jemandem anzufreunden, um an Informationen zu kommen – und was, wenn er dabei dem Mörder über den Weg gelaufen ist?«

»Er wäre narzisstisch genug für den MO des Täters«, sagt Czorski leise.

»Mal langsam«, hakt Seidel ein. »Vielleicht ist alles ganz anders, als es aussieht. Mein Bruder ist hedonistisch und nicht narzisstisch.«

»Na ja«, sagt Czorski und zeigt auf die drei Spiegel, die allein von ihrem Standpunkt im Flur aus zu sehen sind.

Seidel wird blass. »Er hat sich seit Donnerstag nicht mehr bei mir gemeldet. Das hat er noch nie gemacht. Und er lügt mich auch nicht an. Wenn Florian mir sagt, dass er krank ist, dann ist er krank.«

»Dann hat nicht *er* es dir gesagt«, schließt Pfeffer.

»Scheiße.«

Pfeffer und Czorski tauschen einen Blick. Seidel gerät nicht aus der Fassung, sie läuft ins Wohnzimmer, dreht wieder um und läuft durch den Flur in die Küche. »Ihr habt recht. Es ist was passiert.« Sie wandert zurück, in kleinen unruhigen Schritten.

»Wir müssen erst alle Menschen fragen, bei denen er sein könnte. Eine Freundin vielleicht, eine Affäre …«, überlegt Pfeffer. »Wir müssen erst alles andere ausschließen.«

»Ich muss nichts ausschließen«, murmelt Seidel.

»Doch«, beharrt auch Czorski. »Sonst können wir keine weiteren Schritte überlegen.« Er packt Seidel bei den schmalen Schultern und sieht ihr tief in die Augen. »Du machst jetzt eine Liste von all den Menschen, die etwas wissen könnten, ich ruf Ruben und Filond an, und Pfeffer …« Er nimmt Seidels Faust, öffnet sie und nimmt ihren Schlüssel an sich. »Pfeffer fährt uns in deinem Wagen zurück ins KKF II.« Er wirft ihr den Schlüssel zu.

Pfeffer betrachtet den Schlüssel in ihrer Hand, hebt den Kopf und grinst. »Ja, in einem absoluten Notfall wie diesem solltet ihr auf jeden Fall die Streifenpolizistin mit Bleifuß ans Steuer setzen.«

»Was?«, fragt Seidel verwirrt.

»Du wirst ein paar Strafzettel kriegen«, sagt Czorski und schiebt sie hinter Pfeffer aus der Tür.

Abends. KKF II

Die Tür zu Pfeffers und Czorskis Büro fliegt auf. Filond steht im Türrahmen, in der einen Hand seinen Mantel und den Vespahelm, in der anderen Kaffeebecher im Papptträger. Seine Miene ist besorgt, er betritt das Büro eilig, bevor die Tür wieder zufällt. »Seidel, Liebes. Dein Auto ist ja ganz dreckig.«

»Ganz dreckig.« Pfeffer schnaubt, ohne den Blick von ihrem Buch zu lassen. »Es ist Herbst, es regnet, da draußen sind Pfützen.« Sie blättert hastig um. »Wenigstens hab ich keine Beule reingefahren.«

»Mir ist immer noch ein bisschen schlecht«, sagt Seidel und schwankt aus ihrem Büro.

»Wir waren in vier Minuten hier. Aus Mitte«, sagt Pfeffer stolz.

»Nicht wegen der Fahrt. Wegen des Anrufs bei meiner Mutter. Was für ein Gespräch ...« Sie seufzt. »Du warst gut, Pfeffer.«

»Ja, und jetzt warten wir auf Ruben«, murmelt Czorski, lehnt sich in seinem Stuhl zurück und wischt über sein iPad.

»Mein Bruder hat sich bei niemandem gemeldet«, sagt Seidel an Filond gewandt und setzt sich auf Pfeffers Bürocontainer. »Seit Mittwoch hat niemand mehr etwas von ihm gehört.«

»Was ist mit Frauen?«, fragt Filond. »Vielleicht ist er bei einer hübschen Hipsterfrau hängengeblieben?«

»Länger als eine Nacht? Ohne ein Wort?«, fragt Seidel zurück.

»Das macht er eigentlich nicht. Außerdem ruft er mich irgendwann an und brüstet sich mit seinen Eroberungen.«

»Und ich war zuletzt so garstig zu ihm«, sagt Filond betreten.

»Du hast gut reden«, brummt Czorski.

»Selbstmitleid und Schuldzuweisungen helfen uns nicht weiter«, sagt Pfeffer, den Kopf noch immer ihrem Buch zugewandt.

»Was liest du denn da?«, fragt Filond.

»Ich lese über Satyrn, um nicht wahnsinnig zu werden, bis Ruben da ist. Satyrn ist der Plural von Satyr. Fabelwesen, die manchmal mit dem Pan gleichgesetzt werden. Die sterben im Unterschied zum Hirtengott, und zwar durch fremde Hand.«

»Und wie genau?«, fragt Seidel.

»Zum Beispiel durch einen Stier. Oder hier: Ein Satyr namens Marsyas wurde zu Tode geschunden. Geschunden?« Sie runzelt die Stirn. »Wie stirbt man denn an Schinderei?«

Filond stellt ihr mit gezierter Handbewegung einen Kaffeebecher hin und schenkt ihr ein Lächeln. »Theresia, Liebes. Schinden heißt Häuten.«

»Igitt!« Sie hebt den Blick.

»Ja, das ist eine Hinrichtungsmethode, die noch bis ins Mittelalter angewandt wurde. Häuten bei lebendigem Leib«, erklärt er und hält Seidel einen Becher hin. »Ein langsamer Tod. Sehr qualvoll.« Er hält den Becher weiter vor ihre Nase, aber Seidel greift nicht danach. »Keine Sorge, ist schwarz.«

Pfeffer blättert durch das Buch, sucht den ausführlichen Eintrag zu dem Satyr Marsyas und überfliegt ihn. Dann wirft sie das Buch weg, springt auf und greift nach ihrer Handtasche. »Marsyas wird in der Darstellung der Antike nicht nur oft mit Pan gleichgesetzt – er wird von Apollon bei lebendigem Leib gehäutet, weil er nicht gut genug musiziert hat.«

»Apollon«, wiederholt Filond. »Gott des Lichtes, der auch Jost gerichtet hat, weil der ein schlechter Schauspieler war?«

Pfeffer zieht *Kaninchenkinder* aus ihrer Tasche und hält es hoch. »Das ist das Stück von Oliver Volkers, der jetzt exklusiv für das Sturmtheater die Morde zu einem weiteren Stück verarbeitet. Er war unter der Bühne, als der Scheinwerfer mich fast getroffen hätte – und in seinem ersten Stück hier werden Kaninchen gehäutet.«

Stille.

Filond zieht scharf Luft zwischen den Zähnen hindurch und sieht an die Pinnwand der Theatermorde hinter Czorskis Schreibtisch. »Das wäre ein fulminanter fünfter Akt.«

Seidel rutscht von dem Container hinunter. »Entschuldigt mich kurz«, murmelt sie und geht zur Tür. Im Rahmen stößt sie mit Ruben zusammen, eilt flink um ihn herum und verschwindet.

Er sieht ihr irritiert nach, dann schaut er in die Runde. »Da bin ich. Was war so dringend, Boris?«

Czorski steht auf und folgt Seidel. »Pfeffer erklärt es dir«, sagt er im Weggehen.

Pfeffer reibt mit den Händen über ihre Oberschenkel und lächelt Ruben gequält an. »Schön, dich zu sehen, Ruben.« Sie kann seinen Blick nicht deuten und fürchtet seine Antwort. Doch bevor er etwas sagen kann, piepst ihr Handy. Pfeffer greift danach wie nach einem Rettungsanker, überfliegt die SMS – und lässt das Handy fallen, wie etwas, das sehr heiß ist.

Filond sieht sie überrascht an, trippelt durch den Raum und beugt sich zu dem Handy hinunter. Er sieht auf das Display. »Eine Nachricht von Doktor Florian?«

Pfeffer nickt.

»Was ist denn nun hier los?«, fragt Ruben.

Filond sieht auf das Handy und liest tonlos vor: »Theresia, stell dir vor, ich spiele jetzt auch Theater. Liebe Grüße. Florian.«

»Bist du verrückt, mich jetzt anzurufen?«, fragt Yvonne. »Es ist Samstagabend. Den verbringe ich immer mit meinem Mann.«

Carlos setzt sich auf die Treppenstufen des Sturmtheaters, holt eine Zigarette raus und zündet sie an. »Dein Mann ist mit dem Hund raus.«

»Er kann jeden Augenblick zurückkommen«, faucht Yvonne und klappert mit irgendwas.

»Ist das das Geschirr von eurem spießigen Dinner-Date im eigenen Wohnzimmer?« Er lacht.

»Das ist nicht witzig! Ich werde meine Ehe nicht aufs Spiel setzen. Das hab ich dir von Anfang an gesagt. Ich leg jetzt auf.«

»Ja, gleich«, sagt Carlos ruhig und pustet Rauch in die Herbstnacht. Das Bode-Museum ist hell erleuchtet. Besonders die Torbögen im Erdgeschoss strahlen rotgolden. Der Spreearm reflektiert das Licht. Es sieht magisch aus. »Ich muss dir noch was Wichtiges sagen.«

»Mhm?«, fragt sie abwesend und klappert.

Carlos mahlt mit den Zähnen und ballt die Hand mit der Zigarette zur Faust. Die Zigarette bricht ab. »Hör auf, mit dem Geschirr zu lärmen, verdammte Scheiße!«

»Schrei mich nicht an! Ich mach, was ich will. Besonders, wenn du einfach anrufst, wann *du* willst.«

»Es wird nicht wieder vorkommen.«

»Das will ich hoffen. Carlos, du darfst die Tatsache, dass ich schon lange verliebt in dich bin, nicht mit bedingungslosem Gehorsam verwechseln. Du kannst nicht mit mir machen, was du willst.«

»Das werde ich nicht mehr.«

»Was?«

Er nimmt eine neue Zigarette. »Das hört nun alles auf. Dass ich dich anrufe, dass wir vögeln oder dass wir uns im Büro über den Weg laufen.«

Das Klappern verstummt. Carlos atmet erleichtert aus, lächelt und zündet sich die zweite Zigarette an.

»Wie meinst du das?«, fragt sie scharf.

»Du hast dem Bullen zu viel verraten.«

»Was?«

»Wir sind nicht pleite. Und wenn, geht ihn das überhaupt nichts an.«

»Hast du ein Rad ab? Was redest du denn da?«

»Ich mache Schluss mit dir. Und ich kündige dir.«

Sie lacht und wird dann plötzlich ernst. »Du hast getrunken.«

Er zieht an seiner Zigarette und schüttelt leicht den Kopf. Eine sanfte Brise weht von der Spree heran und fährt ihm durch das lange Haar. »Nein, ich bin nüchtern. Aber du solltest dich gleich betrinken, weil du ab jetzt nur noch deinem Mann einen blasen und dich nach mir sehnen wirst.«

Sie schweigt.

»Du hast bekommen, was du wolltest, und ich, was ich wollte – und dann haben wir beide noch ein bisschen was obendrauf gekriegt. Ich verrate dich nicht, du mich nicht. Und nun hören wir auf, wenn es am Schönsten ist.«

»Am Schönsten?«, fragt sie verächtlich.

»Für dich zumindest.«

»Du bist ein egozentrisches, narzisstisches, widerliches Arschloch, Carlos!«

»Du hast einen großen Fehler gemacht, Yvonne.«

»Nein«, antwortet sie kalt. »Du hast einen Fehler gemacht. Und du wirst einen hohen Preis dafür zahlen.«

Sie legt auf.

Es klopft an der Tür. Seidel wendet den Kopf, das Papier unter ihr knistert leise. »Herein.«

Czorski macht einen Schritt ins Büro. »Sie sind alle weg.«

»Gut«, antwortet Seidel und sieht wieder zurück an die Decke. Es ist eine Styropordecke, weiße Quadrate. Seidel ist das noch nie aufgefallen.

»Ruben hat alles mit dem LKA in die Wege geleitet: Vermisstenanzeige, Hausdurchsuchung im Theater, Zeugenbefragung dort und im Umkreis.«

Sie nickt. Wieder knistert Papier.

»Rita, vielleicht sollten wir um Aufschub für die Gullnick-Sache bitten? Ich meine, unter diesen Umständen …«

»Boris, du hast Ziernow nicht gehört. Er hat wirklich Druck gemacht, und über ihm macht die Amtsleitung Druck. Außerdem, was sollen wir denen sagen? Wir können gerade nicht unsere Arbeit machen, weil wir die von Ruben Peters machen, der bereits mit einem Riesenteam an der Sache dran ist? Sollen wir sagen, dass wir doch wieder ermitteln? Die eine Sache, die wir auf keinen Fall tun dürfen?« Sie lächelt ihn unglücklich an.

»Dein Bruder ist entführt worden.«

»Offiziell ist er nur verschwunden. Er ist ein erwachsener Mann, der abgetaucht ist und den wir nicht brauchen, um unsere Präsentation zu Ende zu führen oder zu halten. Außerdem«, sie schluckt, »fürchte ich, dass mir Ziernow wirklich die Hände bindet, wenn ich die Sorgen um meinen Bruder ihm gegenüber erwähne.«

»Du meinst, er stellt dich dann frei und verbietet dir jedweden Eingriff in die Ermittlungen?«

»Besser, er ahnt nichts davon.«

Czorski nickt und setzt sich auf den Boden neben der Couch. »Du solltest ebenfalls nach Hause gehen.«

»Ja, aber du auch.«

Sie schweigt und denkt an ihren Bruder. Sie hatte gar keine Aufgabe für ihn, als sie am Mittwoch das weitere Vorgehen besprochen haben. Hatte sie eigentlich jemals eine Aufgabe für ihn? Er ist Ballistiker und wird hier eigentlich nicht gebraucht. Er ist als Waffenexperte mit an Bord, aber das ist nur ein Wort, das sie erfunden haben, um Ziernow davon zu überzeugen, dass Doktor Florian mitmachen muss.

»Ich hätte ihn niemals ins Team holen sollen«, sagt sie leise. »Ich wollte ihn auch gar nicht dabeihaben. Ich bin überhaupt nicht auf die Idee gekommen.«

»Aber er wollte mitmachen.«

Sie wendet wieder den Kopf und lächelt traurig. »Er wollte unbedingt nach Berlin. Und jetzt mache ich mir Vorwürfe, was Unsinn ist und nicht weiterhilft.« Sie nimmt ihre Brille ab und reibt sich mit den Handballen über die Augen.

»Du musst dich zusammenreißen«, sagt Czorski leise. »Vorhin in der Besprechung hätten wir deinen Input gut gebrauchen können. Wir müssen diesen Mörder verstehen, am besten bevor der vierte Akt beginnt, wir brauchen dich.«

»Ich weiß«, sagt sie. »Aber das blockiert mich nur noch mehr. Ich habe Bilder von meinem enthäuteten Bruder im Kopf.«

»Wir wissen nicht, ob das wirklich ein Akt in diesem grausamen Stück sein wird. Und wir wissen vor allem nicht, ob das Doktor Florians Rolle wäre. Denn …«, er räuspert sich, »ich glaube nicht, dass er der fünfte Akt ist.«

»Wie meinst du das?«

»Rita, er ist zwar eitel und selbstgerecht, aber er ist kein Jens Johannes Jost. Und vor allem ist er kein Theatermensch. Nicht wirklich.«

Sie betrachtet Czorski nachdenklich.

Er steht auf und hält ihr die Hand hin. »Schlag ein, dann zieh ich dich hoch, gehen musst du aber alleine. Alleine einschlafen, dich ausruhen und dann den Theatermörder finden.«

Sie setzt ihre Brille wieder auf. »Und Gullnick?«

»Ich mach das fertig. Ich hab genug von dir gelernt, um die Reste zusammenzufügen. Wenn was unklar ist, frag ich dich einfach.«

Sie nickt und schlägt in seine Hand ein.

Kapitel 17 **Sonntag**

Sonntag, 12. Oktober
Nachmittags. LKA Berlin

Der Beamer blendet auf. Pfeffer verzieht das Gesicht und wendet sich ab. Seidel blinzelt ebenfalls müde, unter ihren Augen sind tiefe Ringe. Ruben reibt sich die Schläfen, und sogar Filond tänzelt mit verdächtig wenig Elan auf und ab.

Sie sind im kleinen Besprechungsraum des LKA, wo die Flure heute leer sind. Das Licht ist ausgeschaltet, vorne steht ein Laptop auf einem Podest. Filond tippt auf den Computer, der mit dem Beamer verbunden ist. Betty erscheint an der Wand. Die Regieassistentin liegt in ihrem schwarzen Rollkragenpulli, mit zerschnittenem Gesicht, gespickt mit vielen Scherben, auf den kargen Holzstühlen der Probebühne.

Filond räuspert sich. »Ich habe jetzt alle originalen Tatort- und Leichenbilder durchgesehen und alle gerichtsmedizinischen Berichte gelesen. Was ich auf den Kopien, die Pfeffer freundlicherweise besorgt hat ...« Ruben wirft ihr einen strafenden Blick zu, sie sieht stur nach vorn, wo Filond fortfährt: »... nicht sehen konnte, wird hier deutlich: Auch Bettina Schneider ist mit großer Wahrscheinlichkeit nicht in rasendem Affekt umgebracht worden, sondern mit Bedacht und Konzept. Es ist leicht zu übersehen, wenn man nicht weiß, wonach man suchen soll.« Er tippt auf den Computer, weitere Bilder der Leiche blenden auf: andere Perspektiven, Nahaufnahmen von Wunden und Blutspuren. »In eurem Bericht steht, dass die Spiegelscherben wahrscheinlich in einer Art manischem Wahn über ihren Oberkörper verteilt wurden.« An der Wand erscheint nun Bettys Torso. Filond stemmt eine

Hand in die Hüfte und hebt die andere Hand mit ausgestrecktem Zeigefinger hoch. »Aber wenn man die einzelnen Spiegelscherben miteinander verbindet«, sein Finger senkt sich mit großer Geste auf die Tastatur und tippt, sodass die nächste Folie an der Wand erscheint, »entsteht ein Muster.«

»Eine Narzisse«, murmelt Seidel.

Pfeffer legt den Kopf schief und betrachtet das Foto, auf dem nachträglich Linien eingezeichnet wurden. »Mit viel gutem Willen ... «

»Du weißt nichts von Blumen, meine liebe Theresia«, sagt Filond.

»O.k., aber das ist eine Interpretation, keine Information«, wendet Ruben ein. Er lehnt mit verschränkten Armen an der Wand und betrachtet das Bild nachdenklich. »Das ist keine Spur.«

»Nein, aber wenn der Täter sich als Künstler sieht, sind Deutung und Interpretation nicht nur unsere einzige Chance, sie sind unsere Pflicht«, sagt Filond.

Pfeffer wünscht sich, dass Doktor Florian hier wäre. Er würde bestimmt noch mehr sehen, und zwar schneller. Sie blickt zu Seidel hinüber und schweigt. Seidel sieht unglaublich erschöpft aus, aber die Schwermut und Ratlosigkeit von gestern sind verschwunden – und Pfeffer wird einen Teufel tun, sie zurückzuholen, indem sie diesen Gedanken ausspricht.

»Meinetwegen«, sagt Ruben nun und löst Filond vorn am Laptop ab. »Also, eure Überlegungen und die seltsame SMS von gestern waren Grund genug für einen Verdachtsmoment.«

»Das will ich meinen«, sagt Pfeffer. »Er nennt mich nie Theresia.«

»Und sich selbst nicht Florian«, ergänzt Filond.

»Und er will nicht Theaterspielen, sondern mit Schauspielerinnen schlafen«, fügt Seidel an. »Er würde so was niemals schreiben.«

»Richtig«, sagt Ruben. »Ihr habt das bereits gestern ausgeführt. Jedenfalls wird das Sturmtheater seit heute Morgen durchsucht. Es gibt bis jetzt keine weitere Leiche – und auch keine Hinweise. Die Kollegen sind noch im Haus und bei der Arbeit, und ich halte euch auf dem Laufenden. Auch was die Ortung seines Handys angeht.«

Ruben stellt sich hinter den Laptop und tippt, es erscheinen andere Bilder. Pfeffer erkennt Carlos Kaufmann. Das Foto ist kein offizielles Polizeibild aus den Ermittlungen, sondern das Schwarzweißfoto, mit dem Carlos sich auf der Website des Sturmtheaters vorstellt. Die Frau daneben kennt Pfeffer nicht.

»Das ist Yvonne Kroll«, erklärt Ruben. »Sie leitet das künstlerische Betriebsbüro des Sturmtheaters und ist dafür verantwortlich, dass Proben und Vorstellungen reibungslos ablaufen. Sie hat mir gegenüber angedeutet, dass das Theater finanzielle Probleme hat, was mir für einen subventionierten Betrieb erstens komisch vorkommt und zweitens Carlos Kaufmann sofort dementiert hat. Irgendwas stimmt mit den beiden nicht. Die Art, wie sie reden und mich lauernd ansehen, wenn ich den jeweils anderen erwähne, gefällt mir nicht.«

Filond grinst. »Das ist aber auch keine Information, sondern deine Deutung einer Situation.«

»Ja, du hast recht. Es ist ebenfalls keine Spur, es ist nur ein Gefühl, das ich habe. Sie haben beide Alibis, zumindest haben sie sich gegenseitig welche gegeben.« Ruben dreht sich zur Wand, stemmt die Hände in die Hüften und betrachtet die Bilder. Sein Schatten steht nun rechts im Bild, sein Rücken ist vom Beamer weiß erleuchtet. »Die Morde bringen dem Haus, das sie beide sehr lieben, Aufmerksamkeit. Was dort geschehen ist, wird die zukünftigen Vorstellungen voll machen. Aber das reicht nicht, um sie in Untersuchungshaft zu nehmen. Irgendwas übersehen wir.«

»Was, wenn es wirklich kein Einzeltäter ist?«, fragt Pfeffer und zeigt auf die Wand. »Was, wenn die beiden da gemeinsame Sache mit Oliver Volkers machen? Die haben Dreck am Stecken, und Volkers schreibt ein blutiges Stück über Betrügen und Häuten.«

»Ein Serienkiller-Team?« Filond dreht sich um. »Seidel, ist das möglich?«

»In der Praxis und Umsetzung ja. Das würde für die Täter manches erleichtern. Spuren verwischen und so weiter …«

»Aber?«, fragt Pfeffer.

Seidel wiegt den Kopf hin und her. »Serienmord ist das Geschäft von Einzeltätern, besonders in Deutschland sind es Einzelgänger. Außerdem stolpere ich über den Narziss-Mythos. Er ist das Thema dieses grausamen Stücks, ja, aber ich glaube, da ist noch mehr. Ich denke, dass das ganze Stück ein Spiegel sein soll.«

»Du meinst, der Mörder selbst ist ebenfalls ein Narzisst? Und das Stück, die Morde sind wie ein Spiegel, in dem er sich und sein Genie bewundert?«, fragt Ruben und klappt den Laptop zu. Er schaltet den Beamer aus und öffnet die elektrischen Jalousien.

»Möglich, er hat definitiv mindestens eine narzisstische Persönlichkeitsstörung.«

»Und so jemand hat keine Freunde oder Kollegen«, folgert Filond.

»Genau.«

»Andererseits«, beginnt Filond, »ist Theater am Ende doch immer Teamarbeit, oder? Egal, wie viele egomane Selbstdarsteller du in einem Theater findest, keiner von ihnen stellt ganz allein was auf die Bühne.«

Ruben setzt sich in die erste Stuhlreihe. »Selbst wenn jemand Hauptdarsteller, Regisseur und Autor in Personalunion wäre und es ein Ein-Mann-Stück ist, braucht es noch Beleuchter, Techniker, Requisiteure, Ausstatter, den Inspizienten …«

Pfeffer sieht ihn verblüfft an. »Der Inspizient?«

Ruben hebt die Schultern. »Ich war in den letzten drei Wochen öfter im Theater als in meinem ganzen Leben vorher, ich habe mit jeder Fliege in diesem Haus gesprochen, ich kenn mich aus.«

Filond legt einen Ellbogen auf die Stuhllehne vor ihm und stützt das Kinn auf. »Und was macht ein Inspizient? Ich bin neugierig.«

»Er koordiniert die Vorstellung von der technischen Seite her.«

»Oh. Das ist langweilig.«

»Also können wir ein Team von Serienmördern doch nicht ausschließen?«, fragt Pfeffer.

Seidel seufzt. »Nein, ausschließen können wir es nicht.«

Abends. Verlassenes Theater

Es klopft. Doktor Florian öffnet die Augen und schließt sie wieder. Die Kopfschmerzen werden stärker, aber die Krämpfe im Bauch sind noch schlimmer. Es ist nur noch eine Frage der Zeit, bis der Durchfall kommen wird. Er dreht den Kopf langsam zum Eimer und ballt kraftlos eine Hand zur Faust. Von der Decke leuchtet erbarmungslos die grelle Neonleuchte. Er hat sie nicht ausgeschaltet, bevor er eingeschlafen ist. Er hatte eigentlich auch gar nicht vorgehabt, einzuschlafen. Aber er war matt und müde. Er öffnet den Mund und schmatzt. Seine Zunge ist pelzig, und dann klopft es wieder. Es donnert in seinem Kopf.

»Florian«, sagt eine leise Stimme.

»*Doktor* Florian«, murmelt er, glaubt an Halluzinationen und verzieht das Gesicht beim dritten Klopfen.

»Du solltest mindestens dreißig Tage ohne Essen auskommen, also bist du noch nicht tot. Hey!« Mehrfachklopfen.

Doktor Florian setzt sich auf. Ihm schwindelt, er krallt sich in den Molton und dreht den Kopf zur Tür. »Claudia?«

»Richtig.«

»Lässt du mich jetzt raus?«

»Nein, ich wollte reden.«

»Fahr zur Hölle«, sagt er und sinkt zurück in den Moltonhaufen. Das ist besser. Liegen, sich nicht bewegen ... Sein Blick fällt auf das Waschbecken. Andererseits muss er auf jeden Fall gleich noch was trinken, und dafür muss er aufstehen ... Er ist in der Hölle.

»Ich dachte, du möchtest vielleicht wissen, warum du hier bist.«

»Ich weiß, warum«, sagt er matt.

»Bescheidenheit ist nicht deine Stärke, oder?«

»Nein. Ich bin selbstbewusst und eitel und sehr von mir überzeugt. Und deshalb bin ich in dieser Scheißkammer.«

»Und das reicht dir als Erklärung?«

Er lacht über den lauernden Ton ihrer Stimme. Seine trockenen Lippen reißen ein, und er schmeckt Blut. »Au«, murmelt er, wischt mit dem Ärmel seines Hemdes über den Mund und sieht wehmütig auf den teuren Stoff, der inzwischen schmuddelig aussieht, nach ungewaschenem Mann stinkt und jetzt auch noch einen Blutfleck hat. »Mir reicht die Erklärung, dass du die Theatermörderin bist. Du inszenierst ein Stück, hast drei Akte beziehungsweise Szenenbilder, und die Hauptfiguren heißen Echo, Narziss und Apollon.«

Sie schweigt.

Doktor Florian liegt grinsend auf dem Molton, wieder ein Riss in den Lippen. Doch das ist es ihm wert. »Ich hatte viel Zeit, nachzudenken.«

»Du weißt aber nicht, warum ich es tue.«

»Verletztes Ego, denke ich. Irgendein narzisstischer Typ hat dich mal sehr verletzt. Außerdem wärst du lieber Regisseurin geworden. Verlangst mehr Beachtung.« Er gähnt laut und demonstrativ, was furchtbar schmerzhaft ist. »Langweilig.«

»Ich wusste, wer du bist, schon bevor du am Mittwoch in die Kantine gekommen bist.«

»Lass mich raten: Du hast mich gegoogelt? Du hast im Internet gesehen, dass ich in einer Forschungsgruppe des BKA bin, die Serienmorde bearbeitet? Du bist sehr clever«, sagt er spöttisch.

»Dein verachtender Tonfall führt nicht dazu, dass ich dich hier rauslasse.«

Er dreht sich schnell auf den Bauch, sieht erwartungsvoll zur Tür und will schon rufen, dass sie eine ganz tolle Frau ist, großartige Ideen hat und ihn bitte rauslassen soll. Aber der Schwindel zwingt ihn zurück in den Molton. Er hat sich zu schnell umgedreht – und er wird sich nicht erniedrigen. Er weiß, dass sie ihn nicht rauslassen wird, auch nicht wenn er bettelt. Dann schon gar nicht. Sie respektiert keine Schwäche.

»Du lässt mich so oder so nicht raus«, ruft er also müde und wälzt sich wieder auf den Rücken. Staub wirbelt hoch aus dem schwarzen Stoffhaufen unter ihm. Er hustet. »Das wäre ein fataler Fehler, und noch ein Fehler wäre sehr peinlich.«

»Ich konnte nicht ahnen, dass die dumme kleine Nikki abends nach der Probe in die Kantine schleicht und sich eine Fanta aus dem Kühlschrank stibitzt.«

Doktor Florian denkt zurück an die Ermittlungsprotokolle, die Pfeffer fotografiert hat. »Sie ist nicht geschlichen, und sie hat nichts stibitzt. Das Kantinenpersonal hat ihr die Fanta verkauft, während all die Diven dieses Hauses schon im Bett lagen. Wenn ihr nicht alle so mit euch selbst und eurer Kunst beschäftigt wärt, dann hättet ihr sehr viel mehr über Nikki Eifert gewusst. Besonders du. Aber du warst ignorant und überheblich, und dadurch hast du versehentlich ein unscheinbares Mauerblümchen als Narziss besetzt, großer Kunstfehler.«

Sie schweigt wieder. »Und *du* hast einer Mörderin vertraut«, sagt sie schließlich.

»Das war auch ein Fehler, so viel gebe ich zu. Aber wenigstens kein künstlerisches Desaster.«

»Nein«, sagt Claudia durch die Tür, »im Gegenteil. Es war Teil meines Werks.«

Kapitel 18 **Alibi**

Montag, 13. Oktober
Morgens. KKF II

»Also, abgesehen von dem Tod durch einen Stier habe ich wie gesagt noch Liebeskummer und Pfeil und Bogen als mögliche Todesarten für einen der verbleibenden Akte«, sagt Pfeffer.

Czorski klemmt sich den Telefonhörer zwischen Kinn und Ohr und seufzt. »Ich wollte schon sagen, dass wir den Stier wohl ausschließen können, aber wir sollten wohl besser auf alles gefasst sein.« Er blättert durch seine Gullnick-Unterlagen und wählt.

»Es könnte ja auch ein symbolischer Stier sein«, meint Pfeffer.

»Oder nur Hörner als Tatwaffe«, ergänzt Czorski und lauscht dem Freizeichen. »Mit denen kann man schon jemanden erstechen.«

»Nebel«, sagt eine Stimme kurze Zeit später.

Czorski blickt verwirrt auf den Hörer, auf die Nummernanzeige und seine Unterlagen. »Oh, entschuldigen Sie bitte, Herr Nebel. Ich habe mich verwählt.«

»Sind Sie das, Herr Czorski?«

»Ja. Ich habe mich hier wohl in der Nummer vertan.«

»Wollen Sie mich verarschen? Das ist ein ganz schön billiger Trick.«

Czorski verdreht die Augen. »Es ist kein Trick, ich habe mich wirklich verwählt. Haben Sie noch einen schönen Tag.«

»Mein Anwalt hat Ihnen verboten, noch einmal Kontakt zu mir aufzunehmen.«

»Wie gesagt. Ein Versehen.«

Pfeffer sieht ihn überrascht an, zieht eine Augenbraue hoch. In dem Moment kommt Seidel aus ihrem Büro und scheint einen noch schwereren Gang zu haben als sonst. Ihre Schultern hängen, ihre weite Jeans sitzt so lose, als hätte sie in den letzten zwei Tagen drei Kilo abgenommen.

»Ruben hat angerufen«, sagt Seidel. »Angeblich hat nur der Pförtner meinen Bruder im Sturmtheater gesehen, zwei Mal. Einmal mit dir und einmal mittags letzte Woche. Mehr weiß der Pförtner nicht. Er selbst kommt als Täter nicht infrage.«

»Scheiße«, sagt Pfeffer.

»Einen schönen Tag noch«, sagt Czorski abwesend ins Telefon, während Seidel in den Flur rausgeht.

»Ein Versehen also? Machen Sie sich nicht lächerlich«, sagt Torsten Nebel, und seine Stimme wird plötzlich kalt. »Sie wissen ganz genau, was Sie tun, Sie wissen nur nicht, mit *wem* Sie es tun!«

»Jetzt hören Sie mal zu, Sie aufgeblasener Kinderschänder. Es dreht sich nicht immer alles nur um Sie!«, brüllt Czorski ins Telefon. »Ich weiß alles über Sie, und ich habe kein Interesse an Ihnen. Ich! Habe! Mich! Verwählt!« Er knallt den Hörer zurück aufs Telefon.

Pfeffer starrt ihn an. »Was war das denn?«

Czorski fährt sich mit beiden Händen durch die Haare. »Ich wollte Gullnick anrufen und bin in meinen Unterlagen durcheinandergekommen.«

»Du hast Nebel angerufen, obwohl sein Anwalt uns mit Anzeige droht?«

»Es war ein Versehen. Ich hab ihn ja nichts gefragt oder so.«

»Nein, du hast ihn beschimpft«, antwortet sie leise. »Du hast einen Psychopathen beleidigt und angebrüllt.«

»Erst hab ich mich entschuldigt, aber das wollte er ja nicht hören.«

Pfeffer grinst plötzlich. »Find ich gut.«

»Was ist gut?«, fragt Seidel und schlurft zurück in den Raum.

»Czorski hat jetzt Biss und Mut«, erklärt Pfeffer lächelnd. »Dem dürfen wir jetzt nicht mehr auf die Nerven gehen.«

Czorski richtet sich etwas auf und nimmt die Schultern zurück. »Jawohl, das Verkriechen hinter dem Schreibtisch ist vorbei.«

Seidel lächelt. »Ich kann aber verstehen, wieso du das gemacht hast. Ich denke jede Minute daran, mit dem Verkriechen anzufangen.«

»Auf keinen Fall!«, sagt Pfeffer.

Seidel schüttelt den Kopf. »Nein, keine Sorge. Das sind nur Gedanken, denen keine Taten folgen werden. Wenn ich nur wüsste, was im Kopf dieses Mörders vorgeht.«

»Aber wenn einer dahinterkommt, dann du, Seidel«, sagt Pfeffer, steht auf und nimmt sie in den Arm. Seidel macht ein verblüfftes Gesicht, als Pfeffer sie an sich drückt.

»Ich weiß nicht genug«, raunt Seidel eingequetscht zwischen Pfeffers Armen. »Dafür müsste ich selbst zum Mörder werden.«

Czorski sieht sie nachdenklich an.

Morgens. LKA Berlin

Ruben scrollt an seinem Rechner durch die Ergebnisse der Untersuchung der Probenpläne. Einige Namen tauchen tatsächlich immer wieder auf. Carlos Kaufmann, Claudia Marken und Laura Stephan haben mit allen drei Hauptopfern zusammengearbeitet. Nikki Eifert bleibt außen vor. Ruben hat auf einen neuen Namen gehofft, einen Gastschauspieler oder Regisseur von außerhalb, irgendjemanden, den er noch nicht befragt und überprüft hat. Viele Alibis könnten erlogen sein, aber das müsste man demjenigen beweisen.

Er scrollt weiter, als die Tür aufgeht. »Das Protokoll der Befragung von Oliver Volkers aus Kassel ist da, Ruben«, sagt ein uniformierter Polizist.

»Morgen, Benny. Zusammenfassung?«

Der Polizist blättert durch die Unterlagen in seiner Hand. »Oliver Volkers hat drei Alibis, wie wasserfest die sind, wird noch überprüft. Er kannte Ulling und Jost, die beiden weiblichen Opfer nicht. Er war lange Zeit Schauspieler, ist aber seit einem halben Jahr ein gefeierter Autor, deshalb ist er übrigens auch gerade in Berlin. Seit Freitag.« Benny schiebt die Papiere zusammen und legt sie auf Rubens Schreibtisch. »Also, wenn du ihn noch persönlich befragen willst ...«

Ruben nickt. »Danke.«

»Außerdem ist da eine Frau Kroll für dich.«

»Yvonne Kroll?«

»Ja, sie steht am Empfang und sagt, sie will mit dir sprechen. Es geht um die Theatermorde.«

Ruben steht auf. »Bring Sie herein, Benny.« Mit ein paar schnellen Handbewegungen sortiert er seinen Schreibtisch so, dass nichts offen herumliegt, das Yvonne Kroll nicht sehen darf.

»Guten Morgen«, sagt sie wenig später kühl und setzt sich ihm gegenüber. Sie blickt sich um, sieht aus dem Fenster auf die Häuserwand gegenüber.

»Ja, mein Ausblick ist nicht ganz so hübsch«, erklärt Ruben. »Was kann ich für Sie tun, Frau Kroll?«

»Ich möchte mit Ihnen über Carlos Kaufmann sprechen. Und darüber, dass ich gelogen habe.« Sie reckt das Kinn vor, ihr Blick ist fest.

»Sie haben mich angelogen?«

»Sehen Sie, ich dachte, dass es der Untergang für das Sturmtheater wäre, wenn Carlos gehen muss. Seine künstlerische Kraft haucht diesem Theater Leben ein. Aber mein Gewissen bedrückt mich, und ich sehe nun, dass der Preis zu hoch ist.«

Ruben runzelt die Stirn, betrachtet sie forschend. Letzte Woche hatte sie nicht mal Zeit, ihm ein paar Dateien rauszusuchen, und jetzt kommt sie ihn besuchen? »Was ist der Preis?«, hakt er nach.

»Mord«, antwortet sie ruhig. »Carlos Kaufmann ist der Theatermörder, den Sie suchen.«

»Wie bitte?«

Sie senkt den Kopf. »Ich hab ihn gedeckt. Zuerst habe ich ihm geglaubt, als er sagte, er wäre allein zu Hause gewesen, als die Morde geschahen. Also habe ich ihm die Alibis gegeben. Ich wollte doch nicht, dass Sie ihn verhaften. Das Theater braucht ihn! Aber dann ist mir bewusst geworden, dass er nicht allein zu Hause war, sondern ...« sie schluckt, »... am Tatort.«

»Haben Sie Beweise dafür?«

»Was?«, fragt sie verwirrt und blinzelt ihn an.

»Hat er Ihnen lediglich gesagt, dass er zu Hause war, oder auch, dass er der Mörder ist? Oder haben Sie etwas gesehen?«

Ihr Blick flackert, dann rutscht sie etwas auf dem Stuhl nach vorn. »Nun, ich habe gesehen, wie er den Spiegel zur Probebühne getragen hat. Er braucht den Spiegel aber gar nicht für seine Produktion. Außerdem würden das sonst immer die Techniker für ihn machen. Er hat Betty sehr gehasst. Sie wollte unbedingt ihr erstes eigenes Stück und ist ihm damit sehr auf die Nerven gegangen. Und was er von Jens Johannes Jost gehalten hat, das wissen Sie ja bereits.«

Ruben sieht sie noch einen Augenblick lang an, dann steht er auf und geht zur Tür. »Benny, ich brauche dich, zwei Kollegen und eine Acht. Ich ruf jetzt bei der Staatsanwaltschaft an, und dann fahren wir, so schnell es geht, mit Haftbefehl zum Sturmtheater.«

»Alles klar!«, ruft Benny zurück.

Ruben schließt die Tür. »Ich werde Sie jetzt an einen Kollegen der Mordkommission übergeben, Frau Kroll. Dort müssen Sie alles, was Sie mir gesagt haben, noch einmal zu Protokoll geben. Das kann dauern.«

Sie lächelt leicht. »Ich hab Zeit.«

Nachmittags. LKA Berlin

Seidel stößt die Glastür mit Schwung auf und rast die Steinstufen hoch. Pfeffer kommt kaum hinterher. Ihre Absätze klappern, und sie ist völlig außer Atem, als sie im zweiten Stock ankommt. Seidel dreht sich einmal um sich selbst. »Wo ist er?«

Ruben kommt ihnen entgegen. »Ich habe ihn im Vernehmungsraum drei.«

»Ich muss ihn sehen!«

Pfeffer steht keuchend hinter ihrer Chefin, die doch sonst immer das Tempo einer Schildkröte an den Tag legt. Pfeffer beschließt, sie muss dringend mehr Sport machen. Joggen oder so.

»Seidel, ich kann dich nicht einfach zu ihm lassen.«

»Was hat Kaufmann bis jetzt gesagt?«, fragt Pfeffer.

»Dass er auf seinen Anwalt wartet.«

Pfeffer lacht. »Natürlich.«

»Wir haben nicht sonderlich viel, das ihn belastet. Yvonne Kroll belastet ihn, aber das ist alles recht dünn. Es tut mir leid.«

Seidel nimmt Ruben beim Arm und sieht ihm fest in die Augen. »Ich muss ihn sehen. Fünf Tage ohne Nachricht von meinem Bruder. Bitte!«

Ruben seufzt und dreht sich um. »Benny, bring Carlos Kaufmann mal in die Eins, bitte.« Er wendet sich wieder den beiden zu. »Einen Moment.«

Pfeffer nickt und zieht ihr Handy hervor. Sie lehnen sich an die Wand und warten. Pfeffer schickt Czorski eine SMS mit dem Stand der Dinge. *Hat Rita schon was gegessen?*, fragt er eine halbe

Minute später, und bevor Pfeffer nachfragen oder gar antworten kann: *Kauf ihr Pommes oder so. Zwing sie, was zu essen!*

»Seidel, du musst was essen.«

»Ja, ich weiß. Nachdem ich Carlos gesehen habe.« Sie schaut sich unruhig um. Uniformierte Polizisten und Kommissare in zivil gehen an ihnen vorbei, irgendjemand ruft was von Feierabend und verschwindet im Treppenhaus. An den cremeweißen Wänden sind schwarze Striemen, und Poster an der Wand werben für eine Ausbildung bei der Polizei.

Pfeffer betrachtet das Poster schmunzelnd. Sie hat nie eine Einladung gebraucht. Manchmal fühlt es sich nicht mal wie eine Entscheidung an, Polizistin geworden zu sein. Vielleicht wird sie mal mit Doktor Hartmann über ihren Vater und dessen Fehler reden. Das kann ja nicht schaden.

»Pfeffer, Seidel.« Ruben kommt um die Ecke und winkt sie zu sich. Heute ist sein Hemd aus blauem Denim, die Ärmel sind hochgekrempelt, und Pfeffer kann die Adern auf seinem Unterarm sehen. Sie schaut weg. Er öffnet eine Tür für sie, und sie betreten einen abgedunkelten Raum mit großer Glasscheibe. Hinter ihr sitzt Carlos Kaufmann samt albernem, weinrotem Künstlerschal an einem Tisch. Er selbst sieht sich in der Glasscheibe gespiegelt und streicht sich gerade das Haar zurück.

»Und du darfst ihn nichts mehr fragen?«, fragt Seidel und beugt sich vor, ganz nah an die Scheibe heran.

»Kein Wort mehr«, antwortet Ruben.

Seidels Nasenspitze berührt fast das Glas. Sie ist jetzt auf Augenhöhe mit Kaufmann und betrachtet ihn forschend.

Ruben räuspert sich. »Und ihr dürftet hier eigentlich gar nicht drin sein.«

»Von uns wird sein Anwalt nichts erfahren«, sagt Pfeffer.

Ruben sieht sie an. Dann schüttelt er den Kopf und verlässt den Raum.

»Wo will er denn hin?«, fragt Pfeffer und schaut zur Tür, die langsam hinter ihm zufällt.

Seidel richtet sich auf und geht langsam zu der kleinen, schmalen Tür neben der Glasscheibe, die in den Vernehmungsraum führt. Sie legt eine Hand auf die Klinke, dreht sich zu Pfeffer um und legt einen Finger an die Lippen.

»Aber …«, bringt Pfeffer leise hervor und verstummt. Sie dreht sich panisch zur Tür, durch die Ruben jede Sekunde zurückkehren kann. Als sie sich wieder umdreht, ist Seidel schon im Vernehmungsraum.

Sie baut sich vor Carlos Kaufmann auf und stemmt die Hände in die Hüften. »Was auch immer Sie da erschaffen wollen, Doktor Florian Seidel ist der Falsche dafür.«

»Wer?« Carlos blinzelt sie irritiert an. »Wer sind Sie?«

»Nicht alle Narzissten sind gleich gutes Material für Ihr Werk.«

»Sind Sie verrückt?«

Seidel geht einen Schritt vor. »Sind *Sie* es?«

Er weicht in seinem Stuhl so weit es geht zurück. Pfeffer tritt näher an die Glasscheibe und versucht in seinem Gesicht zu lesen. Carlos Kaufmann ist mit Handschellen an den Tisch gefesselt, und dank seiner grauschwarzen Kleidung scheint er mit den dunklen Wänden eins zu werden.

Seidel dreht sich abrupt wieder um und schleicht zurück zu Pfeffer. Sie schließt die Tür so leise, wie sie sie geöffnet hat, und plötzlich ist auch Ruben wieder da.

»Hast du was Interessantes gesehen?«, fragt er.

»Er war es nicht«, sagt Seidel. »Kein Mördermaterial.«

»Was?« Ruben lacht und verschränkt die Arme vor seiner Brust. »Das willst du einfach so gesehen haben?«

»Ich seh zu viel Skrupel – und ein schlechtes Gewissen. Aber Mord …?« Sie dreht sich wieder zur Scheibe. »Niedrige Wahrscheinlichkeit.«

Pfeffers Handy klingelt. Es ist Czorski. »Entschuldigt mich.« Sie wendet sich ab und verlässt den Raum. Draußen nimmt sie ab. »Warum ist das Leben eigentlich kein Fernsehkrimi?«, fragt sie genervt. »Da gibt es immer Spuren und Verdächtige. Wir haben nichts.«

»Er wartet auf seinen Anwalt?«

»Ja, und da Yvonne Kroll ihn verpfiffen hat, ist es sehr unwahrscheinlich, dass sie mit ihm zusammengearbeitet hat, oder?«

»Ja, schon.«

»Und da geht sie hin, unsere Hypothese von einem Serienmörderteam.«

»Zumindest in der Besetzung.«

»Du bist doch schon länger Kriminalkommissar.«

»Ein paar Jahre.«

Sie setzt sich auf einen Stuhl und legt ihre Tasche ab, bevor sie sich durch die Haare fährt. »Sagt wirklich nie jemand etwas, das man gebrauchen kann? Wie klärt man denn bitte einen Mord auf, wenn es keine Spur gibt? Wie?«

»Also, einige Täter kompromittieren sich schon selbst. Es gibt auch Zeugen, die was Brauchbares abliefern, aber wenn es keine Beziehungstat ist und es keine DNA-Spuren gibt ...«

»Ja, ja. Wir sind am Arsch.« Sie beißt sich auf die Lippe und kämpft plötzlich mit den Tränen. Sie ist erschöpft, wütend und hat Angst um Doktor Florian. »Glaubst du, dass er noch lebt?«

Czorski schweigt. Pfeffer weiß nicht, wie lange sie seinem Atem lauscht, bis sie schließlich einsieht, dass es darauf keine Antwort gibt, und sagt, dass sie Seidel eine Pizza kaufen werde. Sie legt auf und bleibt ratlos sitzen.

Seidel und Ruben kommen aus dem Verhörraum. »Es ist gar nicht von Belang, was du in ihm siehst«, sagt Ruben bedauernd. »Es hilft uns weder in die eine noch in die andere Richtung.«

»Ruben!«, ruft ein uniformierter Polizist.

»Benny?«

»Ich soll dir sagen, dass das Handy von Doktor Florian gefunden wurde. Keine Fingerabdrücke. Lag in einem Mülleimer in Lankwitz.«

»Danke«, sagt Ruben.

Seidel sinkt mit dem Rücken die Wand hinunter. »Scheiße.«

»Was ist Lankwitz?«, fragt Pfeffer.

»Stadtteil von Berlin.«

Sie nickt desinteressiert, noch eine Fährte, die ihnen nicht weiterhilft. Das Handy ist nicht mehr beim Mörder, es wurde erst geortet, als der es schon abgestoßen hatte. Pfeffer starrt wortlos auf den Gummibaum, der ihr gegenüber an der Wand steht.

Rechts von ihr öffnet sich eine Tür, und Carlos Kaufmann wird aus dem Raum geführt. Links von ihnen kommt eine Frau den Flur hinunter, die Pfeffer bekannt vorkommt. Erst als sie auf Seidels Höhe ist, erkennt Pfeffer Yvonne Kroll von dem Foto in Rubens Präsentation.

Kroll sieht Carlos Kaufmann an, der in Handschellen an ihr vorbeigeführt wird und der sie wiederum mit mahlenden Zähnen fixiert. Kroll starrt zurück. Keiner sagt ein Wort.

Seidel steht wieder auf und sieht der Frau nach, die um die Ecke verschwindet. »*Sie* hat ihn verpfiffen?«

»Ja«, antwortet Ruben.

»Hat sie sich selbst belastet?«

»Noch nicht.«

Seidel sieht ihn an. »Die schlafen miteinander.«

»Was?« Pfeffer beugt sich vor und starrt sie an.

»Bei denen läuft was, eindeutig. Er hat Schluss gemacht, sie rächt sich mit folgenschweren Anschuldigungen. Mittlere bis hohe Wahrscheinlichkeit.«

Ruben blickt Pfeffer unglücklich an. Seine Miene verrät ihr, dass er nicht weiß, was er mit diesen Hypothesen anfangen soll.

Er will helfen, aber er ist so ratlos wie alle anderen auch. Pfeffer steht auf und nimmt Seidel am Arm. »Komm, wir gehen jetzt erst Mal was essen.«

Doch bevor sie im Treppenhaus sind, kommt ihnen Filond entgegen. Er hat zwei Einkaufstüten voll mit Lebensmitteln in den Händen. »Czorski hat gesagt, dass ihr Energie braucht, und da ich sonst nichts tun kann, dachte ich, ich koch was für euch.«

»Hier?«, fragt Pfeffer.

Filond lacht. »Aber nein, bei Seidel. Sie wohnt doch hier um die Ecke.«

Pfeffer sieht ihre Chefin an. Sie denkt an den Straßenstrich und die hässlichen Siebziger-Jahre-Gebäude. »Wirklich?«

Seidel hebt die Schultern. »War günstig.«

Spätabends. Kreuzberg

Oliver klappt den Laptop auf. Im Gegensatz zu Claudia war Carlos begeistert von seinem Entwurf der ersten Szene. Sie haben heute Morgen besprochen, wie es weitergehen soll: Nächste Woche hat *Cyrano de Bergerac* Premiere, und danach werden sie beide und ein Team aus fünf Schauspielern ein Stück über die Theatermorde entwickeln. Oliver trinkt einen Schluck Bier und lehnt sich zurück. Er sieht auf die letzten Worte der ersten Szene.

Ein Mann in tausend Teilen, ein Theater in seinem Blut.

Oliver reibt sich gähnend die Augen. Sein Blick wandert vom Bildschirm weg zur Fensterscheibe. Er sieht sein Spiegelbild, die dunkelblonden Haare und das breite Kinn. Die Bartstoppeln sind grau, und er sieht blass aus. Aber das Schreiben hat nun mal seinen Preis.

Bis nächste Woche will er noch zwei weitere Szenen fertig haben und vielleicht ein paar Zeitungsartikel der Theatermorde zu

Monologen zusammenmontieren. Draußen vor der Kneipe gehen Menschen nach Hause. Wahrscheinlich müssen sie morgen früh raus und arbeiten. Vielleicht aber auch nicht. Das ist schließlich Berlin, wo es mehr freiberufliche Kreative gibt als sonst irgendwo. Vielleicht gehen sie ja auch nach Hause, um dort erst richtig loszulegen mit ihren Grafikprojekten und Blogtexten. Er denkt an Wanda und lächelt.

Hinter ihm ist der Gastraum fast leer. Die Kneipe ist schummrig und gemütlich. Es gibt sie schon lang, an der Wand steht noch ein Spielautomat aus den Siebzigern, und über dem Tresen hängt ein dunkelgrüner Kurzstore aus Samt, der dringend mal gewaschen werden müsste. Auch er spiegelt sich im Fenster, vor dem Oliver sitzt. Wenn auch nur unscharf.

Schade, dass dieser Ort kein Tatort ist, denkt er und legt seine Hände auf die Tastatur. Die Muffigkeit und Ehrlichkeit dieser klebrigen Tische und die schrecklichen Poster an der Wand fühlen sich inspirierend an – leider nur für den falschen Stoff. Oliver seufzt, der Cursor blinkt. Er trinkt noch einen Schluck Bier. Vielleicht sollte er erst mal kurz aufs Klo gehen, um dann entspannter loszulegen.

Er steht auf und geht im Takt des leisen Helene-Fischer-Liedes nach hinten zu den vollbeschmierten Toiletten. Er lässt sich Zeit, in der Hoffnung, dass er eine zündende Idee für die nächste Szene bekommt. Er passiert die Frau mit der Vogelnest-Frisur, die ihn immer anlächelt, aber mit der er noch nie ein Wort gewechselt hat.

Als er zurück in den Gastraum tritt, sitzt jemand an seinem Platz. Er bleibt kurz stehen und sieht verwundert zu dem kleinen runden Tisch am Fenster. Neben ihm hinterm Tresen spült ein fünfzigjähriger Punk seelenruhig Gläser.

Es ist Claudia. Sie sitzt an seinem Laptop. Das Licht des Bildschirms erhellt ihre Silhouette und gibt ihr eine Art Heiligenschein – nur dass absolut nichts an ihr heilig ist.

Oliver geht forschen Schrittes an seinen Platz zurück. »Was machst du hier?«

»Setz dich doch.«

»Wenn du meinen Platz freimachst, gern«, erwidert er kühl.

Sie verdreht die Augen, zieht sich einen zweiten Stuhl heran und rutscht von seinem Platz runter. »Bitte.«

Er setzt sich mit so viel Abstand wie möglich vor sie, klappt seinen Computer zu und trinkt sein Bier.

Claudia betrachtet ihn. »Bist du wieder mit ihr zusammen?«

»Das geht dich absolut nichts an.«

»Also ja.« Sie grinst. »Da ihr beide während eurer Trennung Sex mit ein und derselben Person hattet, wart ihr vielleicht gar nicht wirklich getrennt, was meinst du?«

»Hatten wir denn Sex mit derselben Person? Wanda kennt dich vor allem als Michi. Wenn du eine multiple Persönlichkeitsstörung hast, dann warst du vielleicht jemand ganz anders.« Er hebt die Schultern. »Andererseits sind alle deine Ichs krank, also ist es vielleicht egal.«

Claudia ballt die Hände zu Fäusten. »Du nennst mich immer wieder krank. Dabei warst du es, der mich belogen und betrogen und sich dann in einem Theaterstück über mich lustig gemacht hat.«

»Das bist nicht du, das ist fiktionalisiert.«

Sie verschränkt die Arme vor der Brust, lacht freudlos und betrachtet sich selbst im Fenster.

»Ich habe dich wirklich verletzt«, begreift Oliver plötzlich.

»Du hast ja keine Ahnung«, murmelt sie, wendet langsam den Kopf wieder zu ihm und grinst plötzlich. Ihr Blick bleibt dabei seltsam starr. Schnell greift er nach seinem Glas, trinkt es in einem Zug leer und hält sich daran fest.

»Wanda hat mich verlassen, das hat *mich* verletzt. Vielleicht sind wir jetzt quitt«, sagt er.

»Sie ist zu dir zurückgekehrt.«

»Aber sie will *dich*. Ich bin nur ein Trostpflaster, weil du sie so mies behandelt hast.«

Claudia lacht. »Ja, das hat wirklich sehr gut funktioniert.«

»Siehst du? Wir sind quitt.«

Sie rutscht näher an den Tisch heran, stützt ihre Arme auf und sieht ihn an. »Nein.« Sie lächelt. »Aber fast.«

Oliver will etwas erwidern, aber ihm ist plötzlich schwindelig. Schwarze Flecken tanzen vor seinen Augen und umkreisen Claudia. Ihr seltsames Lächeln ist das Letzte, was er sieht.

Kapitel 19 **Echo**

Dienstag, 14.Oktober
Morgens. LKA Berlin

»Ich hab gesagt, ihr sollt hier warten«, sagt Ruben fassungslos und sieht sich in seinem Büro um. »Warten. Nicht meine Unterlagen durcheinanderbringen.«

»Ja, entschuldige«, sagt Seidel und schreibt etwas auf einen Post-it, klebt ihn auf ein Protokoll und legt es auf einen Stapel links von ihr. Sie kniet auf dem Boden inmitten von Unterlagen, und es sieht hier jetzt fast genauso aus wie in ihrem eigenen Büro.

Pfeffer sitzt neben ihr und reicht ihr ein weiteres Vernehmungsprotokoll. »Ich hab die wichtigen Stellen schon markiert.«

Ruben reißt das Protokoll an sich, bevor Seidel zugreifen kann, und sieht auf die neongrünen Markierungen. »Ihr habt meine Protokolle vollgeschmiert.«

»Durchgearbeitet«, verbessert Seidel ihn und geht den Stapel links von ihr noch einmal durch.

»Ihr habt hier nichts durchzuarbeiten!«

»Aber ich habe einen frischen Blick auf deine Akten«, sagt Seidel. »Ich sehe Dinge, die du nicht siehst. Alte Weisheit der Operativen Fallanalytiker.«

Ruben knallt die Tür hinter sich zu. »Ihr solltet warten, während ich in der Dienstbesprechung bin.«

»Aber das wäre ja verschwendete Zeit«, erwidert Seidel, nimmt ihre Brille ab und putzt sie lächelnd an ihrem T-Shirt.

Pfeffer steht vom Boden auf. »Ich glaube, das hier ist Zeitverschwendung. Wir müssen endlich Oliver Volkers befragen und ihm auf den Zahn fühlen, was das Häuten von Kaninchen und seine Kenntnisse der griechischen Mythologie angeht. Wir müssen tiefer graben, als dein Kollege in Kassel, Ruben.«

»Mhm«, macht Seidel abwesend. Sie hat ihre Brille wieder auf und liest.

Ruben schüttelt den Kopf, tritt über die ausgebreiteten Unterlagen hinweg zu seinem Schreibtisch und lässt sich kraftlos in seinen Stuhl fallen.

»Wieso setzt du dich?«, fragt Pfeffer. »Wir müssen zu dem Theaterautor mit der blutigen Phantasie. Es wäre gut, wenn ich mitkommen kann. Ich würde gern seine Reaktion auf mich sehen. Wenn er es war, der den Scheinwerfer nach mir geworfen hat, dann sollte mein Auftritt irgendwas bei ihm auslösen. Er war mal Schauspieler, vielleicht hat er die Trunkenheit nur gespielt, damit Carlos Kaufmann keinen Verdacht schöpft.«

»Wenn er wirklich ein Serienmörder ist, der uns drei gute Alibis vorsetzen konnte, dann wird er bei deinem Anblick nicht mal mit der Wimper zucken«, sagt Ruben. Er lehnt sich zurück, sieht an die Decke und dreht sich in seinem Stuhl nachdenklich hin und her. »Außerdem kann ich schlecht eine Zivilistin zu einem Verhör einladen.«

»Seidel, sag ihm bitte, dass das besondere Umstände sind.«

Seidel steht auf und hält ein Protokoll hoch. »Carlos Kaufmann und Yvonne Kroll haben Geld des Sturmtheaters veruntreut. Sehr hohe Wahrscheinlichkeit.«

Ruben runzelt die Stirn. »Das würde die finanzielle Not des Hauses erklären.«

»Ist das Theater denn wirklich pleite?«, fragt Pfeffer.

»Wir haben die Buchhaltung nicht überprüft. Wir haben bis jetzt keinen Durchsuchungsbeschluss für alle Computer und Festplatten beantragt.«

»Dann solltest du einen besorgen«, sagt Seidel. »Laura Stephan hat gesagt, dass sie Arno anziehend fand, obwohl er ärmer war als

Carlos, der besonders in letzter Zeit sehr großzügig gewesen ist. Auch der Pförtner Willi beschreibt ihn als plötzlich reichen Mann, der wahrscheinlich geerbt hat, schreibst du hier, Ruben. Aber Kaufmanns Eltern waren Arbeiter.«

»Er kann jemand anderen beerbt haben.«

Seidel wiegt den Kopf hin und her. »Niedrige bis mittlere Wahrscheinlichkeit.« Sie beugt sich runter und kramt noch einmal durch diverse Papierstapel. Zettel wirbeln durch die Luft.

»Hey!«, sagt Ruben genervt. »Ich muss mich in diesen Akten auch noch zurechtfinden.«

Seidel ignoriert ihn und hält ein anderes Blatt hoch. »Bettina Schneider hat in einem Nebensatz erwähnt, dass Yvonne Kroll sich seit Neustem teuer kleidet. Carlos und Yvonne sind also irgendwann in den letzten zwei Jahren plötzlich zu Geld gekommen, und auf einmal hat das vom Staat subventionierte Theater, in dem sie beide arbeiten, kein Geld mehr? Die treiben es miteinander und zwacken Geld ab.«

»Und nun hat Carlos Schluss gemacht, und Yvonne ist so sauer, dass sie ihn für etwas verpfiffen hat, das er nicht getan hat?«, fragt Pfeffer und lehnt sich an Rubens Schreibtisch.

»Mittlere bis hohe Wahrscheinlichkeit.«

»O.k., o.k., ich ruf den Staatsanwalt an«, sagt Ruben und nimmt sein Handy. »Better safe than sorry.« Er geht raus.

Seidel lässt erschöpft die Papiere fallen und lächelt zufrieden. Dann plötzlich wird ihre Miene ernst.

Pfeffer beobachtet sie und fühlt sich schuldig. Nur weil sie jetzt wissen, dass Carlos nicht der Theatermörder ist, bringt sie das nicht näher an Doktor Florian heran. Wer ihn gefangen hält, wissen sie noch immer nicht, und die Zeit läuft. Der nächste Akt kann nicht mehr lange auf sich warten lassen. Pfeffer nimmt ihre Tasche und ihre Jacke vom Haken hinter der Tür. »Wir müssen dringend mit Oliver Volkers reden.«

Czorski nimmt die Schultern zurück und fixiert die Stahltür vor sich. Der uniformierte Beamte öffnet sie langsam, und Czorski sieht mit festem Blick in den kargen Raum: Linoleumboden und schmale Oberlichter, ein kleiner Tisch und Heinz Gullnick.

»Guten Tag, Herr Czorski.«

Czorski schüttelt Gullnick die Hand und setzt sich ihm gegenüber. »Vielen Dank, dass Sie einem weiteren Gespräch so spontan zugestimmt haben.«

»Was soll ich sagen? Ich hab Zeit. Wo ist Ihre Chefin?«

»In Berlin.« Czorski legt sein iPad auf den Tisch.

»Von den Dingern hab ich gehört«, sagt Gullnick. »Dürfen Sie so was mit hier reinbringen?«

»Es wird gescannt, aber ja.« Czorski betrachtet den muskulösen Mann mit den hervortretenden Sehnen am Hals. Der Blick aus den eisblauen Augen ist freundlich, und dennoch hat Gullnick diese Aura, die Czorski unruhig macht. Aber vielleicht ist das auch gar keine Aura, sondern nur das Wissen, das Czorski über Gullnick hat. Sein Wissen über Pfeffers letzten Freund hat ihr ja auch eine spezielle Aura verliehen, in ihrem Fall eine, die sehr anziehend war. Und Czorski hat wirklich kurz geglaubt, er sei in sie verknallt. Aber so ist es nicht, das ist ihm in den letzten Tagen bewusst geworden. Pfeffer ist klug, ziemlich dreist und attraktiv – eine gefährliche Mischung –, aber er liebt sie nicht. Seidel hatte recht.

Also hat er vielleicht auch gar keine Angst vor Gullnick. Vielleicht ist auch dieses Gefühl nur eine Illusion.

»Ich hatte mich schon gewundert, dass Sie das letzte Mal so wenig Fragen hatten«, sagt Gullnick.

Czorski nimmt sein Tablet auf. »Das liegt an der Komplexität Ihres Falles. Wir müssen uns ein Detail nach dem anderen angucken und werden uns wahrscheinlich noch eine ganze Weile mit Ihnen beschäftigen.«

Gullnick lächelt. »Wie schön.«

Czorski durchsucht seine Präsentationen in der Power-Point-App. »Es hängt ein bisschen davon ab, was unser Chef morgen zu dem Stand unserer Arbeit bisher sagt, aber wenn wir Glück haben, dürfen wir Sie weiter erforschen.«

»Und für morgen müssen Sie noch etwas wissen.«

»Ja«, murmelt Czorski weitersuchend. »Ich hab auch noch zwei Fragen, aber die hätten wir auch am Telefon besprechen können.« Er hat die Datei gefunden, tippt darauf und blickt hoch. »Mein Besuch hat einen anderen Grund.«

Gullnick blinzelt irritiert, dann lächelt er wieder. »Ich bin gespannt.«

»Frau Doktor Seidel ist heute nicht da, weil sie nach ihrem Bruder suchen muss. In Berlin treibt ein Serienmörder sein Unwesen, und alle Zeichen deuten darauf hin, dass er von diesem Mörder entführt oder vielleicht bereits getötet wurde. Wir haben keine Spur und keine Leiche, nur ein paar Hypothesen bezüglich des Modus Operandi.«

»Aber was hat das mit mir zu tun? Ich war noch nie in Berlin.«

»Das tut nichts zur Sache«, sagt Czorski und legt das iPad auf den Tisch. Darauf ist ein Bild von Arno Ullings Kopf. Viel Blut, keine Augen, keine Ohren, kein Hals,. »Mögen Sie das Theater, Herr Gullnick?«

Mittags. Kreuzberg

»Der wohnt mit siebenundvierzig noch in einer WG?«, fragt Pfeffer, während Ruben an der Wohnungstür klingelt.

»Anderes Metier, andere Lebensentwürfe«, erwidert Seidel.

»Außerdem hat er das Zimmer nur zur Untermiete, während er hier an seinem Stück arbeitet«, fügt Ruben hinzu und greift in die Innentasche seiner Lederjacke.

Pfeffer sieht sich in dem dunklen Treppenhaus um. Auf dem Boden liegen Wollmäuse und Kaugummipapiere, auf einigen Stufen auch ausgespuckte Kaugummis. Es stinkt nach Rauch und altem Fett, die Wände sind mit Edding beschmiert. Und das angesichts der gleichen Stuckrosetten wie bei Doktor Florian zu Hause. Berliner Altbau ist eben nicht gleich Berliner Altbau.

Eine rauchende Frau im Minikleid und mit Dreadlocks öffnet ihnen die Tür. »Ja?«

»LKA Berlin«, sagt Ruben und zeigt ihr seinen Ausweis. »Ist Oliver Volkers zu sprechen?«

»Wenn Sie ihn sprechen wollen, sollten Sie ihn anrufen.«

Pfeffer tritt einen Schritt vor. »Er geht nicht ans Handy.«

Die Frau zieht an ihrer Zigarette und hebt die Schultern. »Vielleicht schläft er noch.«

»Könnten Sie ihn vielleicht wecken?«

Sie geht drei Schritte zurück, schlägt mit der flachen Hand gegen die erste heruntergekommene Holztür im Wohnungsflur und ruft: »Olli!«

Ruben sieht zu Seidel. »Normalerweise bitte ich Familie oder Mitbewohner, den Zeugen zu wecken, damit sie sich *nicht* erschrecken.«

»Er rührt sich nicht«, sagt die Mitbewohnerin gelangweilt.

»Würden Sie dann bitte reingehen und ihm sagen, dass er Besuch hat?«, fragt er mit erzwungener Freundlichkeit.

»Ey, Mann«, sagt sie und hebt abwehrend die Hände, »ich weiß ja nicht mal, ob er da ist.«

»Das ist ja nicht zum Aushalten«, sagt Pfeffer, schiebt Ruben und die Dreadlock-Frau zur Seite und öffnet die Tür zu Olivers

Zimmer. Es ist karg. Vor unverputzten Wänden steht ein schmuckloser Schreibtisch. Gegenüber an der Wand eine Kleiderstange, die halb mit Kleidung bestückt ist. Davor ein zur Hälfte ausgepackter Koffer, daneben ein Bett. Es ist leer.

Pfeffer zieht die Tür wieder zu, verschränkt die Arme vor der Brust und sieht die Mitbewohnerin eindringlich an. »Wo könnte er sein?«

Sie dreht sich suchend um, hebt einen alten Blumentopf vom Boden auf und drückt ihre Zigarette darin aus. »Bin ich sein Kindermädchen, oder was?«

»Wir haben ehrlich gesagt keine Ahnung, wer Sie sind. Das müssen Sie schon selber wissen«, sagt Ruben.

»Ich bin eine Mitbewohnerin.«

Er zückt einen Notizblock. »Name?«

»Anja Gerke.«

»Wir müssen Oliver Volkers dringend einige Fragen stellen. Wissen Sie wirklich nicht, wo wir ihn finden können?«, fragt Seidel und bemüht sich, etwas freundlicher zu klingen.

»Im Theater vielleicht.«

Pfeffer lächelt dünn. »Da waren wir zuerst. Andere Idee?«

Sie reibt sich die Stirn. Ihre Arme sind dünn und fuchteln plötzlich in der Luft herum. »Gestern Abend war er da gegenüber in der *Grünen Ecke*.«

»Ist das eine Kneipe?«

Sie nickt. »Vielleicht hat er sich ja mit jemandem getroffen und bei ihr geschlafen.«

»Er hat eine Freundin?«

»Nicht mehr, glaube ich. Aber er könnte auch eine Neue aufgerissen haben. Man muss ja nicht verlobt sein, um mit jemandem mit nach Hause zu gehen«, sagt sie verächtlich. »Gönnen würde ich es ihm.«

»In Ordnung«, sagt Ruben und klappt sein Notizbuch zu. »Vielen Dank.« Er dreht sich um, und Pfeffer und Seidel folgen ihm die Treppe runter.

Wenige Augenblicke später fragt sich Pfeffer, warum die Kneipe *Grüne Ecke* heißt. Sie schirmt ihre Augen mit der Hand ab und blickt durch das Schaufenster in den Laden. Außer einem alten, schmuddeligen Kurzstore über dem Tresen ist nichts grün in dieser Eckkneipe.

Ruben hämmert derweil gegen die Tür, bis drinnen hinter dem Tresen eine Tür aufgeht. Ein älterer Punk mit grünen Haaren und schwarzen Klamotten kommt nach vorne und schließt die Tür auf.

»Hey«, sagt Ruben. »Entschuldige. Ich suche einen Freund von mir. Oliver. Er ist gestern Abend angeblich hier gewesen. Seine Schwester liegt im Krankenhaus, und wir müssen ihn finden. Hat er zufällig was zu dir gesagt, als er gegangen ist?«

»Der Olli? Nee, wir reden nie viel. Aber er ist nicht alleine weg.«

»Mit wem ist er denn gegangen?«, fragt Seidel.

»Mit 'ner Frau.«

»Weißt du zufällig, wie sie heißt?«

»Nee.«

»Wie sie aussah?«

Der Punk kratzt sich am Hals und sieht mehr durch Seidel hindurch, als dass er sie ansieht. Dann schüttelt er schließlich den Kopf. »Nee, keine Ahnung.«

»Gar keine?«, fragt Ruben. »Größe, Statur, Haarfarbe?«

»Die hatte die Haare, wie Frauen halt so die Haare haben. Aber am Ende war Olli ziemlich besoffen. Sie sind hier Arm in Arm raus, er hat geschwankt. Der muss schon getankt haben, bevor er hergekommen ist.« Er dreht sich kurz nach hinten. »Es tut mir leid, aber ich muss jetzt zurück zu meinem Lieferanten.«

»Ja, klar. Danke.«

Sie drehen sich um und gehen gemeinsam zurück zum Auto. Pfeffer grinst. »Erst willst du uns nicht mitnehmen, weil wir Zivilisten sind, und dann gibst du dich vor dem Punk selbst als einer aus?«

»Der hätte einem Bullen doch nie was gesagt«, verteidigt sich Ruben.

Pfeffer öffnet die Autotür. »Ja, aber so hat er uns auch nichts Nützliches gesagt.«

Sie steigen ein und schnallen sich an. »Stimmt, nicht viel«, gibt Ruben zu. »Es tut mir leid, Seidel.«

»Mhm«, macht sie nachdenklich und sieht aus dem Fenster.

Mittags. Bochum

»Es ist gar keine schlechte Idee«, sagt Gullnick und streicht über das iPad. Sein Blick wirkt halb fasziniert, halb zärtlich. Czorski ist, als würde Gullnick das Tablet streicheln, und verzieht das Gesicht. Sobald er hier raus ist, wird er es abwischen und desinfizieren.

Gullnick sieht mit leuchtenden Augen auf. Er dreht das iPad um und zeigt auf das Bild von der Bergnymphe Echo. Eine Malerei aus dem späten neunzehnten Jahrhundert, eine hübsche junge Frau in leicht durchsichtigem Kleid sitzt auf einem Felsen im Wald und betrachtet einen Bach. »Ich frage mich, warum euer Serienmörder ein Opfer mit in seine Inszenierung glorreicher Kämpfer und Schöngeister aufnimmt. Narziss ist der schönste Mann der Welt, Apollon ein mächtiger Krieger, dieser Pan oder Satyr, den Sie erwähnt haben, ist ein Flussgott, der der Hybris verfällt. Er verliert seinen Wettstreit gegen Apollon zwar, aber er hielt sich immerhin für gut genug, ihn zu schlagen.«

Czorski nickt. »Sonst wäre er die Wette mit Apollon wohl kaum eingegangen.«

»Richtig. Aber Echo ist ein tragisches Opfer. Sie liebt einen Mann nicht zurück und wird dafür in ihre Einzelteile zerrissen.

Das ist Pech. Aber warum spielt sie in diesem hübschen kleinen Stück eine Rolle?«

»Sie ist die einzige Frau.«

»Sie ist der Mörder, Herr Czorski.«

»Aber sie stirbt im ersten Akt.«

»Ja, irgendwas in ihr ist gestorben und hat sie zur Mörderin gemacht. Narziss, Spiegel, hier wird ständig etwas gespiegelt ... Ich versteh das auch nicht alles im Detail, aber Echo ist Ihr Schlüssel.«

Czorski steht auf und streckt den Rücken durch. Er geht zu den schmalen Fenstern und stellt sich auf die Zehenspitzen, um hinaus in den Hof der JVA zu sehen. Er reibt sich die Nasenwurzel. Er hatte sich mehr erhofft. Einen Hinweis, etwas Konkretes, das sie übersehen haben.

»In meinem Kunstwerk hatte ich auch einen Spiegel. Ich habe mich gern darin betrachtet«, sinniert Gullnick und blickt versonnen in die Ferne.

Czorski dreht sich zu ihm herum, ihn ekelt der Anblick. Er geht zum Tisch, wischt über sein iPad und hält es Gullnick vor die Nase. »Das ist ein Foto von Torsten Nebel. So sieht er heute aus.«

Gullnick verzieht das Gesicht und wendet den Kopf ab. »Das da hat nichts mehr mit mir zu tun.«

»Doch, das hat es!«

»Sind Sie wütend, weil ich Ihnen nicht den Namen Ihres Mörders gesagt habe?«

Czorski stützt beide Hände auf den Tisch und sieht Gullnick tief in die Augen. »Ich bin wütend, weil Sie ein Kinderschänder sind und ich auf Ihre Hilfe angewiesen bin. Ich bin geschockt, weil Sie Menschenleben zerstört und beendet haben und nichts bereuen. Und ich bin angeekelt, weil Sie sich selbst als Künstler bezeichnen.«

Gullnick zeigt mit dem Finger auf Czorski. »Ihre Mörderin

heißt Echo. Machen Sie was draus, dann können Sie vielleicht wieder besser schlafen.«

Nachmittags. LKA Berlin

Seidel liest das Theaterstück von Oliver Volkers, auf dem Rücken liegend in Rubens Büro. Ihre Beine sind im rechten Winkel an der Wand aufgestellt. Pfeffer zieht eine Augenbraue hoch und rührt in ihrem Kaffee. So, wie Seidel da liegt, fühlt sie sich selbst herausgefordert, noch gerader zu sitzen, die Beine übereinanderzuschlagen und sogar den kleinen Finger abzuspreizen. Man kann sich doch nicht ewig wie achtzehn aufführen und allen Konventionen trotzen. Oder doch?

»Was denkst du gerade?«, fragt Ruben leise. »Dass sie sich deinem Alter entsprechend verhält und du dich ihrem?«

Pfeffer lacht leicht und hebt die Schultern.

»Du fühlst dich machtlos.«

»Warum taucht seine Leiche nicht auf?«, fragt sie und sieht ihn an. »Alle anderen Opfer sind binnen weniger Stunden aufgefunden worden.«

Seidels Handy klingelt. Sie lässt die kopierten Seiten sinken und sieht sich um.

»Hosentasche«, sagt Pfeffer. »Es ist immer in deiner hinteren Hosentasche. Warum kannst du dir das nicht merken?«

Seidel stemmt die Beine in die Wand, hebt den Hintern an und zieht das Handy hervor. »Ja?«

»Hallo Rita, hier ist Boris.«

»Hey. Wie läuft's da drüben?«

Er schweigt einen Augenblick. Sie lauscht seinem Atem. »Ich bin in Bochum«, sagt er schließlich.

Sie setzt sich auf. »Was? Wieso?«

»Ich bin heute früh spontan zu Gullnick gefahren.«

»Aber warum fährst du extra noch mal nach Bochum? Ich dachte, wir haben alles zusammen? Die Fakten und unsere Hypothesen werden Ziernow umhauen.«

»Ja, ich bin auch wegen Doktor Florian hier. Ich dachte, vielleicht kann ein Mörder uns helfen, die Gedanken eines Mörders zu verstehen.«

»Und?« Sie lehnt sich an die Wand und kaut an ihren Fingernägeln.

»Er war äußerst fasziniert von der Arbeit des Theatermörders und lässt dir ausrichten: Echo ist die Mörderin.«

Seidel runzelt die Stirn. »Was?«

Eine Bahndurchsage hallt unverständlich durch den Hörer, übertönt Czorski fast. »Es tut mir leid. Ich weiß auch nicht, was ich mir davon versprochen habe. Es ist nur eine weitere kryptische Deutung der Taten. Gibt's bei euch was Neues?«

»Nein«, sagt sie. »Aber danke, dass du in Bochum bist.«

»Kein Problem. Ich fahr jetzt zurück und bin morgen bereit für Ziernow.«

Sie legt auf.

»Czorski war in Bochum?«, fragt Pfeffer.

»Ich wusste auch nichts davon. Er hat Gullnick die Theatermorde vorgestellt.«

»Wer ist Gullnick?«, fragt Ruben.

»Unser Forschungsfall. Kinderschänder und Serienmörder aus den Achtzigern. Ekelhaftes Schwein«, erklärt Pfeffer. »Und? Was sagt er zu dem kleinen Kunstwerk seines nicht minder ekelhaften Kollegen?«

Seidel schaut nachdenklich drein. »Er sagt: Echo ist die Mörderin.«

Pfeffer schnaubt, stellt ihren Kaffee ab und will ankündigen, dass sie jetzt aus dem Fenster springt, weil diese Ungewissheiten und Interpretationen sie noch verrückt machen. Aber bevor sie das sagen kann, bemerkt sie, wie Ruben und Seidel sich anstarren.

»Die Souffleuse«, sagen sie gleichzeitig.

»Claudia Marken? Aber sie hat Alibis«, wendet Pfeffer ein.

»Keine wasserdichten«, erwidert Ruben, kniet sich auf den Boden und wühlt in den Akten herum. »Claudia Marken war angeblich bei ihrer kranken Mutter in Hamburg, die aber auf die Kollegen dort leicht verwirrt wirkte. Wo hab ich denn …? Hier! Die Kollegen haben notiert, dass Regina Marken dement sein könnte. In einem frühen Stadium. Und Claudia gibt an, bei ihr gewesen zu sein, sowohl während Arno Ullings Tod – deshalb hat sie an dem Abend auch nicht souffliert – als auch an dem Sonntag, als Jens Johannes Jost ermordet wurde.«

»Vielleicht war sie an einem anderen Tag dort, und die Mutter erinnert sich nicht richtig«, überlegt Pfeffer.

»Oder ihre Erinnerung ist leicht zu beeinflussen«, sagt Ruben. »Vielleicht hat sie das Datum des Besuchs eingeflüstert bekommen und es am Ende selbst geglaubt. Als Bettina Schneider gestorben ist, hat der Pförtner Willi Kracht Claudia Marken um zweiundzwanzig Uhr aus dem Theater ausgecheckt, und um zweiundzwanzig Uhr dreißig hat sie im Hausflur bei sich zu Hause noch kurz mit einem Nachbarn geredet. Das haben wir überprüft. Das Zeitfenster von Bettina Schneiders Todeszeitpunkt ist zwischen dreiundzwanzig und ein Uhr. Sie hätte sehr schnell zurückfahren müssen, aber sie wohnt in Schöneberg und hätte das schaffen können. Und das Theater hat nicht nur einen Eingang. Claudia Marken ist lange am Haus, sie könnte also reingekommen sein, ohne dass der Pförtner es mitbekommt.«

»Zeitlich knapp, aber möglich«, sagt Pfeffer. »Außerdem verstehe ich, was Gullnick meint. Echo ist ein Opfer – und vielleicht sieht der Täter sich gar nicht als Täter, sondern als Opfer von Umständen und Fremdeinflüssen.«

»Mittlere bis hohe Wahrscheinlichkeit. Aber das rechtfertigt noch keinen Haftbefehl«, sagt Seidel und blättert durch einige Zettel. »Claudia Marken hat außerdem kein plausibles Motiv.«

»Nein, aber sie ist eine der wenigen, die offiziell mit allen Opfern zusammengearbeitet hat«, sagt Ruben. »Und es rechtfertigt auf jeden Fall eine weitere Befragung.«

»In Ordnung, suchen wir sie auf«, sagt Seidel.

»Und ich hab noch eine andere Idee«, fügt Pfeffer hinzu und wendet sich an Ruben. »Hast du ein Foto von Claudia?«

Abends. Keller

»Du hast bestimmt Hunger«, sagt Claudia und schließt die Tür hinter sich.

Er blinzelt, dreht mühsam den Kopf und stützt sich auf die Unterarme, es pocht wild hinter seiner Stirn. Etwas quietscht. Es ist dunkel um ihn herum. An der Decke hängt eine schummrige, nackte Glühbirne, die langsam heller wird. Die Zunge klebt an seinem Gaumen. »Wo bin ich?«

»Du wirst dich gleich erinnern«, sagt sie und hängt eine Metallkette mit zwei kleinen Haken an einen Nagel in der Wand. Es riecht feucht und schimmelig. Die Wände sind schmutzig-grau und der Boden kaltes Beton. Oliver setzt sich auf. Das Feldbett unter ihm quietscht lauter. »Ich weiß, wo wir sind.«

Sei lächelt ihn an. »Da werden Erinnerungen wach, oder?«

Er reibt sich den Kopf und hebt den Fuß aus einer Kondenswasserpfütze am Boden. »Was hast du mir gegeben?«

»Liquid Ecstasy.«

Er nickt. Das hätte er sich denken können. Er sieht an die Decke, von wo das Wasser hinuntertropft, und stöhnt. »Claudia, was soll das?«

»Ich hab dein neues Stück nicht einkalkuliert«, erklärt sie. »Ich wollte dich eigentlich noch nicht hierherbringen, weil ich noch nicht alles zusammenhabe, aber die Gelegenheit war so günstig. Und ich wollte nicht, dass du es dir mit Carlos zusammenrecherchierst. Ich will, dass du von ganz allein draufkommst.«

»Aha«, sagt er, obwohl er kein Wort versteht, aber es ist ihm auch egal. Er stemmt die Hände in die dünne Matratze. Die Sprungfedern drücken sich in seine Handflächen. Er steht auf. Leichter Schwindel überkommt ihn. Er muss sich kurz an der Wand abstützen, dann geht es wieder, und er wankt zur Tür. »Du hast mich betäubt und verschleppt und hier liegen gelassen, ich denke, jetzt sind wir wirklich quitt.«

Sie lacht leise und kniet sich neben einen Einkaufskorb am Boden. Er beobachtet, wie sie in dem praktischen, faltbaren Monstrum mit der scheußlichen Blumendeko rumwühlt, und schüttelt den Kopf – mehr über sich als über sie. Vor nicht mal zwei Wochen hat er noch mit ihr geschlafen und sogar gedacht, sie habe sich verändert. Er hat sie beide sogar wieder zusammengesehen und sie um Feedback zu seiner Theatermörder-Szene gebeten. Dafür schämt er sich jetzt.

»Ich brauche noch ein paar Sachen, aber morgen habe ich alles zusammen«, sagt sie. »Das ändert zwar die Reihenfolge vom vierten und fünften Akt ...« Sie blickt plötzlich auf, ihre Augen glänzen. »Oder ich helfe auch dort nach.«

Oliver starrt sie verwirrt an. Dann reißt er sich zusammen, legt die Hand auf die Klinke und drückt sie runter, nichts passiert. Er rüttelt an der Tür. Dann tritt er einen Schritt zurück und sieht fassungslos auf die schwere Stahltür. Er dreht sich langsam zu Claudia um.

Sie kniet noch immer neben dem Korb, den viele Vorstadtmuttis zum Einkaufen nehmen. Ein Teil von ihr ist genau das, eine pragmatische Frau, die in einem Vorort glücklich wäre – wäre da nicht der andere Teil von ihr, der sie für eine Künstlerin hält und in den Wahnsinn treibt. Sie lächelt ihn wieder an. »Erst war ich sehr wütend, dass du dieses Stück schreibst. Du nimmst mir damit etwas weg, dachte ich. Aber dann habe ich begriffen, dass du nichts als ein Biograph bist, der um den interessanten Künstler kreist, um überhaupt was zum Schreiben zu haben.«

»Wo ist der Schlüssel für die Scheißtür?«

Sie steht auf und runzelt die Stirn. »Du hast da was missverstanden. Du gehst hier nicht raus, und wir sind auch noch nicht quitt.«

»Oh doch!«

»Aber willst du denn nicht noch ein bisschen recherchieren? Das ist doch eine einmalige Chance.«

»Was?«, brüllt er, irgendwo zwischen Ungeduld und rasender Wut. »Was redest du da?«

Sie schnaubt verblüfft. »Du hast es wirklich immer noch nicht verstanden. Dabei hättest du längst draufkommen müssen. Wir kennen uns so lange ...«

Er verschränkt die Arme vor der Brust und betrachtet sie. »Ich kenne dich gar nicht.«

Sie kommt auf ihn zu, langsam, Schritt für Schritt. »Ich bin die Hauptfigur in all deinen Stücken, Oliver. Ich bin die Theatermörderin.«

Er will lachen, aber es bleibt ihm im Halse stecken – denn er glaubt ihr. Er weicht vor ihr zurück, bis er an die Tür stößt.

Sie steht direkt vor ihm, streckt die Hand aus und streichelt ihm durchs Haar. »Also, möchtest du mir nicht vielleicht ein paar Fragen stellen, lieber Biograph?«

Pfeffer knallt ein Foto auf den Tresen. »War sie das?«

Der Punk stellt seelenruhig das Bierglas in das Regal hinter sich. Er dreht sich zu Pfeffer und beugt sich über das Bild von Claudia Marken. Ruben hat es in einem Programmheft des Sturmtheaters gefunden. Pfeffer tippt mit dem Finger auf das Bild. »Ist das die Frau, mit der Olli gestern weggegangen ist?«

»Ich weiß nicht, wer kann sich denn so ein Gesicht schon merken?«

»Wir müssen ihn wirklich finden«, drängt Pfeffer. »Es geht um Leben und Tod.«

Der Punk sieht sie unglücklich an. »Es tut mir ja leid, aber ich kann mir Gesichter nicht so gut merken.«

Pfeffer steckt das Foto wieder ein und schüttelt den Kopf. »Bist du sicher, dass du in der richtigen Branche bist? Immerhin sollten Menschen dein Ding sein.«

»Wenn sie schon öfter dagewesen wäre, dann …«, will er sich noch rausreden, aber Pfeffer winkt ab und geht zur Tür. Am Ende des Tresens packt sie jemand am Arm.

Es ist noch früh und die *Grüne Ecke* fast leer, aber vorne am Tresen, wo der schreckliche Kurzstore endet, sitzt eine Frau in einem weiten Parka. Ihre Frisur ist ein Vogelnest, und ihre Lippen sind knallrot geschminkt. Sie lächelt, ihr fehlt ein Zahn, und vor ihr auf dem Tisch stehen ein Bier und ein Korn.

»Zeig mal das Foto«, sagt sie.

Pfeffer holt es raus.

Die Frau nimmt es in ihre dünnen Hände und verengt die Augen zu Schlitzen. »Ja, das war sie.« Sie grinst. Pfeffer zwingt sich, nicht auf die Zahnlücke zu sehen. »Der Olli ist ein schmucker Mann, so ein blonder Siegfried. Auf den hab ich ein Auge geworfen.«

Pfeffer lächelt dünn. »Sind Sie sicher?«

»Natürlich. Ich war sehr enttäuscht, dass er mit so einer unscheinbaren Tante abhaut.« Sie gibt Pfeffer das Foto zurück und fährt sich durch das Vogelnest an graubraunen Haaren. »Er hätte ja auch mich haben können.«

»Eine viel buntere Alternative«, sagt Pfeffer, so freundlich, wie es geht, bevor sie sich wieder dem Punk zuwendet. Sie zeigt auf die Vogelnest-Frau. »Sie war gestern auch hier, und du hast nicht mal daran gedacht, mir das zu sagen? Was bist du für ein Wirt?«

»Du warst gestern hier, Hannah?«, fragt er verwundert.

Während Hannah sich noch darüber beschwert, trotz ihrer aufwändigen Frisur und dem Lippenstift nicht bemerkt worden zu sein, und lautstark deutlich macht, dass sie ja immerhin seit Jahren Stammkundin sei, geht Pfeffer raus. Sie zieht ihr Handy aus der Tasche und ruft Ruben an.

»Oliver Volkers hat die *Grüne Ecke* gestern mit Claudia Marken verlassen.«

»Und sie ist nicht im Theater«, entgegnet Ruben, der gerade aus dem Seiteneingang des Theaters hinaustritt. »Der Pförtner sagt, sie ist nicht zur Arbeit gekommen. Ich habe noch ein paar Leute gefragt, die ich im Theater getroffen habe, aber niemand hat Claudia oder Oliver gesehen. Seidel hat auch gerade angerufen. Bei sich zu Hause ist Claudia auch nicht.« Er geht um das Theater herum und bleibt vor dem Hauptportal stehen. Er dreht sich dem Haus zu und sieht auf die vielen Fenster.

»Machen die beiden gemeinsame Sache?«, fragt Pfeffer.

Ruben seufzt. »Du hattest recht, ich hätte Oliver Volkers sofort auf den Zahn fühlen sollen, und zwar tief und höchstpersönlich.«

»Ja«, sagt sie. »Ich hatte recht, und jetzt sind sie beide verschwunden.«

Oliver fühlt sich unfähig, sich zu bewegen. Er möchte nicht glauben, was Claudia da eben gesagt hat. Sie hockt wieder neben ihrem Korb, als wäre nichts gewesen; breite Schultern und ein unerbittlicher Wille. Doch auch wenn sie keine zarte Gestalt ist, kann er nicht glauben, dass sie Jens Johannes Jost mit einem Scheinwerfer erschlagen haben soll.

Oliver ist ebenfalls nicht klein. Er kann sich doch nicht von einer Frau einsperren lassen, der er körperlich überlegen ist. Er geht forschen Schrittes auf sie zu, als sie sich plötzlich umdreht. Sie steht auf und hält ihm eine Pistole entgegen. Er bleibt stehen und sieht in den Lauf der kleinen, schwarzen Waffe.

»Zurück zum Bett«, sagt sie.

Er hebt die Hände, es ist ein Reflex, weiter rührt er sich nicht.

»Ich will dich nicht erschießen, aber ich werde, wenn ich muss.«

Er schluckt und geht seitwärts, bis er mit dem Bein gegen das Feldbett stößt. Er setzt sich, die Springfedern quietschen.

Claudia lässt ihn nicht aus den Augen. Die rechte Hand richtet die Pistole noch immer auf ihn, die linke greift in den Korb und zieht langsam etwas hervor. Oliver erkennt hellbraunes Fell. Es ist ein Kaninchen. Sie hält es an den Ohren, es zappelt.

Sie lächelt. »Um der alten Zeiten willen.«

Vor seinem inneren Auge erscheinen ein Badezimmer, Blut und Innereien, die nackten Körper junger Studentinnen, die er mitgenommen und in ihrer Badewanne gevögelt hat. Er war so dumm und selbstgerecht. »Ich hätte dich nie betrügen dürfen«, sagt er leise.

»Ja, aber die Frauen sind nicht das Problem.« Sie steckt die Pistole in die Tasche ihres Blazers, hält das kleine Säugetier hoch und krault es am Bauch. »Ich mach dir was zu essen.«

»Ich hab keinen Hunger.«

Sie sieht ihn verwundert an. »Werd nicht überheblich, sonst wirst du wirklichen Hunger kennenlernen.« Sie packt das Tier an den Hinterläufen, dreht es herum und greift wieder zu ihrer Waffe.

Inzwischen ist die Energiesparbirne an der Decke sehr hell. Das Kaninchen zappelt in Claudias Hand, aber sie lässt sich nicht beirren, packt die Pistole am Lauf und holt aus. Sie schlägt dem Tier mit dem Griff auf den Kopf. Ein dumpfes Geräusch, und das Kaninchen hängt leblos in ihrem Arm. Sie steckt die Pistole wieder weg, holt ein Messer aus ihrem Korb und geht zur Mitte des Raumes. Sie stellt sich über den kleinen Abfluss am Boden und setzt das Messer an die Kehle des Tieres. Dann sieht sie zu Oliver.

»Wir sind sehr gut zu Tieren, weißt du? Wir betäuben sie, bevor wir sie töten. Und wir töten sie, bevor wir ihnen wirklich zu Leibe rücken.« Sie schneidet dem Kaninchen die Kehle durch. Sein Blut fließt auf den Boden und in den Abfluss.

Oliver sieht auf die kleine rote Pfütze. Wann hat er Claudia das letzte Mal schlachten sehen?

Sie lässt das Kaninchen ausbluten und summt dabei. Schließlich trägt sie das Tier zur Wand, wo die Kette hängt, und spießt die Kaninchenfüße an den Haken auf.

»Einen Menschen würde man natürlich festbinden«, sagt sie und wendet den Kopf. Ihr Blick fixiert ihn. »Hast du meine Inszenierung verstanden?«

»Claudia«, sagt er genervt, »ich habe dir damals gesagt, dass Bilder von Kaninchenblut in einer Badewanne keine Kunst sind, und das würde ich heute wieder sagen. Also nein, ich denke nicht, dass ich dich verstanden habe.«

Sie lässt das Messer sinken. »Aber davon rede ich doch nicht. Ich meine die neuen Szenenbilder.«

»Du hast was Neues gemacht?«

Sie dreht den Kopf langsam zurück zu dem Kaninchen und setzt das Messer an den Hinterläufen an. Sie schneidet an beiden Beinen einen Kreis um das Bein herum und steckt das Messer weg. Sie schiebt ihre Finger in eine der Wunden und reißt das Fell mit einem Ruck herunter. Sie wiederholt das am anderen Bein und zieht dem Tier schließlich das Fell bis über die Ohren. Nacktes Fleisch baumelt vor ihr an der Wand, unten hängt noch das umgestülpte Fell. Es ist milchig-weiß.

Claudia dreht sich um, zieht das Messer und betrachtet es. Dann zeigt sie damit auf Oliver. »Ein zerrissener Schauspieler, der seinen Text nie konnte, ein mit einem Scheinwerfer erschlagener, schlechter Schauspieler, der sich für einen großen Künstler gehalten hat, und eine angehende Regisseurin, die mit einem Spiegel erschlagen wurde ... «

»Ja, und?«

»Ich bin noch nicht fertig.«

Er schluckt. »Ich habe verstanden, dass ich der Nächste auf deiner Liste bin.«

Sie zeigt wütend auf das Kaninchen, öffnet den Mund, um etwas zu sagen, und schließt ihn wieder. Sie sieht zu dem Tier. »Falsch«, murmelt sie. »Alles falsch.«

Sie nimmt das nackte Kaninchen ab, und mit wenigen Handgriffen sind sowohl das Kaninchen als auch Messer und Kette mit Haken in ihrem Korb verschwunden. Der Korb baumelt über ihrem Arm, sie zieht ihre Pistole und zielt auf Oliver. »Leg dich hin, und dreh dich zur Wand.«

Er sieht sie ängstlich an.

»Sofort.«

Das Bett quietscht grausam, während er ihr Folge leistet, die Füße hochnimmt und sich auf die Seite dreht. Er starrt die nasse Wand an, riecht den Schimmel und wartet auf den Schuss.

Stattdessen hört er das Klappern eines Schlüssels.

»Du bist noch weniger wert, als ich dachte«, murmelt Claudia. Die Tür schließt sich. Es ist still. Dann knurrt sein Magen.

Als die Tür sich öffnet, ist er zu schwach, um zu reagieren. Vielleicht ist er auch zu schwach, um daran zu glauben, dass die Tür sich überhaupt bewegt hat. Er lehnt an der Wand gegenüber und streichelt seinen Bart. Er ist lang und strohig und braucht den professionellen Handgriff eines Barbiers.

Oberflächlichkeiten.

Doktor Florian weiß, dass er dem Tod in wenigen Tagen näher sein wird als dem Leben, aber er kann nichts tun. Also rettet er sich in Tagträume, in denen er zum Barbier geht und einen guten Wein trinkt. Er bereut alles, er bereut nichts. Er erinnert sich an alles und hat alles vergessen. Er hätte seine Schwester nicht so piesacken sollen, indem er auf ein anästhesiertes Schwein besteht. Er vermisst sie, aber er vermisst auch die anderen aus dem Team. Pfeffers eisernen Willen, Czorskis Vorsicht und Filonds tänzelnden Gang. Andererseits scheinen sie ihm so weit entfernt. Er weiß nicht einmal mehr, ob er sich an sie erinnert oder neue Versionen von ihnen imaginiert. Sein Magen schmerzt. Der Adrenalinkick des Hungers, der ihm geholfen hat, Claudias ganzes Werk zu entschlüsseln, ist längst einem Adrenalinkater gewichen und in bloße Schmerzen übergegangen.

Er blinzelt, aber die Tür ist immer noch einen Spalt geöffnet. Vielleicht schon seit Stunden, vielleicht erst eine Sekunde. Er weiß nicht mehr, was Zeit ist. Etwas schiebt sich durch den Spalt hindurch, dann schließt die Tür sich wieder.

Plötzlich riecht es nach gebratenem Fleisch, und Doktor Florian erkennt einen Teller. Sie hat ihm etwas zu essen gebracht. Ungläubig krabbelt er über den Moltonberg zur Tür. Er streckt die Hand aus und legt einen Finger auf die knusprig gebratene Haut. Es ist tatsächlich da, keine Halluzination oder Fata Morgana. Es ist etwas zu essen. Es ist nur ein kleines Stück Fleisch und eine

Kartoffel. Außerdem steht da ein Glas Saft. Er sieht wieder auf das Fleisch.

»Kaninchen?«

»Guten Appetit«, sagt sie von draußen. »Iss nicht zu schnell.«

»Ich dachte, du lässt mich verhungern. Der vierte Akt. Echos Tod.«

»Du bist aufgestiegen.«

Kapitel 20 **Narziss**

Mittwoch, 15. Oktober
Morgens. KKF II

Seidel blättert um. Ihre Augen rasen über das Papier, sie blättert weiter. Pfeffer wird vom Zusehen ganz schwindelig. »Kannst du in dem Tempo überhaupt was lesen?«

»Schsch!«, macht Seidel unleidlich und blättert erneut, zwei Seiten segeln aus dem kleinen Stapel in ihrer Hand zu Boden. Pfeffer beugt sich runter und hebt sie auf. »Ziernow hat vielleicht trotzdem Verständnis, dass wir mehr Zeit ...«

»Nein«, sagt Seidel, ohne den Blick von den Ausdrucken zu lassen, und wandert durch Pfeffers und Czorskis Büro. »Das ist gut, das reicht, um unsere Arbeit zu rechtfertigen – und dann sitzt Ziernow uns nicht mehr im Nacken.«

Czorski erscheint im Türrahmen. »Wer sitzt uns im Nacken?«

Seidel schweigt.

Pfeffer streicht sich die Haare zurück. »Sie sagt, dass Ziernow uns *nicht mehr* im Nacken sitzt, wenn ihr das nachher präsentiert.«

»Ach so, ja«, sagt Czorski und geht zum Fenster. Er sieht mit gerunzelter Stirn hinaus in den Treptower Park.

»Alles klar?«, fragt Pfeffer.

»Ich weiß nicht, ich hab mich vorhin auf dem Weg hierher so beobachtet gefühlt.« Er reibt sich die Augen. »Ist bestimmt nur die Müdigkeit.«

»Guten Morgen«, flötet Filond und tänzelt in den Raum. In jeder Hand hat er einen Pappträger, in der einen Hand mit Kaffee-, in der anderen mit Müslibechern. »Frühstück.«

»Morgen«, murmelt Seidel und blättert.

Filond baut sich vor ihr auf. Pfeffer grinst, sie weiß, dass er ihr nun einen Vortrag über ihre Körperfunktionen halten wird, darüber, dass sie zu wenig isst und Kraft braucht. Aber bevor er etwas sagen kann, greift sich Seidel einen Becher. Sie legt ihre Lektüre ab und löffelt das Müsli, während sie liest.

Alle sehen sie belustigt an. Sie schaut auf. »Was? Dachtet ihr, ich will verhungern, bevor wir ihn finden?«

Filond fährt herum, stellt die Papptrāger auf Pfeffers Schreibtisch und klatscht in die Hände. »Ich weiß, warum wir Doktor Florian noch nicht gefunden haben. Wir sollen ihn erst finden, wenn er tot ist – und er ist noch nicht tot, weil der Theatermörder ihn verhungern lässt.«

Seidel hält im Kauen inne und sieht ihn erschrocken an.

»Das ist gut, das ist gut«, beschwichtigt Filond und positioniert sich vor der Wand hinter Czorskis Schreibtisch. »Echo ist an Liebeskummer gestorben, weil sie nichts mehr gegessen hat. Verhungern wäre ein guter vierter Akt. Der vierte Akt ist im Theater immer ein wenig unspektakulär, ein Moment des Innehaltens in der Handlung.«

Seidel schluckt. »Innehalten, während mein Bruder verhungert?«

»Du musst das aus der Sicht eines Dramatikers betrachten. Wenn er ein Szenenbild baut, ist eine verhungerte Leiche weniger spektakulär als eine zerrissene.«

»Okay, und warum ist das jetzt gut, Filond?«, fragt Czorski. »Ich habe schon mal einen verhungerten Menschen gefunden, als ich noch Streife gefahren bin. Das ist nicht unbedingt ein friedliches Bild.«

»Natürlich nicht, aber wenn Doktor Florian tatsächlich irgendwo ohne Essen sitzt, wird es noch sehr lange dauern, bis er stirbt. Er ist gesund und jung. Er lebt ohne Essen mindestens dreißig Tage.«

Pfeffer nimmt sich einen Kaffee aus dem Pappträger. »Heißt das, dass wir quasi im Foyer sitzen, Sekt trinken und auf den Gong warten?«

Czorski macht eine skeptische Miene. »Es ist gerade Pause?«

»Mittlere Wahrscheinlichkeit«, sagt Seidel.

»Ich deute und interpretiere nur«, sagt Filond und hebt die Hände. »Aber wir müssen doch alle Hypothesen aussprechen, oder nicht?«

Seidel isst wieder etwas Müsli und sieht nachdenklich auf die bunte Wand voller Bilder und Post-its. Sie schiebt ihre Brille mit dem Handrücken die Nase hoch, schaufelt noch einen sehr vollen Löffel in sich hinein und kaut mit manischen Kieferbewegungen.

Filond nimmt sich auch einen Müslibecher und beginnt mit einem demonstrativ kleinen Happen. »Seidel, vielleicht solltest du die Pause nutzen.«

»Natürlich, wir müssen Doktor Florian finden, bevor es weitergeht.«

»Ja. Nein, das meinte ich nicht«, sagt Filond und schaut Hilfe suchend zu Pfeffer.

»Er meint, du sollst etwas trinken und aufs Klo gehen, damit du fit für den zweiten Teil bist. Du sollst dich ausruhen.«

Ihr Kopf fährt herum. »Was?«

»Ausruhen?«, fragt auch Czorski. Er stützt die Arme auf die Lehne seines Schreibtischstuhls. »Wir können doch jetzt nicht die Füße hochlegen.«

Filond sieht ihn verärgert an. »Davon kann keine Rede sein, und das meinte ich natürlich auch nicht. Also zumindest nicht für die ganze Zeit, die die Pause dauert«, fügt er kleinlaut hinzu.

Pfeffer sieht zu Seidel. »Er meint, dass du dich nicht so sehr schinden sollst, sondern dir auch mal einen Augenblick zum Luftschnappen gönnen kannst.«

»Und eine Schlaftablette«, schlägt Filond vor.

Seidel geht zum Mülleimer und wirft wortlos ihren Becher und den Plastiklöffel hinein.

»Du bist nicht mehr neutral«, versucht Pfeffer es weiter. »Du bist schon längst zu nah dran.«

»Er ist ihr Bruder«, wendet Czorski empört ein.

Pfeffer verdreht die Augen. »Nicht am Opfer. Ich meine, zu nah an unseren Ermittlungen und Interpretationen. Irgendwann sieht man den Wald vor lauter Hypothesen nicht mehr.«

»Vielleicht ist es gut, für heute nur an Gullnick zu denken«, schlägt Filond vor. »Geh in Ruhe noch einmal alle Fakten und Argumentationsstränge durch, und ab morgen hast du dann einen klaren Kopf, um weiter nach dem Theatermörder zu suchen.«

Seidel blickt in den Papierkorb und schweigt.

»Es ist nur ein Vorschlag«, sagt Filond.

Seidel hebt den Kopf. »Okay. Was, wenn ich bis zu der Gullnick-Präsentation schlafen will?«

Filond grinst. »Dann hab ich genau die richtige Dosierung für dich!«

»Her damit.«

Vormittags. Verlassenes Theater

Er schlägt die Augen auf und sieht Rührei mit Speck. Er wälzt sich auf den Rücken und stutzt. Wo ist der weiche Molton hin? Erst dann wird ihm bewusst, dass er nicht mehr in seiner Kammer liegt. Die Erkenntnis schlägt wie eine Bombe ein. Die schreckliche Lampe, der stinkende Eimer und das Waschbecken mit dem kalkigen Wasser sind weg. Plötzlich fühlt er sich allein und schutzlos. Er will zurück. Wo ist er hier?

Doktor Florian schließt die Augen. Beruhige dich, sagt er zu sich selbst. Du vermisst diese Kammer nicht, es ist gut, dass du nicht mehr dort bist. Dann öffnet er die Augen wieder. Über ihm sind Stangen und Scheinwerfer, ein kleiner Schnürboden. Es riecht muffig und eigentlich ähnlich wie der Molton in der Kammer. Seine Hände sind mit Kabelbindern zusammengebunden. Jetzt will er doch wieder zurück in seine Kammer.

Er setzt sich auf und schirmt die Augen mit den Händen ab, er wird angestrahlt. Es dauert etwas, bis er den Rand der Bühne und die Sitzreihen dahinter erkennt. Er ist auf der Bühne des kleinen, verlassenen Theaters. Um ihn herum liegt eine dicke Staubschicht auf den schwarzen Dielen, und den Spuren im Staub nach zu urteilen, ist er hierher geschleift worden. Claudia hat Fußabdrücke hinterlassen.

Er nimmt den Teller mit dem Essen auf und isst, so gut das mit gefesselten Händen eben geht. Erst jetzt fällt sein Blick auf seine Füße, die ebenfalls zusammengebunden sind. Außerdem geht von ihnen eine Kette ab, die locker in der Luft hängt und zum Schnürboden hinaufführt. Er isst weiter.

Ein Schatten fällt auf sein Essen, doch er lässt sich nicht beirren, nimmt noch etwas von dem Ei. Sie kocht gar nicht so schlecht. Andererseits würde ihm in seinem Zustand wohl alles schmecken.

»Ich hatte damit gerechnet, dass du zuerst versuchst, die Kabelbinder aufzureißen.«

»Es sind Kabelbinder«, antwortet er. »Die könnte ich nicht mal aufreißen, wenn ich in guter Form wäre.« Er leckt den Teller ab und reicht ihn ihr.

Sie bringt den Teller weg und erzählt irgendwas von einer Enttäuschung und spontanen Planänderung.

»Hör auf, mir dein Herz auszuschütten!«, ruft er. »Wir sind keine Freunde.«

Claudia steckt den Kopf zwischen zwei roten Vorhangbahnen am Bühnenrand hindurch. »Warum nicht? Weil ich dich an deine Grenzen bringe?«

Nein, weil du mich töten willst, denkt er, sagt aber: »Nein, weil du zu viele Fehler machst. Erst vergiftest du versehentlich ein Mauerblümchen, und dann hungerst du mich völlig aus, ohne zu bedenken, wie ich es dann noch hierher schaffen soll. Du musstest mir etwas ins Essen kippen, damit du mich hierher schleifen kannst.«

»Liquid Ecstasy. Und für die Treppe hab ich dich an eine Sackkarre gebunden.«

»Nicht beeindruckend.« Er versucht, eine tapfere Miene zu wahren, doch dann muss er den Kopf wegdrehen, denn er spürt eine Panikattacke kommen, die Angst vor dem Tod, die Unerträglichkeit seiner Machtlosigkeit. Er will tief durchatmen und keine Schwäche zeigen, als ein Ruck durch die Kette geht. Irgendwo hinter der Bühne knarzt es. Die Kette wird straff gezogen.

Sie schleift ihn noch ein Stück über den Boden, dann hängen Doktor Florians Füße in der Luft. »Hör auf!«, ruft er. »Lass den Scheiß!«

Aber Claudia lacht nur, es knarzt unerbittlich weiter, und wenig später hängt Doktor Florian kopfüber über der Bühne. Das Knarzen verstummt, er baumelt von der Decke wie ein Stück Fleisch im Schlachthaus, und schon kehrt Claudia mit einem Messer zurück.

Mittags. KKF II

»Seidel hatte recht«, sagt Ruben und zündet sich eine Zigarette an.

Pfeffer schließt ihre Jacke und blinzelt in die Sonne. Es ist ein wunderschöner Herbsttag, kalt und sonnig, die Blätter im Treptower Park glänzen golden.

»Sie schläft gerade«, sagt sie.

Ruben nickt. »Es war wohl zu viel für sie.«

»Viel. Nicht *zu* viel. Immerhin hat sie heute die Reißleine gezogen und ruht sich etwas aus. Sie kennt ihre Grenzen.«

»Und sie hat einen guten Riecher. Carlos Kaufmann und Yvonne Kroll haben tatsächlich Geld veruntreut«, erzählt er. »Sie haben eine Vortragsreihe erfunden, die nie stattgefunden hat. Es war etwas ganz Exklusives, ein philosophischer Abend, den es offiziell gab, für den aber nie ein Philosoph ein Honorar bekommen hat. Sie haben mit dem Geld Reisen gemacht und währenddessen ihre Affäre geführt, wahrscheinlich haben sie sich gefühlt wie ein Verbrecherpärchen.«

»Langweilig«, sagt Pfeffer und dreht sich zu dem Coffeeshop um. Drinnen essen Kollegen zu Mittag, auch die Frau mit Jeansjacke. Sie wendet den Blick wieder ab, sieht auf die Narbe an ihrem Handgelenk. Das war mal eine Affäre, die eine Geschichte wert ist.

»Ja, ich bin auch nicht zur Kriminalpolizei gegangen, um mich mit solchen Delikten zu befassen«, sagt er.

»Gibt es schon was Neues zu den anderen Bonnie und Clyde?«

»Claudia Marken und Oliver Volkers? Nein, sie sind seit Tagen nicht gesehen worden, von niemandem.« Er zieht an seiner Zigarette.

»Der Vorhang ist zu. Vorübergehend.«

Er sieht sie fragend an.

»Wir haben heute überlegt, dass der Theatermörder vielleicht eine Pause macht; nach dem dritten Akt ist doch meistens eine. Die letzte Leiche wurde vor einer ganzen Weile gefunden, eventuell wird das Opfer des vierten Akts ausgehungert. Das alles spricht für eine Unterbrechung, oder nicht?«

Ruben mustert sie nachdenklich. »Vielleicht …«

Nachmittags. KKF II

Es ist ganz still im Büro. Seidel und Czorski sind drüben im Meetingraum und zeigen Ziernow und anderen hohen Tieren aus der Amtsleitung, was Gullnick genau getan hat und warum der Aspekt der Ritualisierung neu und genau erforscht werden muss … und zwar von ihnen.

Pfeffer öffnet das ViCLAS und gibt als Orte Bochum, Dortmund und Essen plus einen Umkreis von fünfzig Kilometern an. Sie gähnt, die Suchmaske verschwimmt vor ihren Augen. Aber sie hat Czorski versprochen, dass sie ihm hilft, Torsten Nebel auf die Schliche zu kommen. Sie mögen zwar in einer Art Theatermord-Pause sein, aber das heißt nicht, dass Pfeffer sich entspannen kann. Es ist wahrscheinlich sogar ratsam, sich für eine Weile auf etwas anderes zu konzentrieren, um später mit frischem Blick und gesunder Distanz wieder nach Doktor Florian zu suchen.

Also hat sie die Suchmaske des ViCLAS geöffnet, die Datenbank des BKA, in der Daten zu Opfern in ganz Deutschland für eine nationale Vergleichbarkeit gesammelt werden. Und Pfeffer sucht nun nach verschwundenen oder getöteten kleinen Jungen, zu denen es noch keinen Täter gibt, um die Kreis-Hypothese umzukehren. Vielleicht kann man wirklich nachweisen, dass aus dem Opfer Torsten Nebel längst ein Täter geworden ist.

Das ViCLAS rechnet, und Pfeffer gähnt wieder. Ihre Finger trommeln auf dem Schreibtisch zwischen den Bergen von Büchern über griechische Mythologie. Obenauf liegt ein Bild von Apollon, der irgendwen mit Pfeil und Bogen anvisiert. Pfeffer schiebt das Buch genervt weg. Sie öffnet ein neues Fenster an ihrem Computer und gibt *Getränke Nebel* in die Suchmaske ein. Im Hintergrund sucht das System weiter.

Pfeffer sieht sich auf der Homepage des Getränkehandels um, der mit angeblich sehr gastlichen, jährlichen Sommerfesten Kunden anlocken will. Jedes Jahr ein Fest, das für die eigenen Getränke wirbt. Dazu eine Hüpfburg. Sie findet ein Foto der Belegschaft, mittendrin Torsten Nebel mit Glatze und Hakennase, aber ohne Lächeln. Es macht Pling, das ViCLAS ist fertig. Sie schließt das Suchfenster, kehrt gespannt auf die Systemseite zurück – und sieht nichts.

Pfeffer runzelt die Stirn und streicht sich mit beiden Händen die Haare zurück. Das System hat keine vermissten oder getöteten männlichen Opfer unter vierzehn im Umkreis von Torsten Nebels Wohnort gefunden.

Damit hat sie nicht gerechnet. Czorski hatte sie eigentlich davon überzeugt, dass dieser Mann ein Mörder und Vergewaltiger sein musste. Nachdenklich betrachtet sie die Null, die die Systemoberfläche als Ergebnis anzeigt.

»Pfeffer«, hört sie eine Stimme, die sie aus ihren Gedanken reißt. Ruben steht etwas atemlos im Flur. »Du wirst nicht glauben, was ich habe. Wo sind Seidel und Czorski?«

»In einer Besprechung mit der Amtsleitung. Du weißt doch, die Gullnick-Sache, unsere gesamte Existenz ...«

»Ach so, ja.« Ruben kommt rein und schließt die Tür. Er trägt jetzt einen Schal zu seiner Lederjacke. »Ich habe nun eine Vermisstenanzeige zu Oliver Volkers. Seine Freundin hat ihn gestern gemeldet.«

»Er hat also doch eine Freundin?«

»Ja, in Kassel, und pass auf: Diese Freundin hat außerdem ausgesagt, dass Claudia Marken sich unter falschem Namen an sie rangemacht hat, um die Beziehung zu Oliver zu zerstören und sich dann wieder an Oliver ranzumachen.«

»Wieder?«, fragt sie verwirrt.

Ruben nickt triumphierend. »Oliver Volkers und Claudia Marken waren als Studenten zusammen. Gemeinsame Wohnung und alles.«

Pfeffer sieht ihn verdattert an. »Heißt das, Claudia Marken ist die Frau aus *Kaninchenkinder?*«

»Was? Ich weiß nicht.«

»Also wenn sie diese Frau ist, dann ist sie erstens ein blutrünstiger Psychopath, der sich für einen Künstler hält – und hat zweitens einen Grund, sich an Oliver zu rächen. Er hat sie in dem Stück nicht gerade gut aussehen lassen, und er lässt sie am Ende sogar sterben.«

»Ich glaube zumindest nicht, dass er besoffen aus der Kneipe in Kreuzberg gewankt ist.«

»Er war unter Drogen!«, sagt Pfeffer. »Natürlich, GHB oder so was.«

»Wahrscheinlich.« Ruben geht hastig in dem kleinen Büro auf und ab. »Wenn Volkers ein Opfer und kein Teil des Täterteams ist, ändert das was an eurer Fünf-Akt-Hypothese?«

Pfeffer schaut zu der bunt gespickten Wand voller Tatortfotos und kleinkopierten Gemälden von Figuren der griechischen Mythologie. »Ich weiß es nicht.« Sie seufzt. »Wir brauchen Seidel.«

Nachmittags. Verlassenes Theater

Sie kniet vor ihm, ihr Kopf ist direkt auf der Höhe von seinem. Nur dass Doktor Florian knallrot ist, weil ihm all sein Blut in den Kopf gelaufen ist, während Claudia seelenruhig an seiner Fliege herumfingert.

»Nachdem du meine ganze Kleidung achtlos von mir heruntergeschnitten hast, könntest du die Fliege auch einfach abschneiden«, sagt er.

Sie lächelt und sieht zu seinem nackten Körper hinauf. »Du hast abgenommen.«

»Dass du mit gebundenen Fliegen umgehen kannst, hast du doch schon in unserer romantischen Nacht bewiesen, warum jetzt noch mal?«

»Um der guten alten Zeiten willen. Und weil ich deinen Stil und deine Liebe für Fliegen respektiere.«

»Das bedeutet mir viel«, sagt er spöttisch.

»Ach, halt die Schnauze«, sagt Claudia, zieht die Fliege ab und greift wieder nach dem Messer. Sie steht auf und betrachtet ihn. Er folgt ihrem Blick und versucht an sich herunter- beziehungsweise heraufzusehen. Sein Körper ist blass und kraftlos. Seine Hände sind immer noch zusammengebunden und inzwischen auch an einer Kette befestigt, die mit dem Schnürboden verbunden ist. Er kann sie nicht bewegen, nicht nach Claudia oder dem Messer greifen. Das ist das Ende, er spürt es. Er sagt sich, dass es wenigstens kein belangloses ist, sondern groß und blutig und gewalttätig, aber der Gedanke erscheint ihm plötzlich lächerlich. Nun, da die Todesangst da ist, ist der Hedonismus weg.

Doktor Florian sieht zu Claudia. Sie lächelt ihn an, nimmt das Messer hoch und kommt einen Schritt auf ihn zu.

»Warum hat Jens Johannes Jost nicht den Narzissenspiegel bekommen?«, fragt er schnell, mit zitternder Stimme.

»Weil der Spiegel auf der Probebühne stand«, sagt sie genervt. »Wenn er dort oben Flüstern geübt hätte, hätte er den Spiegel bekommen. Aber an diesem Sonntag war die Hauptbühne frei, was ich erst spät erfahren habe. Deshalb habe ich improvisiert. Wenn man ein großes Werk erschafft, muss man vieles planen, ein Gerüst bauen, innerhalb dessen man wirken kann, aber man muss auch offen für Neues bleiben. Manche Wendungen ergeben sich erst im Arbeitsprozess. Kreativität entsteht dann jenseits dieses Gerüstes.« Sie sieht ihn herablassend an. »Es ist ein komplexer Prozess.«

»Und warum Arno?«

»Er war miserabel im Auswendiglernen von Texten. Er war so abhängig von mir. Die perfekte Echo.«

Doktor Florian nickt so interessiert, wie es ihm in dieser Haltung möglich ist. »Jens war also der Narziss, aber warum Betty?«

»Weil sie hatte, was ich damals nicht bekommen habe: Aussicht auf eine eigene Produktion an einer der besten Bühnen in Deutschland.«

»Und warum …«, beginnt er, aber sie schneidet ihm das Wort ab.

»Genug jetzt! Ich weiß, was du versuchst. Und ich bin ein bisschen enttäuscht, muss ich sagen. Du willst dein Leben verlängern, und sei es nur um Sekunden. Das ist wirklich kleinlich, wo doch nur dein Tod etwas Gutes, Wahres und Schönes sein kann.«

Sie holt eine Pistole hervor und geht langsam um ihn herum. Er sieht aus dem Augenwinkel, wie sie den Lauf der Sig Sauer greift und ausholt. Dann explodiert dumpfer Schmerz in seinem Kopf, und alles ist schwarz.

Abends. KKF II

Czorski stößt die Tür auf. »Ziernow hat sich sogar entschuldigt!«, sagt er triumphierend.

Seidel folgt ihm müde ins Büro. »Wir sind jetzt plötzlich doch wieder sehr wertvoll und müssen die Facette *Inszenierung* definieren und Canters Facettentheorie darum ergänzen, um sie für rituellen Serienmord nutzbar zu machen, und dann«, sie lässt ihre Umhängetasche von ihrer Schulter auf den Boden gleiten, »laden wir das FBI ein und präsentieren alles.«

»Also, in ein paar Jahren, wenn wir fertig sind.« Czorski sieht Pfeffer und Ruben verwundert an. »Was macht ihr denn hier?«

»Es gibt einen neuen Stand, was die Ermittlungen angeht«,

murmelt Ruben und klebt ein beschriebenes Post-it auf ein Bild von Oliver Volkers an der Wand.

Pfeffer sitzt im Schneidersitz auf dem Boden mit einem Buch auf den Knien. »Angenommen Volkers wäre das fünfte Opfer, Seidel, was würde das ändern?«

Sie sieht von Pfeffer zu Ruben, geht über ihre Tasche hinweg in den Raum hinein und betrachtet die Wand. »Was sollte das ändern? Mein Bruder wäre immer noch der vierte Akt, Volkers der fünfte, und wir könnten dann im übertragenen Sinne immer noch in der Pause sein.«

Czorski atmet hörbar aus. »Ich weiß wirklich nicht, ob wir uns so sehr darauf verlassen sollten, dass der Mörder Pause macht. Vielleicht ist die ja auch schon vorbei. Er hat uns ja kein Programmheft oder so ausgehändigt, in dem steht, dass es erst in einer Woche weitergeht und vorher keiner stirbt.«

»Wir sind ja schon wieder dran«, sagt Pfeffer müde. »Seidel, Volkers und Marken waren mal zusammen. Ich glaube, sie ist die Frau aus *Kaninchenkinder*. Sie hat die Tiere gehäutet und die albernen Blutbilder gemacht. Ich könnte mir vorstellen, dass er über eine echte Frau geschrieben hat.«

Seidel runzelt die Stirn. »Er hat diese Frau im Stück einsam und allein und von allen verachtet sterben lassen.«

»Ja, das hat ihr sicher nicht gefallen«, überlegt Pfeffer.

»Und jetzt rächt sie sich?«, fragt Seidel. »Woher kennen die beiden sich denn?«

»Studium«, sagt Ruben noch immer in Notizen und das Kleben von Post-its vertieft.

Seidel verengt die Augen zu Schlitzen und betrachtet Rubens Mindboard. »Was haben sie denn studiert?«

»Claudia scheint vor dem Sturmtheater keine Vergangenheit zu haben, zumindest spuckt das Internet nichts aus«, antwortet Pfeffer.

Czorski greift nach seinem iPad. »Und Volkers war Schauspieler, oder? Dann war er doch sicher an einer Schauspielschule.« Er tippt und wischt. »Ja, hier. Er war an der Fiona-Karlsen-Schule hier in Berlin. Kleine, private Schule für szenische Künste, seit zehn Jahren geschlossen.«

»Was haben die da außer Schauspiel noch unterrichtet?«, fragt Seidel.

Ruben dreht sich von der Wand weg. »Was heißt *geschlossen?* Gibt es das Gebäude noch, und wenn ja, was ist da jetzt drin?«

»Langsam«, sagt Czorski. »Eins nach dem anderen. Also, an dieser Schule wurde neben Schauspiel auch Bühnenbild, Kostüm und Regie unterrichtet – Claudia könnte also dort Regie studiert haben, bevor sie damit mehr oder weniger gescheitert ist. Unsere Hypothese war ja, dass der Täter ein verhinderter Regisseur ist.«

»Ja, ja«, sagt Ruben ungeduldig. »Wo? Und was ist da heute drin?«

Czorski bekommt rote Flecken am Hals, wischt und tippt hektisch. »Alt-Moabit. Moment. Ich muss die Adresse noch mal googeln ... Keine Firma scheint die Adresse als ihre angegeben zu haben ... jetzt zu Streetview ...« Er hält das iPad hoch. »Sieht nach einem verlassenen Gebäude ohne viele Nachbarn aus.«

»Bingo.«

Abends. Alt-Moabit

Doktor Florian blinzelt. Er kommt wieder zu sich, was ihn überrascht.

»Du dachtest doch nicht, dass ich dich nicht dabeihaben will, oder?«, fragt Claudia. Das Messer in ihrer Hand reflektiert das Scheinwerferlicht. »Du bist doch kein Kaninchen, mein lieber Florian.«

»Doktor Florian«, presst er hervor.

»Aber wir sind doch so intim gewesen«, erwidert sie höhnisch.

»Das ändert nichts«, sagt er. In seinem Kopf wummert es, er kann sein eigenes Bewusstsein kaum greifen, es droht ihm schon wieder zu entgleiten.

»Jedenfalls musste ich noch etwas erledigen«, sagt sie. »Aber jetzt habe ich Zeit für dich. Ganz viel Zeit.« Sie tritt dicht an ihn heran und hebt das Messer.

Er windet sich und wimmert. »Nein, nicht.« Aber er ist zu schwach. Die Ketten, an denen er hängt, quietschen nur leicht, und seine Stimme wird vom staubigen Theatersaal verschluckt. Es ist hoffnungslos, sie fixiert ihn mit einem kräftigen Griff und beendet so sein armseliges Zappeln. Sie hebt das Messer, setzt es an seinem Bein an, etwas unterhalb des Fußknöchels, und schneidet ihm tief in die Haut.

Doktor Florian schreit auf. Er spürt heißes Blut, das sein Bein hinunterläuft. Sein Blick flackert, ihm wird wieder schwarz vor Augen, und er hofft, bewusstlos zu werden, um nichts mehr zu spüren, um nicht mehr dort zu sein. Aber die Schwärze lichtet sich wieder, er kehrt in den kleinen, alten Saal zurück und spürt jeden Schnitt, den die Klinge an seinem Bein macht.

Es donnert, die Tür springt auf, und die SEK-Beamten lassen den Rammbock sinken. Ruben drängt sich an ihnen vorbei, Pfeffer folgt ihm mit gezogener Walther. Hinter ihnen stürmen die SEKler den Raum mit Taschenlampen. Sie leuchten über karge verschimmelte Wände und Wasserpfützen auf dem Betonboden, bis Ruben den Lichtschalter findet und die Deckenlampe einschaltet.

Eine einzelne Glühbirne leuchtet langsam auf. Ein Stöhnen erklingt. Die Lichtkegel irren suchend durch den Raum und finden einen Körper. Das Licht an der Decke wird heller.

»Oliver Volkers«, sagt Pfeffer.

»Waffen runter!«, brüllt Ruben. Es ist nun hell, der Raum leer, außer Oliver Volkers, der auf einem Feldbett in seinem Blut liegt. Aus seiner Brust ragt ein Pfeil.

Pfeffer lässt ihre Walther im Holster verschwinden. Sie trägt eine schusssichere Weste und ist einfach mit der Einheit mitgefahren. Ruben war klug genug, keine Diskussion anzufangen. »Notarzt«, sagt er. »Sofort.«

Volkers wendet ihnen langsam den Kopf zu und spuckt Blut. Er gurgelt und röchelt.

»Will er uns was sagen?«, fragt Pfeffer.

»Ich denke, er will vor allem nicht sterben.«

Pfeffer sieht sich hektisch um. »Wo ist Doktor Florian? Das war der letzte Raum im Keller.«

»Das Haus ist leer«, sagt ein SEKler, der ein Funkgerät in der Hand hält und den Kopf in den Raum steckt. »Keine Spur vom Täter, kein weiterer Gefangener und auch keine Leiche.«

»Wie lange braucht denn der verdammte Arzt?«, fragt Ruben.

Oliver Volkers stöhnt. Blut sickert aus der Wunde an seiner Brust.

Seidel erscheint in der Tür.

»Du solltest doch im Wagen warten«, sagt Pfeffer.

»Du doch auch«, murmelt Ruben.

»Mein Bruder ist nicht hier, oder?«, fragt Seidel.

Ruben schüttelt entschuldigend den Kopf. Oliver Volkers röchelt wieder. Seidel marschiert entschlossen zwischen Ruben und Pfeffer hindurch und kniet sich neben ihn. Sie nimmt Olivers blutverschmierte Hand und drückt sie, streicht ihm eine verschwitzte Haarsträhne aus dem Gesicht. »Es wird alles gut. Der Notarzt ist gleich da. Du darfst dich nicht aufregen.«

Er wird ruhiger und sieht sie an. Dann wandert sein Blick zu den Schimmelflecken an der Decke.

Seidel sieht ebenfalls hinauf und lächelt. »Ja, das ist eklig. Hättest du nicht auch gedacht, sie würde dich an einem anderen Ort töten wollen? Ich meine, du bist ein großer Schauspieler und Autor, kein unbedeutendes Opfer.«

Oliver nickt schwach. »Bühne«, spuckt er hervor.

»Das wäre eine Idee. Welche Bühne?«

»Unser … Theater.«

»Ihr habt ein eigenes Theater? Wo?«

»Zweiter Hinterhof«, röchelt Oliver.

Pfeffer tauscht einen Blick mit Ruben.

»Worauf wartet ihr noch?«, fragt Seidel. »Ich warte hier, bis der Arzt kommt.«

Ruben gibt dem SEKler mit Funkgerät ein Zeichen, ihm zu folgen, Pfeffer ist schon an seiner Seite. Er sieht sie an, während sie die Kellertreppe hochlaufen. »Immer noch dabei? Du bist unglaublich.«

»Ich schieße besser als du, du wirst mich vielleicht brauchen.« Er stößt die Tür in den ersten Hinterhof auf. Sie zieht ihre Walther und tritt hinaus. »Und tu nicht so, als würdest du mich loswerden wollen. Du hast genauso viel Schiss wie ich.«

»Komm jetzt.«

Wenig später stehen sie vor einem kleinen freistehenden Haus im zweiten Hinterhof. Es gibt einen Schaukasten für Poster. Er ist leer, und die große Leuchtreklame *Filonas Bühne* über der Tür sieht nicht aus, als könne sie noch leuchten. Außerdem sind zwei Buchstaben verrutscht. Sie lassen das SEK samt Rammbock passieren, aber die Tür ist offen. Leise treten sie nacheinander ein. Das kleine Foyer ist verstaubt, an den Wänden hängen vergilbte Poster, einige davon in Fetzen. Der Boden ist dreckig und staubig und schluckt all ihre Schritte.

Claudia betrachtet die Schnitte. Rote Furchen, aus denen Blut rinnt. Sie hat um jedes Bein einen Kreis oberhalb des Fußgelenks gezogen – oder unterhalb, je nach Perspektive. Doktor Florian stöhnt. Das Blut läuft über seinen Penis, den Bauch und die Brust bis zu seinem Hals.

Verträumt mustert sie seine behaarten, blutbesudelten Beine. Dann schneidet sie kurzentschlossen die Wunden noch einmal quer ein, steckt das Messer weg und schiebt ihre Finger in den Schnitt des rechten Beins.

Doktor Florian schreit.

Sie ignoriert das und versucht, seine Haut zu packen. Sie reißt daran.

»Weg von Florian Seidel!«, ruft da eine Stimme. »Claudia Marken, hier ist das LKA, treten Sie zurück!«

»Stecken ihre Finger in seinem Bein?«, fragt Pfeffer flüsternd und zielt auf Claudias Arm. Um sie herum schwärmen SEK-Beamte in Schwarz in den Raum. Alle richten ihre Waffen auf Claudia, die sich nun langsam umdreht.

»O Gott. Lebt er noch?« Pfeffer betrachtet fassungslos den dünnen nackten Mann, der da von der Decke baumelt. Er hat so wenig mit dem schnittigen Doktor Florian zu tun, den sie kennt. Nur der Bart erinnert noch an den Kollegen. Pfeffer spürt unbändige Wut in sich, tritt einen Schritt vorwärts und zielt auf Claudias Kopf.

»Nicht schießen«, raunt Ruben ihr zu. »Das geht auch ohne.«

Pfeffers Zähne mahlen. Sie fühlt sich hilflos, Schießen ist doch das Einzige, was sie richtig gut kann.

»Ein letztes Mal, Frau Marken!«, ruft Ruben durch den kleinen Saal. »Treten Sie zurück!«

Claudia nimmt die Finger aus Doktor Florians Haut und tritt mit erhobenen Händen einen Schritt zur Seite, beide Hände voller Blut.

Pfeffers Blick wandert rasch zwischen ihr und Doktor Florian hin und her. Da zückt Claudia plötzlich eine Waffe und setzt sie an ihre eigene Schläfe. Pfeffer hält den Atem an, die SEKler warten auf ein Kommando – und plötzlich lacht jemand leise.

Doktor Florian zappelt in seinen Ketten, die Augen geöffnet, er sieht zu Claudia und kichert hysterisch. »Wenn du jetzt schießt, verlierst du die Nase oder Teile deines Gehirns. Aber nicht dein Leben.«

Claudia sieht ihn überrascht an.

»Du hast noch nie geschossen, oder? Du hast keine Ahnung, wie der Rückschlag einer Sig Sauer ist, du hältst sie falsch. Du wirst sie überleben.«

Pfeffer sieht fassungslos zu ihren Kollegen. Die SEKler nutzen diesen Moment, rücken näher heran und nehmen Claudia die Waffe ab, bevor sie auch nur bemerkt, dass sie die Bühne gestürmt haben.

Pfeffer lässt die Walther sinken. Schwarz gekleidete Beamte mit Schutzhelmen legen Claudia Marken in Handschellen, andere stützen Doktor Florian und schneiden die Kabelbinder an seinen Beinen und Armen durch. Ruben ruft einen Notarzt, während Pfeffer die Seitentreppe zur Bühne hinaufeilt. Fassungslos sieht sie zu Doktor Florian hinab, der nun nackt auf dem Bühnenboden liegt.

»Pfeffer?«, murmelt er schwach. Seine Mundwinkel sind eingerissen und trocken, seine Haut fahl. »Hast du gesehen, wie sie die Sig Sauer gehalten hat? Hat alles inszeniert und geprobt, aber nicht das Schießen. Und das vor mir. Sie hätte mich doch fragen können.« Er lacht trocken. »Ich muss schrecklich aussehen.«

Sie lacht und weint gleichzeitig, zieht am Ärmel ihres Shirts und wischt ihm das Blut von der Brust. »Keine Angst, das bleibt unser Geheimnis.«

Kapitel 21 Apollon

Mittwoch, 16. Oktober
Nachts. Tiergarten

Seidel steckt den Schlüssel in die Wohnungstür und dreht sich noch einmal um. »Danke fürs Heimbringen.«

Czorski nickt. »Na klar. Im Krankenhaus können wir eh nichts mehr tun.«

»Ich kann immer noch nicht fassen, dass sie ihn wirklich häuten wollte«, flüstert sie.

»Jetzt ist es vorbei«, sagt er und lehnt sich ans Treppengeländer. »Alles wird heilen.«

Sie lächelt leicht. »Ja, alles.«

Der schmucklose Neubau ist ruhig, hinter den Türen schlafen Seidels Nachbarn, auch draußen auf den Straßen ist niemand mehr. Czorski denkt an seinen langen Nachhauseweg und das Bett, in das er sich eigentlich nicht legen will. Wahrscheinlich wird er sich auch dort wieder beobachtet fühlen. Das Gefühl wird immer schlimmer, je müder er ist. Aber das ist eine Begleiterscheinung des Stresses, die er gern hinnimmt. Das wird vorbeigehen.

»Wer hätte gedacht, dass ich schon so bald zu erleichtert und glücklich sein werde, um schlafen zu können?« Er gähnt und fährt sich über sein unrasiertes Kinn. »Auch wenn ich eigentlich müde bin.«

»Über müde sind wir wohl hinaus«, erwidert sie und sieht ihn an.

»Mhm«, macht er und schaut zurück in ihre grüngrauen Augen hinter der John-Lennon-Brille. Er stößt sich vom Geländer ab, geht auf sie zu und zieht ihren Kopf zu sich heran. Er küsst sie, während sie hinter ihrem Rücken die Wohnungstür aufschließt und aufschiebt. Sie legt die Arme um seinen Nacken.

Die Wohnungstür fällt hinter ihnen ins Schloss. Czorski hebt Seidel hoch, und sie schlingt die Beine um seine Hüften. Er trägt sie stolpernd und küssend ins Wohnzimmer, wo sie auf die Couch fallen. Seidel löst ihre Lippen von ihm und sieht ihn atemlos an. Ihr Herz klopft, ihr Mund will mehr, ihr Körper auch.

»Mir ist nie aufgefallen, was du für Wimpern hast«, murmelt sie. »Sie sind so dicht.«

Sie knöpft sein Hemd auf. Und als sie seine Fingerspitzen endlich auf ihrer Haut spürt, lässt sie sich fallen und wird aufgefangen, und sie stöhnt und liebt.

Frühmorgens. Tiergarten

»Mit Zwiebeln?«, fragt der Verkäufer.

»Mit allem«, sagt Pfeffer.

»Bei mir auch«, sagt Ruben.

Sie setzen sich an einen kleinen Tisch in der Falafel-Bude und warten. Draußen spazieren immer noch Nutten vorbei, drinnen, neben ihnen, sitzen Männer, die Pfeffer nur für Freier halten kann. Sie gähnt.

Ruben lacht und streckt sich. »Es wäre kein so großer bürokratischer Aufwand gewesen, wenn du dir nicht die schusssichere Weste geschnappt hättest, um mitzukommen.«

Sie schenkt ihm einen sprechenden Blick und will sehr genervt aussehen, aber dann muss sie wieder gähnen.

»Und wir hätten den Papierkram auch nicht unbedingt noch heute Nacht erledigen müssen.«

Sie sieht ihn versöhnlich an. »Und was hätten wir stattdessen getan. Erholsam geschlummert?«

Er reibt sich die Augen. »Nein, wahrscheinlich nicht. Wer kann nach so einem Tag schon schlafen?«

»Doktor Florian und Claudia Marken«, antwortet Pfeffer. »Weil sie sediert sind.«

»Zwei Mal Falafel-Schawarma mit allem«, sagt der Verkäufer.

Sie stehen auf und bezahlen und treten nacheinander auf die Kurfürstenstraße hinaus. Pfeffer schält ihr Schawarma aus der Alufolie. »Jetzt wollen wir doch mal sehen, ob der Straßenstrich die besten Falafel macht.« Sie beißt ab und kaut. »Nicht schlecht.«

»Sag ich doch.« Ruben beißt auch ein paarmal ab. Sie laufen schweigend und essend nebeneinanderher.

»Hättest du Claudia lieber umgebracht?«, fragt er schließlich.

»Nein.« Pfeffer bleibt stehen. »Ruben, ich hab dich nicht benutzt. Ich war nicht bloß zum Aushorchen nett zu dir. Und ich hab dich auch nicht geküsst, um Infos zu bekommen.«

Er kaut und nickt. »Trotzdem alles verkorkst.«

Sie lacht. »Das stimmt.«

»Aber ich bin dir nicht mehr böse. Ich weiß, dass du nicht verrückt bist. Es hat mich beeindruckt, dass du heute ... äh ... gestern nicht geschossen hast.«

»Ich weiß schon, dass es meistens einen besseren Weg gibt. Aber ich habe offenbar eine Art an mir, die mein Wissen verschleiert. Ständig wirke ich auf Menschen anders, als ich wirklich bin.« Sie isst den letzten Happen und wirft Papier und Alufolie weg. »Ach, egal. Ich will mir nicht auch noch Gedanken darüber machen müssen, was andere von mir denken.«

»Du bist in Ordnung«, sagt Ruben.

Sie lacht. »Du auch.«

»Vielleicht ist das der Beginn einer wunderbaren Freundschaft.« Er grinst.

Sie legt den Kopf schief und betrachtet ihn nachdenklich. »Ich habe eigentlich keine Freunde. Nur Kollegen und Mörder.«

»Du bist jung. Da ist Entwicklungspotential.« Er zeigt zur U-Bahn-Haltestelle. »Fährst du von hier?«

»Nein, das ist umständlich, ich lauf lieber zum Gleisdreieck.«

Er runzelt die Stirn. »Soll ich dich hinbringen? Soll ich dich vielleicht nach Hause bringen?«

Sie stemmt die Hände in die Hüften und lacht. »Denkst du, dass du mich beschützen musst?«

»Ich weiß nicht, es ist dunkel, das ist eine finstere Gegend, und Czorski hat gesagt ...«

»... dass ich auf Beschützer stehe? Da hat er wohl von sich selbst gesprochen. Ruben, ich habe eine Waffe.« Sie zeigt auf ihren Leibriemen. »Außerdem endet die sogenannte schlimme Gegend genau hier. Ich muss da lang. Das ist schon fast spießige Wohngegend.«

Er sieht sie zweifelnd an.

»Wenn ich jetzt nicht in Ruhe nach Hause gehen darf, dann ist das ganz sicher nicht der Anfang einer wundervollen Freundschaft«, sagt sie drohend.

»O.k., komm her.« Er lacht, nimmt sie in den Arm und drückt sie kurz. »Wir sehen uns die Tage.«

»Ja, wir sehen uns«, sagt Pfeffer, hebt noch einmal die Hand und geht.

Frühmorgens. Tiergarten

Czorski schließt die Wohnungstür hinter sich. Er unterdrückt den Drang, ein Liedchen zu pfeifen, als er leichtfüßig die Treppe hinuntergeht. Seidel schläft noch. Vor einer Stunde ist sie tatsächlich eingeschlafen – in seinen Armen.

Czorski weiß seit ein paar Tagen, was er für sie fühlt. Seit wenigen Stunden weiß er, dass es ihr genauso geht. Jetzt tritt er halb glücklich, halb staunend auf die Straße hinaus. Im Gegensatz zu Seidel hat er kein Auge zugemacht. Er hat einfach nur immer wieder an ihren Locken gerochen und auf die Uhr geschaut. Jetzt ist er sich sicher, dass er hier in der Nähe einen Bäcker finden wird, der offen hat.

In seiner Jackentasche klimpert der Schlüssel zu Seidels Wohnung. Er wird gleich mit duftendem Kaffee und frischen Croissants zurückkehren, denn sie wird wohl auch nicht lange schlafen. Und ihre Küche verdient den Namen Küche leider immer noch nicht. Zumindest war der Kühlschrank leer.

Czorski biegt um die Ecke und schürzt die Lippen. Hier draußen wird sein Pfeifen wohl niemanden stören. Er holt tief Luft, aber der erste Pfeifton wird erstickt, als sich etwas um seinen Hals legt und zudrückt. Er fasst danach, es kratzt und drückt fester zu. Er windet sich und versucht, hinter sich zu greifen, aber seine Hand streift nur kurz einen Jackenärmel.

Plötzlich spürt er einen Mund nah an seinem Ohr, und jemand flüstert. »Ich erinnere mich gut an Sie, Herr Czorski. Erinnern Sie sich auch an mich?«

Morgens. Pfeffers Wohnung

Die Sonne geht auf. Über den Dächern Berlins wird es hell, Pfeffer sieht es von ihrem Balkon aus. Sie steht in eine Wolldecke gewickelt am Geländer, neben ihr auf dem Holztischchen eine Flasche Whiskey. Ruben hat mal gesagt, dass man den auf keinen Fall mit Cola trinken darf, also nimmt sie einen Schluck aus der Flasche. Pur. Es schmeckt scheußlich.

Sie stellt die Flasche wieder ab und dreht den Schraubverschluss zu. Dafür ist sie also im Späti vorhin noch ein kleines Vermögen losgeworden. So viel kostet es, sich erwachsen und kultiviert zu fühlen. Sie muss lachen. Der Preis ist ihr zu hoch, morgen wird sie Cola kaufen.

Die Sonne kriecht weiter über das Häuserdach gegenüber und blendet sie. Es ist ja schon Morgen. Dann wird sie eben Cola einkaufen, nachdem sie geschlafen hat. Sie atmet ein und schließt die Augen. Nachdem sie Tobi angeschossen und zur Strecke gebracht hat, hat sie zwei Tage nicht geschlafen. Aber diesmal ist es anders, sie wird zur Ruhe kommen, da ist sie sich sicher. Als sie die Augen wieder öffnet, hat die Sonne die Whiskeyflasche erfasst. Die Flüssigkeit schimmert nun karamellfarben und sieht beinahe magisch aus.

Das Klingeln ihres Handys reißt Pfeffer aus ihrer Betrachtung. Es ist Seidel. Pfeffer wischt über das Display. »Guten Morgen«, sagt sie. »Mach dir keine Sorgen, ich habe die Formalitäten über meinen Einsatz mit Ruben geregelt. Wir haben die Wahrheit etwas verbogen, aber nur ein bisschen. Offiziell standen wir nur am Rand. Ziernow kann uns also keinen Vorwurf machen. Du musst noch was unterschreiben und dann …«

»Boris ist verschwunden«, fährt Seidel dazwischen.

Pfeffer lacht. »Von wo?«

Seidel schweigt.

»Es ist kurz vor acht, da kannst du ihn unmöglich im Büro erwarten. Wieso bist du überhaupt schon dort?«

»Was? Ich bin doch nicht im Büro.«

»Wieso denkst du dann, dass Czorski verschwunden ist? Und wieso nennst du ihn plötzlich Boris?«

»Ich … Er …« Sie verstummt.

In Pfeffers Kopf rattert es. »Echt jetzt?!«, fragt sie dann. »Ihr beide?! Nach all dem, was gestern passiert ist, habt ihr miteinander geschlafen? Du hast mit *Czorski* geschlafen?«

»Ja. Und jetzt ist er weg und geht nicht an sein Handy, und ich hab ein schlechtes Gefühl, ein wirklich ganz schlechtes Gefühl. Ich würde dich nicht anrufen, wenn dem nicht so wäre. Ich …«

»O.k. Beruhig dich«, sagt Pfeffer und verkneift sich ein Lachen. Jetzt hat sie Bilder im Kopf von Seidel und Czorski, und es kostet sie große Mühe, diese Bilder auszublenden. »Du bist doch Psychologin, du kannst dir doch sicher selbst erklären, was hier gerade passiert.«

»Er wollte nur einen One-Night-Stand?«, fragt sie vorsichtig. Ihre Stimme ist ruhig, aber dünn.

»Was? Nein! Du bist wirklich nicht du selbst, Seidel.«

»Ich kenn mich nicht mehr aus, wirklich. Ich wollte doch nur … wir … ich dachte, er würde das auch …«

»Rita, du bist müde und erschöpft, wahrscheinlich stehst du noch unter Schock. Ich weiß, wie das ist. Ich hab vor einem Jahr auch seltsame Dinge fantasiert. Ich weiß noch, dass mein Onkel mit mir im Krankenhaus war, nachdem Tobias meine Hand verletzt hat. Dann hat er nur einmal kurz den Raum verlassen, und ich hatte plötzlich Riesenpanik, dass er nie wiederkommt. Ich fühlte mich so verlassen wie niemals zuvor.«

»Aber er ist zurückgekommen?«, fragt Seidel leise.

»Natürlich. Und Czorski kommt auch zurück. Der ist kein Typ für eine Nacht.«

»Ich weiß. Das weiß ich. Eigentlich.«

»Es gibt sicher eine ganz logische Erklärung dafür, dass er jetzt nicht neben dir im Bett liegt. Selbst wenn er nicht mehr will, kann er dir ja nicht ewig ausweichen. Wir nehmen uns jetzt alle ein paar Tage frei, und spätestens Montag sehen wir uns im KKF wieder. Vielleicht braucht er den Tag für sich.«

Seidel atmet hörbar ein und aus. »Aber dieses schlechte Gefühl …«

Pfeffer rollt mit den Augen. »Und du brauchst auch Zeit für dich. Czorski wird sich schon melden. Bis dahin: Nutze die Zeit, um runterzukommen.« Sie lacht leise. »Und das aus meinem Mund! Ich hätte nie gedacht, dass ich mal so mit dir rede.«

»Ich auch nicht. Wahrscheinlich hast du recht.«

»Schlaf gut, Chefin.«

»Du auch.«

Als sie aufgelegt haben, sieht Pfeffer noch mal auf ihr Handy und scrollt durch ihre Kontakte. Sie schüttelt den Kopf. Ihr Daumen schwebt schon über dem Namen *Doktor Florian,* denn dass dessen Schwester und Czorski … Das würde ihn aufheitern. Sie kann es kaum erwarten, ihm das alles zu schreiben, aber dann fällt ihr ein, dass Doktor Florians Handy ja ein Beweismittel und beim LKA ist.

Sie legt ihr Handy weg, wickelt sich enger in die Wolldecke und schmunzelt. In spätestens zwei Tagen werden sie alle darüber lachen. Doktor Florian, Ruben, Filond, Seidel, sie selbst und auch Czorski. Denn natürlich ist er nicht verschwunden. Wo sollte er schon hin?

Nein, alles ist nun gut. Alle Täter sind gefasst, die letzten beiden Opfer gerettet. Seidel ist verliebt, und Ruben ist nicht mehr sauer. Pfeffer blinzelt in die Sonne. Es wird ein heiterer Herbsttag werden.

ENDE

Werde Teil der Bastei Lübbe Welt
You Tube
www.lesejury.de
Lesen, rezensieren, Bücher gewinnen
Lerne Autoren, Verlagsmitarbeiter und andere Leser kennen

Weitere Titel der Autorin:

Tödlicher Stolz

Titel in der Regel auch als E-Book erhältlich

Über die Autorin

Alina Falkner, geboren 1983 in Essen, lebt und arbeitet in Berlin. Sie schreibt Romane, Hörspiele und Essays. Ihre erste große »Schreibliebe« aber war das Theater. Sie verfasste schon in der Grundschule eigene Stücke, und ihr erster richtiger Job war Regieassistentin am Schauspiel Essen. Deshalb war es naheliegend, die Ermittlerinnen Pfeffer und Seidel im zweiten Band ihrer Krimireihe in die spannende Welt des Theaters eintauchen zu lassen.

BASTEI
LÜBBE
TASCHENBUCH